味蕾的乡愁

谈正衡 著

林丽 悦晔 绘

北方联合出版传媒(集团)股份有限公司
万卷出版公司 VOLUMES PUBLISHING COMPANY

序

　　谈正衡先生这本关乎饮食的书，犹如暮春江南的清华水木，恰似雨丝风片的水乡风情。无论是村落里的炊烟，闾巷中的香味，直到时令的出产，应时的江鲜，都只有在江南才能体味其中的韵致。作者的文笔是平缓直白的，没有矫揉造作，读来舒服自然，会与喧嚣的世态，浮躁的心境形成很大的逆差，让读者得到一种少有的宁静。普通人，平常菜，淡然心，我想，这或许是本书的特点，也是具有更多亲和魅力的所在。

赵　珩

於彀外书屋

自序一：味觉的视界

　　朋友们周末来家里打牌下棋，到了做饭时，咱就扎起围裙从容下厨，持刀切肴肉，洗手做汤羹。在一些年节或特殊的纪念日里，常有一大帮子人跑来要给我帮厨，而我只管掌勺，烧出几个指定的菜就行……这已成惯例，且也总令我心动。

　　口腹之欲，全在五脏庙中。舌头翻身，嘴巴有了想头，当诗性的江南和盘托出一道道充满怀念的家常风味，当一些卑微的记忆都复活并生动起来，雅俗共赏也就成了一种趋势。家厨与食府，会搭起各自不同的景观，味道的厚薄，人情的冷暖，行云流水，自在其间。一般说来，生长于水软风轻的江南，我们的舌头总是柔软的，青花汤碗里喝尽前代好多辈子的味道，这就很容易让我们获得一种美食之外的品味和遐思。

　　人生百味杂陈，而味觉的乡愁，更有着切肤的深刻。中国文人的怀乡诗文中，"故乡的风味"总是抒写不尽的话题。鲈烩莼羹，情属江南，从知堂兄弟到郁达夫，到汪曾祺到陆文夫，到近前的车前子、沈宏非，说起口腹的往事，舌尖上泛起家乡的味道，笔下起着浓浓淡淡的忧伤，便成了脍炙人口的篇章。

　　风来雨去，山长水远，只有美妙而刻骨的家乡味道，会顽强地穿透过往的云烟，领着你回归久别的故园。那一次散文家吴泰昌先生从京城来芜湖，直言要吃一点老芜湖味道，我特地叫出酒店老板，

2

加点了水磨大椒蘸臭干子和冬笋、火腿汤煲臭干子，令他食时连呼过瘾，说是找回了记忆！而在我自己，每年春深时，我的一个表妹总是要给我送来老家的"蒿子粑"，让我的肠胃返一次乡。尤不能忘怀的，是老屋后园竹林里长出的"节菜"，掐来炒腊肉，吃入口中，微甜的鲜汁缓缓漫过味蕾，唇齿之间便盈满嫩嫩的清香，真是有"旧雨之感"的别一番滋味呵！

　　左手司镬，右手码字。藉人间烟火烹调心情，在说味和品味中，一些特殊的岁月、季节和日子，注定会引起感伤。其实，吃什么，喝什么，聊什么，都是次要，关键在于能让家厨的可操作性和美食文化里的人情意趣乃至看尽苍凉的平和澹泊巧妙渗透，互为映照，由此而见一种口味指向，一种生存状态。

　　退守乡土，回归田园。文人掌勺，夫子自道，将"做法"混于"吃法"中……于我，也是一种缘分、一片视域吧？

自序二

江南鱼米之乡的丰饶与温润，最能显见于口腹之道。

而口味，总是属于私人的，每个人在味觉方面都有独特的、不可替代的表述。有时，味觉的乡愁，更有着切肤的深刻。

一般说来，生长于水软风轻的江南，我们的舌头总是柔软的，青花汤碗里喝尽前代好多辈子的味道……这就很容易让我们获得一种美食之外的品位和思想。

当美食日渐成为一种文化，一种时尚，雅俗共赏也就成了一种趋势。家厨与食府，会搭起各自不同的景观，味道的厚薄，人情的冷暖，如行云流水，自在其间。

其实，吃什么，喝什么，聊什么，都是次要的，关键在于味觉能透露一种心情，一种心理状态，一种生活方式。

由此而引发的体悟和思绪，或许比我们的人生路更绵延和深远。

目录

序 / 1

自序一：味觉的视界 / 2

自序二 / 4

珍·馐

尝鲜无不道春笋 / 3

春水新涨说芦蒿 / 7

新碧春韭一茌茌 / 10

马兰头，拦路生 / 13

村上椿树 / 16

螺蛳喂喂 / 19

原野食绿 / 22

莴笋的风土人情 / 26

桃花颜色苋菜饭 / 30

地苔皮的前世今生 / 33

遮眼大法的"水菜" / 36

我自识得菜花蚬 / 39

初夏的水果 / 43

梅子酒与草莓醪 / 49

小麻条也有春天 / 52

世间犹有桃花痴 / 55

有多个名字的安丁佬 / 58

正是河豚欲上时 / 61

于今何处觅鲥鱼 / 65

梅雨与梅干菜 / 69

鲇鱼堪脍 / 72

游西湖的"糠糠屁" / 76

野·味

专会打水花的餐鲦子 / 81

鳜鱼讨巧 / 84

有绰号的黑鱼 / 88

长胡子的鱼 / 91

别离还有经年客 / 94

一虾更比一虾艳 / 97

捕鳝与吃鳝 / 104

与《桃花扇》暗通款曲的江鳜鱼 / 107

秦淮桥下水，口舌惜繁华 / 110

君子好色食红鱼 / 114

千年的鱼子，万年的草根 / 117

舌尖下的西湖 / 120

田螺脚的风味 / 125

石鸡与"土遁子" / 129

蟹酱之祭 / 132

漂鱼之烩 / 136

"色相"诱人的鱼杂碎火锅 / 139

青衫红袖费吟哦 / 142

秋风响，蟹脚痒 / 146

风月花香藕 / 150

鸡头菜，民间的话本 / 153

被水红菱挑逗的不止是味觉 / 157

时·鲜

"菰羹"最下"雕胡饭" / 163

供入五脏庙里的荸荠 / 167

扁豆的诗意 / 171

长毛的豆腐 / 174

隐身平常心的蒸菜 / 177

臭干子更能千里飘香 / 181

幽幽酱油豆子香 / 184

茶干的闲情逸致 / 187

霜天烂漫菜根香 / 192

深藏白根的水芹菜 / 195

将小笼汤包进行到底 / 198

羊肉的精神外遇 / 201

有江湖味的老鸭汤泡锅巴 / 204

无意于佳猪头香 / 206

持刀切肴肉，洗手做汤羹 / 208

吃锅贴喝鸭血汤的享受 / 211

见到美人不说话 / 214

人生微醺偶耽的意境 / 217

茶意的江南 / 220

锅里锅外一色红的藕稀饭 / 224

茂林檀郎春风客 / 227

味蕾上的芜湖 / 232

乡·气

当厨人物苏大厨子 / 237

故乡风味 / 240

还有江南风物否　春馔妙鱼是江刀 / 246

如闻有唆喋之声的琴鱼茶 / 250

既饱口福又饱眼福的"冷水鱼" / 253

辣批长江小杂鱼 / 257

对于野兔的激情关注 / 261

竹鼠弄出的动静 / 264

到桃花潭触摸李白的意兴 / 268

四月芳菲　我为卿狂 / 272

蕾丝网裙的奢华妖艳 / 276

鲢子头　鲲子尾 / 280

没事就到江边劈口味 / 284

还在同我们口舌周旋的野生江鲴 / 288

长江鲶鱼的身份确认 / 292

桃花有泪凝成胶 / 296

辣椒的快意演绎 / 300

金黄的南瓜花　嫩绿的南瓜头 / 304

麦和豆瓣在六月里的升华 / 307

几处清池小区景　茨菰叶底戏鱼回 / 311

"生是阳间一刀菜" / 314

芳菲氤氲餐秀色 / 317

食·间

美味背后是传奇 / 323

此鹅非彼鹅 / 328

野鸭子不是神马浮云 / 333

在清香的绮梦里暗自销魂 / 337

金风玉露一相逢 / 341

那些酸甜酸甜的桑果子 / 344

大煮干丝的阔绰风范 / 348

只缘感君一回顾 / 352

"狮子头" 一种即食的快意 / 356

鲈复鲈兮何相欺 / 359

口福与幸福原来如此接近 / 363

谁家红袖凭江楼 / 366

梅雨落苏栀子肥 / 371

那些糖啊 甜到了忧伤 / 376

猪尾巴舌尖上的舞者 / 380

别让麻雀们散了伙 / 383

与蛇之欢 玩不转的口舌 / 387

沙地马蹄鳖 雪天牛尾狸 / 391

伊人如莲水一方 / 395

闻出了一品锅里的经典味 / 399

石斑鱼 一个美丽的误会 / 403

石耳既有精彩也有忽悠 / 407

酒·风

我的徽州　我的馃 / 413

口舌对"中和汤"的围观 / 417

昨夜灯火昨夜风 / 421

相约"腊八豆腐"不见不散 / 425

"鞭"的是娱乐精神 / 429

这蛹不是那幺蛾子 / 433

青藤缠树的那些纠葛事 / 437

把夏天煲在粥里 / 442

香椿　个性张扬的范儿 / 447

蒸饭包油条年代 / 451

清淡素雅提升味蕾的新高度 / 455

米面应犹在　疑是故人来 / 458

乡野上的甜润 / 462

黄心菜PK"春不老" / 469

识得此中幽兰香 / 472

洗过锅澡再开宴 / 476

珍·馐

尝鲜无不道春笋

脆嫩鲜美的春笋，趁着三月春雨绵绵的湿润，破土而出，成为盘中佳菜。因为它是春天的，吃在嘴里，自然就是春天的滋味了。

一夜春雨，笋与檐齐，是说春笋蓬勃向上，长得极快，故春笋必得适时而食。采春笋，挑那些刚钻出土层笋壳嫩黄的，才特别好吃。笋的节与节之间越是紧密，则其肉质也就越为嫩滑爽口。圩区不产毛竹，所多的是水竹、油竹，还有雅称湘妃竹的斑竹。前二种竹，笋皆味美，唯壳上布满麻点的斑竹笋，乡人喊作麻笋或苦笋的，苦不可食。下雨的时日，竹林里薄雾缥缈，刚破土的笋尖上挂着晶莹的水珠，清新无比。这就是"雨后春笋"，其鲜嫩清雅，可想而知。采笋时，瞄着五六寸高的新笋，脚稍一踢，啪一声就齐根脆脆断了，虽是省事，但留下白嫩的一截在土中殊为可惜。通常是拿小铲贴住笋根斜着往土下一插，再拈着笋轻轻一提就行了。剥笋时，将笋竖割一道口子，约划至笋肉，从下到上完整地掀去外壳，笋不会断裂，切出来是完整的条状。

其实，最好吃的，是那种青润的小野竹笋。小野竹叶细枝韧，多长在荒寂无人处，如圩堤、坟滩上，混杂于野草荆棘中。其笋稍迟，约在四月初的春深时钻出地面，恍如青玉簪，剥尽外壳，细伶伶一小条，那种绝世的不染纤尘气质，和清雅脱俗的纤纤体态，会令你观之动容。我尤喜爱小竹笋切段同肉丝一起炒咸菜，若是再点缀些青莹莹的蚕豆瓣或是圆润的豌豆粒，那真是活色生鲜了。

"长江绕郭知鱼美，好竹连山觉笋香"，是东坡的诗吧。数年前，我应朋友邀请，去九华山下一个叫茶庵的地方探访民间学人也是制茶大师赵恩语，在那里住了两三日，餐饮山珍，无食不笋。笋是毛竹笋，肥大壮硕，底部割断处有汁液渗出，非常新鲜。剥净栗色厚壳的笋，白中稍透着一层隐隐青碧，切成厚实的滚刀块且焯过水，与肉红烧，或携上小排骨并加入腊肉同煮，无须任何调料，肉烂即食，大钵大碗端上桌，满屋子飘逸着馋人的香气。其间，我们下到龙池大峡谷的陡坡上看野茶树，方才发现如同我老家的那种小野竹无处不有，只是在崖沟石罅间更显茂盛。春风吹拂，杜鹃花开子规啼，小竹笋从漫山遍野的灌木荆棘丛中探出头来，满眼皆是。我们住的那家，白天大人采茶小孩扳笋，留下一个老阿婆坐在门口的竹椅子上剥笋壳。她将笋先撕出一点皮，往食指上一缠，三绕两绕，就成一支脱去外衣的苗条嫩白的净笋。剥满了一筥箕，就端过去烧一锅开水焯一焯，赶太阳晒出去。竹树四合的林间，一声声鸟鸣清幽。

应时而至的春笋，其本身的味道已是鲜极，无须多加调味，便能充分领略其腴嫩清新的本色。春笋越往上的部分，肉越是嫩，到了笋尖上，连壳也是嫩得一碰就碎。春笋烧肉丁是最简单的做法，将笋用刀拍松，切成丁，油锅烧热，入锅煸炒至微黄，即加入事先已烧入味的半熟肉丁、酱油、糖，续上水，小火烧至汤汁收浓即成。其色泽红亮，鲜嫩爽口，略带甜味，虽是家常味道，却百吃不厌。若是花点心思，也可现学着做道春笋炒腊肉，腊肉切条，放水煮到肥肉呈半透明状盛起，然后把切片的笋在锅中煸香，再放进腊肉同炒，加红辣椒丝和青白蒜，加盐、料酒、鸡精，就成了。春笋的吃法，可谓荤素百搭，炒、烧、煮、煨、炖都各有风味。浙人还把笋放坛中发酵制成霉笋，炖汤喝。

笋子好吃，大多情况下却处在配角地位，仿佛清新的小家碧玉，虽居于一隅，安宁沉静，却让你怎么也难以忘怀。同时，不事张扬，是那种淡泊出尘的意境，又略带几许文人清苦的气质。我家客厅挂有一幅朋友书赠的郑板桥的诗："江南鲜笋趁鲥鱼，烂煮春风三月初……"如今，长江鲥鱼已绝迹多年，但这并不妨碍我对鲜笋鲥鱼的钦羡神往。这些年，每至春深时，我总是要买来"江鲍"——又称"鮰鲍"，做一款春笋鮰鱼，也别有一番滋味。锅中油热，鮰鱼煎香，加高汤，大火烧开，放姜、盐、味精，小火焖至鱼酥油出，投入切成滚刀块且焯过水的鲜笋，烧到汤汁收浓即成。品入口中，鮰鱼腴厚春笋嫩脆，加上那种清香绵绵的笋味，仿佛咽下去的就是氤氲在时空深处的湿润诗情。

春笋还有药疗效果，儿童患麻疹、水痘，就喝点春笋鲫鱼汤，让体内邪气散发出去。若能事先将鲫鱼抹上盐和黄酒腌一会儿，爆香姜片，将鱼略煎一下，这样汤容易变得牛奶一般白。再加水，放入春笋，烧开后转小火煮，起锅前放点胡椒粉、葱花，那就是绝美风味在此汤了。

春笋的前身，是"金衣白玉"的冬笋。与春笋相比，冬笋嫩白，尤显少不更事的甜美香鲜，因此越发招人怜爱。林语堂说他自小最爱吃的菜，就是"冬笋炒肉丝，加点韭黄木耳，临起锅浇一勺绍兴酒，那是无上妙品——但，一定要我母亲亲自掌勺"。而在袁枚《随园食单》里，收录有冻豆腐一道佳肴，就是用豆腐加鸡汤汁、火腿汁，以及香蕈、冬笋久煮而成。李渔则称冬笋为"素食第一品"，甚至认为"肥羊嫩豕，何足比肩"！

本世纪初，我在竹乡广德一处农家乐山庄，被人招待尝过一味冬笋名吃：将冬笋连壳埋入红炽炭火中，烧焖出香味，剥下笋肉，以辣酱芝麻油和葱姜汁蘸食，味道热烈，风格独特，记忆颇深。但其奢侈的程度，却令我至今犹存愧疚……

春深又一年，一支支碧玉簪般的新笋透土了，漫山遍野浮升着蓬勃绿意。老阿婆大约又是坐在门边的竹椅上不紧不慢地剥着笋壳，从春笋一样的年华起，每年春天都要这般在盈耳的鸟语里剥笋晒笋，否则，春天就没有来过。

春水新涨说芦蒿

芦蒿两字到底该怎么写，我真还拿捏不准。东坡诗里"蒌蒿满地芦芽短，正是河豚欲上时"，这"蒌蒿"当然就是芦蒿。我之所以选择"芦蒿"，是从众，随了皖江这一带几乎所有餐馆及菜场里最通行的本土化的写法。至于芦蒿读音的由来，有一种说法，早先人家养的驴生病了，就牵到江边沙洲上吃蒌蒿，病就好了，所以本地人读蒌蒿为"驴"蒿。读作"驴"蒿，写出来是"芦"蒿，易"马"旁为"草"头，读音也是驴头接马嘴的不变。从"户"而念"驴"音的字例，还有安徽庐江的"庐"。但无论是"芦"还是"庐"，字典上均只注一个通行的读音。或许，口音里带上地域和民间的味道，才备感亲切。

芦蒿是一种天生地长的野菜，散落在江滩和芦苇沙洲上。草长莺飞的江南三月，正是芦蒿清纯多汁的二八年华，十天半月一怠慢，就是迟暮美人不堪看了。二月芦，三月蒿，四月五月当柴烧；"听说河豚新入市，蒌蒿荻笋急须拈"，就是咏叹芦蒿青春年华之不容耽搁。

入口脆嫩的芦蒿，辛气清涩，不绝如缕，正是那股撩拨人的蒿子味，让你眼前总是晃动着江滩上那一丛丛青绿。远离长江的外地人可能闻不惯那股冲人的青蒿气，吃不进口。上海人好像也不怎么吃芦蒿，但是从南京到镇江，这头再上溯到武汉，沿江一带的人都极馋这一口地道的浓郁蒿气。那是清香脉脉的田园故土的气息，是饱含江南雨水的味觉的乡愁啊。按汪曾祺说的，"就好像坐在了河边，闻到了新涨的春水的气味"。《红楼梦》里那个美丽动人的晴雯爱吃芦蒿，我猜测，长江边或许正有她思念的桑梓故园。

现在卖的芦蒿，有野生和大棚的两种。野地里现采的，茎秆红紫，细瘦而有点老气，嚼起来嘎吱带响，但香气却清远宜人；大棚里来的，嫩绿壮实，一副营养过剩的模样，吃在口里味道淡得多。有一年我和几个朋友去长江中曹姑洲玩，看到不少人家的地里都养着芦蒿。他们把长到四五寸长的芦蒿齐根割起，堆放一块，也有放沙里壅着，上面覆盖稻草，隔一段时间浇一次水，外加薄膜覆盖，进行软化处理，两三天后肉质转嫩脆，看上去饱含汁水，即可摘除老叶上市。

芦蒿炒食时，可配之以干丝、肉丝、红椒丝等，吃起来满口鲜嫩。从上档次的酒楼到大排档到家庭厨灶上，通行的都是腊肉炒芦蒿。炒锅上火，入油，投进干椒、腊肉、姜、蒜煸香后，再倒入芦蒿略煸炒片刻，调味后起锅装盘即成。很多大排档乃至大酒店都是这样的炒法，粗细搭配、青白相间，油滑光亮，绿意满眼，齿舌间都清香脉脉。不过，我更喜欢的，是只同茶干丝清炒，将芦蒿掐成寸段，清水浸去涩味，再用盐略腌，炒食时才会既入味又保其脆嫩。锅内置油，最好是土榨菜籽油，而不要色拉油。油热锅辣，用干椒炝过，将芦蒿倒入锅中略煸去水分，再加茶干细丝，在锅内稍跳几下就成，若伴以些许红椒丝，那就是翠绿中抹出几笔朱红了。这种清炒，将芦蒿的本味充分体现出来，吃在嘴里，脆而香，微辣而开胃，所谓满嘴留香。最值得一提的是芦蒿炒臭干子，这已是本地招牌一绝，凭借油香与旺火，芦蒿的清香与臭干子的臭味浑然一体，芦蒿因了臭干子的提携，吃到嘴里竟然是一种鲜而悠长的香——那真是可触摸到的"新涨春水"的清香。

那天在一家装饰有古典气息的酒楼里吃饭，照例上了一盘干丝炒芦蒿。正巧，包厢的壁上就挂了一幅东坡的那首蒌蒿芦芽题画诗。先贤文字，流韵至今，品味起来备感亲切。座中一位朋友告诉我，芦蒿还可以炖汤，也是美味，其做法简明，就是将芦蒿放入筒子骨中同炖。咦，这我可没尝过，会是什么样味道……不过，哪天不妨一试。

新碧春韭一茬茬

那位前额光亮得甚是有趣的老先生汪曾祺，一生中大半时间都生活在江南，向以好吃、会吃的老饕面目示人，其《蒲桥集》封面有语："文求雅洁，少雕饰，如春初新韭，秋末晚菘，滋味近似。"夫子自况，连打比方也离不开一个吃，很是让人莞尔。

汪老先生的新韭晚菘，原是有出处的。《南史》："文惠太子问颙菜食何味最胜。颙曰：春初早韭，秋末晚菘。"春头的韭，秋末的大白菜，颙的本义是说时令菜蔬的好，汪老先生借指写作行文亦当如此，想想正是。韭菜的味道的确是春天的最美，古诗有："芽韭交春色半黄，锦衣桥畔价偏昂。"郑板桥自况"春韭满园随时剪"，一边可心地品啖早韭，一边吟诗作画，何等地惬意！

如古人那般况味的春韭，现在是很难吃到了。城市菜场里，韭菜一年四季都有，却是俗称的洋韭菜，肥肥壮壮，不谙风雨，在温室大棚育出来的，下锅一炒一汪水，全无韭菜的柔软鲜嫩、清香润腴。其实，早在汉代，宫廷就已经在冬天温室里培育韭菜了。《汉书》载："太官园仲冬生葱韭菜茹，覆以屋庑，昼夜燃薪火，温气乃生。"这样做，除了韭菜是能壮阳的辛温之物外，也是因为韭菜味道实在太美……想来，那一定是形体娇小秀色可人的本韭吧。

韭叶似兰，同喜水分滋润，故韭菜一定要长在水塘边的畦地，方才鲜嫩水灵。早春二月，韭长三叶，不出五叶，就可割头刀韭了。割韭菜不似割人头颅，韭菜割后，浇上水肥，再盖点草木灰，很快便萌发新芽。所以韭菜割了长，长了割，一茬又一茬，地头上是接连的新碧。

但喜春韭一味香。韭菜吃的是鲜香腴嫩，须旺油旺火急炒才能保鲜，不软塌。一定要待锅里油烧辣烧得冒热烟时才下锅，最好让菜上带点水珠，热油遇水，嗞啦一声，喷上一层油膜，保住菜中鲜味和营养物不致散失。翻炒片刻，搁盐，出锅。此时，葱嫩青碧的韭菜所特有的扑鼻鲜香，让人馋涎欲滴。火头不足炒的时间过长，油少，或是盐放早了出水多，味道都会大打折扣。

可以说，只要是农家畦头新割的本韭菜，随便炒什么，都好吃。韭菜炒鸡蛋，炒肉丝，炒干丝……韭菜炒软壳米虾尤妙，将那种剪去头尾的小米虾先下锅旺油爆熟，盛起，待韭菜炒倒，再放入已是无比玲珑剔透的米虾合炒，虾鲜菜香，红绿相映，看上去就胃口大开。只是这虾为水族中助阳之物，韭在民间亦另有俗称"起阳草"，向为佛殿庵堂所忌，僧尼人众不得食，是故，此二者相促，极能调动荷尔蒙激升。韭菜炒千张，绿白相间，有着一种删繁就简的淡泊，是一般人都能拿得出来的一道非常清怡的家常菜。再如韭菜炒绿豆芽，撒上些红椒丝提味，又不掩绿豆芽的明快；在颜色和味道上，红椒丝亮艳明快，韭菜韬光含蓄，各行其道，相得益彰。韭菜炒螺蛳肉更是绝配，形似胶饴的螺蛳肉先以油和作料爆煸，再投春韭共炒……盛入青花瓷盘中，碧绿的韭菜里，近乎黑色的螺肉星星点点，像是散落田野里的牲畜，让人宛如欣赏一幅江南水乡风俗画。

秋韭亦美，不逊春韭多少，是以民间有"两头鲜"之谓。夏天的韭菜较老，但夏韭长出的娇嫩花梗，切成寸段炒肉丝，或炒那种柔韧的茶干细丝，风韵别致。而汪曾祺老人却说，韭菜花要配小羊羔肉吃才好，且考证出这是《诗经·小雅》那个年代就推崇的吃法，继而又牵涉出了一个与黄庭坚书法相关的"韭花帖"，也算是雅人言雅事了。

清新宜人的早晨，露珠梦幻般晶莹跳跃，去小桥流水边的菜地里掐那刚刚打苞的花梗，心情自然是无边的好。开了花的韭菜，更有女性气息，妖娆别致的细碎的小白花，被亭亭纤腰的修长花梗托举着，像小姑娘仰着乖巧好看的脸。

关于韭菜的诗句，最值得传颂的，大概还是老杜的"夜雨剪春韭，新炊间黄粱"吧。品诗论文，感慨世道，一夜春雨方歇，灵动的水珠还挂在草叶尖上，鲜嫩的春韭刚从菜园里割来，新获的黄粱米饭已焖在锅里，正热腾腾香气四溢……春韭的鲜润，加上故人老友的殷切情谊，让亡命乱世的大诗人所获得的无限安慰，足以穿透千年历史烟云直抵我们而来。

只是我们无从得知，唐代用刀"剪"韭是怎么个法子？

马兰头，拦路生

春天之美，在于地气上升万物生发，若能将春色移至餐桌上，春色亦无边。所以，春天的当令野菜多吃一点，不仅调剂口味，而且还能调节出好心情。

呦呦鹿鸣，食野之苹。这里的"苹"，就是艾蒿，是春日最具乡土情怀的野菜。说到《诗经》，那真是每一页都长满了茅、蕨、薇、蘩、甘棠、卷耳、荇菜的芳草地，而《诗经》时代的《鹿鸣》，便是宴会宾客的诗呵。所以，就我来说，对家乡最深切的体会，莫过于家乡春天的野菜的味道了！

早春的当令野蔬，首推马兰头。马兰头，正是一种旺生于路旁的艾蒿类菊科植物。"马兰头，拦路生……"这是存于明人《野菜谱》里的俚语歌谣。江南的初春，乍暖还寒。但一场春雨后，几乎是一夜之间，芳草连天鲜碧，一丛丛一簇簇茵绿翠嫩的马兰头，在田野，在路边，在沟渠旁，破土而出，遍地都是它们绿得鲜亮的生机勃勃的身影。要想咀嚼一下春天的味道，那就带上小铲或小剪采挖马兰头去。采马兰头，又叫"挑马兰头"，轻拢慢捻抹复挑，一个"挑"字，该让人想见多少春野上的轻盈风姿。

雨后初晴，异常鲜肥的马兰头嫩绿的叶子上还挂着晶莹的雨珠，真正的青翠欲滴，而它们幽幽淡淡的红茎就在柔柔的春风里轻轻摇曳着。走在田埂上,各种野花迫不及待入望中,你会觉得春光格外妩媚。你不得不相信,春天真的来了!便断续忆起了陆游的诗:"离离幽草自成丛,过眼儿童采撷空;不知马兰入晨俎,何似燕麦摇春风。"

一两个时辰的采撷,把盈筐盈袋的沾满田野气息的马兰头提回家,倒在地上,仔细地择去老茎、杂物,只留下一二叶嫩头,洗净,入沸水中焯去涩味,捞起过凉水冷却,挤干余水,切碎。取几块五香茶干切碎拌入,加糖、盐、味精,淋上适量酱油、香醋,拌匀,浇上香喷喷的小磨麻油,倘是上盘之前再撒上拍碎的花生米,碧绿色中点点洁白,岂止是赏心悦目……还没吃,那原野的味道早已飘入口中。待夹一筷尝尝,满口滑爽鲜凉,掩映着那种惬意舒畅的微腥的泥土气,宛如久已熟稔的轻声呼唤撩拨着心扉,仿佛这就是人间最美的吃食了。如果将马兰头和春笋嫩头一起焯水切碎,拌上臭豆腐干,就着此菜喝啤酒,品味着舌尖上那种涩涩麻麻的沁凉感觉,怕只有傻笑的份儿……就是拿鱼翅来换亦不肯了。

不喝啤酒,只一碟马兰头,喝稀粥,清平淡泊,又滋润皮囊,一嗫一饮间,也是人间的至味了。以我的经验,凡凉拌菜,食前放入冰箱略加冷处理,会更加入味,特别是酒宴场伤了脾胃,隔宿的早上,最宜凭此调养了。袁枚在《随园食单》中写道:"马兰头摘取嫩者,醋合笋拌食,油腻后食之,可以醒脾。"

《蔬食斋随笔》中引用过一首明代五言古风:"马兰不择地,丛生遍原麓。碧叶绿紫茎,二月春雨足。呼儿竞采撷,盈筐更盈掬。微汤涌蟹眼,辛去甘自复。吴盐点轻膏,异器共畔熟。物俭人不争,因得骋所欲。不闻胶西守,饱餐赋杞菊。洵美草木滋,可以废粱肉。"

从马兰头的形态、生态、采集、烹饪、滋味、评价乃至诗人的感慨，都描绘得很有情趣，特别是"淘美草木滋，可以废粱肉"一句，大有代马兰头立言的意味。

乐古人吃野菜肯定没有这么多的讲究，古人吃野菜很多时候是为了饱腹。马兰头经常得到文人墨客的赞美。袁枚的家菜不如野菜香，这是套用了那句"家花不如野花香"。有人调侃南京城里打着野蔬招牌的馆店之多："南京人不识宝，一口白米饭，一口草。"吃腻了体制内频现弊端的家蔬，再换口味尝尝应时而生的野菜野"草"，苦涩中见甘美，要的就是那种来自原野的清新香远。

去年的初夏，陈平原来安徽师范大学讲学，我去听了一下。据说此前陈平原曾去开封讲学游历，在那里吃了柳絮，这位学者就当场给取了个很令人心动的名字"月上柳梢头"。但中原人却不待见，要知道历史上他们吃柳絮却是一点雅兴与情思也没有的，全是因为生存艰辛，才以菜度日。确实，早期的先民食野菜肯定没有这么多讲究，那时野菜多半是用来饱腹疗饥的。汉乐府《十五从军行》里有"舂米持作饭，采葵持作羹"，据汪曾祺老先生考证，"葵"乃是野苋菜，当年的士卒们就是吃着这粗鄙难咽的野菜去效命疆场。古书上说，礼失求诸野——上流社会礼坏乐崩，道德水平严重滑坡，那该怎么办？就去民间开座谈会，寻找古风雅韵以正世道人心。实际上在今天看来，那些峨冠博带宝马香车人物，夕夕作乐，朝朝饮宴，肥鲜腴美不离口，不仅吃出了三高的富贵病，更败坏了社会风气，所以应多去乡野上走走，去民间访访，找几个老头来哼哼唱唱，餐桌上弄点环保的青草气息回归自然……至于到底还有多少人吃不上肉食，当然不在他们考虑之内了。

村上椿树

香椿树，不限于只生长在江南，但水软风轻的江南，生长的肯定是最动人的村上椿树。香椿树是树中丰仪伟岸的美男子，树形挺直，材质深红油亮，纹理清爽动人。春天里枝头长出最美味的叶芽，初夏天，它们飘着细碎白花的浓荫会洒满南方村庄所有的院落。

当年，外祖母家的老屋前，有两株同根的腰身一般粗壮的香椿树，连体并立于竹篱笆边的院角之间。每年春天的雨水之后，阳光下，它们就一起摇动着满枝头乖巧的红叶儿，在四月的熏风里骄傲地生长呼吸，空气中流溢着一缕缕青涩的香气。

每逢冬去春来，布谷鸟一叫，沟渠里流水哗哗，满乡野都是阳春动人的微笑，远处一重一重的山峦，显得空灵而遥远，林间、宅边大大小小的香椿枝头开始喷芽。三五日春风一吹，那些曲屈挠弯的芽甲从紫褐色的茸层里争先恐后地钻出来，舒展嫩叶，在饱含水分的阳光照射下，远远望去，满树像燃起嫣红的火苗。姑娘和孩子们便可拿起竹竿和顶叉欢声笑语"打椿头"了。

树上长出来的菜，临风流韵，恣意高扬，肯定很有点另类，不会低调随俗。香椿头那股冲冲的窜窜的清气，败火功能超强，尤能令人身心为之一快。将香椿头洗净投开水一烫，切碎与豆腐凉拌，浇点小磨麻油，不待举筷，那动人的色香味早已由眼底飘入口中了——诚如汪曾祺所谓"一箸入口,三春不忘"。一盘雪白的豆腐片,中间码一小拢碧而细碎的凉拌香椿,在油荤很大的宴席上见到这样一道返璞归真的菜,那会叫人神情和口舌都为之一爽!而香椿炒鸡蛋,无论是草根的灶间还是豪华食府,都是最通行的菜肴。只是在食府里称作香椿头涨鸡蛋的,于其中增添了肉糜,有时还加上剁得极细的茶干,以重油煎得丰满鼓胀,味道真是没得说的。

在早年的记忆里,外婆有时会将我采来的香椿头切成细丝与煎黄的蛋皮同拌,码在白瓷盘里,淋上熬熟的菜籽油,盈绿轻红间着灿黄的一盘端上桌,不说吃,光是看,要多养眼有多养眼。嚼一口这样的香椿头,让清气在嘴里缓缓蔓延,那感觉就像把春天含在嘴里,一点点地品味消受……即使是童稚的心里,也溢满了馨宁生活的安恰与美好。

与我们邻近的泾川那边,当地人将香椿头当作小葱芫荽那样用来提鲜去腥气。比如煮鲜鱼汤,撒上点香椿嫩叶,吃了鱼肉之后,那鱼汤,你还可以连喝两大碗。徽州人离乡出外,所带的干粮中,就有香椿馃,又叫盘缠馃,吃着这样的馃,千里万里不忘家园。而一种极具乡土风味的"香椿面鱼",则有点情同恶搞,是将嫩香椿头洗净,沥净水分,在调好的面糊中没头没脑地拖一下,披披挂挂地投入热油中炸成金黄色,有着非同寻常的咸酥脆香,绝对比西餐馆里挂浆炸出的番茄生菜好吃多了。因为是整支香椿头炸成后,支张似鱼形,故有此名。

雨(谷雨)前的椿头雨后的笋,打椿头是非常讲究时令的。故乡的谚语有:雨前椿头嫩无丝,雨后椿头生木枝。故乡人只打侧枝和旁逸斜出的将舒未舒的芽叶,而不会去碰主枝顶端的壮实椿头。

打下的椿头一时吃不完，外婆就晾干腌起，放入吸水坛子里封好，不管隔多长时日打开，都是那样壅香绕鼻，甚至连颜色都没有多少改变。

人们常将太和香椿推为极致。太和著名的香椿品种有紫油椿、黑油椿、红椿和青椿，又以紫油椿质量为最。相传唐时紫油椿曾专作贡品，每至谷雨前后，驿道上的快马驮的就是上等紫油椿芽，昼夜不停飞驰长安。真是一骑红尘妃子笑，无人知是"香椿"来！犹如环肥燕瘦都是美丽的哀愁，我不知道故乡的香椿是什么品种，只知故乡的香椿全部是嫣红的叶，油亮的梗，据说那是布谷鸟啼出的血溅在上面染成的，因为布谷鸟总是喜欢停在高高的香椿枝头悠长啼鸣，一声声传播春消息。

有时我禁不住想，一个人对一方故土食物的喜爱，这同他个性的形成，会不会有直接的关系呢？我是一个有点诗性清扬的人，风来雨去，云卷云舒，每当我把乡情当作美食一起享用时，便总是止不住想起一些与我一同分享过它们的逝者。故乡的风味和流韵，如同一张旧唱片，它在我心的深处缓缓转动，风一样把我托起……

螺蛳喋喋

　　"清明螺，赛老鹅。"是说清明时螺蛳大补，且味美。这个时候的螺蛳刚由冬眠中醒来，少泥腥气，基本上无子，用姜丝喷酒爆炒，放少许水磨红辣椒，再撒上些葱花，那种紧结而又柔嫩的螺蛳肉，滋味实在不错。亦有以葱头椒丝爆炒，喷酒加糖，再倒上少许红酱油，后加宽汤，汤一开即出锅，这种做法比较清淡，着力突出螺蛳自身的鲜味，不仅螺蛳好吃，汤也鲜美，鲜美的汤里还含有缕缕沼泽的清凉气息。若是讲究的，将螺蛳连壳焖，佐以火腿丁、鲜笋条、东北茸耳、鲜辣椒丝和姜丝，让它们都淹在汤里，弄成咸鲜口味，则是仿制江浙那边餐馆里算得是豪华之作的"上汤螺蛳"了。

　　事实上，螺蛳在圩乡，根本算不上是一道菜。打撒网的，拉拖网的，用稍网推虾子的，经常连泥带水将螺蛳弄上来，这里一堆，那里一堆，也没见谁来拾取。初夏天，走在乡下的水塘边，水面是随风翻卷而下覆的荷叶，还有慈菇叶，水底是隐约可见的披纷的水草，这些水草和插在水底的荷叶杆上，附着螺蛳历历可数，有时能看清它们结成长长一串缓慢爬行，伸手即可捞上来一捧。

　　倒是在我离开家乡出外工作后，吃螺蛳的机会反多了起来。除了在餐馆里点菜时来一盘，不过事先要看好：一要新鲜，二要干净，偶尔也从菜场买回现成螺肉（那是螺蛳烫过后把肉挑出来）自家烧。

螺蛳炒韭菜，是最易拿出手的。三月的螺蛳对三月的新韭，犹似好心情对好天气，清新鲜美，自可想象。只是这螺肉不是那么容易洗净，里面常常夹杂着一些鳞盖片、尾肠和草屑，最好放淘米水中洗，淘米水去腥去黏，且能让螺肉变嫩。螺肉下锅爆炝，火候一定要掌握好，既要炒透入味，又不使过老难嚼。

街头常有卖五香螺蛳的。通常是推个小车，车上焐个煤炭炉子，炉子上垛只大号钢精锅，里面是热腾腾香喷喷的五香螺蛳，红尖椒和乌黑桂皮杂在其中胜过鲜艳广告。有一次，我仿其法，买来一堆青壳螺蛳家来做。先将螺蛳放在清水里养两三天，漂几滴生菜油让螺蛳吐脏。待灰色棉絮状的秽物吐尽，淘净外壳再用老虎钳子一个个剪去螺尾，放油锅喷酒爆炒，加入姜、蒜头、盐、糖、红椒、五香和少量水，五六分钟后起锅撒上葱花就上桌了。其诀窍，务要使汤少，成粘黏状，螺蛳才入味。

螺蛳最好吸着吃，这样螺蛳壳里的螺肉和汁同时吸进嘴里，味道特别丰满滋润。拿牙签挑虽然方便，口味却差多了。螺蛳要剪去后壳，两头通风才能吸得动。吸螺蛳和嗑瓜子一样，是个技术活，吸时用力不可猛，猛吸就把螺蛳屁股里的屎肠子也吸进嘴里了，要吸得恰到好处，让螺蛳头进嘴，牙尖轻轻把后半截截住，舌尖裹住一吮，整个螺肉便裹挟带着鲜美的汤汁轻轻滑出。若是吮不动时，可用筷子头将螺肉往里抵一抵，抵松动了，再一吮就出来了。有人一双筷子将一盘螺蛳吃得烟消云散，清清爽爽，手根本不需碰螺蛳。也常有人戏谑说吃螺蛳像接吻，吃螺蛳多的人，接吻的功夫一定不会差。更有邪乎的，据说吃"上汤螺蛳"的高人，如果他要嘬口用力一吐，螺蛳壳能噗的钉入门板上，简直如同武侠小说中杀人于无形的独门暗器！尤佩服浙人吮吸螺蛳的本事和吮吸钞票的本事一样了得，但不知他们是否还记得自己乡土岁月时的民谚："毛豆剥剥，螺蛳嘬嘬……"他们彼时的人生惬意，也就不过如此吧。

在街头，那些嘴馋的吊带衫女孩，常常买它一块钱两块钱的，拿个塑料袋或硬饭盒子一装，卖螺蛳的人再送上几根牙签，然后不甚文雅又不顾环境卫生地边走边吃。自然，也有三两衣衫上品相的女孩子，先寻到湖边一处长椅相向对坐下来，铺一方餐巾纸收拢螺蛳壳，翘着染有蔻丹的兰花指，边挑边吃，巧笑倩兮，路人为之侧目，尤觉花草生情。

夏夜，于习习凉风中选一大排档，炒上一盘螺蛳、一盘龙虾，要上几瓶冰镇啤酒，再打手机叫来一友，对坐着便能将不尽的话题聊到深夜，不失为一祛暑快事。但有时不幸会遭遇一颗晦气的"炸弹"，正说着或听着时，这里用力一吮吸，"呵……"喉咙眼里如同给噗的捣了一拳，"呸！呸！"真正是臭到肚肠根里去了。于是赶紧用杯子里剩余的啤酒漱口，高声叫来老板，老板一个劲地点烟赔笑脸，连说再免费送上两瓶冰啤。摇一摇头，想想算了，人一生不就这样嘛，顺也好背也好，总少不了有几桩霉事臭事搅搅局的……于是就结账，就挥别朋友趿拉着拖鞋踉跄走人。

原野食绿

　　早年曾是乡村赤脚医生，那时进山采挖中草药，常能随口啖到黄精、首乌、百合、茯苓，吃下这些甜糯生津又气血大补之物，多半是为了疗饥，而非什么"药膳"和"食补"。但凡做过郎中的人，由其经验，终归是容易悟及口腹之道的。

　　有一种功能润肺养肾的常用中药，叫天门冬，时下人们爱养置在案几庭院类似文竹的观赏植物，花卉市场有出售，但它们的最佳生态，却是竹树林中那半人高的一丛丛、一蓬蓬青郁苍碧的身影。每当春二月里，它们令箭状嫩茎就蹿出地表，待尺把长时掐下，切寸段与腊肉同炒，恍如青玉簪，入口腴嫩清脆，那种滑腻腻的鲜味，有吃冬笋和扁尖的感觉。

　　古人谓诗僧清雅脱俗文字为"有蔬笋气"，盖笋之为物，本身无味，以清胜。故乡野地里，春日多小竹笋，只小指头粗细，剥去绿壳，水汪汪地泛着白灵鲜嫩的光泽。先将小排骨、咸腊肉加水同煮，文火出味，投以笋，未几，即有动人香气缥缈升逸。此汤无须任何调料，肉烂即食。丰腴清雅，甚是脱俗。

　　还有荒郊野岭常见的白茅草的孕穗，把它从叶鞘中抽出，掐去老梢，与春螺及火腿片同炒，黑白红绿，妙在荤味厚而醇香悠长，素味清而淡远甜悠，口感层次分明，犹如往返于红尘净土、闹市幽谷。茅草的根，莹如白玉丝，清纯甘美，生血活血，过去产妇必以此炖老母鸡补身子。

野蔷薇的嫩茎，俗叫"刺玫苔子"，也是春二三月里由老秆或地下根抽出嫩茎，可达竹筷粗细，颜色有青有暗红，掐下来，撕去连叶带刺的表皮，径送口中，甜丝丝的很好吃。我试过将其与用绍酒、老抽油等调料腌渍少时的精里脊肉丝同炒。注意不要走火过老，待肉丝半熟收汁，少量勾芡后，投入切段的嫩茎，大火爆炒几下，收拾到青花瓷盘里，葱绿红黄，条是条段是段，鲜亮明洁，着实赏心悦目。

"五月蔷薇处处花"，蔷薇的变种俗称粉团蔷薇的"七姊妹""十姊妹"，还有被喊作"月月红"的月季，以及大名鼎鼎的情人节玫瑰花，都是一个近亲系列，按药食同理的说法，它们都有活血散瘀、拔毒消肿之功效。种植月季、玫瑰的花坛中，每年春天都要冒出的嫩茎，应是都能作上述处理的。这些嫩茎也可投沸水焯一下，捞出挤干，切碎，拌以细盐、鸡精，浇上老陈醋和小磨麻油，极是雅致可口。

马兰头和枸杞头，前者贴地生长，后者则是篱笆上一种小灌木抽出的嫩芽，都可用水焯了同臭干子或香干子一起凉拌，佐酒甚妙。至于野豌豆苗，据说就是《诗经·采薇》中写的"采薇采薇，薇亦作止，曰归曰归，岁亦莫止"里面的那个"薇"，也叫作翘摇，采回来，稍经盐搓揉两下，投爆油锅中急炒，有股子动人的清香味。这可是喂养过伯夷、叔齐的薇呀，许多女子都以它作了养眼的名字呢。

饮木兰之坠露，餐秋菊之落英；只要无毒，无怪异气味，一般花花草草、茎茎叶叶都可入口。像南瓜花、广玉兰花、莲花，还有摘除了花蕊的杜鹃花瓣，都可用开水烫过后切碎炒鸡蛋，或是裹了面粉油炸了吃，甜津津的很香。气味稍重一点的，不妨先用水焯一焯，亦可去掉有毒成分。比如，通常所知的鲜金针菜必须经沸水汆，就是这道理。另外，在炒野蔬时，喷上一点烈性白酒，既可去除草腥味，又能让野蔬看起来更加鲜碧。一般说来，果、茎、叶、根只要有一可食，植株其他部分亦可放心食用。像茭白的嫩鞘，老早我就炒食过，没想到眼下菜市上有现成的整把卖，且给取了个新鲜名字：茭儿菜。还有俗称"藕肠子"的莲藕的气根、野菱和鸡头梗，好生调理起来，会让你有水汽氤氲之感，仿佛身在莲塘菰蒲间。地姜，又叫洋姜，根子上长的块茎像生姜一样，也是黄黄的，撕下一层薄薄的皮，里面是白白的肉，咬一口，脆脆的甜甜的，鲜滑无比。至于俗名"猪脚筋""小鸡蒜"（我至今也没搞清其学名）的地下营养根茎，用来做汤，因富含淀粉而滑糯甜润，不比"吴中莼羹"差多少！

数年前闹非典时，有食坊做广告推出鱼腥草时尚食疗系列菜。鱼腥草，因腥气太烈，又名臭草，叶卵状心形，初夏开小白花，稻田里最常见的有害杂草。药性功能为杀菌杀病毒、排脓解毒，主治肺热咳嗽气急。其入膳，肯定得经过某种独到处理，相信食后果能使人肺腑之内有清气浸润，鼻息之间有馨香弥散，连眼神里也会生出别样的淡远与清亮来。

"夜雨剪春韭，新炊间黄粱"，是古清流雅士的餐饮极致。寻访野蔬，药食保健，且吃出一种情调，已成当今饮食文化的主流。口腹悟道，应不以迷于正味为是，恭承祖训与暴殄天物一样早已不够体面和雅致了。有句老话：三辈子学穿，五辈子学吃。想到"食不厌精"和"割不正不食",觉得圣人孔老先生未免太刻板乏味、太书呆子气了。其实,人间美味,朵颐称快,抑或不有清心明目、回肠荡气之空灵,至于通常所谓齿颊留香、回味不绝那层意思,只是美食的寻常层次上的感受。话说回来,五荤伐性,食家本色,馋咬舌头饿咬腮,升斗小民未必能吃得来乾隆爷的"燕窝黄焖狍唇炖石鸡"。

莴笋的风土人情

莴笋是土名，书上规范的称呼是莴苣。

我去乡下，最喜欢往菜园里转转。春天里，一畦畦莴笋列队一样齐崭崭的，比别的菜要高出许多。打眼望去，莴笋最为嫩绿，旁边生长着大蒜和起薹的芫荽，但谁也比不上莴笋那般宽衣大裳高身架。莴笋绝对是菜园里的模范生。

莴笋分为叶用和茎用两类。叶用莴笋又称生菜，在西餐店里吃三明治汉堡或炸薯条什么的，常吃到这种叶面曲卷打皱的蓬松绿叶菜，脆而微甜。我们通常所说的莴笋，都是食茎的，而且确实呈笋状。削去皮的莴笋，清澈而诱人，像绿的翡翠，嫩且有玉质的透明感，有时感觉更像梳妆好的女人，清新可人待人品味。

莴笋做菜肴，可荤可素，可凉可热，碧绿盈盘，口感爽脆。将莴笋斜切成菱形条块，在油锅中焖炒，略加食盐和豉油少许，乘热进食，用筷子夹起柔软嚼在口中，味极清隽。莴笋切成细丝，腌数分钟，滤掉汁水，根据自己的口味加入适量的盐、麻油，一道淡甜脆嫩、爽口宜人的凉拌莴笋丝就做好了。有的时候，我也将莴笋切成薄片，加上肉片和少许胡萝卜片同炒，就有点精致的味道了。猪肉切好装碟子里，略略洒点水，抓一撮淀粉拌匀，投油锅里爆熟，起锅装盘，备用；再将莴笋炒至半熟，放一些蒜段，投下些肉片合炒，莴笋和肉的味道都很浓郁，很滑爽。

吃莴笋，选叶子油亮或有紫脉的那一种，叶子灰白的，似乎苦一点。油亮叶子的莴笋，清苦里有丝丝的甜。

二十多年前，我在青弋边的西河小镇上当中学教师，春天的时候，小镇郊外连片的菜地里，长得最动人的就是那种紫红叶子的莴笋。而学校食堂供应最多的便是各式各样的炒莴笋，有的和肉片同炒，或佐有青蒜和青的红的辣椒。莴笋有清明的色泽与质感，微红的肉片杂陈其间，就是我的清苦生活中最动人的味道。那样的日子里，常看到食堂胖胖的赵妈坐在树荫下削莴笋，拿一把刀紧贴莴笋根部削入，捏着莴笋皮向前扯，一会工夫地上堆了老高的皮。有一个姓鲁的家在外地的教师，老是用自备的小煤油炉子做一种放了很多醋的猪肝熘莴笋片，再炸一小碟花生米，斟上二两白酒，听着窗外噪晚的八哥和麻雀吱吱喳喳零乱的叫声，悠悠然地慢慢品饮，有时也叫上我。那条被人喊作"老汪"的很瘦的黄狗，就卧在一旁，满脸讨好地看着我们。在那个小镇上青草疯长的春天里，莴笋便代表了一种心情，宁静，悠远，散发着微微的清苦。

莴笋以食茎为主，很多人将叶子抛弃，很可惜。其实，莴笋靠近梢头的嫩叶子，经水焯一下，烧热油，放锅里速炒，搁点辣的豆瓣酱，若是在上面浇上点带渣的臭豆腐卤水，就成了极有风味的季节性家常菜。也可以烧热油锅后，将红辣椒和蒜末煸香，再把莴笋叶放下去，嚓的一声，搁点盐，这么炒出来，比馆子店里的油麦菜有味道得多。莴笋叶切碎与豆腐同煮，也别具风味。

吃不完的莴笋腌起来，太阳底下晒干，装入瓶子或罐里，要吃时，切成碎丁，炒或不炒都行，滴几滴麻油，蘸点辣酱，咬在嘴中脆崩崩的响牙……就着喝粳米粥，不留意就吸溜两碗下了肚。

别看莴笋身架大，脚底下却没有多少扯扯绊绊的根系维生，稍一扯就起来了。莴笋主要靠宽大的叶片进行光合吸收营养，若叶片太密不透风，地气湿热的暖春天气里，根部经不住烘焙，常会湿漉漉烂秃了桩，顶部承接阳光的叶片虽仍在疯长，但轻轻一碰，就软软倒下来。到了初夏，莴笋的茎逐渐伸长和膨大，叶顶长出头状花序，花黄色，果褐或银白色，外面包着的冠毛，能像蒲公英那样被轻轻吹起飘向不确定的远方，充满了芳菲诗意。

莴笋是外来菜，我不知道它是否在唐之前就移民过来了？反正杜甫是很馋吃莴笋的，当年穷困潦倒困居夔州时，买不起市上很时尚的高价莴笋，就满怀希望在地头撒下种子，却只有野苋满地，心心念念的美味绿菜并不见长出来，于是写下《种莴苣》一诗以宣泄悲愤。不过，这老杜倒是远比西方童话里那个怀孕的女人好，那女人隔墙看见人家园子里莴苣叶碧绿诱人，口里实在馋不过，丈夫无奈之下跳墙偷来给她吃，由此铸下大错——那莴苣是巫婆的，受了挟制，孩子生下来便骨肉分离，被巫婆抱走。

早年辅导儿子读《格林童话》，有《莴苣姑娘》一篇，内容与《灰姑娘》相近。后来我无意中看农业资料得知，西方本土的莴苣，都是那种食叶的生菜。而莴笋这个名字，品咂出的是地道的江南风味，也更容易让我忆起过往的乡村岁月。想来，那个西方童话里大肚子女人所馋的，仅是碧绿的叶而已，她未必懂得食茎以及食茎之外的许多风味。

写过《雨巷》的戴望舒有留洋的背景，所以他称莴笋为莴苣，其诗集中有这样两句：因为小病的身子在浅春的风里是软弱的／况且我又神往于家园阳光下的莴苣……

如果有谁问起，我们有多少前尘往事都遗落在"浅春的风里"？隔了岁月的迢迢光阴，我们还能看清家园绿畦的方向吗？

桃花颜色苋菜饭

　　每次走到人家菜地边或看到人家的菜地，脑子里总要悠远地冒出两行古人的诗句："几畦蔬菜不成行，白韭青葱着意尝。"但在初夏时节，地里的茄子辣椒和豇豆青豆才起秧架藤子，南瓜也只次第连绵地开出一路黄花，此时"着意尝"的只能是瓠子和苋菜。尤其是苋菜，无论是间种在瓠子架下的空当里，还是齐崭崭地整畦呈现于地头，看上去总是那么爽心贴意地亲切可靠。雨过云开的菜园里，雨洗后的苋菜，嫩叶尖下缀着水珠，更是有着一种情意绵绵的清新舒展，叫人灵魂静滞。

　　"苋菜不要油，只要三把揉。"洗苋菜时，一定要揉出浮沫且把浮沫漂尽。沥干水，锅烧热一点，要多放点油，这是张爱玲说的，再放几个蒜瓣煸一下，嗞啦一声倒入苋菜旺火旺油翻炒。那种有深赤脉络、叶片肥厚暗紫的苋菜，搓洗时就像打翻了颜料罐，能染红几大盆水。这种苋菜宜炒得烂熟一点，直看着白蒜瓣也成了深红，夹到碗里时，白米饭和白瓷碗的边沿都会给染成妖冶的胭脂色。过去糕点作坊里离不开的颜料叫"苋菜红"，我们小时乡土岁月里吃过的欢团和馒头发糕上的那一点动人嫣红，其来源正是于此。最好吃的，是那种细叶初发的青苋菜，稍搓揉洗净，沥去水，投以拍碎的蒜头略加清炒，其香鲜柔嫩便伴着初夏的清新留在齿舌间。

郑板桥的画绝，许多题画诗的字句也是妙绝。记得他有两句诗"白菜青盐苋子饭，瓦壶天水菊花茶"，口感和色彩，都是信手拈来随意组合的。苋菜漉饭容颜深红，而属于那个时代微微泛青的盐，说明含杂质多，瓦壶煮雨水泡出菊花茶，最是所谓世俗生态。平和茶饭，敷色心思，品味之下，有着一种清宁的乡居生活的妥帖，很是让人向往。

读知堂老人那种人情冷暖的小品文，有一篇《苋菜梗》："近日从乡人处分得腌苋菜梗来吃，对于苋菜仿佛有一种旧雨之感。"说的是那种老得不成样子"抽茎如人长"的苋菜梗，切段盐渍，泡入臭卤里，"候发酵即成，生熟皆可食"，夏天晚上吃粥尤好。吃的时候一吸，吸出根茎里呈胶冻状的嫩液，然后把不中吃的外皮吐掉，大约就跟我们现在吸果冻差不多。在我们这里，长到人腋下结出籽簇的老苋菜也是有的，但那是养下来做种的，一棵两棵孤单地立于地头，其余的，到了季节该拔的拔了该散的散了，苋菜老了就不中留。虽然我们这里也吃苋菜梗，却另有一种吃法。那已是草木葳蕤的盛夏了，苋菜青莹莹的梗给撕去外皮，掐成寸段，太粗太丰盈的还要从中间剖开，然后和青椒丝同炒，倒也甚是清新宜人。

我小时吃过一种蒸苋菜，那是早年缺吃少烧时"一锅烀"吃法：饭锅干汤后，把苋菜铺上，灶膛里续两把火将热气顶上来，饭熟菜好。拿一双筷子从热腾腾的饭锅头上将蒸烂的苋菜划进碗里，加上蒜泥、盐一拌，再淋上几滴熟香油，吃在嘴里味道也说得过去，只是显山露水的一锅饭尽成桃花颜色，就像打翻了颜料罐，那真是有得看了。我在游玩徽州时，还吃过米粉蒸苋菜，将苋菜里放入炒米粉，加鲜汤、盐、鸡精、油，拌匀，大火沸水速蒸。苋菜鲜嫩不软烂，色泽红润，味道香糯，咸鲜爽滑。徽州过去往婺源那边，还有一种吃法，就是拿苋菜做春卷，或者是他们喊成的"苋菜合（盒）子"，味颇不恶。令人不爽的，是眼下都市的许多餐馆里，但凡绿蔬菜，都是先在锅里倒重油"拉"一下，吃时腻嘴不说，蔬菜原有的清明味道也给粗暴地强"拉"尽失，这是典型的商业恶俗作风。

苋菜为江南特有，北方鲜见。但现在北京的超市里也有卖的，是那种圆盾状大叶子的苋菜，整把地扎了出售，根本瞧不出一点红绿相间的水灵鲜活。可笑的是，在琉璃厂旁一家餐厅的菜簿上，我看到有上汤苋菜，想见识一下是什么个做法路数，遂点了这菜。若是按规矩来，上汤的菜都是用高汤做的，就是说先略炒倒，再加高汤文火煨熟，起锅装入碗中，有时还有一点海米、黑木耳什么的加盟进来。但是，待我们要的上汤苋菜端了上来，一看，纯粹就是炒苋菜嘛……犹如循着一个清丽曼妙的名字，叫上来却是一个不堪看的俗妇人，而且那苋菜显然有点上了年纪，吃在嘴里粗糙糙的拉舌头。到底是北方水土比不得南方的软腰轻柔啊。

活色生香地长在《诗经》里大名鼎鼎的"藜"，就是一种野苋菜，大众的喊法是灰灰菜或灰苋菜，肆意生长于房前屋后和沟沟坎坎边。灰苋菜的幼苗和嫩茎叶，经水焯，再用清水漂去涩味，可炒食可凉拌或做汤，味道鲜美，口感柔嫩。胃酸多的人尤其适合吃灰苋菜，灰苋菜多碱，炒过灰苋菜的水用来洗碗很爽。

马齿苋也担了个"苋"名，却相去甚远了，但晒干的马齿苋同五花肉一起烧入了味，在溽暑夏日悠悠穿堂风的吹拂下，用来下饭，倒是很有几分情调的。

地苔皮的前世今生

　　地苔皮，也有一些地方喊作地踏菇或地拉子。地苔皮就是地皮菜，又名地木耳，为一种季节性的菌类和藻类的共生体，地衣的一个科目，算是植物界特殊的类型。这令人想到大地的衣服和皮肤，它的学名也取得怪怪的，叫葛仙米，占着《百家姓》上的一个姓，但和米却一点不搭界，不知其根据何所从来。

　　地苔皮类似于木耳，虽是单个只有指甲盖大，却长得有点夸张，呈波浪形片状，中间浅黄呈橄榄色，周边深黑近墨绿色。不同的是，木耳是对称生长附根在腐木上，皮大肉厚，地苔皮无根，它是在特定的环境下才能生长出来。地苔皮是真正的草根菜。春末夏初，只要一场雨后，在那有点陈旧零乱但却永远不缺少生机的堤坡草地上，就会长出一朵朵一撮撮这种黑不溜秋的东西来。而且在雨后刚放晴时才会出现，得赶紧捡，如果太阳稍微一晒，地苔皮基本就干了，卷缩成灰黑色，就没法捡了。地苔皮是雨季的匆匆过客，它们仿佛一下子从四面八方赶来，却又一下子就走完了这世上所有的路。新鲜地苔皮很软很薄，也像木耳那样富有弹性，但纤小柔嫩得多，抓手里滑腻腻的。

　　地苔皮也是多钙性土壤的指示植物，同时还是一种高级有机肥。长地苔皮的地方，土壤都不会太瘦，草显得浓绿而多汁，时常能看到野小蒜和牛屎菇。地苔皮很容易让我们想起孩提时的童心与柔嫩。小时候常捡这东西，雨后，阳光穿透云层斜射下来，仍有零星的雨点飘落，戴着草帽到野地里去捡。地苔皮像是雨后的精灵，黑亮亮地散落在堤坡上的草窠里，有蚱蜢和拇指大的灰黑土蛤蟆不断地跳，大群的八哥在雨后远远的飞来飞去。那时有人相信，打过炸雷的地苔皮不能吃，吃了会肚痛生病的。

由于这东西是雨后湿漉漉贴在草中地上的，零散细碎，捡起来费事，上面会粘带着枯草叶、青苔、泥沙、蚯蚓粪什么的。回家后先洒点水，使它柔软膨大以免破碎，然后动细工一点点挑拣。又是用手择，又是动嘴吹，或是用手指弹。捡一筐回家虽然不易，择净洗净就更难了。不知洗过了多少遍，但地苔皮的褶褶皱皱间似乎永远也洗不净，吃时仍难免遭遇草茎细屑。

只是地苔皮烧出来后，搁点猪油，那个油润和鲜香，还有滑溜爽口……滑爽到你舌头轻易裹不住！你只要尝上一口，就抵挡不住要尝第二口，一尝再尝收不住筷。地苔皮清炒，将油锅烧辣，投进蒜蓉、姜丝、辣椒先爆香，再嗞啦一声倒入地苔皮翻炒，搁上盐，盖锅略焖片刻，出锅前撒上小葱或切碎的蒜苗提香。地苔皮下锅前要稍稍挤干水分，否则炒时渗水过多会冲淡口味。饶是如此，这东西缩头仍是大，看起来一大堆，炒出来只一小碗。但这一小碗就够你吧嗒嘴了。因地苔皮藻体富含胶质，富含氨基酸类的鲜味成分，本身就是味精，所以吃起来才清脆滑嫩，绵软香鲜，比木耳的口感好，辣呵呵的特别能下饭。地苔皮炒鸡蛋炒土豆丝，或是和韭菜一起炒，味道都不错，放入汤中更有滑而不腻的口感，凉拌则别有风味，有一股雨水的清新和宁静。好几年前，我在一家颇具特色的土菜馆里吃过一回地苔皮鸡汤烩豆腐。那次，我们四五个人每人点了一两样自己喜欢的菜，说着闲话，听着田园小调时，菜很快便一一端了上来。看着那些熟悉的野菜，飘散着淡淡苦味，夹带着一丝丝泥土的芳香，心情不由显得格外的轻松和舒畅。那碗地苔皮鸡汤烩豆腐，真的可谓以柔烩柔，以黑间白，配上鲜红的海米，视觉上异常愉悦，吃在口中更是风味独具，很快就给我们最先干掉了。

雨后地里刚捡回的地苔皮，若是多得一时吃不了，洗净晾干，可以长期保存。日后拿出来用清水泡一下，做一锅鲜汤，仍是一道上好的佳品。我在江苏溧阳天目湖风景区，就看到盒装的"地衣菜"同砂锅鱼头及风干鹅摆放一起，作为当地的品牌土特产出售。

每次吃地苔皮的感觉都很好，想到那片雨后的天空，想到青草泥土混合飘香的味道，心情就湿润而有所思……或许，那就是对我的消失的童年生活的一种追忆和悼念吧。

遮眼大法的"水菜"

就像你不看下文，怎么也想不到周作人文章的标题《水里的东西》说的就是水鬼，我们这里所谓的"水菜"，外地人想痛了脑子，恐怕都想不出究竟是什么菜？

其实水菜便是河蚌肉。你觉得怪异吧，为何有此称呼？如果凡是水里出产的都能叫水菜，那为何又只有河蚌独享此称呼？大概是河蚌这东西剖开后，淋淋漓漓露出仿佛动物内脏那般滑腻腻、水歪歪的一团，看着让人不舒服，干脆就来个遮眼法吧。

不过，说归说，这水菜如果烧法得味，倒也不失为一道极有特色的菜肴。水菜的吃法以煲汤居多。冬日，菜市上有现成的干品，买回来后，先剪开硬肉，用温水反复浸泡，直至漂尽污物。然后放入切块的咸鸭或是咸腊肉，一同炖，炖到水菜几近酥烂，再投放几块笋片起鲜，最后撒上些葱花、胡椒粉，热气腾腾地端上桌，香味飘入鼻孔，诱人食欲大开！

如果要是吃新鲜的水菜，和螺蛳一样，最好在清明前，此时水中的蚂蟥还未曾出来，河蚌没有蚂蟥来叮，最干净，且肉质清纯肥厚。卖蚌人用一把镰刀剖开蚌壳，将裙边一样的腮肠收拾干净，这样你就省事多了。回到家用清水洗净，切成长条，硬肉边儿不容易烂，得用刀背将边上的硬肉捶扁。热油爆炒后入砂锅，再投以姜丝、黄酒，然后放入豆腐，大火烧上热气，再改用小火焖，直焖到豆腐起孔。这个时候的河蚌豆腐汤，纯白色，和鲜奶无异。水菜属大腥之味，姜一定要放足，至汤味微辣，方才浓俨鲜美。

水菜、火腿、香菇烧青菜，算得上是一种不错的美食。选那种不大不小的青菜，开水烫过，从菜头十字形划开，备用。以火腿肉片与水菜同煲，至烂，沥去多余汤汁再略勾上点芡；青菜码盘，以水菜、火腿、香菇做浇头，深入浅出，相得益彰，不光河蚌好吃，青菜也异常鲜美可口。若是把青菜换成用开水焯过的豆腐丁，做法大致相同。纯白的豆腐丁，褐色的蚌肉块，还有鲜红的火腿片，再撒上碧青的芫荽末或是葱花，目注之下，岂能不大快朵颐！

性凉之物多能消肿利尿，乡谚"清明喝碗水菜汤，不生痱子不长疮"，是有一定道理的。江南有的是小桥流水，有湖有河有淖，凡为水泽皆生蚌。哪一处水塘快要干涸了，清可见底的水下弯弯绕绕地爬出一圈套一圈的泥槽，那是河蚌在寻找逃生的线路。通常情况下的河蚌，也就是手掌大小，外壳红亮清爽的是年轻蚌，肉肯定好吃一些。小时见过最大的河蚌，个头骇人，足有洗脸盆大，浑身长满深黑的苔藓和一圈一圈密密的纹，这种河蚌江湖走老了，肯定肉硬似铁吃不动。20世纪70年代中期，我在下放的生产队一户人家的稻仓上方，见过一扇形似澡盆那般巨型蚌壳——当时就想，不知那扇壳中可曾走出过烧饭做菜的美丽河蚌精？

汪曾祺在他的那篇《受戒》中，曾策动过一个很有地方色彩的用词"歪荸荠"。其实我们孩童时常在沟塘河汊里扎猛子"歪河蚌"，只是我们家乡话将河蚌发音成"河刮子"，"歪河蚌"也就成了"歪河刮子"。夏天我们在水里闹腾够了，便比赛踩河蚌——稍稍在水底烂泥里用脚一歪一扫，嗯，一个圆溜溜的疙瘩，脚指头勾一勾，屁股一撅扎入水底，用手一抠就出来了。有时摸上来的竟是一只老鳖，则会引来一片欢叫。也有的孩子专门在身后拖了一个澡盆，"歪"到"河刮子"手一扬丢入盆中，要不了一时三刻就是满满一盆。不过，这些河蚌弄回家全都是做了喂鸭子的饲料。我们那块圩里到处是丰盈的水面，正经的鱼虾多得都吃不过来，螺蛳河蚌只在清明前后那几天才上饭桌。

我自识得菜花蚬

我们喊的蚬子，不是长在近海浅水滩上的，而是江南所特有的河蚬。早先，河蚬大量生长在南方的湖泊池塘和沟渠内，不少地方把河蚬喊作"各子"，其实，"各"是福州话音，福州人念蛤（读音隔）为"各"，但蛤是蛤，蚬是蚬，蛤比蚬大，蛤的外壳上有花纹，又称为花蛤，过去装蛤蜊油的盒子就是蛤的壳。蛤生长在海边，蚬子海水里有淡水里也有。"打赤膊吃蛤，穿棉袄吃蚬子"，这是一句福州民谚；意思为炎炎夏日是吃蛤的季节，天寒地冻是吃蚬子的季节，因为只有这时候它们才肉质饱满，味道鲜美。其实我们这里水乡也有民谚，叫"菜花蚬子清明螺"，蚬子和螺蛳一样，都是到了油菜开花时近清明天气，味道才好。

我的朋友黑白，在自己那本书《文人的美食》中专门讲到蚬子，他说："……蚬子一般长在荷叶的反面或河蚌壳上，是寄生的贝类……池塘边多的是，用手在荷叶上捋一下，便是满满一把蚬子。"这倒有点把我给弄糊涂了，在我的印象里，只在有泥沙的水域才长蚬子，蚬子通常都是把自己埋在沙中，所以蚬子又被喊作"沙蚬"，也有地方喊"沙河蚌"，江河沙滩上常能看到许多被水浪冲洗得发白的蚬壳。沙蚬怎么会一起结伙跑到"荷叶的反面"去了呢？或许那是另有的一种蚬子。看过汪曾祺的《故乡的食物》，原来通晓好多世情的汪老先生也是这样写的，他甚至说蚬子"只有一粒瓜子大"。

蚬子到底有多大，我想我是不会在这个问题上出差错的。蚬子像蚕豆那般大小，壳顶鼓胀突出，或略呈三角形，玲珑又丰满。蚬子属淡水双壳贝类，壳面有光泽，呈黄褐色或黑色，以黄色者为佳，肉最鲜嫩。蚬子确实喜欢结伙群聚，要是运气好，碰到蚬子窝，那是最令人开心的事，一下子可以扒出大半筐蚬子。

我们在酒店食府常会吃到一道菜蒸鸡蛋，鲜美的蛋羹中夹有许多带圆壳的小蚌，若是蚌壳小到只有纽扣大，那就有可能是蚬蒸蛋了。沉没在蛋羹里的蚬子，壳都已大开，有仰着的有反扣着的。有时候，你伸出汤匙舀来却是几个空壳，你便有点悻悻然。但是你心里清楚，这些壳里一定都是有肉的，只是在沉入蛋羹里的那么多蚬肉中，你已找不出哪个是它们曾经的原配了……好在蛋羹因为有了蚬的加盟，滋味便深长了许多。

蚬子确实是一道水乡美食，剥了壳的蚬子肉炒韭菜，算得上是过去清苦人家的一大美味。捞回来的蚬子放在水盆里，让它们悄悄地张开嘴，一夜吐尽泥沙，再放锅里用沸水一"哈"，一个个小扇子似的壳全都张开来，用手轻轻一抹，蚬肉就下来了。蚬肉除了炒韭菜外，烧豆腐、炒鸡蛋、炒蒜苗、炒青菜头，都是有着说不出的妙味。要是将蚬子连壳洗净煮沸，煮到一只只都张开了嘴，露出雪白腴嫩的蚬肉，加上姜、葱、盐、味精，以及酱油、糖、黄酒、麻油一拌，嗍一个放嘴里轻轻一吸，肉就鲜鲜地落舌头上了。这煮蚬子讲究火候，煮嫩了，蚬子门户紧闭，吃起来不爽，蛮咬硬啃地弄开，里面半生不熟，鲜味明显没提上来。要是煮过了头，蚬壳大开，鲜味全都融到水里去了。只有煮到蚬壳刚开一条细缝，佐料渗得进，鲜味跑不出，蚬肉色泽晶莹，口感一流，才是恰到好处。

那年油菜花金黄时，我在吴江吃过一回蚬子，是产自元荡里的所谓黄蚬，像烧高汤螺蛳那样烹饪出来，鲜、嫩、香、辣，风味绝佳。就是将蚬子配以红尖椒、姜、蒜、豆豉、盐、糖等作料，猛火翻炒到蚬口张开，再喷上料酒，搁点猪油，入一勺高汤后勾少许芡，香鲜袭人，味道浓郁。黄蚬很容易熟，受热过度肉质就会缩小变老，所以一定要大火快炒。有人说蚬子最好的吃法是蒸着吃，原汁原味，保留了蚬的浓鲜。只是蚬子入锅前一定要提前洗净从水里捞出，沥干水，要不然，入锅后会渗出来很多水，那就很难有浓郁的味道了。蚬子是腥物，清蒸少了醋辣压不住阵脚，故姜葱要舍得放足，加上一些陈皮丝，起锅时橘香四溢。

蚬子煮汤也很棒。以丝瓜、冬瓜什么的配上蚬子，煮成乳白的一盆汤，微腥里透着甜丝丝的鲜香，一气能喝下大半盆。一盆蚬子汤喝完了，桌上留下了一大堆的蚬子壳。想到此前伸筷子在汤里捞蚬壳，捞上来有的附了肉，有的却空空如也……就如同我们做着每一件事情时的那份结果之于希望，你不知道哪些会怎样，哪些又不会怎样，但却不会放下筷子。犹似行走在这人世间，无论事业还是情感，在打捞时，都有着一份长与短、执与弃之间的坦然拿捏。

在我早年的乡村岁月里，最惯常吃法，就是蚬子肉炒咸菜。饱吸了咸气的蚬肉，个个缩得紧紧的，比黄豆米还小，却又如同胶饴一样软软中透着一股绵长的咬头。那时的蚬子，和螺蛳一样命贱，都是根本不值钱的东西，有时白送人家都不要，河里太多了嘛。春天到了，通着长江的小河里会进来许多捞蚬子的小船。船尾都拖着一张钢丝焊制的勺形蚬网，在有沙的河段里慢慢贴着河底往前抄行，隔一段，起一下网。有时船会在某一处河湾泊下，下来几个穿着那个年代笨重防水衣的人，端个铁畚箕样的物件，像淘金沙那样一畚箕一畚箕地淘着河蚬。他们忽而弯腰，忽而挺身，在波光粼粼的水面上辛苦劳作，一兜兜的蚬子倒入船舱，再装进半人高的竹篓中。当地人都认为这些下江佬是为了得到蚬壳运回去做纽扣，没有谁相信这么多的蚬子肉会卖得出去。哪里不长蚬，为了吃点蚬肉，至于如此一番折腾吗？

眼下的长江边，河蚬几乎绝迹，沙滩上，再也看不到那一个个白生生的纽扣般大的蚬壳了，十来岁的孩子已不知蚬为何物。要吃河蚬，只有往太湖边去……我们真的早已喝干了自己的那碗蚬子汤吗？又至油菜黄到天边的时节，想来，真有隔世之感。

初夏的水果

野杨梅

在水果里面，一向喜欢杨梅这名字，觉得它同湿润的江南很有渊源牵连。后来知道，古时誉称杨梅为"吴越佳果"，江南确是杨梅的发源地。

夏至杨梅满山红。杨梅，标志了六月的江南。

杨梅紫红，果肉如丝，呈放射状包紧果核，看起来就像一颗血丹，煞是诱人。都说余姚、仙居、常熟和萧山的杨梅最好，又大又紫，拈一颗放入口中，轻轻咬开内里红嫩的果肉，一股酸甜的梅汁，就立即把你包围了。不要眼馋鲜红的杨梅，鲜红的杨梅尚未熟透，你只挑那些乌紫但依然硬扎的往嘴里投，牙齿一叩剔下果肉，扪嘴啜足一口甜味，吐出核，另一果随之纳入，一颗接一颗，不须消停，直到吃倒了牙。"玉盘杨梅为君设，吴盐如花皎白雪"，这是李白的诗句。多年前，有朋友从上虞给我带来一筐二都杨梅，说是市场上罕见的水晶杨梅。其果大而色白，晶莹如玉，味清香鲜甜，肉脆爽无渣，果然是闻名遐迩的珍品。难怪当年苏东坡品尝之后要留下"闽广荔枝，西凉葡萄，未若二都杨梅"的感慨。

那年梅雨初夏，我带队领着参加省副刊会的一批人去婺源采访。在婺源城里，看到街边或蹲或站着许多卖杨梅的男人和女人。那些装在竹篮里的杨梅，水灵灵红艳艳的，因过分熟透而饱满黝黑，散发出一种妩媚妖艳的香甜气息。我们有人馋不过，十元钱买了三斤带回宾馆，用自来水冲洗后，几个人一气猛吃，吃得两手都是紫红黏稠的果汁，抬眼一看，有人白衬衫上果汁斑斑，暗红浅绛，活像是从战场上血拼归来。更要命的是，因为太甜，吃得多了，舌头一舔，发觉牙齿又酸又软，晚餐怕是连豆腐也咬不动了。

次日上午，小雨初歇。去理坑时，路遇塌方，我们不得不中途下车，转进附近的一个有着一大片典型徽式老旧古宅的山村里观光。我们都存心想找一点古董，所以就喜欢往人家光线不太亮的厅堂后面跑。我发觉那些人家室内都有一种好闻的水果发酵的气味传出来，先不明就里，直到有一户男主人自野外归家，把一只挂在身上的背篓卸下来，倒出一堆沾满莹莹雨水珠的杨梅，里面还杂有不少新鲜树叶，我才明白了原来那都是杨梅的香甜气味。斑驳的绿叶反射出晶莹的光亮，红红的杨梅愈加饱满欲滴。见我们一个个露出向往的神色，热情的主人便一再邀请我们随便尝尝，说这都是山上摘来的，野生的，又不花本钱。看看那些杨梅，虽是只有指头大，个头明显偏小，但红艳得近于紫黑，罩着一层山野的清亮光泽，一个个如此生动新鲜又一往情深。我们都是平生第一回见识野生的杨梅，想象着置身于青山绿野、徜徉在滴红流翠的野生杨梅林间，心里很觉有趣，所以也就没了太多顾忌，尝了几个。初入口，甜中窜出一股酸劲，有点令人龇牙咧嘴……稍后，一股津液自舌下漫出，在唇齿间游走、穿荡，直入脏腑，方觉得那真是未曾尝过的甘醇！随后抓了一把在手，一气猛唊。

其时，村头传来喊声，是我们的车子重新发动了。于是我们好说歹说丢下了二十元钱，还有一包作为感情回赠的未拆封的牛肉干，将那些杨梅统统扒进一个方便袋里，喜滋滋拎往车上去了。

宅边的杏子

杏子非江南所独有，但一句"杏花春雨江南"，却把杏同江南联系在一起。范成大《四时田园杂兴》中有一首："梅子金黄杏子肥，麦花雪白菜花稀。日长篱落无人过，唯有蜻蜓蛱蝶飞。"诗中描绘出了南宋时江南农村优美宁静的情景。江南五月的天气里，我们和诗人嗅到是一样的果香，看到的是同一片风景啊！

春天，小桥流水边的杏花，只是白色略带羞涩的粉红，到了五月，南风初起麦子黄熟，一树树的杏子就带雨黄透了。微凉的清风迎面吹来，夹带着淡淡的雨雾和丝丝甜醇的气息，这里一树、那里一树坠满枝头的杏，晶黄得像玛瑙，让人望一眼舌下便生出津液。

有些枝条茂盛的老树就长在房前屋后，推开窗子，果香扑鼻，触手可及的水灵灵的杏子，黄中透着红，闪着诱人的光泽，在枝头微微颤动。周遭的景色也因此而生机勃勃起来，鲜亮的果色映衬的也是一份田园生活的情趣啊。端架梯子上到树上，随便想吃哪颗、想吃多少都可以。通常，朝南一面接受阳光多的枝头上杏子，更大更甜更橘黄温润一些，一口咬下去，酸甜的汁水会溢满唇齿间。若是一大片连绵不尽的杏树林，在果熟时节，那该有着怎样繁盛的场面，怕是连空气里也浸满了浓得化不开的果香吧！

有一种俗称"五月黄"的小山杏，比一般杏子都要娇小可爱，先诸果而熟，繁星一般缀满枝间，洒洒洋洋，妩媚而又纯朴，谁见了都忍不住诱惑。摘一颗放手里擦擦，撕去果皮，含在嘴中，牙齿轻轻叩开果肉，再以舌尖抵住，剔出小小的果核，清清爽爽的甜，平平缓缓的微酸，在口中漾开，真的是美极了……仿佛就是早年邻家的小妹妹咬住你的耳朵，吃吃地笑着说悄悄话，那种滋味很难向外人道出。

万缕丛中点点黄，千般朱唇疑带津……有时禁不住想，生活在麦黄杏熟的五月江南，一个遍地氤氲着果香的地方，真不啻是一种福气啊。

若是年成好杏子收得多，一时吃不了，就把杏子对半掰开，摊在阳光里晒成杏干，便是自制的果脯。对于乡下的孩子来说，杏核也是好东西呢，拿砖头砸开，取出杏仁，嚼在嘴里，那股略带苦味的特有的清香，令你一辈子都忘不了。

三潭枇杷

"五月江南碧苍苍，蚕老枇杷黄。"五月底，六月初，正是江南名果三潭枇杷满山遍野黄熟的季节。这次，我是沾了几位画家的光，跟随他们去新安江山水画廊赶枇杷节。

我们先从歙县县城驱车赶到深渡，再由深渡弃车登船，逆流而上。深渡的下游筑坝蓄水，千峰竞秀的群山变成了著名的千岛湖，而在深渡的上游，也就是我们这次去品尝枇杷的地方，被誉为"中国枇杷之乡"的三潭，现已成为歙县旅游胜地。"深潭与浅滩，万转入新安。"流淌千里的新安江，两岸青山起伏，连绵数十里枇杷林层层苍翠，点点金黄的枇杷浮耀在绿叶之中，如锦云一般煞是好看，映衬着白墙黑瓦的徽民居村落，真的就是一幅幅美妙绝伦的山水画廊！

"天上王母蟠桃，地上三潭枇杷。"漳潭、绵潭、瀹潭为三个大而深的水潭，也是三个村名。这里群山环绕，终年云遮雾绕，雨量充沛，气候温和，为枇杷的生长创造了得天独厚的自然环境。所产枇杷特点是皮薄、肉厚、汁甜、水多、清香爽口，并以早熟优质而天下闻名。

在一处渡口上了岸，夹在许多挑着篮子提着钩子的果农中前行，立即有人打着手机过来联系，将我们领往山上枇杷林。其实，路边就有连绵不尽的果树，熟透的枇杷，一丛丛一簇簇挂在枝头，澄红晶亮，闪着梦幻般的光彩，看得人垂涎欲滴。我这才明白了为什么国画家都喜欢画枇杷，实在是枇杷太漂亮了。听说这里就是漳潭，没走多少路，就看到一个建在园中的八角凉亭，里面有茶水、五香蛋、糕点什么的供应。显然这些都是多余的，所有人都左顾右盼，所有的注意力、所有的眼睛，都被那些挂满枝头的满天星一样的枇杷吸引着。这里的枇杷集中了好几个品种，有的红彤彤，有的白粉粉，有的黄灿灿。我们顾不得多说话，钻进林子深处，见着嫣红的大个枇杷，攀着枝条就摘下来。

熟透的枇杷皮极好撕，我从枝头摘下一颗枇杷，扭掉顶头斜斜的蒂柄，三两下就剥了出来，塞入口中，牙齿轻轻一叩，吐出滑溜的果核，鲜甜绵软的果肉被舌头一裹，捎带起一种醇酸的味儿立刻满口弥漫开来。走了十来步路，一气吃了十多颗，直吃得双手粘满糖汁，一个嗝打上来，胃里翻上醇浓的香甜之气，真的好惬意。有俩老外，索性像猴子那般攀到树上，坐在较粗的横枝上，背靠一根枝，双脚各撑住一根枝，腾出两手想吃哪果就摘哪果，大啖特啖，还朝下面的我们做鬼脸。林子里，到处可见孩子们欢快的身影和衣单女人的轻盈身姿。

我见不远处有几棵树上枇杷明显要白得多，个头却都不小，遂伸手摘了一个，剥出果肉也是白色的，水分好像特别多，塞进嘴里，味道好鲜！一直陪在我们身边的歙县朋友老汪告诉我这叫白花枇杷。接着，老汪又让我们见识了名贵品种"大红袍"和"光荣花"。"大红袍"呈橙红色，果形略长，皮有芝麻斑点，果肉晶红，软而厚，入口鲜甜；"光荣花"则因花蒂处长了一个明显的五角星而命名，其特征是柔软多汁，甜中孕酸，清香爽口。

其实，杭州的塘栖"白沙"和"红沙"枇杷也是饮誉天下，但其地名却不如三潭这样好听也好写。听说诗人流沙河品尝了三潭枇杷后，曾以惯有的诙谐写下："浔阳琵琶三弹，歙县三潭枇杷，琵琶三弹涌清波，三潭枇杷挂金霞。琵琶，枇杷，留连难返，主人忘归客不发……"

梅子酒与草莓醪

"黄梅时节家家雨，青草池塘处处蛙"，挂在枝头随风摇晃的梅子开始由青变黄了，味道也由青涩转向酸甜，正逢江南细雨缠绵的季节，便称之为黄梅天或黄梅雨。走在梅子树下，也许梅子溢出的清香味会浸染雨季里的心情，给人带来一丝快意。

盛产于太湖边东西群山中的梅子，以光福邓尉的最为著名，有"邓尉梅花甲天下"之说，相传"香雪海"即由此而来。那年我行走在太湖的西山岛上，见到好多杨梅、青梅，还有茂盛的橘子林，我在连绵的梅子地里，看到大片大片红的青的果实。感觉那些梅子都是女性一般的丰腴，饱含汁水，仿佛一口咬下去，酸酸甜甜的味儿就会流进心底。

江南的梅子不是入口的佳果，却是不错的蜜饯的原料，可制作糖渍青梅、奶油话梅、陈皮梅、甘草梅等，还可做成酸梅汁。江南一带的女子都喜欢吃蜜饯的梅，所以江南的女子就有些缠绻妩媚的酸甜，引人向往。

古人书中青梅煮酒的场景我没见过，可我品尝过青梅泡出的酒。

太湖边有一写手，因为投稿和编稿，我们成了不曾谋面的朋友。此君知我嗜好口腹之乐，忽一日给我发来短信：酿得新梅酒一瓮，良朋可饮乎？当然可饮了，可惜我一直未能如愿前往。再后来，我收到快递过来一袋保鲜的微黄的梅子，内中附一纸，教我加白酒加冰糖密封浸泡入味。我遵其言，果于三月后得梅子酒满满一大瓶。此酒兼容了果酒的温柔缱绻和蒸馏酒的酣畅浓烈，两样风情糅合一体，饮来，觉得微酸甜美里透露着一种分外醇厚的质感。因为梅子汁渗透到酒中，加上糖化的作用，酒在嘴里，有点黏稠，有绵长的回味，又颇有几分女儿家的袅袅清韵。我总是先稍稍含呓一会儿，再以舌尖轻轻搅一搅，把酒液尽量压向嗓眼处却不急于咽下，以便满心感受那股浓稠爽滑的醇香……真真是方才浅尝，便已醺醺然了！

再来说说草莓醪。

若论果形与色彩之美艳，恐怕无有能超过草莓的了。草莓形似鸡心，鲜红艳丽，既可食更可赏，而且还是家庭养花中的佳品，地栽盆养均能出彩。我认识的一位退休老师，年年春夏之交，都能在家中庭院里吊出好几盆结着红灯笼一样的草莓，连墙壁间、窗台上也悬垂着和摆放着，果既诱人，花也洁白清雅，看得人实在是心生羡慕。

"采草莓鲜果，品农家美食"，是好多地方做的旅游招牌。从上海郊区到南京浦口周边，从黄山脚下到西去武汉的沿江高速路旁，随时都能见到拦路高悬的横幅，或是彩虹门。当你走入采摘园，一畦一畦的草莓植被向前延伸着，望着那些隐在绿叶丛中红扑扑水灵灵、娇艳欲滴的鲜红草莓，手捧果篓亲自采摘的兴致，自是重温孩童心情那般大好。有意思的是，那一回在岩寺附近的新安江对岸，我们发现一大片野草莓，翻动那些粗壮的叶子，有星星点点的小绣球藏于其间，像煞惹人怜爱的小精灵。小心地摘下来捧在手心里，红色的汁水似要溢出来，吃到嘴里，甜津津的，但也只是甜到为止。野果的感觉就是如此吧，它不会很浓烈地打击你的味蕾，只有在你舌尖脉脉浸润开来的一点点甜和清香，却是纯朴真切的原野的气味。当我们渡江回来，开车走不多远，瞥见车窗外正有一处热热闹闹的草莓采摘园。

今年暮春时节，草莓大量上市。我的先前的一个学生是乡下草莓种植户，那天托人给我带来了满满一纸箱色泽鲜亮的上等草莓。那么多红艳艳的草莓，一时根本吃不了，家里的冰箱也放不下，我决计试制出"草莓醪"。我的一个表弟早先是电影院放映员，后来成了"江南春"的点心师，在他的电话指导下，我的操作便有了充分的技术保障。我先将糯米蒸成干饭，再将草莓用盐水洗净略上锅蒸熏一下杀尽杂菌，捣碎，放入糯米饭中洒上酒曲拌匀装好，放进电饭焐子里封好，在电饭焐子底垫上几层布，打上保温档。发酵两日后启开盖——一股甘冽的清香芳醇之气猛然窜入肺腑之内。鲜红色的"草莓醪"好像自梦中被惊醒，闪着女性一般绚丽柔和的光辉莹然欲笑哩！

这倒让我想起了儿时的用杨梅泡出的那种瑰红的酒液，长辈们一般以小盏盛酒，浅饮慢啜，盏白酒红，内有数个烧酒杨梅，看我们直勾勾的眼馋，便以筷子捞出俩杨梅打发。如此莹然深红的杨梅，吃多了也能醉人呢。

小麻条也有春天

麻条本是一两寸长的芝麻条糖。此鱼也就这么点长，头小而尖，身子细圆，鳞青白，有点像微型青鱼，因为其形同麦穗大小，所以有的地方就叫作麦穗鱼，也有喊作车键子、黄乎筒子的。

小麻条是水中极多且烦的一种小鱼，但凡钓过鱼的人都领教过对这小鱼的无奈。鱼浮子动了，一下一下地触，一下一下地触——仿佛有戏了，你猛地将鱼竿往上一提，抛到空中的鱼线果然银亮亮地一闪，却是轻飘飘一条极小的鱼，小到你摘下它时都弄不明白，如此秀气的一张小嘴竟然也会贪饵吞钩……而且贪得不可理喻。你换了饵，它照例又来触，若是不理，钩上的饵立马就给啃尽，若是有动静就提竿，这种小鱼似乎让你没法提完。碰上这种情况，除了改变饵料，或者换个地方，好像也没什么更好的办法了。

不过，在所有的小鱼里，最好吃的还数这小麻条。小麻条不独肉多肉细嫩，吃时也很方便，肉里几乎无刺，仅中间一道脊刺而已。其鱼鳞细到不必批去，肚子里也就一根细肠，掐不掐都无所谓。清一色的小麻条很难得，因为钓鱼不可能钓的全是这玩意儿——除非让人发疯。所以，通常地小麻条都是和别的小杂鱼一起烩。但烧出来端上桌后，细长圆润的小麻条总是被那会吃的人先下筷子撮走。有经验的人在买小杂鱼时，总是尽可能多地挑捡小麻条。

早年在乡村时的冬日，家人常会弄来一堆有小麻条的杂鱼，一番收拾，煮进锅里，搁上板酱和水磨大椒，煮到汤极稠极浓，直至小鱼的肉都会掉落在汤中。出锅前撒上些从菜园里掐来的葱绿蒜苗或芫荽叶子，香气极是诱人。一般都要煮上好几碗，一碗热的现吃，余下的留待冻成鱼冻。次日吃早饭时打开碗柜，端出小鱼冻，凝脂一般，像皮蛋那种半透明的琥珀色，鲜红的辣椒与深碧的嫩蒜苗叶全被裹在鱼冻之中。天气愈冷，鱼冻凝得愈加厚实，用筷子颤颤挑起一块，入口爽滑滑的，抿一抿，舌头一裹就化了，满嘴的鲜美，夹着快心的辣感，无论是小鱼还是鱼冻，均是至鲜，特别能下饭。

小麻条还有一种妙吃：用盐稍微码上一天，晒成半干油炸，类似椒盐做法，入口极脆，骨肉皆酥，那真是一道下酒的好菜。在物质匮乏的年代，隆冬时节，一盘小麻条鱼冻就上半瓶山芋干老酒，外加一碟盐豆子，一对老哥俩或许就会刮拉出许多掏心窝子话来。

小麻条喜石隙，在一些石头驳岸的水域，常能见着成群的小麻条周游往来，翕忽悠然。有时竟不忍心看到有人用丝网将这些灵动的小鱼大把大把从水里捕上来。

两年前的暮春，我去牯牛降风景区参加省副刊会，报到的当晚，有两个印象较深：一是暴雨倾盆，将刚下车的我们淋成落汤鸡；另一是餐桌上颇丰盛的菜肴中竟然有一盘清一色的小麻条，且为道地的农家烧法，心中欢喜，如遇见久别的童年好友。此后数日，有幸又吃着一次这种风味小鱼。牯牛降是深山区，何来那么多的小麻条？后来我独自下到一条满布乱石的涧溪中寻趣时，才发现无论是深潭还是浅流中，都有许多小麻条灵感的身影在飘忽。只是这些生在灵山涧溪里的小麻条稍有变异，身形更狭长，胸鳍和尾巴超常的大，想必是长期适应山间激流湍水的结果。我甚至还在一处石窝里，捉住一条身着美丽迷彩环纹的小麻条。当时，西斜的阳光顺着峡谷照进来，柔和地照澈一沟淙淙溪流，美得不可收拾。在这个世界上，知道美丽迷彩环纹小麻条的能有几人呢？生命的节奏固定了一种形态，而流水的节奏又是如此的平和、安宁……我几乎是怀着一种对大自然虔敬的心情，将那条身披许多道彩虹绶带的小鱼放回水流中。

世间犹有桃花痴

乡人喊作"桃花痴子"或"痴巴罗""痴咕呆子"的，就是吐哺鱼，也作痴哺呆子鱼。桃花痴子有点像身带吸盘的观赏鱼清道夫，但比清道夫短而肥，肚腹圆大，黑乎乎的傻气十足，很是好抓获，握在手里圆嘟嘟的，感觉非常好。春季里桃花开后菜花开，乡下小孩喜欢去河塘边抓胀满一肚子籽的桃花痴子，故又得来一个浑名"菜花痴哺"。桃花痴子产卵于蚌壳、碎瓦片、树根上，尤喜爱在水跳背底的石板上产一摊黏黏的卵，然后就守着巢，直至小鱼孵出。

早晨，拿个篾箩放些饭米粒沉到水跳下，就会有懒洋洋的桃花痴子游进来。以前烧柴草的灶门口，都要吊一个焐水的陶炊壶，这壶要是裂了或破了小洞不能用，就被小孩拿去，拴根绳扔到水塘底，一夜过了，扯上壶来，肯定有一两条这种天下最痴的呆鱼躺在里面。我们那时要是捡到一只破胶鞋，就寻块砖头用草绳一起绑了，扔到有老柳树根的池塘向阳的浅水区，太阳出来水温转暖时，桃花痴子就会钻进里面产卵，只须把破胶鞋慢慢提起，一对傻乎乎的吐哺鱼就到手了。也有人把自己的脚趾或手指伸到水跳石板和木桩下骚扰它守护的巢，这呆鱼有一口细而密的牙，咬住脚趾或手指头，你将它吊出水面它都不松口。

桃花痴子的真正学名叫塘鳢鱼，是江南水乡的寻常鱼，平时都在深水塘底待着，专食撞到口边的小鱼虾，故肉厚，味鲜美，用盐渍了再抹点水磨大椒，搁饭锅头上蒸熟了，透着一股清香。桃花痴子的鳞麻糙糙的，有点拉舌头，一定要刮尽。那种尚未长成的拇指般大小的桃花痴子炖蛋最好吃，清明前后几乎是我们那里人家的家常菜。而晒过的腌鱼，几乎就是浓缩的风味肉干，有着够嚼的咬劲，即使在一碗混杂的小咸鱼里，也不会埋没才干，总是被人最先拣走。

桃花痴子与螺肉、河虾、竹笋、芦蒿，同被誉为江南五大春菜名鲜。桃花痴子外表黑傻但肉洁白细嫩，少腥气，显示着优秀的本质。尤其是头部两片似豆瓣的面颊肉，更是滑嫩鲜美。曾看过一篇回忆文章，说是20世纪70年代初，柬埔寨王国前国王西哈努克游苏州，在那人间天堂尝了一道名为"咸菜豆瓣汤"的汤菜，大为赞叹。所谓"咸菜"实乃莼菜，"豆瓣"就是桃花痴子的面颊肉，再加配上金华火腿片、春笋片和鸡清汤，可以想见其鲜美之异常了。只是这一碗"咸菜豆瓣汤"，不知要抹下了多少条桃花痴子的脸面。

其实，个头大的桃花痴子肉较板实，如果不能烧入味，是不太好吃的。我有一个做医生的朋友，业外画画写文，皆生动别致有个性。数年前某日，他在家宴请我和同事荆毅君，烧了满满一大盆肥胖的桃花痴子同我们喝干红。可惜一点厨艺含量都没有，根本没烧入味，淡歪歪的甚难下咽。偏偏这朋友文人自负秉性，一个劲自吃自夸，且不断夹入我们碗中，弄得我同荆毅君皆苦不堪言。由此可见，治文与烹鲜，有时很难靠把，就像同床异梦的夫妻。

前不久，外地一领导委托我代为请客并物色食府，我就一个电话打给百年老店耿福兴酒楼老板高女士，将菜肴一并转托了，只叮嘱我喜食鱼，务必私下给夹带个特色味。结果没想到上了一道红烧桃花痴子，令我着实口舌称快。鱼是先经油炸过再红烧的，勾了点芡，色泽油黑红亮，入口滑爽。尤其重用蒜瓣片，散发出的鱼香蒜香勾人食欲大动。鱼肉入嘴，只须用舌头抿出那根脊柱大刺，其肉嫩如乳酪，咸中带甜，甜中微酸，真是回味无穷。让我没想到的是，三五日后，和几个朋友在城南一家食府竟然又吃了一回桃花痴子。我不知道是谁点的菜，或许根本就是歪打正着吧？有几人能正儿八经叫出桃花痴子的学名来，或许点的也就是一盘普通的红烧鱼，但那端上来的的确是清一色的桃花痴子。这回是放足了水磨大椒，连油汤都是红汪汪的，也是先经油炸香，甚是入味。

一位精于厨艺的老大姐，曾传授我一道酱烧桃花痴子的技巧：

桃花痴子宰杀洗净沥干水，用5克老抽拌匀上色，猪肥膘切小丁。下鱼入锅煎至两面黄色，盛出。锅留底油，甜面酱、白糖炒香，下入煎好的鱼和肥肉丁，烹入绍酒，放进姜片，炒匀后掺少许清水，调入剩下的老抽。烧约3分钟至鱼肉熟透时，调入味精，再勾芡收稠卤汁，撒进葱段，淋入香油即装盘，未上桌，香味就已无孔不入地四溢开来。

同事荆毅君写过一篇《闻香识女人》美文，经多家报刊转载很挣了一把碎银子。我不行，就算有点心里小跳的雅爱也只敢私藏着，如若非得让我循味去辨识什么，我充其量只能"闻香识鱼性"。信乎哉？信乎也。

有多个名字的安丁佬

　　昂丁亦可写作安刺，听来则为"安鸡"，而在湖北话和安庆话方言区则称其"安丁佬"或"安丁胡子"。昂丁通体着鲜黄色，有点形似鲶鱼，而较鲶鱼小得多，上下唇两边同具四根口须，故鲶鱼在乡下也被称作"鲶胡子"。昂丁和鲶鱼一样有刺，不过鲶鱼只在胸鳍两旁长了两根不甚明显的刺，昂丁却支棱着三根大刺，特别是背上那根刺极大极尖利，呈锯齿状，有毒，倘一不小心扎着手，又疼又胀，令你抱着手嘘嘘倒吸冷气。然而这昂丁亦有趣，当你恶作剧地捏住背刺将它提起来，它不怎么扭动挣扎，却会瓮声瓮气发出"嘎嗡嘎嗡"的叫声。因我们那里乡下人称外祖父为"嘎（家）公"，所以常看到昂丁被人提在手中，在哄笑声中追着哪个倒霉蛋迫其喊"嘎公"。

　　或许是那三根支张着的大刺碍事，昂丁游姿笨拙，左支右绌的，同时，它也是水中最有名的老实头。钓过鱼的人都知道，最好钓的鱼便是昂丁。昂丁大大咧咧的一点心数也没有，咬了饵后就一根筋朝水底拖，很少有脱钩的。早年农家每到春二三月里都要捞塘泥积肥，呆头呆脑的昂丁时常会夹在黝黑的塘泥中被那如畚箕状罱夹子夹上来。我小时候，每个春夏之交的傍晚都要抱一把绷绷钓去塘口插放。有一回，将三张钓忘在一处塘梢湾里，三日后想起来去寻时，每张钩上竟都拉起一条大昂丁，约有三四两重——与通常所见明黄色昂丁不同的是，这几条昂丁浑身作青绿色，圆滚滚肉嘟嘟的，甚是少见。

昂丁觅取活食，和鲶鱼一样，其肉如蒜瓣无刺，尤适宜喂幼儿吃。无论在高档酒店还是路边小饭馆，昂丁都是一道极受欢迎的菜肴。昂丁除了红烧、烧酸菜，还有氽汤，汤极白，肉细腻嫩白。芜湖人颇爱"安鸡笃（炖）豆腐"，特别是在冬天，几个朋友叫上一个咕嘟嘟冒着热气的"安鸡锅子"，再配上红椒青蒜和绿芫荽，外加三两盘炒菜，脱去外衣，细酌慢饮，嘘去块垒，品尽世情，额上微汗涔涔……味道的厚薄，便这般融入人情冷暖的领略里。

扬州人爱以昂丁伴臭豆腐（他们叫臭大元）红烧，其法是将昂丁在锅中煎透，烧至入味，再倒进铺有已炸至两面金黄的臭豆腐底料的砂锅中，加酱油，以小火慢炖，直至臭豆腐发泡起孔。上桌后，掀开砂锅盖，仍自颤颤的沸腾不已。此时撒些葱花、香菜末，红绿相间，未动筷子便有喷香与臭歪味一起扑入鼻孔。鱼与臭豆腐均极嫩，香鲜甜臭，诸味杂陈，犹如五色人生。

四五年前的烟花三月，我去苏南天目湖旅游度假村参加一个苏浙皖三省的联席笔会，在那里品尝了极具特色的昂丁氽汤。据我分析，他们是将昂丁加料先腌入味，然后投入沸油中炸透，再倒入砂锅中用重姜的汤水文火慢炖，直至汤色浓白如牛奶，上桌时撒放胡椒、葱花，吃肉也好，喝汤也好，那真是入口难忘，其味之鲜美，让我此时想起，都不禁食指大动。

昂丁的学名的写法，是鱼旁加央，和鱼旁加斯，按认字认半边规则，可念为"央斯"。但是《新华字典》未收入这两个字。在汪曾祺的文章里，他是写作昂嗤，大约亦是缘于昂丁的那颇为有趣的叫声。记得汪老还在一篇文章里说过，世上最美味的，便是昂丁眼眶斜下的腮帮上两小粒黄豆瓣般大的活肉，这让我一下就记住不忘。此后凡有机会，我总是将筷子直取目标，但从来没有吃出特别的滋味，只是作为保留在心底的对这位有趣老人的一点心仪而已。

黄颡是昂丁的另一个学名（学名竟然有两个，够派的），20 世纪 80 年代中后期，我读过一篇叫《黄颡老太》的中篇小说，布局诡奇，笔力雄浑，给我留下极深印象，可惜没记住作者名字。

之所以称作安丁佬，我以为，"昂"或"安"皆为其叫声的谐音，"丁"者，乃三叉戟刺之支棱状也，"佬"者拟人化，足见此鱼之有趣。

正是河豚欲上时

我童年时的那条小河里，鱼真是多得要命，光长江里游上来的鱼，就有鲴鱼、鸡头、秤星鱼、红眼睛鲲、鳗鳝、螃蟹，还有气鼓子。气鼓子就是河豚，方扁的头，黑黄的身子，眼睛内陷半露眼球，上下有两个白生生牙齿形似人牙。这东西非常有趣，在水里左摆右摇游得很慢，遇惊扰时就拼命吞咽空气，把自己弄成圆球一样，张开背腹小白刺，以此威吓御敌。在我们那里，从来没有人吃过气鼓子，可能是长得太难看了。我们弄到了这丑八怪就当球踢，要不就让它躺在水面上用棍子抽得嘭嘭响。这东西光滑无鳞的皮特别有韧劲，再怎么抽都抽不破。

20世纪70年代末，我在芜湖市郊大桥上师专。班上有个姓盛的南京同学，落拓不羁，颇见过一些世面。一天下晚，此君将我和另一个同学叫出来，问有没有胆量跟他"吃好东西"去？我们那时肚子里极端缺少油水，能打上牙祭，什么蛇肉老鼠肉，只要烧出来，没有不敢吃的。我们就跟随着盛同学走了三四里路，到了他原先下放在江边的那个村子里。记得是村口一家红砖平房，似乎我们是有点鬼鬼祟祟推门而入的，进屋就闻到一阵浓烈香味。待坐到桌子前，一个沉默微笑着的干瘦老头端上来冒热气的大瓦钵。盛同学含意不明地环顾了我们一下，率先从里面攥起一块什么肉放进口中品咂，我们要伸筷子，却给他拦住。倒是那老头说没事没事他已尝试过了。我们才知道了瓦钵里是河豚肉！而"吃河豚"在这一带的江边谁都不明着说，一律以暗语"吃好东西"来代指。仿佛我们上了当一样，盛同学倒是怪怪地笑着劝我们吃，又说不吃也好。我也没有多想，筷子下去夹了一块肉就入口。那河豚烧得真好，是和豆腐在一起烧的，油光闪动，香气袭人。据老头说，鱼切成方块，用猪油加河豚自身的油爆炒后，下黄豆酱入锅烧透，再放豆腐入味。因为平生头遭吃，初入口，有点像"青鱼肚档"的鱼肚下那种腴嫩活肉，舌头一抿，又感觉鱼鲜里藏有那么一丝妖妖的水气，但这并不妨碍我一连吃了好多块，越吃越有味。因为口里实在是馋，也就分外地觉得鲜美、肥腴、细嫩……河豚和豆腐都吃完了，余味仍自不绝如缕，口中又鲜又绵，最后竟连瓦钵中剩汤也沥进饭里了。之后，我们仍坐在桌旁未起身，回味再三……终于领会到什么才叫人间美食，鲜绝人寰。

那时也是知道"拼死吃河豚"这句话的，但河豚的毒性到底有多大，却不甚了然。回学校路上，盛同学一番知识卖弄着实把我们吓得不轻。他说，知道什么最毒吗？是河豚毒素，比砒霜还毒一千倍，半毫克就能致人死命！烧河豚时，卵巢和内脏，还有血液、眼、鳃和皮肤，以及背鳍和胸鳍，全得处理干净，一丝一毫都不能马虎。又说到古人烹杀河豚，其小心谨慎难以想象：先以小刀自泄孔即肛门入，轻轻挑开腹腔，仔细剔除腹中卵和内脏以及衣膜；再断颈骨与尾骨，挖净眼、腮；最后从脊背下刀剁开，洗净肉中血迹，肥厚之处血筋要用银簪细挑干净。必须烧透。要是火候不到，吃了必死无疑。河豚中毒，开始时手指、口唇、舌尖发麻或刺痛，然后呕吐、腹痛、身体摇摆、麻痹瘫痪、昏迷，最快的十分钟内死亡！河豚毒性大小，又是与其生殖周期紧密相关，春末夏初怀卵时毒性最大，不宜吃，故民间有"芦青长一尺，不与河豚做主客"之说。

那天，盛同学说他已记不清一共"拼死"吃过几回河豚了，而我到现在为止，空前绝后只那一次！就那一次，便叫我记住了那股美艳妖娆的鲜香，而经验告诉我，凡美艳妖娆的东西，总是暗藏危险的。

人总是这样，年龄长了胆子小了，假如眼下有人再叫我吃河豚，敢不敢下筷子……肯定要经过一番激烈的思想斗争，绝不会再有年轻时的轻率了。河豚无胆无鳞无刺，为"长江三鲜"之冠，故有"不吃河豚不知鱼味，吃了河豚百鱼无味"之说。春天的河豚，秋天的螃蟹，都是水中的至美之味，感觉河豚鲜美又远在螃蟹之上。正是因为河豚为一种有剧毒的美味，因而也就有了特殊的诱惑力。这就想到了苏东坡的诗："竹外桃花三两枝，春江水暖鸭先知。蒌蒿满地芦芽短，正是河豚欲上时。"古人对河豚大多是津津乐道的，即使不敢亲口品尝的人，谈论起来也很兴奋。

记得汪曾祺在谈论河豚时，曾打比喻，大意是说剔除了有毒部分的河豚，犹如洁本《金瓶梅》。他在江阴时，曾多次有同学邀他上家里吃河豚，并保证不会出问题，但他最终都未赴约。直至晚年，他才后悔当初拒绝了诱惑，深引为憾事。只是后悔也来不及了，彼时他已移居京城，远离了河豚生长的地方。

确实，江阴那地方吃河豚的风气甚烈。据说有一家老字号，门口悬挂一祖传木牌，明示如在他家吃河豚中毒致死，主人可以偿命。可见卖河豚的饭馆，也是有极大风险的。尽管现在国家在这方面管理很严，河豚并不是寻常就能吃着，但更多时候，食客自己便是自愿承担风险的志愿者：如有意外，与他人无关。或者说，要的就是那份吃河豚的惊险、激动与快乐。而能吃上由证照齐全上了几道保险的名厨烹饪的河豚，则又是一种身份和权力的体现。民间有讲究，吃河豚时不作兴带人，也不为人搛菜。上馆子吃河豚，再好的朋友，也得是 AA 制，各付各的钱，各领各的风险。数年前，有某局长夫人代夫赴宴，河豚上了两盆，席间有马屁精频频搛菜，大块河豚，果真是大快朵颐，但不到晚间，这位夫人便代夫殉职了。世界上最盛行吃河豚的是日本。日本的各大城市都有河豚饭店，厨师要经过严格的专业培训，毕业考试时，厨师要吃下自己烹饪的河豚。因此，有些技术不过硬的人，就不敢参加考试临阵逃跑了。

读过洪丕谟一篇《提心吊胆吃河豚》，朋友送他河豚鱼干，他既想解馋却又不敢解馋，于是与妻"约法三章"：一是烧煮极熟，确保无虞；二是每顿只食一块，绝不贪口；三是只在午餐吃，万一中了招也好抢救。夫子自状，其嘴脸心思，颇能让人莞尔一笑。

数年前的一个初夏，我们报社一行人外出考察，在苏州近旁一个小镇午餐时。菜上来后，吓了我一跳，不知谁点的菜，内中竟然有一盘河豚，剥了皮，白生生的，一条条整齐摆放在盘中。因为河豚所特有的那一对龇着的上下门牙，看了着实叫人有点翻胃。但这河豚显然太小了，圆嘟嘟的，只有两三寸长……后来才知道这是鮰鱼，早就闻其名的鮰肺汤，便是鮰鱼那大得不成比例的肺烧出来的。鮰鱼正因肺大，所以像河豚那样也是小气鼓子。鮰鱼无毒，常被用来替代河豚，吃的时候，先把鮰鱼皮反卷了，让糙糙的皮刺藏在里面，一口吃下，它的鲜是绵长的，有回味的。但要同我记忆中的河豚的滋味相比，还是差了一大截。想那洪丕谟挖空心思才敢享用河豚鱼干，但若仅凭那干河豚的滋味去推测鲜烹河豚的鲜美，那肯定谬以千里了。

于今何处觅鲥鱼

"清明挂刀，端午品鲥。"皖江至扬子江所产，最具品质的当是刀鱼和鲥鱼了。

恢复高考的第一年，我从下放插队的农村考入大学，上学时已是 1978 年的春天。大约一个多月后，我的一位堂叔为了表示庆贺，在我一次去他家时，特意托人从江边渔业社的船上买到了一条两斤重的"出水船鲥"。花了九元多钱，相当于五分之一的月薪，那时鲥鱼已初显贵重难求了。鱼长尺余，乍看有点像鲢鱼，但头尖、尾岔大（即日后我在书中看到的所谓"凤头""燕尾"），通体银鳞闪光，滑润如玉。堂婶做的是带鳞的清蒸鱼，配以笋片、香菇，撒几茎嫩葱，端的是丰姿绰约，清妙可人。浸透脂肪的鳞片，入口稍嚼即化，那时肚子里极清寡，故对腴美丰润的滋味感受尤深。唯雪白细嫩的肉中，有极多毛刺。怪不得曾有人戏言人生三恨事：恨红楼未完，恨海棠无香，恨鲥鱼多刺。现今，能活灵活现描述出鲥鱼滋味的人，四十岁上下者稀少巴巴，因为长江鲥鱼不见踪影起码二十多年了。

鲥鱼脂肪，一半在鳞下，故本地习俗，剖洗鲥鱼并不去鳞，烹熟后，鳞片半溶，油脂渗入肉中，极其腴美。鲥鱼生长在海中，每年春夏之交游回长江产卵，如候鸟一般，故又称"时鱼"。游入江中的鲥鱼一心赶路，顾不上觅食，全靠消耗体内积蓄的脂肪，行至镇江、南京、芜湖一带江面，最是鲜肥，若再往上，由于消耗过度，味道就要差得多。沿江各地鲥鱼到达的时间不同，渔汛也有迟早，江阴"谷雨见鲥鱼"，芜湖这边则是"清明早，芒种迟，小满、立夏正当时"。

自梅尧臣有《时鱼》诗后，江南文人骚客皆以食鲥为时尚。就像现在上海人吃螃蟹，讲究的要跑到阳澄湖去吃一样，明清乃至民国时期，有身份的雅人文士，是要泛舟江上品味"出水船鲥"的。时令当为清明前后，在江边现捕现吃，吃完后，面对江上清风明月和笙箫鬓影，品茗观涛，大发诗兴。"江南鲜笋趁鲥鱼，烂煮春风三月初；分付厨人休斫尽，清光留此照摊书。"一看便知这是郑板桥吟咏的风格。我家客厅里就悬有此条幅，是黄山市一位专攻板桥体的成名书法家"书赠"的。春天的新笋满蓄清灵之气，与鲥鱼的鲜肥相互提携，当是大美至味。而大诗人也是大美食家苏东坡箸下的鲥鱼，则又是一番动人景象："芽姜紫醋炙银鱼，雪碗擎来二尺余；尚有桃花春气在，此中风味胜莼鲈。"看来，前辈人要比我们有口福的多了，尤其那种精致生活场景，更是令人神往。

当今文人美食家沈宏非说："鲥鱼之鲜美不仅在鳞，而且是一直鲜到骨子里去的，也就是说，鲥鱼的每一根刺都值得用心吮吸。"准确地说，"值得用心吮吸"的不是鲥鱼的刺，而是鲥鱼的颧骨。鲥鱼的颧骨，渔民称之为"香骨"，是越嚼越香，越嚼越有味的，故有"一根香骨四两酒"之说。

过去，沿江一带大户人家的女眷，都有一手烹制鲥鱼的技艺。而女孩出阁到婆家，多是要接受烹制鲥鱼的考查。据说，当年我们这里有名的丝绸商王顾熙的独生女远嫁镇江。婆家祖上曾为制台，讲究颇多。过门次日，阿婆即让人送上一条鲥鱼，要试试新妇手艺。但厨房里既不见刀具，也找不着作料。王女却不惊慌，拔下头上银钗剖开鱼肚收拾干净，又打嫁奁中觅出一匣，倒出专意配制的作料，不肆张扬竟也把一条鱼整弄了出来。待端上桌，婆母和小姑等一帮要看笑话的到底逮到疏漏：原来鱼鳞未刮！岂料，新妇款款一笑，每人递上一把小银匙请先尝口汤。果然，那纯白如乳的汤当即就让众人大气也不得出，这未刮鳞的鱼汤太鲜美了！自此以后，镇江人也像芜湖人一样吃鲥鱼不刮鳞了。不过，也有人将刮下的鳞用线穿起来，入锅同烩，食时捞起线头，鳞去味留。

天下的顶尖美食，和天下绝色女儿一样，都要优先供皇上享用，鲥鱼这种尤物，自明时就被列为"御膳"贡品。明人何大复有诗云："五月鲥鱼已至燕，荔枝芦橘未应先。赐鲜遍及中官弟，荐熟谁开寝庙筵。白日风尘驰驿路，炎天冰雪护江船。银鳞细骨堪怜汝，玉箸金盘敢望传。"其劳师动众程度，与内中保鲜的技术含量，比之"一骑红尘妃子笑，无人知是荔枝来"，真是有过之无不及！入清以后，"贡鲥"落实得更为细致，在南京设有专门的冰窖，每三十里立一站，白天悬旗，晚上挂灯，驿马飞驰。清初诗人吴嘉纪对此描述极为生动具体："打鲥鱼，供上用；船头密网犹未下，官长已经备马送。樱桃入市笋味好，当今鲥鱼偏不早。观者倏然颜色欢，玉鳞跃出江中泛；天边举匕久相迟，冰镇箸护付飞骑。君不见金台铁瓮路三千，欲限时辰二十二……"你看，这里渔网还未入水，地方行政领导已命人将快马备好，一俟银鳞出水，立即敷上冰块再裹上香箬叶，快马加鞭，连番传送入京。诗中"金台"为京城，"铁瓮"即今之镇江——系距京最直线路程的鲥鱼产地，限期二十二个时辰——

也就是四十四个小时内送到。

　　而今，五月鲥鱼影已绝，银鳞细骨如云烟，曲高和寡，雅事凋零……已多年不见鲥鱼了。还是在十七八年前，我刚进报社时，一次出差去南京，曾在新街口一家高档酒楼见过菜单上有鲥鱼，每一市斤已逾出千元以外了，按我那时月工资算只能买得半市斤而已。据说，那还仅是店家挂的有名无实的空头招牌，目的是招揽顾客。于我而言，雍容华贵、典雅清丽的鲥鱼，只在1978年的那个春天惊鸿照影般打了一个照面……春去春又来，我们一直引以为傲的鲥鱼，已日益远去了，或许将永不回返。想起来真让人不胜怅然。

梅雨与梅干菜

　　就像梅雨也叫作"霉雨"一样，梅干菜也被称作"霉干菜"。其实梅干菜同梅雨并无时间上的干连，只是都产自于长江中下游梅雨带地域，于是，梅干菜才有了浓郁的江南味道。

　　如果认为梅干菜就是芥菜、大白菜或雪里蕻腌后晒干就成，将咸干菜和梅干菜当作一回事，那就错了。其实，真正的梅干菜，都是从腌菜缸里拉出来放锅里蒸煮后，再扎成一小把一小把的，挂竹竿和绳索上（有的直接摊放在桥头或河边的石头上）晾透晒干而成。有时，晒得半干时还要回锅蒸一次，再晒干。一般来说，那大多在阳光明媚的暮春的时候。也有人家，事先把蒸好的咸菜切细放竹匾晾晒，直到浸透了舒缓而沉静的暮春阳光的气息。好的梅干菜，无粗茎与老叶，捏手里咸潮咸潮的，色泽深浓，有一种勘破世事的沉黯与洒然。

　　我们到绍兴旅游，通常都要带回一点小包装的茴香豆和"霉干菜"作纪念。说起绍兴霉干菜，那真正是"霉"字当头，因为他们的咸菜蒸煮后不是放太阳下晒，而是像制作霉豆子那样放暗处阴干，多呈黑红，且是越陈越香。而我们这里的梅干菜，则稍显黄亮清爽，那种扑鼻的壅蕴之气也淡得多。但这两种菜无论是做扣肉还是烧五花肉，都是一样的好吃，下饭宜口，而且二餐后再放饭锅上蒸，越蒸越体贴腴软，越蒸越油光闪动，香气袭人。说起来，它们真的就是这个命，最需要傍肉，需要吸收肉的脂与香，所以在缺油少肉的时代，它们只能暗自叹息英雄无用武之地。据说，1972年尼克松破冰访华，在杭州楼外楼的宴会上，周总理嘱咐上一道绍兴霉干菜焖五花肉，尼克松吃后连声称"OK"！

1935年3月6日，身在上海的鲁迅，在发往绍兴的信中对母亲说："……小包一个，亦于前日收到，当即分出一半送老三。其中的干菜，非常好吃，孩子们都很爱吃，因为他们是从来没有吃过这样的干菜的。"他还在文章中特别提到过："在绍兴，每当春回大地，风和日丽之时，便是腌制霉干菜的大好季节……"人，总是这样充满怀旧的情绪，对于一些口味，一纠缠上就是一辈子。你的味蕾上的偏爱，就是这样养成的，因为一方水土，因为早年的成长岁月，那些普通但又神奇的风味食物，就演绎为某种文化和情感的蕴积。

其实，梅干菜一点也不尊贵，以前的乡下，几乎是家家制作户户必备。这东西味道厚，特别能吸收肉香和油脂，那些腥荤气味在梅干菜的沉郁芬芳中早已是没了踪影。其中尤以梅干菜焖肉最为行之有效，肥瘦间花的猪肋条切出的方形肉块，配以绍酒、糖等作料，只要火候好，定是被整治得有型有款，肉质弹性十足，甚至连肉皮上光泽也有着几分予人遐想的沉静古朴。它的诀窍，是先焖后蒸，蒸的次数越多越香，干菜乌黑，入口软绵，略带甜味，肉块色泽红亮，富有黏汁，一口咬下去，连牙髓腔里都溢满了肉感。一些爱惜体形的人，平日里怕极油脂，但却很难抵挡得了梅干菜焖肉的诱惑。

梅干菜做扣肉，无论是色泽还是口味，都是引人注目的。若是能耐得此中烦琐，不妨一试，其法：用电饭锅将五花肉上屉蒸至五成熟，放酱油腌渍待用；梅干菜切末，放酱油、肉臊、糖，亦上屉蒸至酥烂；五花肉投热油中炸至皮起泡，捞出沥油；另置炒锅留底油，下姜、蒜煸香，投入五花肉、料酒、酱油、糖、水适量，小火焖15分钟，收浓卤汁；把冷却了的五花肉切成薄片，整齐地码在扣碗中梅干菜上，蒸至肉酥烂，浇以勾成薄芡的卤汁即成。其菜香肉味相互渗透，油而不腻，鲜香糯甜，味美妙不可言。

在徽州，无论是歙县还是屯溪、休宁，脆香鲜辣的梅干菜烧饼，由街头炭炉中现烤出来，焦黄的一面还嵌满粒粒爆香的黑芝麻，绝对是令人过口难忘的风味食品。时下，就连梅干菜馅儿的中秋月饼，也能搞出个满堂彩来。还可以将梅干菜煮烂后，切碎配肉末作馅儿料，做成风味包子。

把豇豆、扁豆、小竹笋甚至茄子蒸熟晒干，在名字上略作调整，叫成梅豇豆、梅扁豆什么的，到了冬天与五花肉同烩，味道也是呱呱叫。

鲇鱼堪脍

三月的江南，又是一年菜花泛金时，立于层楼之上，眺望四野，醇浓的熏风习习吹来，弥眼是一片连天的金黄。我知道故乡的友人竹君又会驰书邀约了。

果然，昨日上班，于桌上捡拆了一封笔迹熟稔的简函，狼毫小楷，寥寥数语，乃是："鲇鱼堪脍，季鹰归未？假道双休，蓬门自为君开。"

会意一笑，折起简函。晋时的京官张季鹰我不敢当，但鲇鱼的美味不逊鲈鱼自是深知，何况明后两日双休，我岂有不赴挚友邀约之理。且是心里等不及，下午稍稍睡了一下，即登上了一辆大巴。一个多小时车程，再加十来分钟步行，赶在太阳落山前踏入了竹君的"蓬门"。

竹君，乡下挂牌行医经年，尤精庖厨之术，医德与美食齐名，肚子里装的南北名菜风味时鲜，丝毫不亚于那些抗生素、阿托品和《汤头歌》《药性赋》。他的拿手好戏是搜肠刮肚、绘声绘味给病人讲那闻所未闻、穷极想象的美食佳肴，常能将病人勾引得满口馋涎，清水乱冒，故时有"药未到而病已除"的佳效。

向晚入门，形清影瘦的竹君早已伫候有时，一番洗漱，端上野茶一杯，未及啜饮而早已是齿颊生香、神清气爽了。稍事寒暄，话入正题，我问竹君："何以待客?"主人浅浅一笑，慢声缓语报上："主菜只备两道：雪菜火腿鮊鱼丝、啤酒笋片砂锅焖鮊鱼……还有一道菜也备好，须待饭后再上。"

说话间，竹君后续的在镇上中学当语文老师的少夫人步履盈盈走上来，撤去桌上什物，摆上一瓶低度竹叶青，两只宜兴红泥酒杯，接着菜也上来了，一碟是墨黑与葱青相杂的螺蛳肉炒新韭，一碟嫩黄轻红的鸡蛋爆炒鲜虾仁，一碟臭干子和脱衣花生米素拌马兰头，青白黄绿俱现，再一碟便是有黑有白的火腿雪菜炒鮊鱼丝。碟子皆正宗景德镇青花盘，摆出的形式是梅花形，唯留中间空缺。只见主妇又垫一大青花圆碟，双手托一暗褐紫红的砂钵放其上，揭开顶盖，热气驾着特有的香味顿时四溢开来。

美酒斟上，主人端起酒杯朝我一示意，嗞一口先干了，筷子一点砂锅，道："来，来，吃! 别说话，品味道。"我挑了一块鱼肉，吹去热气，放入嘴中，一口咬下去，舌头一卷，那感觉细、滑、嫩、清，加上残存的啤酒特有的芳醇和笋片的清香，哎呀，果然是一道未曾领略过的佳肴美味!

"来，喝一杯，换一个菜。"杯红酒碧，竹君那边又是嗞一声响，筷子已点向那盘雪菜火腿鮊鱼丝："这道菜，姑名之'个中三味'，乃是取雪菜之味厚、火腿片之味鲜、鮊鱼丝之味美，三味相交，互衬互携，以辣表形，引而不发，妙处嘛，君当细品。"

品我自是细品了，但我却迎着竹君的目光摇了摇头，由衷感叹道："难怪老圣人要一再告诫'远庖厨'，说实在话，人世要抗拒的诱惑实在太多了，功名利禄自不待说，美人娇娃也遑论，单是这鱼和熊掌的二难推理，就难煞了好多志士仁人。你看，你弄的这两道鲹鱼菜，端的要让我'曾经沧海难为水，除却巫山不是云'了，这世上已经有了这么多让人丧志的诱惑，你还要再来制造，岂不罪过？"

竹君闻言，哈哈一笑，筷子一点我："这就是你糊涂了，岂不闻佛言：不出魔界，而入佛界。浮云如梦，云破山空，空即是色，色即是空。而色、食相通，皆为人之本性，何况佛界本来就有不拘形态的酒肉高僧，即心即佛，是无须佛尘的。来，来，干了这杯，有静心，有美食，如何不好。"

我笑曰："好是好，你干脆做个'了空和尚'岂不更好？你看你，从酒具到酒的名字到菜的形式、菜的装盘无不体现了一种刻意追求，求精，求美，求雅，求至完善，这岂又符合'不离烦恼，而证涅槃'的佛理？你分明是要向世人示意：在这浮躁嚣尘之外，还有你这位不入俗流的大雅士。哈哈，我这可是直指人心，见性说佛了！"

"好了，好了，不说这些。"竹君一摆筷子头道，"不过，菜以味论，确实存有清浊之分。比喻这鲹鱼，生流水者青白色，生止水者青黄色；青白色者味清宜蒸、宜汤，青黄色者味厚宜爆、宜焖炒。我这砂锅鲹鱼，即是选青白者所脍，无姜葱蒜之先味，无酱醋之后味，唯先投入热油中略炸定型，再装砂锅淹入啤酒中隔水清蒸，在上桌前方将砂锅直接置木炭火上投以笋片、豆瓣酱、精盐、细糖，略具片姜，高温收汁即成，大味而具滑嫩，清雅而不腻厚……不过，有一点，你是知道的，所用鲹鱼必须是这时节的菜花鲹鱼，风吹花落，花瓣逐水流入沟塘河汊，鲹鱼终日饱食花瓣而醺醉，体内腥浊之气尽去，方可入至味。先后皆不及。故美食的一个前提，必须为'时而食'……食前还得调动'六识'，即眼识色，鼻识香，耳识声，舌识味，身能了触，意能把以上五识综合起来形成知觉，造成印象，构成记忆，反复评品，找准感觉，形成思想。而俗人只有一个'舌识味'，略好者也至多得'鼻识香''眼识色'，余者了无所识，再加庖厨不得法，食而不得时，或为利使，品之而无境，更有那酒肉场中猜拳喝令乌烟瘴气唾沫横飞拉拉扯扯杯盘狼藉……你说这除了暴殄天物外还有什么美食可言！故曰：美食必先美境。这就是大学士同时也为大美食家苏东坡所言：'宁可食无肉，不可居无竹'……"

我截住他的话头："所以你居竹舍，取竹名，并无多高深的意旨，只在于为了完善你那个美食的思想体系。今晚我算真正领教了……"

"没有。"竹君微笑止住我，道，"我说过了，还有最后一道菜，这顿饭吃完了才能上。"

"我已知道了，但我不说。"

"以心传心，那是你有慧眼，有朝一日也可皈佛依禅。"

"我知道你这最后一道菜，是今晚我俩一道出去钓鲇鱼，以体现你美食思想中的那个'食趣'。但我不愿以'钓'行世，我不钓鱼，故人亦无从钓我。"

"哈哈，何必曰'钓'呢？以禅观世，此岸彼岸，皆在一念之间……我们晚上只去岸上站站嘛。"

游西湖的"糠糠屁"

一两寸长的鳑鲏，小巧，略扁，像是鲫鱼，更似缩微的鳊鱼。鳑鲏是水中最草根阶层小鱼，经常群聚在悠缓流水处觅食，很容易被各种渔具捕捞到。从来不被人看得起的鳑鲏又称作"屎鳑鲏"，就是因为这种小鱼肚子特别大，一旦挤尽那一大团肚肠，身子立马就空瘪了。炎夏天，捕来一堆小鱼，总是鳑鲏肚子烂得快。大概鳑鲏最易用碎米糠诱捕，故它们又被讹喊成"糠糠屁"，"糠糠屁游西湖"，这句俚语，是专门用来讥笑小人物见大世面的。

鳑鲏属水皮上鱼，很随和敢于亲近人，却又与人若即若离。在那些绿隐隐的水草丛中，成群的鳑鲏不紧不慢地游来游去。它们嘴一张一合着，有时不经意间一翻身，鳞片在阳光下发出五彩迷幻的光亮，漂亮极了。

鳑鲏有一种相当古怪的习性，到繁殖期时，尾后的肚皮下会拖出一条一寸来长飘带，那是它的产卵管。当它相亲一样选中合适的河蚌后，这条产卵管便会伸进蚌壳里产卵，鱼卵发育成幼鱼才离开河蚌。几乎在鳑鲏产卵管插进河蚌的同时，一直闷在贝壳中的幼蚌就乘机离开母亲，附在鳑鲏体外寄生，直至可以独立。所以鳑鲏和蚌有着一种相辅相成的共生双赢的关系。

据说颜真卿当年任湖州刺史的时候，曾与张志和尝到过长达五六寸的鳑鲏，惊为鳑鲏中的庞然大物。但在我们家乡那里确实有一种鳑鲏，横阔的身子，足有成人的掌心那般大，最显眼的特征，是胸鳍特别是尾鳍下方有一大块标志性的白斑，看上去很像热带鱼中的扯旗。这种大鳑鲏喜爱成群地游动在水流的中上层寻觅食物。有时你坐在船上，不经意间可以看到一些淡青色的影子一闪又没了，只来得及看清标志性的黑白胸鳍。

"八鳗九蟹十鳑鲏，十一十二吃鲫鱼。"这是我在苏南听到过的一句食谚，当时就很感到奇怪。我们这里的人，一般不太愿意吃鳑鲏，因为这东西实在不起眼，还特别容易烂肚子而染有一股洗不净的苦味。没有人专门捕捞这种小鱼，那些跟在网里一道给捕上来的鳑鲏，通常都是在卖别的鱼时免费搭送给人家。收拾鳑鲏，只须用手一掐肚子，挤出绕成一团的肚肠，指甲再顺势略批一下鳞片就完了。

不过，倘是尚未烂肚子，这样的新鲜小鱼洗净后，拿油煎透保形，放足水磨大椒红烧，直烧得骨刺酥烂，略撒些芫荽末儿，味道之鲜美，截然不同于大鱼。搛一条入碗里，淋着红汤的肉又香又细，牙齿轻剔下背脊和肚腹两边的肉，用舌头细品——然后，才能感觉到那种小鱼独有的平和的鲜美。若是再给自己倒上一杯稍具品相的干红，筷子头上夹着鳑鲏，慢饮细嚼，余味极是绵长。"正月鳑，二月肉，卖田卖地尝一尝。"我认识的一个老家是湖州的朋友，他说下的这句乡谚或许正可为佐证。难怪现在越来越多的人不喜欢吃正经的大鱼，倒是专寻一些乱七八糟的小杂鱼来调节口味。

在苏南水乡那些临河的食肆里，从菜谱上看，鳑鲏的烹制方法，有红烧、清蒸、做汤和炖糟，还有干煸，等等。那一次去古镇同里，被人招待了一餐富有水乡特色的菜肴。冷菜中便有一道椒盐鳑鲏，置于很精致的垫衬着淡蓝纸巾的小藤篮里，数量不多，油炸过，还配上细碎的干红椒和干豆豉，脆生生的，而且又绵韧耐嚼，颇具风味。

但苏浙人如此嗜食鳑鲏，终归给人出息不大的感觉。

野・味

专会打水花的餐鲦子

　　餐（正确写法，"餐"字的"食"字底应改为"鱼"字底，但电脑打不出来，姑且以"餐"代之）鲦子和鳑鲏一样，都属于上不得台面的小杂鱼。水跳边总是它们最喜欢出没的地方，夏天，赤脚站在水中淘米洗菜，很快就有大群小鱼跑来，追食碎菜叶和碎米粒，并痒痒地啄你。若是把淘米箩或菜篮子沉到水下，看清有许多黑影子钻进去，猛地一提，就能兜起一把比火柴棒长不了多少不谙世事的小细鱼秧子。那些长过手指的餐鲦子则完全不同了，它们见过世面，经验老到，总是在你够不着的地方灵活地穿来游去，你稍身影一动，它一扭尾巴，打一道水花就闪了。

　　楝树开出一串串紫蓝小花的时候，夏天就到了。垂柳拂水的晨间或是傍晚，水面总是有众多青春年少兴致极好的餐鲦子在游圈，搅碎清波。"刷餐鲦子"便成了夏日的常景。这通常是一些半大的男孩，也有成年人玩的技术活。细竿细线，蛆虫饭粒还有饭苍蝇什么的做鱼饵，也不要浮子，全凭眼快手准，看见餐鲦子游来游去，就将鱼饵抛过去。餐鲦子以为是落水的小虫子，掠一道漂亮的弧线，就啄到了饵，你唰地一挥竿，一条亮闪闪的鱼就活蹦乱跳地挂在竿下面。水平高的，不歇手地往上提，直让旁边的观者看得津津有味。

　　如果是深水区，有一种叫"翘嘴白"的餐鲦子，最大的甚至有五六斤左右，银鳞白肚，绿背弓起，嘴巴又翘又大，游动快捷，有"浪里白条"美称。这种鱼惯爱追食水面上一些蚊蝇飞蛾，吃起食来特别凶猛，叼着就吃，啄了就跑。瞅见黑影一闪鱼线下沉，就得快疾提竿。

餐鲦子的家族中，成员复杂，大小悬殊，有尖嘴餐（平餐）、圆头餐、黄郎餐、红餐、肉餐，还有一种肚皮泛一层金色光晕身材肥厚呈梭形的油餐。它们的共同特点，是有着删繁就简的形体，善于蹿游，活得兴兴头头，爱凑热闹，时不时就跃出水面，打一个水花给你看。总之，是哪里水响哪里就有它们。

倘是不耐烦"刷餐鲦子"，就弄来一条丝网，直直地拉在水中，然后撒些糠秕。没多久，就有许多的深青色影子在水里上下游动着，不停地变换，分散，水面一片唼喋声。待水面糠秕风卷残云般啄尽，扯起丝网，每一个网眼都晶亮地滴着水珠，若网上银亮亮一闪一闪的，那是被嵌住的贪吃者在徒劳挣扎着细长的身子。拿回家掐尽内脏批去鳞片，洗净，用油煎了，味道当然是鲜。美中不足是肉中刺极多，只有将肉同刺都一起煮酥了才好吃。

我们家乡有句讥人做事性急的土话，叫"拎着尾子煎餐鱼"。要想把餐鲦子烧出特色，油煎是关键。烧热油锅，一条条地摆好煎，火不要大了，放耐心一点，把一面煎黄，再翻过来煎另一边。直至煎出那种赏心悦目的金黄色，方铲起叠做一堆，浇上料酒、板酱、水磨大椒，投入精盐、姜、蒜，盖锅以小火煮到酥烂。若是将那种指头粗细的小餐鲦子稍稍盐腌后，拖上面粉（现在可直接从超市买来炸鸡粉）油炸，入口极脆，包括鱼尾都是至味。

餐馆里有一道清蒸白鱼，规范写法应是"清蒸鲌鱼"。鲌鱼就是大餐鲦子"翘嘴白",上海、苏南人呼作"白丝鱼",以肉质鲜美、营养丰富、味似江中刀鱼而著称。"翘嘴白"尽管在水中游动快捷,但出水即死,故市价昂贵。清蒸讲究原料,重在维护那点鲜气。洗净鱼斩作两段,加少量的盐腌一会儿,一般家庭,可加上作料和料酒,用电饭煲上蒸屉蒸。"翘嘴白"清蒸后,因为肉特别细嫩,故而感觉刺多且硬挺,虽不像刀鱼刺那样纠缠不清令人生畏,但对于不会吃鱼的人来说,也够麻烦的。

餐鲦子最宜晒成干品,不像鳊鲅和鲫鱼,晒干了只有壳。捕得多了,一下子吃不掉,盐腌后,晒干存起。想要吃时,放在饭锅上蒸熟,咸鲜适度,极有咬劲,很是下饭。一般来说,山区是不产鱼的,但无论是黄山、九华山,还是天柱山,我都在那些卖干笋和干蘑菇的土特产店里看到整大袋的干餐鲦子鱼,看标签,都表明是出自当地山溪里的绿色食品。我不知道那要多少水面才能捕获这众多大小划一的餐鲦子?看那盐渍过重的黄褐色,肯定与我们乡土岁月时小咸鱼的味道相去甚远了。

鳜鱼讨巧

　　画国画的爱涂抹两种鱼，一是须尾灵动的鲇鱼，一是隆背阔嘴的花斑鳜鱼。

　　扬州八怪之一的李鳝画鳜鱼，一根柳条穿过鳜鱼的大嘴，引领向上，旁着一根大蒜和两块姜，题曰："大官葱、嫩芽姜，巨口细鳞时新尝。"由口腹之道而导引出画面语，这既是世俗生活的真谛，更是芸芸众生所需要的一种乐观而积极的生活态度。

　　鳜鱼讨巧，谐了"贵"音，可谓精神外遇。亦有写作"桂鱼"的，乃其幽门垂多而成簇，俗称桂花鱼。

　　"西塞山前白鹭飞，桃花流水鳜鱼肥。"鳜鱼有幸，在中国最优美的诗歌和文人画里悠游了千百年。其实，鳜鱼真正喜欢的是静水或碧清的缓流。鳜鱼在水中游弋时黑乎乎的，捞出水面体呈灰褐色带着青黄色，加上下颌长过上颌的那张巨嘴，看上去很精怪的。

　　二十年前，我在当中学老师。青弋江流经我们那个小镇时，搅了个大深水湾，长长一段岸石护坡，水下就有了很多石穴，正好给有卧穴习性的翘嘴鳜栖身。每年四五月的清晨或傍晚，鳜鱼到甩子繁殖时期，顶水激烈游动，成群结对在水面逐出浪花。那时我们吃得最多的鱼，就是鳜鱼。特别是我的小儿，因鳜鱼是无刺而结实紧凑的蒜瓣肉，我们有时就当饭喂他；以致喂得他脑袋超常地大，提前上学、跳级，仍是特别地不安生。朋友打趣说，这都是高蛋白的花鳜鱼过分营养了他的脑细胞。

一般来说，凡肉食性鱼，味道都很鲜美。鳜鱼的主食是小鱼虾，一些像小麻条那样纺锤形或棍棒形的小鱼，最易被吞食。鳜鱼较懒，白天多卧于石缝、坑穴中，不大活动。但鳜鱼有手独门绝活，吞下鱼虾后，会吐出鱼刺和虾壳。鳜鱼肠子很短小，几乎就一个连到腮口的大胃袋，里面通常鼓胀胀装着被囫囵吞食的小鱼。鳜鱼的背鳍刺和腹鳍刺均有毒，若不慎被刺，剧烈胀痛，痛得你龇牙咧嘴吸凉气。生长速度快的是翘嘴鳜，我见过最大的重达四十八斤，体色深黑，尽管离水上岸就死了，但看上去仍是怒气冲天，白眼朝天，一张布满锯齿的骇人阔嘴，足能塞进一个大拳头。大眼鳜身材苗条，生长缓慢，但大眼鳜是最好吃的了。

对于鳜鱼这类食材，过多的加工处理都是画蛇添足，洗净加葱姜上锅一蒸，就是一道绝佳的菜。平时在餐馆里吃清蒸鳜鱼，上桌就有一股香气飘逸，让人食指大动，吃在口里，肉嫩味鲜，滑润有加，而在家里自己动手做，则难达到这水平。要说有点诀窍的话，那就是挑鱼要挑八两左右的，超过一斤，肉质就嫌老。通常，斑纹深的鱼肉比较香，而斑纹较浅近乎白色的，则更嫩一点。把鱼剖洗净，在背部斜片一刀，刀深至骨，里外抹一些精盐，放置一会儿，等部分蛋白质分解出氨基酸以后味道才是最鲜美的。以我的经验，蒸鱼省不得葱，葱少则腥味重。用一个大盆铺上三两到半斤的葱，摆好鱼，再放料酒、食油、姜片，用大火蒸八到十分钟，见鱼眼球突出，再烧上热气关火焐三四分钟。这个"焐"非常重要，很多人都不知道，不经过"焐"而直接蒸熟，鱼肉干老，鱼皮易翻裂。也有人垫上双筷子蒸，鱼受热均匀，吃时，把盆底的原汁浇在鱼身上，或者把原汁加清鸡汤、鸡精、精盐煮沸再浇在鱼身上，这样既有原汁的味道，紧贴鱼盆的鱼身也不会被泡得烂乎乎的。

如果是煲汤，则选挑四五两重的鱼两条或三条，起油锅略煎一下，放水投入拍扁的姜块，中火烧二十分钟即可。食前加鸡精、葱花。此汤白浓如牛奶，鱼肉鲜嫩，若加上切段的雪里蕻同入煲，尤能起鲜。醋熘鳜鱼亦较易制作，将鱼片出十字花纹，揩干水，均匀地涂抹一层鸡蛋清搅出的淀粉糊，下油锅中炸至金黄至焦黄色时捞出装盘。另取锅上火，放油烧热，下葱、姜末煸香，加醋、料酒、白糖和清水烧沸，用淀粉水勾芡，再淋上麻油，投入葱段，即成糖醋卤汁。卤汁趁热浇至鱼身上，"吱吱"发响，充分地渗透到鱼肉内。外观色泽金黄，食时外脆里松，甜中带酸，鲜香可口。食坊里的松鼠鳜鱼、葡萄鳜鱼，制作大致同理，只是片鱼时颇要点刀功和耐心。我没做过，谅是无此道行。

这里特别要提到"臭鳜鱼"。"臭鳜鱼"原名"屯溪鳜鱼"，又名"臭实鲜"，是徽菜的头道招牌菜。"臭鳜鱼"最大特点，就是"闻起来臭吃起来香"，既保持了鳜鱼的本味原汁，肉质又醇厚入味，同时骨刺与肉分离，肉成块状。当一盘臭鳜鱼端上桌子，即有一股浓郁的臭香气扑鼻而来……用筷子轻轻撩开覆盖在鱼身上的白蒜、红椒、青葱，再拨开鱼皮，撮起一块凝得很紧的蒜瓣肉入口，舌头一裹之下，竟然有那么多纷杂的鲜美在齿舌间缠绵缭绕！

相传早年间，商贩每年入冬将长江边鳜鱼以木桶运至山区出售，为防变质，就一层鱼喷一层酒水和盐水贮存，并定时上下翻动。三五天后鲜鱼运至屯溪等地，鳃仍红，质未变。经油煎，小火细烧，似臭实香，咸鲜透骨，流传至今，盛誉不变。古往今来，凡到过徽州的人，若是未品尝"臭鳜鱼"，率引以为憾事。

有一年，我同两个朋友路过绩溪，车停城外一家饭馆，因我们还要赶路，故只点了三四个菜。哪知内中那盘"臭鳜鱼"竟吃了个欲罢不能，遂高声叫店家再上一盘。那位颇有点风韵的老板娘走过来，连说对不起，家中暂无存货了。见我们一个个意犹未尽的样子，老板娘含笑说了声"稍等"，竟端走了我们桌上吃剩的头尾骨架。几分钟后，老板娘给我们端上来满满一大青花瓷碗菠菜豆腐汤，笑吟吟地告诉这是用"臭鳜鱼"头尾骨架氽出来的。我们先是半信半疑地尝了一口，其味之鲜美，超乎想象，三个人遂一气吃光喝光。一个朋友说，那头尾骨架恐怕还能再氽一碗透鲜的汤……

有绰号的黑鱼

黑鱼体有花斑，前部圆筒状，后部侧扁，嘴裂大，下颌稍突出，头尖而扁平，很像蛇头。因为性情残暴凶猛，又被喊作"豺鱼"，它常在水下大肆杀伐，惊得那些弱小者没命逃窜，有时则阴沉沉地潜伏在水草中伺机追袭。这黑家伙劲大力猛，徒手很难抓获，那炮弹一样的身段能轻易地冲破渔网，所以又赢得一个"黑冲子"的绰号。

黑鱼生命力极强，哪怕是在蒿草密布的浑浊小水沟里，也能活得很滋润。冬天水塘车干后，黑鱼和老鳖都早早"歪"进泥中，得挥着锹把淤泥划遍，饶是如此，犹有漏脱的。十天半月后，从干硬开裂的塘坡找出的黑鱼仍是活的。这时可以看清它是尾朝下把身体坐进泥里，只留嘴巴露在外面。1954年长江下游破大圩，水退去留下一望无际的淤泥滩。我有个表舅每天带根麻绳出门，挽起裤脚，踩着软泥，一边走一边找。当发现软泥表面鼓了包点，就知道那是黑鱼的嘴巴在下面顶着。走过去双手往泥下一插，用力一掐，啪啦一声，便把一条大黑鱼提出来。用麻绳穿了鳃口，放在泥上拖着，半天下来便可拖回一大串黑鱼。

黑鱼每年春夏间在长有茂盛水草的静水浅滩处"甩子"。男女二鱼两情相悦，荷尔蒙激生，异常活跃，有时双双跃出水面演出一段彩云追月的风流韵事。然后，鱼老公开始卖力地营建家园，把杂草咬断，浮拢于水面，用尾在中间扫出脸盆大小的亮水空洞，是谓"青窝"。在宁静的日出时分，鱼妻进窝"甩"下像黄油菜籽一样的卵，称为"黄窝"。夫妻双双守窝数日，仔鱼孵出，像小蝌蚪那样黑压压地聚在一起，便为"黑窝"，又叫"黑鱼花子"。两条大鱼一刻不离地随群保护，以至无暇摄食，传说就有仔鱼频频自动填入大鱼腹中，以报养育之恩，故民间又称黑鱼为"孝鱼"。也是这个原因，有些和尚庙里就用大水缸供养着黑鱼。在九华山那个最热闹的寺庙前水泥池里，密匝匝地沉浮着数百条黑鱼，看着叫人心惊。

钓鱼的人才不管你"孝鱼"不"孝鱼"，他们正是利用黑鱼护窝的特性，钓起来十拿九稳，易过到菜园里摘菜。一般是在结实的大钩上穿只活的小土蛙，朝着"窝"上轻点，首先被激怒的是鱼老公，闪电般蹿出，张嘴咬向饵，到被人拖上岸都不松口。小"黑鱼花子"受惊四散逃开，但片刻间，又聚成一团，慌慌张张旋转着离开这丧父的伤心之地。钓鱼人故伎重施，再次用小土蛙去骚扰挑逗，直到哗啦一声，那条胖大的母鱼奋不顾身地张口扑上来，则大功告成。也有人在这季节里提一竿七股头利叉，整天逡巡在那些向阳有水草的河湾塘梢处，一旦寻到"窝"，就睁大眼睛耐心守候，待水底有大黑影浮上来，手腕一抖迅捷将叉抛出，很少有落空。不幸被叉齿穿身的黑鱼因为愤怒而扫动有力的尾巴，搅得水花四溅，弄出很大的动静，通常会有一只受了惊吓的水鸟从丰茂水草丛中飞起，发出短促的打呃一样的啼鸣消失在远方。而失去父母保护，那些散了窝的鱼仔，立刻就成了众多餐鲦子轮番追逐的美食，结局很是悲惨。但是，那些弱小善良的鲫鱼、鳑鲏，从一出生到走完生命全过程，任何时候都会成为别人吞噬的对象，这就是生物界弱肉强食的残酷性。

尽管外貌不善，但黑鱼生得利索，只有一道脊刺，肉厚而鲜嫩，且能去风湿、利尿、去腐生新。沪人和粤人最是迷信黑鱼的滋补作用，他们相信黑鱼能活100多岁，是长寿鱼，而且死后肌体不易腐烂。可以说，黑鱼身价是随着改革开放进程、随着卷舌头的广东话侵入内地被抬高的。早先在生产队分鱼时，黑鱼是不大被人要的，嫌它肉粗。其实在我看来，作为食材，黑鱼起码有两个优点是别的鱼无法企及的：做鱼片和做酸菜鱼。

　　黑鱼骨少肉有韧性，切时不易散碎，是炒鱼片的佳料。将黑鱼开膛洗净，中间批开取两面肉，切薄片，拌上盐、糖、淀粉、黄酒、味精，略加几滴白酒，无论是爆炒还是氽汤，都鲜美异常。也有人将其切成二三分厚的大片，做黑鱼浓汤。其法亦简单，先将冬笋片下水焯过，取出晾凉；锅中放油烧热，将红干辣椒和葱、姜、蒜一起炸出香味，投入经盐和料酒浸过的鱼片，煸透后，下冬笋片、香菇、榨菜，加足量水，煮至汤汁呈乳白色即可。

　　做酸菜鱼也不复杂。酸菜是菜市场边的小店都能买到的五毛钱一袋的那种。整鱼去鳍、尾，切下头，两腮剁开。鱼体切成半寸一段，每段再从中间切开，剔出主骨，放入小盘里，打入两个鸡蛋清，加入盐、料酒、白糖、姜末、少许酱油，搅拌泡半个小时待用。把酸菜切段，先投红干椒在油锅里炸，再倒下酸菜翻炒几下，看油吸得差不多了，倒入高汤烧开。汤开后起白沫，先放入鱼头和鱼骨，调小火烧三五分钟，再放入鱼肉片，上大火烧五六分钟，加入鸡精、胡椒粉。一盘酸菜鱼，遂大功告成！

　　黑鱼就是黑鱼，无论活在水中，还是给人做了食材，都是那么利索，绝无一点优柔寡断和窝囊。

长胡子的鱼

　　长胡子的鱼，有昂丁佬、鲇鱼，鲤鱼也长胡子，甚至泥鳅也长两撇胡子。昂丁佬嘴唇上下共蓄着四根胡子，上唇的胡子半截白半截黑，下唇的胡子则与体色一样是明黄色。鲇鱼和鲤鱼的胡子长在嘴角两边，一边一根，粉红的，有时还会一翘一翘地动，这种怪异的样子让你心生疑惑，忍不住要细看它。

　　我一位姓汪的朋友，是开茶叶店的，却文人气十足，常涂抹一些很民俗情景的画子，悬在那些茶叶桶上方与香茗一起出售。他画的鱼，都是大头宽嘴的所谓"丰鲶（年）鱼"，拖着两茎夸张的长胡子，透出一种世俗的喜气。他以浓墨绘鱼背、鱼鳍，以淡墨绘鱼肚，只几笔点染，数条滑溜溜嬉戏于清流中的鲇鱼便跃然纸上。他也画一些大嘴巴鳜鱼，题款时总是写作"贵鱼"。但我以为，那些死脑筋的鳜鱼，根本比不上活灵活现、首尾灵动的鲇鱼那般讨人喜欢。

　　鲇鱼在我们家乡谓之"鲇胡子"，这就不会与那种常见的毫无趣味的鲢鱼喊混淆了。也有喊作"鲇胡狼子"的，盖因鲇鱼并不是吃素的，它与水中暴徒黑鱼一样，同是专门狩猎小鱼虾的。它的小鱼秧子是金黄色，也像黑鱼那般聚群，有老鱼在水底下看护。"鲇（鲶）鱼效应"这个词，算得上前几年经济学和经管学科最常见的时髦词汇——在长途贩运的鲫鱼或其他什么鱼的水箱中放入一条鲇鱼，与狼共舞，谁敢掉以轻心打瞌睡？鲶鱼生命特别顽强，在鱼群中左冲右突，以"搅活一潭水"而得名。

鲶鱼昼伏夜出，力气极大，是很难钓到的。在一些斗门塘里，水底通常会有洞穴，里面住着手臂粗的老鲶鱼。你把塘弄干了，洞穴里却始终汪着水，伸胳膊进去掏，手被什么触了一下，滑溜冰凉的，怎么也抓也不住，因为它溜到洞的老里面去了。

但鲶鱼再精灵强悍，在人面前，也逃不了为刀俎的命运。那次在昆明，我们几个人开了两部车到抚仙湖玩。抚仙湖是高原最大的淡水湖，比滇池和洱海都大，据说湖中盛产天下最优质的鲶鱼。我们就是专门赶来吃鲶鱼的。厨师三两下弄好鱼，剁块，放入那种高腰铜锅中，下水煮沸，倒去水，重新续水烧，捞尽浮沫，即抓起一把鲜绿薄荷投入，再放进一些盐、姜、芫荽叶。前后不过五六分钟，铜锅鱼就"水煮"成了。满满一锅乳白色汤，很鲜美，白生生的原汁鱼肉，则可以蘸着辣呵呵的调料吃，感觉特别适合喝我们自带的那种醇香的干红。

只是过后想想，还是我们江南的鲶鱼味道醇美。这些年在长江三角洲一带跑，或公差或私游，我吃过多种风味的鲶鱼，有时是在上档次的大酒店里，有时则是循着招牌在那种路边小店里。比如大蒜烧鲶鱼，将鲶鱼切小块，腌片刻，锅里下一小捧老蒜头，连同姜、糖、料酒和辣椒等一应作料爆香，倒入满满一大碗水，水沸，下鱼，煮十来分钟，蒜软即好。沸腾鲶鱼最够辣的，一盆红汪汪的辣油，咕嘟咕嘟地正冒泡，颤颤地翻滚着红里泛白的鱼肉，间杂着一些绿芫荽、青蒜叶一起肆意飘香……这样一盆鲶鱼火锅摆到你面前，不要说瞅，就是闻着，脚下也挪不动步了。

印象最深的，是几年前一个傍晚，我们从黄山抄了太平湖畔的一条近路转道去宣城。那时黄铜高速还未修，在太平湖湾梢旁的一个小山坡上，一边是渡口码头，一边是一湾浩淼的湖水，有个"红烧鲐鱼"的灯箱广告朦胧地亮在暮色里，很有点宁谧而简远的意境。我们学着用当地话报了个菜名：鲐胡子笃豆腐。老板让我们自己选鱼，我捋起衣袖在那个大水泥池子里几下一旋，掐准胸鳍抄起一条极滑溜的两斤多重的有暗斑的青灰色鲐鱼。老板有点诧异地望了望我，说："看不出你还有这一手呵。眼光真准，这刚从湖里送来的，最鲜活了！"

　　于是现杀现做。坐等期间，四野月华，水汽氤氲，窗外树影斑驳，远处渡口人声隐约……一时竟上来了满腹的心思。鲐鱼上桌时蒜瓣极多，汤汁浓稠红亮，鱼块入口，舌头稍一卷就化了，一根细刺都没有。尤其是那条精灵的鱼尾脊上的肉，尤是说不出的腴嫩香鲜。即使一颗方圆而扁的有须的鱼头，腮颔两边的厚皮及眼窝旁活肉，也是美味精华。豆腐"笃"出了细泡孔很是入味，更不虞有刺，性急一点，入口一抿就滑进了肚子。

　　鲐鱼做到了如此极致，实在是有点高处不胜寒了。

别离还有经年客

自离开当年的徽商水运码头西河镇后，差不多有二十年没吃过"棉花条子"了。

20世纪80年代第一个春天，我大学毕业，分配在青弋江边那个小镇上教书。那里江清沙白，河道里盛产一种当地人喊作"棉花条子"的小鱼。此鱼体狭长，圆滚滚的，大小如一根稍细的胡萝卜，鳞片上有迷彩麻点，头骨隆起，嘴前突，这样有利于在沙里啄食。早年，用手摇纺车纺棉线时，得先将棉花处理成手指粗细的"棉花条子"，好抓在手里一段段续接。当地人认为，这种被借形喊作"棉花条子"的小鱼，专在沙里寻找那种黄灿灿的金箔吃，有月亮的晚上，金箔会反光，它们成群结队跑到浅水处来觅食嬉乐，将水面拨弄得银鳞万点。所以，它们也就很容易被粘挂在渔人的丝网眼里。

棟树开花、青豆鼓荚的初夏，我通常在早上踏着露水下到河边，寻夜渔的小船专买清一色的"棉花条子"。那是一种低平地贴着水的方头小船，头天傍晚就开始捕鱼，多是一双夫妻，有时是一对父子或兄弟，一人坐船头弄网，一人坐船尾划桨，桨行船行，桨住船止，指东打西，收网起网，配合极是默契。捕到了鱼，或装入篓里，浸入水中悬于船后梢，或养在船前一个隔舱的水中。到了早上就把船停在靠近小镇渡口的沙滩边，有人来买鱼问价时，就拎起竹篓，或拿一捞网去前舱里兜抄，抄得鱼噼里啪啦直跳，水花四溅。"棉花条子"这种鱼总是出水就死，当然享受不到竹篓或水舱的待遇，就搁在竹篮里，任你挑选。那些渔船，都有着陈年暮岁的色调，免不了这里渗那里漏的，总是当家的渔人弓着脊背拿一个硕大的蚌壳往外舀水。你挑挑捡捡弄好了，他才望一眼你，慢腾腾停下手来给你称秤，报账，收钱。

"棉花条子"几乎整个是实心的，腹腔很小，一根粘满油脂的细肠贯通两头。肉细嫩，刺极少，以文火煎烤成焦黄色，下调料搁水煮透，入口香软，回味鲜，缠绵细致而挥之不去。当地人惯常以"棉花条子"炖糟，味道真是呱呱叫，鱼在饭锅里蒸出，盛在白瓷盆子里，褐黄的鱼体上，粘满白生生的被油脂浸透的糟粒，尝一口，又甜又咸的鲜嫩中溢满酒的醇香味，真是风味别致。若是把"棉花条子"用盐腌后，再裹上面粉炸酥，和骨吞渣，香脆可口。没想到，前不久我在本市一家鱼府竟然吃到酥烤"棉花条子"。是用一根铁丝头尾贯穿，包着亮晃晃的锡箔纸，放在青花大盘子里码在一堆，也不知是通过怎样的厨艺做出的，反正是外面香酥，内里鱼肉却白嫩如羊脂，热烫烫地吃在口中，极是滑润鲜美异常。末后主人结账时，我无意中正好瞅到菜单子，见上面写着是"酥烤船钉鱼"——船钉鱼，呵，倒也十分形象。只不过船钉鱼是长江鱼，且有一股无鳞鱼那样脱不了的腥气，肯定不是真正的只产于水清沙白的青弋江中的"棉花条子"。

将"棉花条子"盐腌后晒干，直接放饭锅里蒸熟，或是喷上米醋酱油加点姜蒜焖出油来，都很有咬劲，是佐饭的好菜。因为"棉花条子"形整，可以像做糖醋排骨那样做成糖醋爆鱼，咸甜可口，为下酒佳品，既简单实惠，又富于特色，不必名厨也可成佳肴。"棉花条子"又称"蜡烛鱼"，据说，若是在其体内插上一根捻线，可以当油灯照明。盖因其体内多油脂，肉极度细嫩，才有如此非同寻常的美味。

　　说到江南水泽中的鱼，我是知根知底见识不谓不多了，唯这"棉花条子"学名是什么，却无以作答。江河里还有一种放大版的"棉花条子"，七八两到斤把重一条，通体着暗黄芦花斑点，我们喊作"鸡头"。但这"鸡头"除了多细刺、少腴嫩之外，味道要差得远了。

　　"鸡头"的学名是什么？亦于此姑且记之存疑。

一虾更比一虾艳

河　虾

当青蚕豆在灶头飘香的季节，一碟河虾炒蚕豆米端上桌，艳红的是虾，莹碧的是豆，飞红沉碧，说不出的养眼。

昨晚饭局上吃的虾，却非艳色。是醉虾，乃一有盖的透明玻璃容器内，置弹跳鲜活、大小适中的河虾若干，倒入烈性酒及一应盐、醋、糖、香菜、姜末等作料。食前，抓起容器上下摇撞多次，令虾昏醉。纳入口中，上下牙轻轻一磕，鲜嫩的虾仁在那种微微酒香与酸甜中滑到舌尖，瞬间的感觉实在是美妙异常。无怪乎李渔在《闲情偶寄》中感叹："虾惟醉者糟者，可供匕箸。"

当年我在乡村时，常将随手捕得的虾剥开须壳，挤出白嫩虾仁投入口中，就像常将随手捋得的正灌浆的稻麦或蚕豆、豌豆、嫩玉米投入口中轻轻吮咂，那种清爽爽的微带腥甜味的丝丝清凉，能让你最大本质地亲近泥土，亲近给泥土以生命滋养的那些纯洁清润的河流与水塘。那时，我还常吃虾子蒸鸡蛋，你想想，即使是一勺虾子，该要从多少河虾的腹下刮取？可见那时虾之多了。

近几年来在餐馆里还常吃到一种近海人工养殖虾，这就是基围虾和竹节虾。基围虾是季节性海虾，秋季上市，前两年，新鲜活虾价格每公斤不下百元。与基围虾外形极为相似的竹节虾价格略低。这两种虾个头都远较河虾大，肉厚结实，适合做烹虾。其区别在于竹节虾尾巴偏蓝，竹节虾四季皆有，可以作为基围虾下市后的替代品。也许是习惯的原因，我以为无论是基围虾还是竹节虾，鲜美的味道总是比不上河虾。

河虾多产于南方水域，真正学名应称沼虾，因其色青绿，又称青虾。《尔雅翼》曾想当然地注说："梅虾，梅雨时有之；芦虾，青色，相传芦苇所变；泥虾，稻花变成，多在泥水中……"就像多少年来文人们一直以为腐草生萤一样，乡民们更是坚信虾是水草变的，草多虾多，故虾又俗称草虾。在透明的水底，我们常能看到虾攀住水草或其他物体慢条斯理地爬行，当它们受到惊吓时，却能异常敏捷地往后闪避弹跳。如果说蟹因横行而无品，那么虾则跃退而失勇。与无肠公子的蟹不同，虾却有一根由头顶经背部贯通尾部的细肠，虾的真正肚腹应是头顶，这里藏有常装满黑灰色食物的胃囊及其他内脏。刚出水的虾，总是急屈身体咝咝弹跳，其腹下许多片状的膜翼也不停地划动着，那是虾的桨桡，学名叫游泳足。倘在夏季，雌虾的这些游泳足上会附满由头下的产道输出的雪青色卵粒，直至孵化出成百上千像跳蚤那样的幼体，完成孵卵使命的亲虾随即便会死去。虾的寿命，一般只有一两年。但这是指雌虾而言，我们有时见到那种坚硬铠甲上敷满绿苔的老公虾，显然活得有一把岁数了。

在乡村，我除了常常看虾游泳觅食外也常常扳虾。虾罾与被称为"拦河罾"的鱼罾相仿，只是虾罾用的是旧蚊帐布而非渔网，中置一些炒焦的麸皮或螺蚌肉作饵，有五六张罾连着扳，一个晚上收获十斤虾是不在话下的。而在秋后有雾的湿闷天气里，漂着两根长须的虾会成群结队地浮到水面，爬上水际线的岸边来，那时你只管拎着篮子捡捡就是！

早年乡野之民，敝衣恶食，终岁劳作，但于饭桌上却并不缺少鱼虾。或许是那时虾太多了，乡谚"有鱼不吃虾"，是说人多挑精拣肥弃虾而取鱼。其实，虾清煮、红烧、做虾仁圆子，剪去头尾炒韭菜……哪样都是至味。笠翁老人在《闲情偶寄》中有议论："笋为蔬食之必需，虾为荤食之必需，皆犹甘草之于药也。"中医用药之道，视甘草为百药之和济也，以甘草观照虾，可见虾之于荤食之大道德。

虾烹熟后形色皆美，香味浓郁，是高档筵席上的上等菜肴。许多食府还推出一道招牌菜锡纸江米虾。所谓江米虾，大约是一种产自江里的看上去比河虾袖珍细碎的白虾，剪去头尾，加酱料在锡纸的包裹下放铁板上煎烤，打开锡纸，调以醋羹，用勺舀到餐碟里吃，味极鲜嫩丰美。有一道炸河虾，倒是很适合家庭厨房烹制：河虾入油锅炸至衣皮酥脆捞出，葱姜末在锅中底油里爆香，再倒入酱油、花雕酒，加盐、糖、味精和汤略烧，至汤汁稠浓时投下炸好的河虾，迅速翻炒几下，出锅时撒上葱花。我做过许多虾菜，但都没有这道炸河虾好吃。在沪菜菜系中，油爆河虾可谓是很有特色的菜式之一。其实，高档筵席上的油爆河虾，与家居餐桌上的炸河虾基本是一回事，浓油爆出来的河虾，壳脆肉嫩，咸甜适中，色泽红亮，汁浓入味。做油爆河虾厨房条件好，虾子可选大一点的，背部剪开挑出虾线，放作料先腌一会去腥最好；而家庭做菜，河虾则不要太大，否则不易入味，且河虾一定要新鲜，烹饪中始终保持大火，河虾才会比较干香。菜谱上有"碧螺虾仁"，乃以碧螺春的清香茶汁作调料烩出，有河虾的透鲜，又得名茶的清香。其实，既是名茶，非唯碧螺而已，龙井、毛峰一样能使风味别具。

最简明有效的做法，还是用那种半大不小的河虾炒春韭菜，或是炒初夏的韭菜花，小河虾吸收了韭的甘香，味道特别清透鲜美。

小龙虾

谷雨既过，熏风日暖，又到了小龙虾大量应市的季节了。

相比个性温和而慢条斯理的河虾，五短身材而又铠甲罩身的此虾，头大得不成比例，高举一对超大的螯钳，完全是一副暴徒模样。但"适口者珍""知味者贵"，既是归了能给味蕾提供享受的一类，就没有理由不问之于汤镬了。

晚饭后，当你漫步街头，那些或浸泡在水盆里，或码放在青花瓷碟里，或正在油锅里嗞啦啦爆响的赤艳小龙虾，几乎火爆了夜市大排档。而摊主及伙计们的吆喝和招呼更是热情响亮："嗨，大哥、大姐，吃海虾！"他们口中说的"海虾"就是小龙虾。稍稍驻足，但见眼疾手快的伙计们双手上下翻飞，一只只尾卷、腹实的大虾便掷入了塑料篮中，连啤酒也摆了出来，单等食客落座。若是一伙人落座，不消片刻，遍体艳红、饱收汁液的油焖小龙虾用白铝盆装着端上来，红油汤冒着刺激鼻孔的热气，上面还点缀着几棵碧绿的香菜、整个艳红的干辣椒，色调异常醒目。不过小龙虾是时令产品，只在5月到8月才火爆。

那年夏天在上海，某一晚，几个朋友开车带我去宝山区牡丹江路的"小龙虾一条街"，一个吃小龙虾很有名气的地方，价格虽是不菲，却是半夜两三点照样人声鼎沸。这里的龙虾，什么干煸、香辣、椒盐、手抓、十三香……做法也多，有咖喱、年糕、黄焖等，另有敲边鼓的沸腾鱼片和大嘴蛙。炸好的小龙虾，码在一家家店堂门前，真是琳琅满目，流光溢彩，一片赤红，惊艳天下。据称"都是现剥的"，"又新鲜又干净"，口味"不是太重"，算是照顾我这"不太会吃辣"的人。我搞不懂，这些阿拉上海人何时变得"比较适合吃辣"了？刚选了一家店坐下，立即就有服务生过来，给我们戴上一次性手套，系上一次性围裙。时间等了不算太长菜就上来了，先上的正是十三香，还有鱼香菜心、荷叶蒸排骨。这十三香并没有我担心的那么辣，只能算是一般的辣，正是这种我能承受的辣，让我尝出小龙虾肉的鲜嫩、脂膏的鲜美，还有虾肉那种极耐咬嚼的饱满和弹性。

　　我只是不耐辣，吃龙虾肯定不算外行，但与几个上海朋友相比，还是显出差距。但见他们抓起一只龙虾稍一拗，揭去头上的壳，美其名曰"掀起你的红盖头"，再用两指掐紧尾鳍中间的一片，轻轻一旋一拉，抽出肚肠来，戏曰"抽下你的绿腰带"，最后剥下腰壳，露出最完整最结实的那一块肉，吮汁、舐黄、吃肉，一气呵成。这一只才下指间，那一只又上嘴头，由此可见，小龙虾早已成了众多上海老饕的心头至爱。对于我来说，要命的是接下来可就不是一般的辣了。那几个朋友说微辣不过瘾，要来重辣的，要"在挥汗中体验快感"……于是就上来香辣和麻辣的。看着那个虾红汤更红、红翻一片天的阵势，就让我心里直起毛，口中不觉啜啜有声。我小心翼翼挑好一只，慢慢"掀盖头""抽腰带"，肥美白嫩的肉体粘满手套上的辣椒红，两种颜色混合一起纳之入口，麻、辣、鲜、香、甜、嫩红、酥亮，似也都能一一承担得起，只是连吃几只，辣劲上来，满嘴里像起了火。辣劲开始肆虐，那就是人挡杀人佛挡杀佛，左青龙右白虎叫你哭爹喊娘逃无可逃！冰凉的啤酒是阻挡不住，我只有猛灌茶水。饶是如此，嘴里还是火烧火燎的。朋友见我张大着口合不拢，立即嘻笑着起身到吧台上端来一大盘西瓜让我专享。辣后吃西瓜再好不过，爽甜的清凉，渐渐浇熄了口中的火苗。

在外面吃小龙虾，没有不辣的，所以我是一惯主张自己动手，特别是今年夏天由南京曝出洗虾粉的事后，我更是自己的嘴巴自己做主了。自己动手还有个好处，就是干净。先用板刷反复地刷洗，拉出肚肠，再剪开头部两侧的壳，把肺毛也去除掉。烹制时根据自己口味加入作料，要是想偷懒省事，著名的盱眙龙虾十三香就有现成调料包卖。虾香了，虾熟了，在自己的家里不大可能有一次性手套戴，只管洗净"金龙五爪"就可开工干活，狐朋狗友围坐一圈，揎拳捋袖，喝酒吃虾，好不有滋味！不过家烹小龙虾也有一弊处，就算你是放到油里拉过，壳也是特别硬，难剥。这一难题，我到现在也是没办法解决。

名不正，食不顺，我们还要搞清一个问题，就是无论是"龙虾"还是"小龙虾"，都是讹称。我手头就有一张某南方城市的晚报，其B3版有人撰文称："这种虾其实学名叫'蝲蛄（là gǔ）'，是淡水甲壳类动物的一属，形状似龙虾而小，较之淡水河虾'块头'却大得多。不知何时起，这种生于沟坎水洼、钻田埂钳秧苗的害虫，被爱吃敢吃的人变害为宝，做成了妙不可言的盘中美味……"这话真的是说错了，因为我国所产的几种蝲蛄，无论是东北蝲蛄、朝鲜蝲蛄，还是许郎蝲蛄，全都分布于东北三省的山地溪流或山地附近的河川中，与江南相隔甚远。何况真正的蝲蛄肉都少得可怜，几乎没有食用价值。

不是蝲蛄，又是什么呢？

我查过资料，是螯虾属，和蝲蛄同隶河虾科，只是科下所属不同。真正的螯虾原产于美洲，我们所常见的为一种克氏螯虾，先由美国"移民"到日本，大约于民国初年又由日本传入中国，现在长江中下游一带已经繁衍很多了，苏南人称"大头虾"、沿江人称"小龙虾"。这种螯虾甲壳很厚，身体血红艳丽，远比我在东北见过的黄褐相杂的蝲蛄赤灿美观，身体也较蝲蛄大，肉多一些。螯虾生命力强，可以离水三五天不死。在池沼甚或是污水坑内很容易钓到它们。世界上最呆的恐怕也是这种虾，钓它们有时连钓竿都不用，只需一根细线，下坠一团螺蚌肉或是随便什么有点韧性的腥物就成，一时三刻，便有那等呆货咬饵，待咬得正投入时，你提线出水，那线绳下淋淋漓漓也就附攒着那么一只还未及醒过神来的食客。现在市场出售的大多为人工养殖的。

与河虾一样，螯虾的胃囊及其内脏也在头部，折断它的尾基便可拉出一根灰黑的细肠。它的头部有一团青绿色的油脂，那其实是未成熟的卵块，此外还有虾黄，是最鲜美的东西，洗刷时切不可轻易流失。油炸的螯虾尤其红艳，这是因为高温促使甲壳中的类胡萝卜素分解为虾红素，虾红素不溶于水但能溶于酒精和油脂中，所以我们用油烹虾时，色素溶于油中，油便呈鲜艳的橙红色。

难以理解的是，水产专家中想必也有一些边缘文化人，为何就看不到有谁写出为螯虾正名的科普文章？但话说回来，你澄清了事实又怎样，人家照样还是要喊"小龙虾"，谁愿弄个文绉绉酸巴巴的拗口学名来称呼？

戚，少了你一只大虾，大排档夜市上还不照样一片灼灼红艳。

捕鳝与吃鳝

在我读到的不计其数的文章中，写捕鱼的种种经历的并不少，却鲜有写捕鳝的。印象中，只在20世纪80年代初读过桐城作家陈所巨写的一篇钓鳝的散文，已记不清是发表在《萌芽》还是《上海文学》上了。我以为捕鳝实在是一件独特且有趣的事。

捕鳝的方法很多。有利用黄鳝晚上出洞觅食时用火把在稻田浅水里照捕的，有用竹签子穿上蚯蚓放入鳝笼子里掏一条沟埋到水田池沼边张捕的。夏日傍晚，凉风四起，草虫唧唧鸣唱，水面上有许多小鱼在跳。用锄柄穿了一只装满鳝笼的筐篮背在肩上，寻着一处感觉有鳝出没的地方，便埋一截鳝笼，只待翌日早起来收获一份希望……那其实就是一种对简单生活的快乐。

我那时通常一篓一钓，孤鹭野鹤一样满圩畈跑。钓长可尺许，多是将自行车辐条子一端磨尖弄弯曲（早年用油布伞钢丝骨子做），穿上粗大黑蚯蚓，在长满杂草和树根的水塘沟坎边摸到鳝洞，就插下钓饵，小心地提上插下，并巧妙地旋转，逗引黄鳝咬饵。黄鳝性猛，且护洞，只要开口咬住就不再放松，使劲往洞里拖。这时，可以看到露在外面的钢丝钓杆也随着打起旋旋来。你轻轻捏住朝反方向用力一捻，再往外斜斜一拉，哗啦一声，就会拉出一条不断绞扭挣扎又大又肥的芦斑鳝来。大的一条就有一斤重！钓鳝是技术活，要有好耐心，且极易碰上蛇，通常是极老到的成人干的活计。

最省事的是掏鳝，在秧禾栽下不久，水刚淀清的田埂边细细搜寻鳝洞。黄鳝喜在田埂边打洞穴居，但为了捕食方便，常由田坎向稻田中间打一条二三尺长的新鲜泥洞，伸进一根手指，全凭感觉顺着鳝洞细心往前掏。有的黄鳝能打上几个洞口，有回头洞，有岔洞，有坠洞，这就须随时作应变处理。遇上硬泥掏不动了，就可将一只脚伸入，前后抽动，一下一下往里"咕"捣泥浆水。黄鳝受不了这番折腾，就会"夺"洞出逃，只要看准了，猛地伸出勾屈的中指，快速夹起放入篓子里。黄鳝跟泥鳅一样，体外有一层黏液滑涎，极滑溜，而且一旦逃匿到踩浑的水里，就断难再抓到了。

鳝能变性，中小鳝是雌的，三五年以上粗壮大鳝是雄的，无一例外。盛夏，雌鳝产卵时洞都打得很大，且在洞口水面喷一小堆有黏性的白沫，吸引雄鳝来给卵授精，护卵的雌鳝特别凶猛，不小心就给咬了手指头，死都不松口。由于黄鳝经常穿埂打洞，将稻田里水漏淌，所以鳝在一定程度上是有害的。

黄鳝捉得多，自然也吃得多。"秤杆黄鳝马蹄子鳖"，是说鳖要吃小，而黄鳝得有大秤杆子那般粗，肉才清爽滋厚。鳝鱼的口感，因烹制方法不同而异，生炒柔而挺，红烧润而腴，炖焖软而嫩，油炸脆而酥。我们家乡人没有炖汤和剐鳝丝的吃法，只会一种将黄鳝炝焖着吃。活鳝砸晕后，开膛剖腹，剔除肚肠，放到石头上用棰棒砸酥长长的脊骨，直砸成海带那般平平展展一片，洗净血污，斩去头尾，切成寸片。锅里倒油烧旺，将鳝片下锅爆炝，直至乳白色汤汁收尽，鳝片翻卷，再续上小半碗水，入板酱、水大椒、老蒜子、片姜，盖锅焖烧半个时辰，出锅前撒点葱花起香。虽是农家做法，倒也颇为软脆香浓，清鲜爽口。有那讲究的人家，会以猪油爆炝，再喷上黄酒焖，那个口味可就真是没得说了！

数年前，我们报社的几个人驱车去上海，走的是广德、长兴这条路。快到湖州，时已过午，饥肠辘辘，便停车路边，择一店堂，让老板赶紧做菜。步入后院，见池子里养有黄鳝，便叫伙计捡大的烧几条。反正是等饭吃，没事，我就在一旁看。那瘦精精的伙计甚是麻利，自角落里拖出一个带钉子的窄板，抓起一条黄鳝，捏住头部哧一声钉在板上，剖腹，去背，取肉，再洗净切段，片刻工夫就弄好了。我又跟到厨房里看烹制。见其先以湿淀粉勾芡，热锅里舀上满满一大勺亮汪汪的猪油，再投以洋葱丝炸香，将勾芡鳝丝倒入炝，加酱油、糖、黄酒、香醋、味精和蒜头，又续一勺油，锅里炝出明火，颠锅几下，装盘，撒上白胡椒粉即端上桌。待我坐到桌上，举筷尝一口，因其过火短，果然是香鲜软嫩异常。此为典型的江浙烹饪，举座大啖，皆叫好。多吃了几口后，我不觉暗下里将其与家乡的鳝片相比较，或许现在多是养殖鳝，而我们家乡水泽里是天然野生的吧，我怎么觉得味过三巡后，还是记忆中的鳝鱼片味厚、香浓、肉感足、回味绵绵呢……

与《桃花扇》暗通款曲的江鳜鱼

矶，为孤阜临江的小石山。长江边名矶，如城陵矶、采石矶、燕子矶……这些矶，居高临下，扼长江咽喉，自古为兵家必争之险地，且多与重要人物和重大历史事件相关。芜湖西南繁昌荻港镇板子矶，号为二十四矶之首，古往今来看尽了多少波涛连江的杀伐争战。板子矶曾是人民解放军渡江战役的第一登陆点，也是电影《渡江侦察记》重要拍摄地。

明末，战将黄得功奉命截击左良玉之子左梦庚于板子矶。孔尚任《桃花扇》中专门写了"截江"一折，即描绘此战获胜场面的。后来黄得功于此再战清兵，中箭而死，逃来芜湖的弘光帝朱由崧被俘于江上，南明第一个小朝廷遂由此亡没。

"胜地不留逋客住，暮潮闲送夕阳归；黄公战处今残垒，凭眺休登板子矶！"矶上，塔还是那座塔，古老的银杏树后面，为纪念黄得功而建的黄公阁，苔痕深厚，藤蔓披挂……极目远眺，平阔的大江，流尽了多少历史往事，让登临者不胜唏嘘。

板子矶突兀临江，三面皆水，有石级盘旋而上，但见怪石嵯峨，满坡修篁翠竹。矶之北，危崖之下，水性旋流，形成回湾，乱石遍布，芦荻萧萧，多有鱼虾出入其中。

尤其是荻港这里很出名的野生江鳜鱼，就生活在板子矶下湍急水流里，守伏或扑逐小鱼虾于多寒的石罅孔隙中，进食猛烈，其肉少肥腻，多清爽，寒香入窍，别有滋味。吃惯了市场养殖鳜鱼的人，若是有幸遇上江鳜鱼，初尝之下，肯定大为动容。

几年前，有朋友从荻港过来，给我带来三条体形流畅、极具骨感的江鳜鱼，每条都在一斤重左右，正适合做酸菜鳜鱼。从菜场买回的深黄酸菜切碎，干红椒、蒜头和生姜在锅里煸香，将煎好的鱼放入，倒上料酒，我口味偏甜，就搁点糖，加水烧煮一会。待酸辣味渗透到鱼肉中，倒点米醋，再撒上葱段或香菜，就可以起锅。其实这种长江野生鳜鱼是难得的珍贵食材，酸菜加米醋太容易夺去原味，而做成清蒸，才最能保住其细腻、鲜嫩的本质纯味。鳜鱼清蒸也很简单，放上盐、姜、葱结，倒点黄酒就行，主要是掌握蒸的时间，不能蒸过头。其味清香，没有肥腻感，特别是异常结实的蒜瓣肉，块块可以剥离，几近透明。若是用上从超市买来的蒸鱼豉油，则难显手艺高低了，倒上豉油，十来分钟蒸完，谁都可以一试身手。

两年前，我在网上看到一帖，叫《板子矶上忆旧游》，演绎南明旧事，竟能让板子矶与当时正在南京上演的昆曲《桃花扇》暗通款曲。深以为此文大好，遂多方打听，联系上发帖者，作了一些核实，并让其专程去南京拍摄了"第三十一届戏剧节大型演出——昆曲'一六九九桃花扇'"剧照，最终分上下两期以两个整版的篇幅将此文在我们晚报"钩沉"版刊出。作者姓李，是荻港镇上一个做工商贸易的年轻人，很有文史方面的潜质和个性见解。因为这番交往，今年春节前，他给我带来一只咸鸭、一罐香菜，还有一条三四斤重的活的江鳜鱼。我则是回赠他自己刚出的一本散文集，内中有不少写美食的文章，他三天后看完此书，回我一信，说送我的三样土特产，算得上是“红粉赠佳人，宝剑酬志士”了。我则告诉小李，我的儿子和儿媳从北京回来过春节，那三样菜真是帮衬了我一把，特别是那条江鳜鱼，我全部切片用小碟装了，以后几天里，吃腻了肥鲜，就从冰箱里取一些出来用湿淀粉拌了氽汤，加点龙口粉丝，搁点芫荽，真是香鲜透骨。事情的确如此，儿子两口子年纪轻轻，却也算大口吃四方，他们春节带回一大盒新鲜刺海参，两天后又有鲜对虾、黄鱼等从原产地加冰装箱航空托运过来……孰知老爸这鳜鱼片氽汤也能别开生面很好装点了几回。

江鳜鱼活动范围大，嘴阔吻长，颜色深浓，鱼皮紧绷而富有弹性，肌肉板结，切片后不易散失，尤适合做汤或小炒。鱼片以盐、糖、料酒腌十来分钟。清水里下姜数小片，烧开，即倒入捏过淀粉的鱼片，以锅铲划开，水滚鱼片浮上，略放点熟猪油，撒上芫荽就行了。鱼片鲜嫩，滑爽到筷子都夹不住，入口后舌头轻轻一裹即化，其汤清冽而香浓袭鼻，更是不可状述。我做汤菜做到今天，尚未见有若江鳜鱼这般既能受味、又能护持本真之美妙绝顶好材质。

忽然就想到齐白石曾经说过的八大山人画鱼“鬼神不可知也”的话。八大山人朱耷是明室王孙、亡国遗民，家仇国恨，满心悲愤，纵是落发为僧，也无一日心神安定。所以他画鱼、鸭、鸟等，皆斜目向天，充满倔强之气。特别是嚣张不通人情世故的鳜鱼，白眼噘嘴，怒气冲天，鱼鳍戟张，寒光闪射……压着铁器的森冷，满把的陈年的风云，神情颇似板子矶下的江鳜鱼。一枕似前尘，一枕是今生。明末旧史，多孤愤妍艳之气，不知此间可有渊源牵连？

秦淮桥下水，口舌惜繁华

十里秦淮，十里风月事。在南京，我是常来秦淮河边勾连，一次次体味杜牧、李煜、张岱、俞平伯、朱自清笔下的那份旖旎。秦淮河的柔波里，弥漫的情韵与美食醇香，总是飘散不尽。

明清时期，秦淮河旁边就有了夫子庙、江南贡院，并建起重檐雕脊的聚星亭。在那个年代，不管走到哪里，凡孔庙所在都为庄严肃穆的场所，唯独这金陵的夫子庙显得很特别，仿佛着意要和孔圣人开个玩笑，周遭酒楼茶楼青楼媛阁林立，仕女如云，画舫满河，丝竹悠悠，纸醉金迷。食色，人之性也，来此博取功名的男人们，还有骚客和达官贵人，来这里可不会饿着肚子听小曲啊，他们都会选取一个很好时分到这条河上放纵或沉湎自己。所谓"君子不过文德桥"，一座文德桥又能挡住什么？

当现代商业文明的霓虹灯光照彻那些曾经的迷离韵事，秦淮繁华依旧。各式商号的旗幡幔帐，争相斗艳，穿着入时的游客摩肩接踵，就是徜徉在瞻园路、贡院街、贡院西街、美食街、琵琶路文化休闲街上，也依然能感受昔日衣冠胜雪、笙歌彻夜的风流景象。站在那个真假莫辨的"李香君故居"媚香楼下，我的眼前闪过了"秦淮八艳"的倩影，她们芳华绝代的风姿似在缥缈的楼阁和茶坊婀娜飘动。柳如是、马湘兰、寇白门、顾横波、卞玉京，连同那个陈圆圆……无论是娟娟静美，还是庄妍靓雅，巧伺人意，春意阑珊时，她们似水面白莲，一个个且歌且舞且自醉。

如今，顾盼倾城的秦淮八艳只有让人遐想的份儿了，少了往日的精彩，人们也只好从口腹之欲中找寻美食的"秦淮八绝"了。所谓"秦淮八绝"，指的当今南京八家小吃馆的十六道名点：魁光阁的五香茶叶蛋、五香豆；永和园的蟹壳黄烧饼、开洋干丝；奇芳阁的鸭油酥烧饼、麻油干丝；六凤居的葱油饼、豆腐脑儿；奇芳阁的什锦菜包、鸡丝面；蒋有记的牛肉锅贴、牛肉汤；瞻园面馆的薄皮包饺、红汤爆鱼面；莲湖糕团店的五色小糕、桂花夹心小元宵。只是那个由董小宛发明的董糖，或许是太甜浓了，与当初传说的劳军初衷违背甚多，虽有精美纸盒包装，但就像她那些诗词歌赋食谱茶道一样，早已芬芳散失拢不到嘴边来了。

金陵小吃，六朝时便有记载。如今夫子庙地区茶楼饭店，街边小吃，满目皆是，甜咸俱有，形态各异，形成独具秦淮传统特色的饮食集中地。在这里，除了上述"八绝"外，还可以吃到如意回卤干、大煮干丝、状元糕、豆腐捞、蜜汁桂花藕、鲜肉小馄饨、蟹黄小笼包等，全是南京地道小吃。夫子庙很多餐厅都有小吃和点心套餐，可以一次尝遍秦淮八绝。据说，前国家副主席荣毅仁在夫子庙品尝秦淮风味小吃后，题写横幅"小吃好吃"，贴在圆柱上，亦可回文念作"吃好吃小"。

沿江一带人，都偏爱吃鱼吃家禽，我一向对名菜桂花鸭（有的地方则叫盐水鸭）情有独钟。棂星门外的码头上，秦淮八艳的青铜浮雕在巨型宫灯的光影里恍惚迷离，空气中可以闻到桂花鸭独特的香味。在南京，有关鸭子的吃法更是难尽描述，除啤酒烧鸭和金陵烤鸭以及八宝珍珠鸭外，桂花鸭、香酥鸭、卤鸭、板鸭、酱鸭，此外像鸭肠、鸭肫、鸭脖、鸭头、鸭掌……都是美味。夫子庙的老鸭粉丝汤，很多人尝过之后皆言味道好极。总之，这里是无数鸭子的灵魂超越地。

鸭血粉丝汤是不得不说的这里的招牌小吃，味道好，看相也好。有客人坐下，摊主一边招呼着，一边利索地抄起漏勺，抓一把先已泡软的粉丝放入，在沸滚热汤里来回晃动几下，翻过漏勺将粉丝倒进碗里，再放上鸭血和油果子，加够汤水端过来。如果你嗜辣，可以自己挪过调料罐，浇勺红红的辣油。一块块深褐的鸭血被晶莹的粉丝缠绵绕裹，浸在米黄色的汤里，绿色的芫荽菜、褐色的鸭肫、泛白的鸭肠散落其间……看着就令人食欲大动，几不自持！

鸭菜中以盐水鸭最为知名，咸淡适中，香而不膻。往年的鸭子都是从郊县用竹竿赶来的，由于一路走一路觅食，到南京后，只只练得脚力非凡、肌肉紧凑，因而与现在的饲料催肥的鸭子口味不可同日而语。盐水鸭又以金秋桂花飘香的时节最为味美，鸭肉会淹留桂花的芳香，故美其名曰"桂花鸭"。要想品尝最正宗口味的鸭菜，可以走进秦淮人家、贵宾楼、状元楼这些大餐馆品尝，但价格起码在百元以上。而多走几步路深入秦淮那些背街小巷里，一鸭三吃或许五六十元就能打下来。

此外，在夫子庙的大石坝街和湖南路的狮子桥这样著名的美食街，有狮王府狮子头、尹氏鸡汁汤包、"忘不了"酸菜鱼等。我在那里的店堂吃过炒田螺、干锅牛杂、小龙虾，美则美矣，就是辣得够呛。听说芦蒿炒香干是最有特色一道菜，我特意要了一盘。芦蒿择得很细，都是青青脆脆的杆儿尖，和切细的香干丝一起素炒，除了一点油盐，再无别的调味料，要的就是芦蒿杆儿尖和香干丝相互缠绕的那份清香馥郁。在香艳的秦淮感受这种青青涩涩的滋味，而食后唇齿格外清爽，也算是别致的体验了。

　　桨声灯影里的秦淮河，无疑是一条流淌在男人心头的河。这里的旖旎迷幻，这里的口舌之乐，这里的琵琶古筝、二胡丝竹，连同雕栏玉砌风流才子俏佳人一起……注定永远属于江南。

君子好色食红鱼

若论中吃又中看，恐怕没有什么能超过婺源荷包红鲤鱼了。这种红艳迷人的鱼，简直就是游动在水中的鲜花。在风景名胜地和公园的池塘里，锦鲤是最常见的。但荷包红鲤鱼与身形灵动的锦鲤却有很大差异，荷包红鲤鱼头小尾短，背高体宽，脊部隆起，大腹似袋，故以荷包名之。

鲤鱼是金鱼的近亲。据说，荷包红鲤鱼原是明代深宫中的金鱼变化而来，某年一位婺源籍高官大佬告老还乡，皇上多少有点恶作剧地赐给水淋淋活鱼一对。以后，这对千里迢迢小心呵护着捧回家乡的鱼，就在婺源繁衍生发，花团锦簇，民间互赠，香火延传。婺源历史上曾属徽州，山明水秀，松竹连绵，飞檐翘角的民居或隐现于崖峰青林之间，或倒映于溪池清泉之上。徽州除了牌坊匾额这些帝王敕封外，连鱼中也有皇亲国戚。徽州大户人家喜在院中掘池或置大水缸蓄养好看的鱼，亦观亦食。荷包红鲤鱼同那些古树茶亭、廊桥驿道一样，展示的正是一种地域的风雅。徽州地面上还有许多很特别的东西，就拿做菜来说，多喜欢蒸，清蒸、粉蒸、干蒸，从蹄膀到苋菜，不问荤的素的无不可以拿来蒸。弄得做徽菜的厨子到哪里都背着屉笼，虽是外人有点看不懂，不过你也别说，这蒸菜就同那些明秀的山水一样，最能保住原汁原味。清蒸荷包红鲤鱼是婺源风味鱼馔，以"池中芳贵，席上佳肴"闻名天下。

　　十年前，我带队省副刊会采访团去婺源，午后到达，第一餐在县委招待所，就享受了清蒸荷包红鲤鱼的美味。白盆红鱼，真有点让君子好色了。初见之下，感觉鱼肉很厚实，特别是肚子上的肉呈透明状，鼓鼓囊囊的，以为里面全是鱼子，没想到用筷子拨开来全是肉。迫不及待尝上一口，果然名不虚传，鱼肉肥美嫩滑、甘腴香鲜，鱼刺细小柔弱到可以忽略不计，特别是一点儿腥味都没有，就像吃爽口的嫩豆腐一样。众人边吃边呼过瘾，风卷残云一扫而空。剩余残汤，用汤匙舀了入口，也是鲜美异常。主人慷慨，我们受益，以后每天都有荷包红鲤鱼佐餐。红鲤鱼先在油里煎一下，然后与咸肉豆腐大蒜一起炖制，亦为当地常见的食法，只是一定要放入足够的紫苏调味。

　　隔了六七年，一个暮春时节再去婺源。彼时婺源旅游开发正热，到处可见形形色色的旅游者。在县城或那些热闹场所路边店门前的水池里，红彤彤一片，全是养的红鲤鱼的身影，无环肥燕瘦之分，大小都差不多，一条一斤多点，二三十元左右，现抄现烧。这价格比早先贵了两倍还拐弯，水涨船高，像我们这样的地市级媒介，也不再如先前那般享受到优渥待遇了。好在我们亦有经验，凭着记忆，自己拿张地图开着车子跑，倒也自在。比如我们想吃不是饲料喂出的鱼，就往偏远乡村跑。原生态的荷包红鲤鱼长在深山人未识，市面上很少能见到，其真伪识别，看看那个明显瘦多了的鱼肚子就大致知晓一二了。

　　那回在理坑往东北的一处深山，找到一户人家，在山潭里撒网现捕，经一个小时的耐心等待后，一锅热腾腾的清蒸荷包红鲤鱼就端上桌来了。做菜时，我就跑到厨间看。当家的是个瘦高中年人，姓汪，据称是在上海打过工时经高人点拨，才回家专做野生红鲤鱼的营生。他十分利索地刮鳞、挖鳃、去内脏，洗净拿抹布揩干水，在鱼身两边剞斜形刀花，抹精盐、料酒腌片刻，香菇、葱、姜摆上鱼身，倒入半碗泛着油花的清汤，再挖一勺熟猪油搁上，上笼用旺火蒸，约十来分钟就上桌了。

据介绍，那清汤是用山泉熬制的，若无此泉水的入味，做不出真正美味的婺源荷包红鲤鱼。汪师傅说，清蒸除了好吃，也好看，炖烩稍稍破坏鱼形，要真正品出味道来，还是红烧的好。于是那个下午我们就在周边转，晚上在他家店里品尝了红烧的正宗味道。我们还根据他的推荐，要了当地传统名菜拳鸡和掌鳖，即拳头大小的仔鸡和巴掌大的幼鳖，十分鲜嫩。暮春三月，江南草长，正是婺源油菜花弥眼黄灿的时候，山蕨、野芹、小笋这样的天赐野蔬，最能调养口味，无论凉拌或与腊肉同炒，都是无与伦比的美味。

太好看的东西，就是天珍，将天珍吃到肚子里，近似暴虐。我曾将带露的金黄南瓜花摘了投开水锅里焯了，切碎炒鸡蛋，尽管味道不错，但把太漂亮的东西投之锅镬再吃掉，总是有点顾忌和惭愧的。我家阳台上放有一口半人高的景德镇产彩绘山水观赏鱼缸，内有一条足有半斤重的琉金鱼，通体鲜红，也是头小背隆，大腹便便，同荷包红鲤鱼甚是相像。曾有朋友开玩笑让我烹吃了，说味道一定不错。

……哦哦，是吗？我有点怔怔地看着他。

千年的鱼子，万年的草根

一方水土养一方人，一方水土也养一方鱼鳖虾鳅。

鳅的家族里，最多的是泥鳅，圆珠笔一般长短粗细，弄上来后到处乱钻乱溜，滑黏黏的逮也逮不住。抓泥鳅，可以放干水用手扒尽烂泥一个个抠出来，也有一种像粪筐一样的叫泥鳅趟子专捕工具，拦在田沟里，用杈棍从另一头往里驱赶。夏天的水稻田里泥鳅最多，招引得白鹭飞起又落下。还有一种生活在大江大河里的刀鳅，黯褐色身子过于瘦削细长，尖嘴猴腮的，扁平的背上有一排刺，极不安分，一副到处惹是生非的模样。黄梅初夏发大水，扳起横跨河面的拦河罾，罾网起水时，一些网眼里银亮亮地一闪，是被嵌住的小鱼，倒霉的刀鳅因了背上那排惹祸的刺也给挂在网眼上。至于布鳅，肥而扁，有一拃长，脑袋圆润且有两撇胡须，背青腹黄，着布纹一样暗斑花色，极有肉感，是鳅中最味美的。布鳅不爱钻泥，布鳅爱的是小水沟和水坑。一场雷雨，四野哗哗流水，在淌水的草地上或细小的沟缝里，你常会看到正奋力逆流而上的饱胀胀怀满一肚皮子粒的布鳅。奇怪的是，这个传宗接代的季节之外，你很少再能见到它们。而且居住在坑里的布鳅似乎并不需要同外面世界沟通。取土挖了个大坑，与周围水塘相距甚远，但几场雨注满，待四周长上绿草，某一天，你走过水坑边，发现水坑里竟然游着一群活泼的小鱼。过若干时日你再来，弄干坑里的水，肯定能收获到肥美的布鳅。

大自然的造化，也正应和了一句乡谚：千年的鱼子，万年的草根。鱼子和草根都是很贱的，很贱的东西生命力强，好养活，只要农田里的一口水，山脚下的一洼潭，它们就能自生自长。

其实，在鱼米丰盛的江南，无论是泥鳅还是刀鳅、布鳅，都是微不足道的，上桌的机会并不多。在身份上，它们与鳜鱼、鲇鱼有天壤之别，比起蟹鳖之类美味，更是上不了台面。光顾它们的，只有草根家庭，弄点油盐寻常地一煮了事，乡下不闻有椒盐泥鳅、炖糟泥鳅、泥鳅煲或泥鳅钻豆腐之说……除此之外，其命运下场更多的是用来喂鸭子。

今年春末的一天，朋友开车带我去宣城军天湖附近吃农家菜。都是事先电话预订好了的。我们走进农舍，灶头瓦罐里炖着土鸡，香气扑鼻，锅里炒着腊肉蒜苗，还有难得一见的腊味猪脚蹄蒸霉豆子，洗净的菜薹就搁在一边。后院有一老头守着一口大铁锅，焖着柴火锅巴饭。柴火堆上蜷缩着一只肥大的麻栗色狸猫，守着这么多美味大白天竟能上下起伏肚皮扯动醋畅的呼噜。最让我眼睛一亮的，是旁边一个小姑娘正在收拾小半篓布鳅……嘿，布鳅，真是睽违已久了！

随之就有一高个的中年妇人走过来，给我们烧小姑娘收拾好的布鳅。她将那些布鳅煎得两面焦黄，个形完整，加上酱醋辣子水焖。后院的老头也给喊过来，接了小姑娘的活，不说话，满腹心思地往灶洞里续着柴草，时光仿佛溯回从前……锅里透出的鱼香到了无以复加时，中年妇人终于在热气腾腾中拉开锅盖，将布鳅盛入一个粗瓷盘里端了上来。虽然烹调谈不上精致甚至说还很粗糙，只放了姜蒜和辣椒，但鲜美的本味却非常突出。鳅类的刺一般都很硬扎，不易煮酥烂，但肉质细嫩而丰满，搛一条过来，顺着大脊一抿就成了，满口的肉。那就叫鲜啊！

吃刀鱼、鲴鱼是吃，吃鳅也是吃，只要有味，就能怡情。有一个说法，叫"鳅不如鳝，鳝不如鱼"，在我老家那里，是不把鳅算作鱼的。我年少的时候，放过绷钓、桩钓、麦卡、丝网，撒夹子网和拖老母猪网（又称"棺材网"）的机会也很多，因而，除了有鳞的鱼，各种鳅也吃得多。只有那蛇一样的刀鳅从来不吃新鲜的，而是和小杂鱼一起腌后晒干蒸了吃，咸鲜又耐咬嚼，极是下饭。如今远离乡村，想吃粗盐板酱水焖泥鳅，就偶尔从菜市场买点养殖的鳅回家自己做。尽管大食坊里体面人物点菜决不可能点到它，然而，微不足道的鳅，却时常给我平淡的生活带来久远的回味。

此时的乡村，又是楝树开花的初夏。那些像一朵朵云一样的白鹭，该是在哪一片天空下飞起又落下？我想，白鹭停歇的地方，总是泥鳅们的家园吧……

舌尖下的西湖

杭州最美是西湖，游西湖不能不登楼外楼品尝糖醋鱼。

春天的西湖确实美丽。来到西湖畔，顺着绿柳参差的湖滨大道，过望湖楼，上断桥，走过白堤，经平湖秋月，就看到了傍依孤山悠然临湖的楼外楼，再往那头就是西泠印社和俞曲园故居，还有秋瑾风雨亭，再绕过去，便到了岳庙和曲院风荷……卓然成姿的楼外楼，正与断桥残雪、三潭印月、苏堤春晓等几处著名景点遥相呼应，可谓风光独揽。山光静对烟波际，塔影清涵水月间。游人虽为造访人间天堂而来，但对天堂美味的期盼亦是一种撩拨——若是能在楼外楼这样的绝胜之处，将窗外的湖光山色、人间美味连同传世诗文一同快意品尝，那才叫不枉西湖之行哩！据说在楼外楼，有以"天堂西湖"为主题的"十景宴席"，将断桥残雪、三潭印月、苏堤春晓等十处西湖名胜意境烹调成美味佳肴，让人们把西湖美景品在舌尖上，藏在思念中！

20世纪80年代初，携新婚的妻子早春二月旅游苏浙，在西湖边楼外楼第一次吃了糖醋鱼。我们临湖凭窗，先要了一杯龙井，慢慢点菜，菜上来了，记得大快朵颐的同时，窗外有柳絮飘入，清新宜人，印象殊深。那时的游人不像现在这么多，食客也大都是气定神闲的模样，楼外楼仅是碧瓦飞檐二层小楼，而厨师烧菜也都非常用心。西湖草鱼专门养在厅堂楼梯旁的水池里，尺多长，一两斤重左右，任由客人自点，指哪条抓那条。一番收拾，入油锅炸三两分钟，浇上醋芡，端上桌时鱼的口尾仍在微动，肉质自是异常鲜美滑嫩，又甜又酸，别具特色。只是，如此做法难免有点残忍。

后来再去尝西湖醋鱼，发觉有了改变。一般不再直接活鱼下锅，而是把宰杀洗净后鱼身剖成两片，抽去鱼骨，用清水煮，浓淡恰到好处的糖醋勾芡，敷覆在拼接得有头有尾有型有款鱼身上，散发出檀香木般清亮幽雅的光泽。因鱼已先在清水池里饿养两天，吐净胃肠，故吃来不但没有丝毫泥腥味，且恍惚间有一缕缕蟹肉香。这个菜的特点是不用油，只用白开水加调料煮，烹制时火候要求非常严格，仅三四分钟，至鱼的胸鳍竖起，以鱼肉断生为度，讲究食其鲜嫩和本味。看看店堂壁上悬挂的题词，你就知道难怪那么多文化大佬和各界名流趋之若鹜。

浙菜富有江南特色，用料讲究品种和季节时令，刻求细、特、鲜，以充分体现食材质地的柔嫩与爽脆。其三鲜海参，可以说是名动天下。在以经营杭州风味菜为特色的楼堂馆所，主要名菜除了西湖醋鱼，还有宋嫂鱼羹、龙井虾仁、东坡肉、响铃儿、叫化童鸡……菜点如西施舌、银丝卷、三鲜烧卖、虾肉烧卖、猫耳朵等。

说到西湖边的菜，杭州人自有说法。说是一百多年前，一个姓洪的落魄秀才，从故乡绍兴来到孤山下的寺庙旁开了家小店，将鲜活的西湖鱼虾烹成特色菜肴，供应往来游客。秀才利用肚里墨水，将流传在西湖的史迹传说糅进菜谱中，在材料、品色、口味、特色上挖空心思，创出极富文人味的特色菜，渐渐就有了名声。糖醋鱼自是湖边的第一招牌菜，是点睛之作。有人说，西湖醋鱼真正原创者是一位颇受文人眷爱的"宋嫂",由其小叔子给打下手,故西湖醋鱼又叫"叔嫂传珍";也有人说,袁枚《随园食单》里的"糖醋溜瓦块鱼",才是西湖醋鱼的最初范本。还有西湖莼菜羹,晋朝的张翰见秋风吹起,思念故乡鲈鱼莼菜美味,干脆弃官回乡,典故和诗意就在色泽素雅滑爽鲜嫩的汤羹中。宋嫂鱼羹、鲈鱼肉丝笋丝的鲜味和火腿丝的烟香融合得天衣无缝,令人食之不得停筷。"裙屐联翩买醉来,绿阳影里上楼台;门前多少游湖艇,半自三潭印月回。""何必归寻张翰鲈,鱼美风味说西湖;亏君有此调和手,识得当年宋嫂无?"食客中多有文人雅士,西湖的美食随着他们的诗文蜚声天下。

酸可去腥,辣能压阵,于江浙和沪上人而言,甜最能轻轻巧巧养护诸多人生杂味。去年秋我在广西转了一圈,发现那里所有鱼菜都要放西红柿,酸且辣。我是嗜甜不耐辣。这些年,我自己在家也仿制过西湖醋鱼,却一直算不上成功。问题不在剖鱼打刀花,也不在放清水入锅,加糖、盐、黑醋、酱油、胡椒粉煮滚,再入生粉勾芡……主要是鱼入水余,嫩时难以出锅。失败几次,后来终于摸索出一个办法,连盘一起入水,就能保持鱼形。并且采用原汤熬汁,不必加油,尤其鲜嫩爽口。只是有一条件不能轻易达到,草鱼一定要是活的,尺来长正宜,大了肉就过老,最好先放清水里饿养三两天,使鱼肉收紧。

不管在西湖边还是不在西湖边,要想品尝正宗的西湖醋鱼,就要去一些著名的杭州餐馆。但是对于普通外地人来说,叫得上口的大约只是孤山旁的"楼外楼"和灵隐寺那边的"天外天",此两家餐馆终究是历史悠久名声在外,菜肯定可以算杭帮菜的上品了。倘若你要是向杭州本地人打听哪里的西湖醋鱼最正宗,他们或许会告诉你一些像"天香楼""新白鹿""王润兴""张生记""奎元馆"等这样的名店，当然消费都是不低。据说杭州本地人最爱去的地方，是"外婆家"，那里的杭帮菜不但正宗而且价格相对较低，但同花港观鱼那边红栎山庄旁的"知味观"一样，就是人太多，你要做好排长队的准备。

今年春深时节我同妻子再往杭州，再往西子湖上的苏、白二堤和孤山灵隐寺一带观赏湖光山色。烟花三月，细雨如丝。因是惧怕人多，我们约摸在上午 10 时 30 分左右即步入楼外楼，但人还是多得不得了。好不容易才拿到菜单，点了一份极品糖醋鱼，价格就高得吓人——198 元 / 斤。我是着意要探寻一下"极品"西湖醋鱼的风致。起先我以为也是要以草鱼做食材，不料厨师在下单前，将一条装在小桶里的鱼当面给我们看了看，黑乎乎的，有点像大号的塘鳢鱼（即俗称"桃花痴子"），又像是著名的松江四腮鲈鱼。一旁的女侍说，鱼重 600 克，即一斤二两，意味价值在 240 元左右。当然还点了油汁淋漓的东坡肉和宋嫂鱼羹，还有莼羹，另加一份甜点东坡酥。糖醋鱼最后端上来了，对开两片，扁平地躺在椭圆宽大的青花盘中，浇着晶莹透明的琥珀色的汤汁，看上去就勾起人的食欲。伸筷夹一小块进嘴里，一股酸甜之感瞬间弥漫舌苔，再以舌头轻轻一裹，品咂，嗯……味儿一如既往，是不老年华的鲜嫩、滑爽、纯静……没有一根刺，大约便是这"极品"鱼与普通西湖草鱼的区别吧？后者的价码却只有前者的三分之一呵。

当晚，我们从曲院风荷这里上了苏堤，在拂柳的和风中一直走到花港观鱼这头，正好于暮色中顺便去霓虹闪烁的红栎山庄那边再尝滨湖美食。因我曾写过"曲桥细柳忆娉婷，红栎楼前酒几巡"的旧句，故对这里的延廊曲桥和碧瓦雕窗尤为动心。岂料进了灯火辉煌的"知味观"一看，吓得立马跑出来，除了进门厅坐满了候菜的人，外面还排了长长的队，真不知道这西湖边哪来如此多的饕餮之徒！没法，我们干脆寻幽探奇去丝绸馆和于谦祠那后面的山上，找了一处挂红灯笼的农家菜馆，看看农家烹饪的西湖醋鱼和东坡肉是什么风味，另外还专门招呼烧了一盘素炒新笋，一盘水芹干丝，一碗山菌汤。几样菜肴倒也收拾得精致清爽，红黑绿白，颜色也都挺诱人，该鲜嫩的鲜嫩、该本味的本味，连同两碗米饭一起，一张百元钞就对付过来了。饭后出来，走在灯火迷蒙的山道上，感觉很是别致。

田螺脚的风味

　　田螺是螺蛳族群里的腕儿，超级大块头，最小的也比鹌鹑蛋大。螺类都有个螺旋形的外壳，那是它们的标志性房屋，走到哪儿就把房屋背到哪儿。"螺蛳壳里做道场"，是说在逼仄的空间里极尽腾挪之事，十分了得。乡下人把田螺壳喊作"仓"，螺肉紧粘的那个塑料片一样的圆盖子，就叫"仓门盖子"。我们通常看到田螺伸出外面带有两根夸张的尖长触角的肉身，实际上只是它们赖以行走的脚，一有动静，这团像是长了眼睛的肉脚就收回壳里，"仓门盖子"随之严严实实地关紧。在动物分类学上，螺和蚌都属软体动物。软体动物的可食部分，就是它们发达的足肌。它们走过之处，会留下弯弯绕绕如同天书一样理不出头绪的印痕。

　　三个指头捡田螺，意味着手到拿来。这田螺也着实好捡，唾手可得，从清明过后小秧上苗床的秧田沟里，到初夏天的刚刚分蘖的稻棵脚边，它们一个个心平气和静伏在清明如鉴的浅水下，特别是早上太阳刚升起时最多，多得你走完两三条田埂就能捡拾半篮子。有时还能见到两个亲热热粘在一起的，正在行百年好合之事，似乎人间风月，连田螺也能搔到痒处。那时田里不打农药，也不施用化肥，黄鳝、泥鳅、小鱼秧子，还有青的黄的蚱蜢，以及带条纹的拇指大的灰褐色小土蛙，活泼乱跳，到处都是。

在清澈流动的小溪中，也很容易找到田螺。通常，这些田螺的外壳上长满长长的绿苔，随水漾动，仿佛是现在人养的小绿毛龟。如果外壳淡黄而薄明，仓房鼓圆，就表明是品质优良的年轻螺。田螺也跟人一样，年轻的好动，尽管行走迟缓，但毕竟能看出点变化；纹丝不动的老螺，虽然"仓门盖子"一样是打开的，却如打着瞌睡坐禅的老僧，以长时间的一动不动，来讲述沧桑，讲述生命的隐忍与不易。

　　那时，田螺的吃法很简单。把田螺养在水中吐尽灰色絮状秽物，再投入滚水中汆去"仓门盖子"，剔尽螺尾胃肠，挑出那团肉足，洗净，切成硬币厚的薄片，舀上点酱豆子、磨大椒涂上，淋几滴香油，放饭锅上蒸出来，除了略有点泥腥外，味道十分不错。我的祖母却惯常做成渣粉田螺，做法同粉蒸肉一般，只是事先要用刀背把田螺肉拍松，否则那团极有韧性的足肌太硬，断难蒸烂。

　　数十年时光流去，却留给了我们太多的世事翻新。眼下，田螺早已成了大排档和星级酒店的风味美食。其实，要是想学一学围裙丈夫，家庭做田螺也不难。锅里油热，投入朝天椒、姜、蒜，炸出香味，再倒进事先煮过的田螺翻炒数分钟，放酱油、黄酒和白糖、大香等调料翻炒几下，最后用小火略焖煮片刻，最后放味精拌炒几下起锅，一道鲜辣兼具、红艳四射的快感美味就出来了。如我这等接近沪浙口味者，就少放辣料，多些淋漓尽致的酸甜，只要不是过火走老，一样的是螺肉脆爽，回味悠长。

　　现在，在一些食场食府，爆炒田螺很是走俏。以至在北京的夏天傍晚街头，也常能见到端着啤酒杯大啖田螺的膀爷食客。田螺本是江南风物，北方的田螺，大都是人工养殖出来的，是异化的田螺。

我在北京光明桥那边属于劲松地面的风味小吃大排档上看过爆炒田螺，小工用老虎钳子一个个剪去螺尾，淘净，沥干，递给大师傅倒入油锅，喷上酒一顿爆炒，加入姜、蒜头、盐、糖、红干椒、五香、味精和少量水，焖五六分钟后起锅，撒上葱花，就香辣味浓地上桌了。其诀窍，务使汤少，成黏稠状，田螺才入味。但有的食客吃法却古怪，用牙签挑出田螺肉搁汤料里蘸蘸，然后放到嘴里细嚼，再举起啤酒杯咕咚一番痛饮，你会想象到，那是一种星级酒店里所无法体验到的逍遥自在的品食妙处。

上海老城隍庙，糟田螺做得最入味。糟田螺有两种，一是剔出净肉带上白糟渣清蒸；另一是以糟汁连壳卤。味皆忠厚绵柔，以之下老姜煮出的黄酒最佳。去年暮春，儿子来到南京参加一个国际会议。我们亦赶了过去。晚上，特意选在流光溢彩的秦淮河边吃饭。菜上来后，儿子又分别给我和他老妈各叫了一盅燕窝和雪蛤。但我感兴趣的却是干锅田螺鸡，实际上那也就是仔公鸡切成小丁炒田螺肉，再下底料汤锅，以金针菇和黄豆芽作配菜，姜和蒜放得重，汤红油亮，螺肉鸡肉皆鲜嫩爽口。

田螺塞肉也算得上是一道蒸菜，非常好吃，且有别具一格的精致意味。但我却从未自己动手做过，只是在一本烹调书上看过介绍：将猪腰梅肉和田螺肉中加鲜虾仁（或是蟹肉）一起剁成糜，放入调料，制成馅儿。再将糜馅塞入田螺内，逐个置于有香葱段、姜片、料酒铺垫的深碟中，入蒸锅蒸上十来分钟即可。书上特意指出，田螺肉嫩，千万不能蒸过了头。

如果说，虾仁蟹肉是阳春白雪，田螺是下里巴人，那么，循着田螺塞肉的香鲜，去追忆当年酱油豆子蒸田螺的滋味，似乎当是在繁华之后的一次精神回归。记得当时年少，因为羡慕连环画上沙和尚胸前那串髑髅佛珠，我曾将田螺壳涂红，用毛笔画上眼口鼻黑洞，再在螺壳底锥出细眼，用线穿起一串髑髅田螺壳项链，又恐怖又有趣。挂在赤膊的胸前到处炫耀，专吓一些小屁孩，撵得鸡飞狗跳，得意极了。

石鸡与"土遁子"

据报称，有金陵酒家去绩溪考察，引进了皖南山珍名菜石鸡。不知此消息是真是假？这石鸡该不会是用牛蛙混充的吧。店家又是怎样绕过动物保护法的呢？

石鸡我吃过一回，那还是 20 世纪 80 年代初的事。那年暑天，有一期颇具阵势的文学创作学习班择址皖苏浙三省交界处芦村水库举办，我参加了。学习班结束，离去前一餐，搞得很有脸面，席上珍馐横陈。内中有道菜叫"霸王别姬（鳖鸡）"，就是以马蹄鳖和石鸡在一起烧出的，可惜当时我们不明就里，并不能领会这份菜在后来岁月里所日益彰显的珍贵。我们听了那个操徽州腔的老厨师一番介绍后，吃了也就吃了，并未滋生特别的自豪。以致将近三十年过去，于那味道竟搜寻不起一点记忆来。倒是四五年前初夏，省副刊会在牯牛降风景区召开，有一晚，餐桌上端上来一钵汤，说是内里有石鸡，许多筷子伸下去打捞，捞出了一些疑似杂碎。有人故意坏坏地问服务员："喂，是石——鸡吧？"几个立于桌旁的服务员小姑娘，叠手于小腹上作害羞状笑而不答。一老编悻悻擦着蒙了汤水热气的眼镜一边嘀咕道："别想啦，眼下石——鸡吧，什么——价？说是牛蛙这东西，倒还马马虎虎……"一桌子人笑倒。因为问题始终未搞清，故这一次所谓吃石鸡显然不能作数。

活物石鸡我也见过两回。1990年夏，铁路部门在绩溪开笔会，每天早上我们几个文友就结伴逛农贸市场，茶叶山菇扁尖什么的看个够。渐渐地，我们也觑出了门道，在那些相对僻静的转角处，常常站立着一些青壮山民，脚下倚一个菱形扁篓，有的还搭盖着一块布帏，里面装着刺猬、穿山甲、乌梢蛇和活的山鸡，还有就是石鸡了。我们便伸长颈子将这些稀奇一处处看过来。石鸡形体与一般青蛙相似，湿漉漉黑乎乎的，体极肥硕，粗糙的皮肤，又有点像癞蛤蟆，胸背部还长着刺疣，大的重有一斤。山民掐起石鸡的两肋，给我们看肥白的肚腹和粗硕大腿，还有那人手一样撑开的带蹼的趾，真有点日本大相扑手的身形模样。听山民介绍，石鸡这东西，专与毒蛇相伴，喜栖溪流石涧，昼藏石窟，夜出觅食。五六七三个月是捕捉的好机会。每逢此时，山里的农户人家便点起松明火把或打着手电，循溪而上去抓石鸡，抓回后养在水缸里待售或留作待客用。石鸡的吃法有生炒和煨汤。把石鸡活杀后，去掉内脏、头和脚趾，斩块入油锅放酱油红烧。煨汤则一定要加上香菇，不剥皮味道更佳。山民们一再让我们相信，石鸡是大补之物，能强筋壮阳，夏天吃石鸡，身上更是不长痱子不长疮。

　　由石鸡，我想到一种眼下恐已绝迹的"土遁子"。"土遁子"是乡人的叫法，或可亦作"土墩子"，是蛙的一种，有着极具隐蔽性的土灰色身子，介于青蛙和癞蛤蟆之间，比青蛙丰满，体重超标使它们蹦跶不起来。俚语形容那类粗短肥壮的傻小子，谓"长得就像土遁子"。那时集体生产，田间地头，常挖一些大粪窖积肥，渐渐有的粪窖弃置不用或少用，就变成坑沿长满旺草和各种昆虫的水凼。"土遁子"一辈子居住在这水凼子里，自足而又清高，是真正的"凼底之蛙"。"土遁子"性机警，传说能土里遁身，要找着它们的踪迹并非易事，须长久地静静守候，看到了蒿草在动，水晃出几圈波纹，有鼻尖和眼睛露出坑沿边水面，你悄悄地靠近，使网或叉，闪电般出手抄住。通常，一个水凼子里住着夫唱妇随的一对伉俪，抓住了这一只就能寻着另一只。两只"土遁子"烧上满满一大碗。乡下人食青蛙有心理障碍，但对"土遁子"这种美味却从来不会放过。最寻常的做法，就是如脱衣那般先剥了皮，剥出一个丰腴美白的身子，剁块，放上板酱和蒜瓣不失原味地农家红烧。若将"土遁子"斩块装入那种量米筒子大的砂铫子里，搁上水和盐，再埋入灶膛灰烬中，隔夜取出，肉酥烂而汤呈琥珀色，上面漂一层油花，呷一口，吧嗒一下嘴，真是鲜到心眼里去了！

"土遁子"离我们亦已远去，现在所多的是给人工饲养得懵懵懂懂的牛蛙。菜市场牛蛙一律趴伏在水泥池子里待售，有时将水泥池子挤得满满当当，在它们身上甚至看不到一点哀怨的影子。我炮制这傻东西的厨艺就是红烧。牛蛙开膛去内脏，剥洗干净，剁块前先在背部平拍一刀尤为重要。取火腿肉一小块，切片下锅炸出油香味，投牛蛙块再爆炒，加入从超市里买来的阿婆辣酱、盐、洋葱片或是香菇，喷上料酒，盖锅焖一会儿。出锅前放上味精，略勾点芡就可装盘了。闻着扑鼻香气，再看那红润色泽，即觉异常美味可口。由石鸡到"土遁子"，到牛蛙，虽是一个渐下的落差，但食材的基因和外形的相似，移花接木，李代桃僵，却也能带来如法炮制的诱惑与灵感。

蟹酱之祭

　　除了身价很高的大毛蟹，在江南水乡，还有一种不起眼的小石蟹，江岸边、河沟里、水渠旁、田埂下、山涧溪流中，甚至只要是有水的石头缝里，到处可见它们活动的身影。这种蟹不大，除去几条腿，土棕色背壳也就有荸荠那么大，四五只加一起怕还抵不上一只大毛蟹的分量。因为这种小蟹腿上也长着很长的毛，小时候的我们管它们叫毛石蟹，喊讹了就成了"猫屎蟹"。从浅水里捉来小石蟹，翻开腹下的盖子（公的尖盖，母的圆盖），掐根草棍捅它的肚脐眼，它会吐出一串串泡泡，然后就有小孩子跳着脚唱：猫屎蟹猫屎蟹……半个肚兜翻起来，吐泡当饭喂伢奶！

　　但是要捉到这些小石蟹并不容易，因为它们平时都住在洞里。一只小蟹在浅显的水中活动，觅食，连那两只支棱着可以向不同方向灵活转动的小眼睛都能看得清清楚楚，你想捉住它，可不待你伸手，只要你身影稍一晃动，那小东西动作可比你快多了，早已蹓回头机智敏捷地跑入旁边不远处的一个小洞里去了，连线路都仿佛事先就设计好了。这洞可能很深很深，还可能和别的洞连通着，你知道它逃哪里去了？再一看，两边的水下像安营扎寨一样掘着好多的小洞哩，有的洞口外还堆着新鲜泥土。这些洞，傍着水，倚着岸，两岸风光很不错，你不得不佩服它们很会选择住家环境。

但是和人类一样，在这些小石蟹中，也有许多懒惰不愿掘洞修建家室的，或者曾有过家室但因为这样那样的原因而丢失了，或者是觉得鱼虾们从来都不掘洞也能活得好好的，所以它们也不掘洞找那麻烦了，再或者就是蟹太多了，蟹多为患地皮紧张，大家都没法修建家室，索性就不要那劳什子的家，做个彻底的无产者了。总之是，在弄干一个水凼或堵住一截水渠放掉水后，通常能捉到和慌乱的鱼虾在一起的许多小石蟹。它们一旦连着泥水淋淋漓漓地给扔进四壁光滑的铅皮桶里，就没办法逃出了。

把这些小蟹半桶半桶地拎回家，洗刷干净，裹一层搁了鸡蛋的咸面糊，投到油锅里炸成焦黄，又香又脆，里面小小的膏黄尤其好吃。一只蟹横竖两刀一斩成四瓣，放上油盐酱醋和生姜辣椒红烧出来，也是非常鲜美。油炸、红烧，肯定都是没法吃完，那就做成蟹酱长年累月地吃。在那个还没有味精鸡精出现的年代，蟹酱便是江南寻常人家最好的调味品。

做蟹酱其实也很简单，先在水里滴两滴香油逼蟹吐尽腔内脏物，再一只一只洗刷干净放进坛子里，加入盐、糖、烧酒、辣椒粉，用木杵一层层细细捣烂，最后扎紧坛口，外面抹上黄泥，封存起来。也有人家用石磨把蟹慢慢地磨碎，磨细磨均匀，一遍不够，往往要磨上好几遍，直至从磨槽里流出淡黄的黏稠膏酱。磨好的蟹酱，在装坛时多放些白酒，不但能去除腥味，有利于保存，也会使日后蟹酱的香味突升。

个把月后，蟹酱发酵成熟，打开坛子封口，能舀出一层亮光光的蟹油卤汁，烧肉炒菜搁上一点点，鲜得死人。刚做好的蟹酱乳黄色，放饭锅上蒸出来，撒上点熟芝麻，酱香味浓，喝酒吃饭皆可。

也有人家将辣椒去掉籽，切成一个个小圆圈，加入豆干丁，再舀上一勺蟹酱，兑上豆腐乳卤汁蒸出来，淘漉在饭上，那可真要当心给吃噎住了！嫩花生米、青毛豆米、茭白丁、红椒丁，都可以拌上蟹酱入锅里蒸。蟹酱也可以炒着吃，只是要多放油，以免粘锅。但还是蒸的蟹酱好吃，原汁原味有美味不可阻挡之感。

不光小石蟹能做酱，虾子也能做酱，叫虾酱。就连那些一时吃不了的大毛蟹，也常被拿来做成酱。大毛蟹先去掉腮、钳等杂物，斩成小块，捣烂，蟹爪也剁成一节一节的，用刀背将壳都敲碎。拌上盐、姜、辣椒、烧酒，放在大吸水坛里封好口。经过一段时间的发酵，中间来回翻动几次，一坛蟹酱就做好了。乡下人走亲访友，携上一小碗蟹酱，就是很好的礼物。

眼下，大毛蟹都是养殖的，真正野生的很少见着。然而野外的小石蟹仍有不少踪影，菜市场里就常有卖的，还有街头的小吃档口，也常将这种小蟹穿在竹签上在油锅里炸，专卖给那些嘴馋的女孩子吃。有一次我跟别人一道在一处"家家乐"吃饭，等待的时候，我照例喜欢踱到后面的厨间看做菜。正好厨师刚把一堆斩成块的小石蟹投锅里炝爆，锅里油不少，腾起明火的锅端起来颠了几下，就见厨师伸出长勺在旁边一个钢精锅里舀了满满一勺汤放入，火顿时没了，再一一从那些钵子里舀了调料放入，又把先已炝爆好的肉末倒下，最后那长勺伸进水淀粉盆中搅一搅，舀了小半勺到锅里勾芡，装盘时再淋明油。这道菜端上桌，我夹一块放进口中，辨出里面还放了甜面酱，显得更有嚼头，蟹在口中与牙齿细细地磨合，有一种说不出的鲜香和津美甘甜……忍不住就要啧啧称赞，可未等我出声，我们中的一个女声已经飘出：太鲜美了！太鲜美了！

前不久，我在我们住宅小区那片水景下看到几个洞眼，连续几天留心，终于看到了水下联袂出行的两只小蟹。它们是从哪里来的，是好事者放入的吗？我一时无法弄清。但愿它们能在此开心地生活下去，并能繁衍后代。

漂鱼之烩

奎湖为一集镇。湖在镇西，以奎潭而称湖，有泱泱万亩之广。旷野之上，一湖深碧的水，微风起处，细浪粼粼，溶氧极好，此间的鱼鳖虾蟹，天生地养，活力非凡，是真正绿色食品。秋冬之时，约三五好友追着西斜的日影到奎湖，寻一家清净店堂，告知老板是专为品尝真正的奎湖漂鱼而来。老板点点头，表示会用心操持，一并记下了如炒藕丝、白斩鸡、青椒炒大虾、咸鸭炖黄豆、腊肉蒸千张、黄心菜烧豆腐等配衬菜肴，或仔细叮嘱下手或转入后间亲为掌厨。此后，你尽可聊天打牌，也可移步出门去回廊曲槛的奎星阁那边转转，看看湖光暮色，安心等着这些乡土美味上桌吧。

所谓"湖水烧湖鱼"，正宗奎湖漂鱼，须选用奎潭湖产鲜活3斤左右鳙鱼（俗称胖头鱼或是花鲢），用湖水烹制，盛在一个大白铁盆里端上桌来。这样一盆红汪汪的辣味漂鱼，独特的风味诱人心脾，食之流连难忘。对于天性亲近锅铲的人，等候上菜的间隙里，不妨踱去厨间，递上一支烟，扯几句闲话，即可站于一旁观其操厨。这漂鱼做法其实很简单：将鱼收拾清净，连头带身对半劈开，成为硬（带脊骨）、软（不带脊骨）两扇，再顺着刺卡斩做宜薄不宜厚的块状，拌以适量生粉、盐、酱油，用手抓捏几下帮助入味。锅里放猪油，油热后，投入姜丝、拍了的蒜瓣、一大勺艳红的水磨红辣椒连同深黑的农家大板酱一起爆香，再倒入适量的水，待水翻泡顶开，将先前腌得有些僵滞的鱼块用手抓散投入锅里，盖锅以旺火急催，中间稍稍以锅铲翻划开来，煮上一二滚，抓一撮嫩蒜叶香芫荽撒上，就可掀锅连着腾腾热气一起盛到白铁盆里。火候与时间决定着鱼肉的鲜嫩与否，若是火头小了，必是延时长，鱼块过老，粗而少味。火候不到，则首先是腥味不能尽去。还有，斩鱼片时不要横切到刺卡，否则薄薄的鱼片里尽是碎短的刺卡，吐起来够烦的。

　　一锅红汤，算是老祖宗传下来的吃法。舌尖尝之，失声叫好，只一口就降服了味蕾，感叹久违佳味今又来。其实，如此漂鱼之烩，我是早就能如法炮制了。数年前一个冬阳曛暖的午后，有文友自省城来，明言不入餐馆而要我亲为刀俎。我不及备菜，幸得家中有别人刚送的一鲲一鳙两条鱼，各二斤半重左右。我遂捋袖亲为收拾。鲲子片肉加青嫩蒜苗爆炒，鳙鱼头对劈稍煎兑白水"笃"豆腐，肉身斩块盐渍后烧成红辣汤，算是略佐菲酌飨之。孰知绿白红三色上桌，红汤鱼块最受追捧，一起举箸大赞嫩、滑、辣、爽，问是有何源出秘笈？我哈哈一笑，云是兴之所至，随意而为，哪有什么来历，若是一定要说有所宗，乃是照着老家烧鱼先氽后煮的踪影往纵深发扬了一下……至于为何要先氽后煮？无非是要使鱼的肉质鲜嫩，色泽光亮，辣而不腥，入口串鲜，回味悠长。

　　漂鱼烹法本身可算作氽制，即以水开下入食料，且为辣氽，尤其这辣椒既不是尖红椒也不是湖南菜常用的那种剁皮椒，而是属于腌味的水磨红辣椒，地方风味，个性鲜明。只是，我本人不耐辣，故我烧出的红汤也只是微红而已，腌鱼时定要拌上料酒以增添些许甜味，且不惜多放姜——这是我汲取苏南菜肴的长处，起锅前还要再搁上一勺熟猪油，故入口咸鲜，曲屈有致，回味绵缠，辣与不辣，如影相随，都在似与不似之间。

我也烧过不放辣的漂鱼，于汤中稍加火腿片和冬笋片，算不得是精制妙烹，然而单是闻着那香味喝一口鱼汤，就会令你顿时神情一振，胃口大开……而鱼肋两边附在大卡上的肉，还真有细嫩蟹肉的滋味哩！

"色相"诱人的鱼杂碎火锅

这是一家长江鱼馆,有时候去的巧了,遇上有新鲜的大鮰鱼的杂碎,让厨师给烧一个,那个口腹之欢,才真叫过瘾。不过要碰巧,这不是经常吃得到的菜。若是三五个人想吃点乐趣,我通常是选在这里,没有长江特有的鮰鱼的杂碎,普通的大鲲子鱼的下水也行。若是正碰上怀子的江鲤,那鼓突的肚子里出货可就多了。

满满一锅咕嘟嘟冒气泛泡的鱼杂碎端上桌,灿黄的鱼子,乳白的鱼鳔,还有深灰的鱼肝肠,点缀有火红的干辣椒、黑的木耳、鲜青的蒜叶或芫荽菜,可谓"色相"诱人。哄过了眼睛哄舌头。先尝尝鱼子吧,鱼子结成一团,饱满而硬实,整块嚼着,有点磨牙却是非常带劲;抄一块鱼鳔咬入口,稍不注意,会从泡泡里溅出烫舌头的汤汁来;若是捞到了一段鱼肠,舌头轻轻一裹嚼起来绵软松爽又有咬劲。这鱼杂碎火锅的最大特色,就是越煮越香,越吃越有味,越淘越有货,可以让你身心俱浸在一层鱼杂红汤的鲜香之中。

鱼鳔又叫鱼泡,或是鱼肚子,并非鱼的胃袋。在菜市场,人们买了鱼后请鱼贩子收拾时,一般都是弃掉鱼腹中一应杂碎。其实这些鱼杂碎洗净做出花样来,在很多人眼里虽不大上得了台面,但却绝对能讨好舌头的。我以为,真正的鱼杂碎,还应包括俗称"鱼划水"的鱼下鳍,和肥腴而有嚼头的鱼背翅。要是那种十来斤的大鱼的背翅或是尾鳍，砍下来加上鲜鱼露、蒜汁腌过，入油锅炸透，撒上少许椒盐或是孜然粉，便成一道让人念念不忘的下酒菜。我在本市黄山园餐馆吃过一回鱼唇，全部是剪的铜钱大的鱼嘴下面的那一块活肉，鲜嫩细滑，丰腴却不腻喉。所以，碰上绝妙的鱼杂碎，如我这般的食家老饕当是雀跃不已。

好的食材，少不了厨师巧手烹制。鱼菜是水意丰沛的南方人餐桌上常驻风景。随着人们对鱼的品质要求不断提高，口味也开始刁钻起来。就像写文章布局谋篇一样，鱼的几个杂碎部位，巧作搭配，很能收到爽心悦舌之效果。譬如，雄鱼才有的鱼白，用作蒸蛋羹，与海米菜心同烩，清新脱俗。鱼划水拖连着腹部的那一长条活肉，浇上蒸鱼豉油，再涂抹原粒豆豉垫着鱼背翅、鱼尾鳍一齐蒸，味道绝佳。鱼眼下豆瓣肉，加小童子鸡的脯肉、鲜蚕豆瓣与蒜蓉同炒，透逸出来是那种孤芳自赏的底气。如果想吃刺激，可以来一道"沸腾三宝"火锅，鱼鳔、鱼肠、鱼划水，加上花椒粒、红辣椒片、冬菇、冬笋尖、青蒜，以黄豆芽做底……单是那种混搭的乐趣和色泽，就已迷翻了多少眼球！

我不知道是否所有的鱼肚菜都属徽菜谱系，但二十多年前我在歙县一家正宗徽菜馆里吃过一回纯粹的红烧鲶鱼肚，满嘴软脆，胶汁浓香，至今难忘。

2008年的初夏，我在屯溪参加一个文化活动，结束后，几人驱车徽商古道，经歙县到三阳，过金川，入浙江往千岛湖。我们先在湖滨找了一家据说是远近闻名的水上餐厅，指着水箱里的石斑鱼，现抓现称现做，每斤70元，一口价。新安江这条徽州的母亲河，汇聚成了一碧万顷的新安江水库，新安江水库成就了旅游热词千岛湖，千岛湖水养育了肥美的石斑鱼。石斑鱼长得有点像世俗的花鳜鱼，却为新安江流域所特有，既是徽菜中著名的"三石"之一，也是淳安的传统名菜。又见大堂里一溜儿洁净的炉灶，上面排列着一只只瓦罐，炖的是土鸡山菌，遂也要了一罐。最后见菜单上有"七彩鱼羹""秀水鱼鳔"，我不觉眼前一亮，嘿，碰上对路的菜了……仔细问过服务生，知道冰柜里还有少量新鲜鳔，且正好就是鲶鱼鳔，不问价钱立即点下。

那一盘鲶鱼鳔没有浓油赤酱，看来是徽菜的一种现代改良版做法，内里加了红枣、枸杞、龙眼，白的是蒜瓣，黑的是芝麻粒和石耳，鲜红的是辣椒丁。香味飘出，未及动筷，喉咙里就要伸出小手来。鱼鳔勾了点芡，上口更是柔糯润滑，带点辣味和原始鲜香，极有韧性和弹力，却又脆嫩异常，顿让你领教了什么叫人间美食、鲜绝人寰。结果是那一餐我们几人吃得揎胳膊挽袖子，真是畅快淋漓至极！

青衫红袖费吟哦

晋代那个背井离乡在外地当领导的张翰，不是一个有志向抱负和大境界的人，每每秋风起时便想起家门前的莼菜和鲈鱼的美味："秋风起兮木叶飞，吴江水兮鲈正肥。三千里兮家未归，恨难禁兮仰天悲……"终于熬不住而辞掉官职回老家解馋去了。此后，许多人想方设法跑去江南品尝莼鲈，似乎大家都染上一种文人的时尚病。陆游说："今年菰菜尝新晚，正与鲈鱼一并来。"欧阳修发感慨："清词不逊江东名，怆楚归隐言难明。思乡忽从秋风起，白蚬莼菜脍鲈羹。"就连白居易也有《偶吟》："犹有鲈鱼莼菜兴，来春或拟往江东。"尽管都是他乡风物，但并不妨碍这些本来就酸水颇多的文化人借题发挥，夹带抒发一下自己的思乡之情。

莼菜和鲈鱼，我也品尝过，两者却很难同时吃到。鲈鱼是在菜市场买的，肯定徒有其名，游动在吴江中的鲈鱼到底什么滋味，我至今也不能确定，而发达的根系连通着张翰那个时代的莼菜，倒是着着实实吃过几回。早年以为，莼菜既为秋风所催生，当是只有在秋天才能吃到。其实，春暖花开，正是莼菜最为鲜嫩的豆蔻华年，"花满苏堤柳满烟，采莼时值艳阳天"，是说西湖采莼场景的。莼菜只出没于江南的湖沼池塘，只有烟雨的江南，水墨的江南，才滋长出这种水灵纤巧有着无比款软腰身的尤物。在杭州西湖、苏南太湖边，人间四月天，眼见所有娇嫩就要被夏季的蓬勃奔放取代，忍不住地怅然，幸亏还有款款曲致的莼，活泼泼地奔跑舞动于水泽间，抓住它滑溜溜令人心醉的味道，也就于口舌间留住了春天的遐思。

《红楼梦》第二十八回中一曲："滴不尽相思血泪抛红豆，开不完春柳春花满画楼，睡不稳纱窗风雨黄昏后，忘不了新愁与旧愁，咽不下玉粒金莼噎满喉，照不见菱花镜里形容瘦，展不开的眉头，挨不明的更漏。呀！恰便似遮不住的青山隐隐，流不断的绿水悠悠……"春日伤怀，吟不尽黛玉妹妹及一干红楼女儿无法排遣的愁思和无奈。此处是将莼当作食之极品了。

其实，同鱼翅一样，莼菜本身是没有味道的，只有把它加在汤里，搭配鸡丝、火腿一类荤食，才能引伸其中的妙处。叶圣陶是苏南人，深谙此物之美，曾说过，莼菜"嫩绿的颜色与丰富的诗意，无味之味真足令人心醉"。三十多年前，我在无锡的一家餐馆第一次吃到莼菜。那是一碗汤，几片细长暗碧的叶子，似茶非茶，半舒半卷悠悠然浮在有玲珑肉丸和鲜青的春笋丝打底的汤中。连汤带叶片舀一匙入口，觉得滑滑脆脆的，细品，有一种爽口的清香，很是鲜美，教人一下就记住了那种从未有过的口舌享受。

后来一个暮春的艳阳天气，我跑到太湖边，为的就是看看莼菜的生长模样。莼菜星星点点地漂在水面上，铜钱般小小圆圆的叶，正面鲜碧，背面紫红，看上去滑滑嫩嫩，捞上来用手一摸也是黏滑黏滑的。这莼菜同我老家乡下水塘里一种俗称"蘜叶荷子"的水草十分相像，我们那里也有人初夏时采其嫩茎来凉拌了吃，但没见过有人食嫩叶的。看着那些太湖女子采莼，她们犹如采茶一般，左掠右捋，只采沉没在水中尚未及舒展开的新叶，指尖的感觉极其细腻精准。新叶小小细细若纺锤形，被一层清明的胶质包裹着，颤颤亮亮地折射着春水的光，充满灵气和诗意。据说，采莼菜是不能划船的，划船动作太大，引起的水纹会令细小的莼菜荡开漂走。只有坐在木盆里缓缓地靠近，在那些已经展开的圆叶间觅得将露未露水面的嫩芽，贴着柄上叶茎采摘，眼到手到，全凭指尖轻轻一掠。莼菜的收获期很长，从每年四月中旬至九月下旬，可每隔两三天来摘一次，七月份产量最高，唯春莼口感最好。想象中，每到采摘季节，满湖的莼菜荡漾于水面，姑娘们坐在木盆里，纤腰前探，十指尖尖，采呀采嫩莼……充满诗意。

杭州西湖边，莼被当地人叫作马蹄草，在曲院风荷、花港观鱼以及三潭印月等处浅水里都能见到。有趣的是，西湖非游览区那边池沼水面上的马蹄草多是扦插种植。有围堰的水塘，种植前先抽干水，再将一段段细软的茎苗像插秧禾那样捺入泥中。因属"体制内圈养"，看上去茎叶肥壮，鲜嫩而多汁，旺旺铺满水面。采下的嫩莼，都是被浸在水桶中，尽快送往餐馆的厨间，烹出新鲜"西湖莼菜汤""莼菜黄鱼羹"和"虾仁拌莼菜"。收获多了，一时输送不及，则可晒干长时贮存。

烹制莼菜是有讲究的。有杭城的朋友告诉我，不论是做羹还是炒，都得先用开水焯一遍，除去苦涩。要是没有经验，火候把握不好焯老了，莼菜的颜色就会变黑变黄。所以最好是把莼菜放漏勺中在滚开的沸水里一带而过，保住碧绿的颜色，放入汤碗中待用。然后选鸡脯上最嫩的一块牙签肉（这块肉煮过了也不会柴），切成比火柴棍还细的丝，火腿也切成细丝，一起放锅内煮开捞起，浇在莼菜上，再淋上熟鸡油。碧绿的莼菜，搭配雪白的鸡脯、绯红的火腿，

　　应时而至的春笋，其本身的味道已是鲜极，无须多加调味，便
能充分领略其腴嫩清新的本色。

　　夏夜，于习习凉风中选一大排档，炒上一盘螺蛳、一盘龙虾，要上几瓶冰镇啤酒，再打手机叫来一友，对坐着便能将不尽的话题聊到深夜，不失为一祛暑快事。

　　我发觉那些人家室内都有一种好闻的水果发酵的气味传出来，先不明就里，直到有一户男主人自野外归家，把一只挂在身上的背篓卸下来，倒出一堆沾满莹莹雨水珠的杨梅，里面还杂有不少新鲜树叶，我才明白了原来那都是杨梅的香甜气味。

　　梅干菜做扣肉，无论是色泽还是口味，都是引人注目的。其菜香肉味相互渗透，油而不腻，鲜香糯甜，味美妙不可言。

　　其实虾清煮、红烧，做虾仁圆子，剪去头尾炒韭菜……哪样都
是至味。

　　糖醋鱼最后端上来了，对开两片，扁平地躺在椭圆宽大的青花盘中，浇着晶莹透明的琥珀色的糖汁，看上去就勾起人的食欲。

　　蟹通常都是蒸吃。将一小碗水烧热（不沸），放进花椒、盐、姜、黄酒，再投入捆扎的蟹，中火煮十五分钟左右，蟹身变红，香味溢出即可。

　　刚刚出锅的毛豆腐，油光光的，那层长毛的表皮，经过油炸之后，成为筋拽拽的很有韧性的一层，包裹着里面酥软的豆腐，吃在口里满颊生香。

煞是漂亮。若做的是汤，汤中莼菜翠绿，鸡白腿红，色彩鲜艳，风味别致。

我在无锡和苏州还有吴江吃过的几回，薄衫宽袖的女侍端上来的都是鲜莼做成的羹汤。莼菜碧绿清爽的样子，与在水中的生态没有丝毫改变，依然是紧紧裹起来的纺锤形，就像碧螺春一样婀娜有致。吃起来在舌尖有些微的弹性，火腿和鸡肉浓郁的香气和鲜美之间，是莼菜滑溜的口感和清香微苦的味道，很是令人心怡。我在武汉吃过一回莼菜，虽是保鲜的，却多少有点高规格招待的意味，不过也仅为动箸前送上的每人一小碗打底子汤，是所谓"酒前先喝汤，保住胃不伤"。加了几小片水发海参的很少的几片半卷莼叶，色泽灰绿，好不容易让齿舌勾住，一捎带，就完全散开，化了，像嚼一片泡过多次的茶叶，找不到一点那种裹在胶质中噗噗吱吱脆滑的感觉。或许这种姿质清纯的菜，只配细嚼慢品，根本就不应出现在推杯换盏、觥筹交错的酒气场上。

新鲜莼菜很难遇见，因而自己从未于此间动手问过锅镬。今春游杭城，带回一小袋脱水的保鲜莼菜，颜色是那种不是很养眼的海带绿。回家后，泡发，用水焯了，将配料简化到只有肉丸和虾仁……喔，一碗清汤之中，摇曳着墨绿嫩白轻红的一片，清香满满，倒也颇对得起口舌。

犹记得我在西湖边写下的绝句，其中有一首为：

　　彼自妖娆我自歌，青衫红袖费吟哦。
　　一笺素莼浓如染，绿到江南情更多。

秋风响，蟹脚痒

秋高气爽之时，恰是江南桂香蟹肥的季节。这时候你就深刻体会到生长在长江边的好处了。

蟹脚有毛，不耐秋风吹拂。秋风一响，所有水域里的蟹即刻得了指令，沿河下江急急朝着入海处赶去。高天流云，菊花黄，蟹正肥，持螯把盏浮大白，诚为人间一乐事矣。"长江三鲜"之一的金盾大毛蟹，向以黄多、油重、形体硕大而闻名。此为野生野长的江蟹，比之今日戴"戒指"的阳澄湖大闸蟹肯定有过之而无不及。

蟹外形却甚不雅，瞪一对蝉目，吐满嘴泡沫，八字长脚横行，动辄高张如钳似剪的大螯。沈括在《梦溪笔谈》里记述："关中无螃蟹。予在陕西，闻秦州人家，收得一干蟹，土人怖其形状，以为怪物，每人家病疟者则借去挂门户上，往往遂瘥。不但人不识，鬼也不识。"这是陕人未识愧对目，不食螃蟹辜负腹，错把美味尤物当成驱病降魔的凶神了。不过，我老家那里，饮酒猜拳，往往先要行蟹酒令热身，众人揎袖击掌："一匹蟹啊，八条腿啊，两个大螯夹过来啊……"酒还未入肠，那威风八面的气势就出来了。

要说，早年江河湖泽里那蟹可真多，西风一吹，蟹就满处乱爬。特别是有雾的早晨，那些蟹，爬到河埂边，爬到稻田里，爬到篱笆下，哧哧哧地喷一摊白沫，不留神脚下就踩到一只。记得有一次，我随人放老鸭在河滩过夜，因怕有野物祸害，就把马灯整夜点着高挂鸭棚上方。到要天亮时，鸭子呱呱吵得凶，起来一看，鸭栏内一角空地竟密麻麻地爬满了蟹！

在我儿时，秋天田里拔净泥豆，外乡张蟹网的就来了。那网通常为两扇，十来米长，半米多宽，撑两根粗竹竿。河岸搭个简易棚，一盏马灯照明，两岸灯火点点，都是张蟹网的。星光下，河水静静地流。网的上下两根线急剧地扯动起来，蟹触网了。收网了，噢，好大的两只蟹呵！看得心痒，我们就近选一平滩，拖来稻草，搓几根粗草绳，一头系上块砖，扔到河中心，另一头集拢压在块大石下。打亮手电，睁大眼睛盯住水面，待看到一连串细水泡从河底冒出……草绳动了，一只蟹攀着草绳上来了，刚一着地，迎着手电光柱兴奋地舞起两只大螯，稍一察觉出动静，八条毛腿横着爬得飞快。后来，有人不知打哪学来招数，用条烧得半焦的草绳往河里一拦，说也怪，灯光照耀下，蟹闻到这气味，纷纷爬过来，把草绳收拢，蟹就捉上来了。

捉蟹时，用食指和大拇指紧扣蟹背壳两侧，使其双螯无法施展，不能直接抓握蟹腿及大螯，否则蟹会自切逃脱。背壳黑绿有亮光，肚脐突出，定然肉厚壮实；而背壳呈黄色，则属瘦弱蟹无疑。

"九月团脐十月尖"，是说九月吃母蟹十月吃公蟹。餐桌上，酒喝到一定时候，上蟹了，若一只只去翻看蟹的私处自然不雅观，其实，只须一眼扫了，公蟹螯大，母蟹螯小，断不会错。但就算吃错了公母，公蟹虽说黄膏少，但脂厚，并且螯足都很充实，蟹美在肉，又何必专重团脐呢！倘若你真是热心主人，一定要把最好的蟹挑给座中尊者，那就传授你诀窍：一要胸部隆起，越隆起肉越饱满；二要看蟹盖与蟹底连接处，距离越大越肥美，那是因为膏黄在里面胀的。十多年前，我与同事马君被人用车子接去繁昌新港，结结实实吃了一顿真正的野生江蟹，足足有六七两重一只，膏黄块有鸡蛋大，硬得筷子都戳不动！

蟹通常都是蒸吃，但火候不好掌握，时间短了膏黄未凝固，时间长了，蟹肉变硬，香味锐减。其实，将一小碗水烧热（不沸），放进花椒、盐、姜、黄酒，再投入捆扎的蟹，中火煮十五分钟左右，蟹身变红，香味溢出即可。因为水分充足，肉质嫩，膏收紧，香味浓郁。但有一次吃蟹，座中一老者传我经验，将活蟹先用醋熏晕，再放入锅中蒸熟，别有一番滋味。

吃蟹要趁热，冷了有腥味。先解决八条腿，次揭盖品尝膏脂，再扳开蟹身按蟹肉纹理横着食之，最后吃螯。这样既不烫嘴又始终保持着温热。蟹螯坚，可用钳子夹碎，避免伤齿。常见有人连肉带壳乱嚼一气，甚至连蟹须、"蟹和尚"——即蟹的胃袋也一并嚼入嘴中。

梁实秋雅舍谈吃，说起在北平正阳楼吃蟹，每人发一黄杨木小锤，敲敲打打，自以为是一种精致了。已逝去的美食家陆文夫，曾借笔下人物夸口，说苏州人吃蟹，工具有八八六十四件之多。据我所知，便是在我的长辈中，早年确有人吃蟹用"蟹八件"，分别为银制的小巧物件，勾掏敲夹各有所用，且能不损蟹壳。传言有高人，窃肉食尽，其壳犹可拼出整蟹。不过一般食蟹老饕只凭十个指头和一副利齿，也能依次而行吃出抑扬顿挫来：食腿为序曲，食盖如渐入佳境，食膏黄乃高潮，最后食螯，曲终而余音袅袅。我的岳母，算得上有点出身背景，食蟹颇多讲究，每食毕，揭下蟹腿关节处硬膜，拼成蝴蝶图案贴在墙上。

蟹性寒，易伤胃，食后饮糖姜茶解之。食蟹后，嘴有腥味久久不去，可嚼茶叶或含漱几口茶水，手也可用芫荽叶拭擦或茶叶水洗涤。《红楼梦》中，林黛玉赞：螯封嫩玉双双满，壳凸红脂块块香。贾宝玉道：持螯更喜桂阴凉，泼醋擂姜兴欲狂。更有凤姐命小丫头们去取了菊花叶儿桂花蕊熏的绿豆面子来，预备着食后洗手。这便是善始善终。但我日前于广西南宁食蟹，宴毕，端着双手向服务小姐要香菜水洗，对方却摇头不明所以。

尽管蟹于人口腹有大道德，但却一直脱不开被贬损的事实。宋时，有功臣赵某，性贪墨。一日，神宗赐宴，授意伶官自云姓旁；一人持活蟹进，"旁"伶官见而惊曰：好长手脚，我欲烹汝，又念汝为同姓，且释汝……这个由皇帝自编自导的小品，旁敲侧击，实在堪妙，那位手脚好长的"长官"心知肚明，也该惊悚一下吧。

三十多年前的那个金秋时节，王张江姚"四人帮"被捉，有一张画流传甚广：黄花丛中陈一壶佳酿，衬着三公一母四只红壳蟹……见者无不会意而笑。

风月花香藕

　　荷花开得正娇艳时吃到的新藕，即为花香藕。"头茬韭——花香藕，新嫁的娘子——黄瓜纽"，还有"带刺的黄瓜顶花的藕"，都是说花香藕的清纯新嫩。花香藕上市早，小暑后，荷叶挤满水面荷花次第开出时即掏上来。刚出塘时，白嫩嫩水汪汪的，若美人的玉臂，而那一道道紫箍，更像是美人的束腰，含羞的顶芽簇簇粉红，藕头黄绿半透明……你疑心那里会透出两道清澈的眼神，温柔而令人心痛。花香藕简直就是国色天香，看一眼也是件赏心乐事啊。入口后，更是崩脆崩脆，肉嫩浆甜，如同一团白雪，给人留下爽爽的清凉余香，堪与最好的鲜梨媲美。

　　数年前的一个盛夏的午后，我走在六朝古都金陵街头，忽然听得一阵熟悉的家乡情歌小调，先怀疑是自己的错觉，停下脚步辨识了一下，声音是从巷口的遮阳伞下传来："一枝莲藕在水边，不知红莲是白莲？红莲白莲都结藕，郎呀姐呀心里甜……好一个风光好一个天，好一个月亮缺半边，藕要好吃趁花艳，郎要开船趁风好，姐要风光趁少年……"这反复回旋的俚俗小调，让我仿佛嗅着了家乡藕塘里传来的幽幽荷花香，心里好一阵感动。待走到伞下一看，原来是一个卖榨果汁的老头在唱，他的身边是一架压榨机，玻璃柜中放着一小截一小截白嫩的花香藕。巷子里有悠悠的风吹来，老头微闭双目仰躺在椅子上，口里兀自哼哼着，神情很是闲暇满足。正好有一对小情侣走了过来，老头一骨碌立起身，拿一截藕放到压榨机下轻轻一轧，木凳下的小槽子里即流出藕汁来，源源汇入下面小杯中。我因为被乡音和老头的怡然神情所感染，也站到那对小情侣的身后要了一杯藕汁润润嗓子。嗬，通过吸管吮入口中，再徐徐咽下，真的好清甜好凉爽。

"小暑大暑，上蒸下煮。"最热的三伏天里，土地晒得像火炉，叶菜类像苋菜、空心菜不是年华老去就是给烤萎靡了。一般蔬菜短缺的时候，花香藕从清凉的乡下水塘里源源而来，适时填补了"伏缺"。这种嫩藕切成细丝，旺火热油的锅里下红椒丝先焓，再倒入藕丝略翻炒几下，装盘前若是能点缀上些许青碧的葱花，极是赏心悦目，清新可口。凉拌藕片撒上白糖，装在青花盘子里，顿有一种女人走上 T 型台那般从容与自信；还有藕炒肉片，更是一个脆爽，适口之极；就算是用带花香的荷叶做出的粉蒸肉，也是能让人吃出一派田园风光来。

但是，最好的花香藕菜市场里是买不到的，都是在塘边现踩现吃，水灵鲜嫩，真是没得说了。乡下的孩子，快乐而单纯，在那个欣欣向荣、无限丰沛的夏天里，钻到绿叶仿佛把天空都填满了的清凉藕塘里偷踩花香藕，放开肚皮大啖，是最平常的事了。这样的事，也经常发生在有月亮的夜晚。踩花香藕，关键在于认准荷叶。在满塘肥大森碧的荷叶档里，搜寻一种瘦黄的只有菜碟大的小荷叶，因为营养都让下面的藕占去了，所以这种荷叶学名叫后巴叶——乡民们则以母牛生殖器命名，顺藤摸瓜那样依着这种荷叶的杆往下踩，很快就能抽上来一段花香藕。花香藕太脆嫩了，若是稍稍用力将藕砸落于地面的石头上，叭一声脆响，一缕香魂散去，整段藕化为玉浆，犹如白雪撒地。

当一塘荷花开得纷纷扬扬时，莲子灌饱浆水，采莲女坐一只窄窄的小盆，在碧翠的荷叶中穿梭游弋。风是最清新自然的风，空气透明而洁净，碧水、绿叶、红花……此情此景，会使人感觉天底下的诗情画意，都让这眼前景色给占尽了。

待到荷花落尽，莲子老黑，此时踩上来的藕，称之为秋藕。这种藕，少了花香年华那份不谙世事的水灵和清纯，如初显浓郁风采的丰满少妇，美白驯良，生吃入口颇多咬嚼，令人回味缠绵。

至今犹记得用秋藕做出的藕饼和藕夹的那种美味。把洗净后的藕在粗砺的破缸片上擦成藕泥，放入盐和葱搅拌，做成一个个饼放进油锅里炸成金黄色，脆嫩又糯滑。做藕夹，只须将藕切成薄薄的片，每两片夹进一筷子头肉糜，合二为一放入油锅里炸焦黄便成。因为藕夹是肉馅的，吃在嘴里鲜香四溢，又烫又急咬破了舌头都全然不觉。

鸡头菜，民间的话本

鸡头菜就是"鸡头苞梗子"，早年遍布乡下大小池塘。其叶，上面绿而背面紫红，叶脉凸起，经络曲折崎岖，边缘向上折而多皱，圆盾形，大如荷叶但不似荷叶那样挺水，浮生水面更似睡莲叶。花伸出水面或不出水面，有白色和紫色两种，也像睡莲那样日开暮闭。其实，性喜夏日阳光的鸡头菜，正是浮叶型睡莲科水生草本植物。只是这鸡头菜却绝不似让人观赏的睡莲那般妖媚和厚道，满塘的叶子像被擀面杖擀开的一般，看似挤挤挨挨亲密无间，实则其叶、梗、苞无一处不满布尖刺。鸡头菜结果球形，顶部似鸡头，所具刺最长而密，令人望而生畏。其长达数米的嫩叶柄或花柄，撕去带刺的外皮，即为市场上出售的鸡头菜。

鸡头菜是道地的草根菜。乡下逢上夏秋无雨，地里的茄子辣椒青豆多奄奄一息而无暇他顾，乡民筷子只好向水塘里伸。除了鱼虾螺蚌菱莲外，鸡头菜亦被推到前场。弄一张腰子盆，下到水塘里，看准那一张张大浮叶，先用绑在竹竿上的锯镰刀贴水面割掉浮叶，再将刀伸向水底齐根割断叶柄。有时运气好，一刀同时割断几根叶柄、花柄还有苞柄，因为它们都是中空或有气囊和浮囊，底下一割断，立马横着浮上水面，捡到盆里就行了。但这东西遍身是刺，怎么抓都会扎手的。弄回岸上后，还要一根根地撕皮，待撕出一堆光滑清润的"鸡头苞梗子"后，一双手——尤其是拇指和食指，密麻麻地扎满暗黑的小刺，挑也挑不尽。好在鸡头菜的刺属软刺，并不阴险，你不去管它，任它在你肉里埋藏着，十天半月就一点感觉也没有了。有些胖手胝足的婶子大伯，甚至可以赤足碾踏或整把地抓起那些刺猬一样的"鸡头苞"，尖刺亦奈何不了老茧皮！

鸡头菜多是清炒。将其折成寸段，洗净，用刀拍扁拍裂，入盐稍捏一下。锅里倒油烧辣，投入红辣椒丝、蒜泥先爆，再放鸡头菜翻炒片刻，就好了。鸡头菜生吃甜津津的，爆炒则脆生生的清新可口，还沁出幽幽的清香，一股来自水域野泽的大自然气息。盖锅焖烂亦自有风味，吃在口中柔软而绵回，辣呵呵的，最能下饭。鸡头菜入坛腌上一段时日，再下锅用红辣椒炒出来，吃稀饭最好了。也有人家将腌鸡头菜抓到碗里，搁上水大椒、拍碎的老蒜子，再淋上几滴熟香油，直接放在饭锅里蒸烂，一家老小就着这一碗菜吃得风卷残云。

"鸡头苞"在水下都是一窝一窝的，一棵根上先后能长出几十个花苞，开紫蓝的花，花谢苞沉，水底坐果。孕实的"鸡头苞"，海绵质内里包满豌豆大的果实，嫩时鲜红，可以生食，是乡间小儿专享的零嘴。老了，剥掉黑壳外皮，露出里面的白米，就是芡实，炒着吃，味甘而香，像野栗子那样富含淀粉。郑板桥有诗：最是江南秋八月，鸡头米实蚌珠圆。这鸡头芡米又是保有生动别致的水泽之灵气的著名中药材，广州、港澳还有东南亚人，最是迷信其滋补效应。我们平常烧菜时所说的"勾芡"，"芡"就是芡实加工出来的淀粉。苏东坡有一味曾申报专利的自创养生秘方，即每晨取几粒芡实放口中含着，直到满口唾津，再鼓漱几遍，然后徐徐咽下。总共含服三十粒左右，天天如此，成为习惯。他说："人之食芡，必细嚼，而芡无五味，腴而不腻，能使人华液涌流，转相挹注，促进食欲。"

产于太湖流域一带的芡，无刺或少刺，故多人工大面积栽培，也有用于观赏性栽培。芡开花后，幼果缩入水中发育，长成"鸡头"。我在太湖边看到过芡农为方便采收，用一种专用纱布袋将"鸡头"套上，待果实成熟后连袋一起收获。那边的朋友给我看一篇文章，讲到一段掌故：芡实别称"鸡头"，当地上年纪人又呼作"杨贵妃""贵妃乳"。这一艳名，来自唐玄宗李隆基和贵妃杨玉环在华清池洗澡的故事。贵妃出浴，"锦袖初起，蝤蛴微露"，玄宗扪弄其乳曰："软温，好似新剥鸡头肉……"后来经说书人"艺术加工"和传布，就有此称了。

清人沈朝初有《忆江南》词："苏州好，葑水种鸡头。莹润每疑珠十斛，柔香偏爱乳盈瓯，细剥小庭幽。"在太湖边小镇游玩时，常可看到一些老头老太一边拉着家常，一边用一把鱼形钳剪出鸡头米，手法极是灵巧。他们脚边分别是两个笆箩，一个装黑溜溜的果，一个装莹白的米仁，地上留一堆破碎的壳，仿佛就是一地不堪收拾的民间话本。

炎天夏日，煮点莲子芡实粥吃，可养心宁神，益精强志。用莲子芡实各一两，糯米二两，糯米泡胀加水及芡实上火烧开，再加干莲子（莲子不泡更容易煮烂），在液化气灶上烧开，就可放到电饭煲子里慢慢煨了。这种莲子芡实粥，在《红楼梦》中则处理得更精致，记得好像煨煮时加盖一层开水烫过的鲜荷叶，食时还要放入桂花卤。难怪大观园里的男男女女在过好日子时，一个个活得那般滋润，不独是宝玉一个人喝建莲红枣汤呵。

此刻，因为查阅《红楼梦》，刚巧又看到其中"红菱和鸡头两样鲜果"这句话，我忽然想品尝多年不曾打个照面的刚从苞果里剥出来的鸡头米了。

被水红菱挑逗的不止是味觉

半个月前，街巷口就有人卖红菱了。水灵灵的红菱，是《红楼梦》里提到过的"鲜果"，色如玫瑰，菱肉洁白脆嫩，带着近郊水塘的气息，异常艳丽可爱。

晚间，在一朋友家吃饭，正巧桌上就有一道菜，叫"毛豆菱角"。不老不嫩的元宝形菱肉同肉末及木耳一起煸炒，再配上青青的毛豆，碧的碧，紫的紫，黑的黑，赏心悦目，吃在口里既滑爽津甜，又有水灵气，并让我一次次想起那些遥远的水泽。

江南的水泽特别能滋润万物。水红菱颜色深红鲜亮，气韵生动，一篮子水红菱就是一篮子花。水红菱壳极好剥，抓住两个腰角一掰，莹白的元宝形菱肉就出来了，一层薄薄的内衣上犹自洇出一抹飘逸的轻红，在嘴里稍一嚼，真是连渣子也全无，唯有满口水灵灵的甜浆合着袅袅清芬，在心头缓缓释放。

最具水泽之气的嫩菱，当然生吃最好，以之做菜，不管使上什么手法，若不能保住水灵清甜本味，都是弄巧成拙了。水红菱切片，红椒也切片同肉片先炒，将熟，再放入菱肉片略翻几下，菱肉堪堪半熟就装盘，肉的香鲜，菱的甘脆鲜嫩，正可各行其道。水红菱壳薄肉厚，适宜切片待用，仔鸡的腿肉切丁以料酒、豉油浸渍，下锅滑油断生，加作料加水稍焖片刻，再入菱肉片略翻炒至收干汤汁，即成。

北方人不识菱角为何物，搞不清是树上结的还是像花生一样从土里长出来的。但在艰难的年代里，秋天的菱冬天的藕，都曾是圩乡人的"活命粮"。菱角采收季节，至晚，家家都飘出焖菱角的香味。腾腾的热气中，揭去盖在菱锅上的大荷叶，一家人——有时也有串门的乡邻，便开始了菱角代饭的晚餐。一片"咔嚓""咔嚓"的响声。吃饱了，站起来拍打拍打衣襟上的粉末，女人则忙着打扫满地的菱壳。小孩子通常是白天采菱时坐在腰子盆里就已吃饱了脆甜的嫩菱。

那时，哪一口水塘不是铺满菱叶碧油油地发亮，许多鼓着眼睛的小绿蛙和不知名的水鸟就在这些绿毯上面跳来走去。菱五六天就要翻采一遍，多得一时吃不了，就晒干舂成菱粉，也有人家挖一口水窖，将整筐整筐的菱倒入养了，什么时候想吃，就用长柄的瓢舀出一些。而到冬腊年底，生产队车塘捉鱼，便有许多黑乎乎的菱水落石出，于是，孩子们有的捉野鱼，也有的专拖了一只大筐篓拾捡落水菱。

这些甜津津的吃在口里有一股淡淡沤臭之气的落水菱必须拾尽，否则年复一年，长出的就是角刺粗而肉少俗称"狗牙齿"的野菱。落水菱当然捡拾不尽，来年夏初，水塘里会蹿出好多瘦细细的菱芽，抓住轻轻一提，就能拖上来下面乌黑发亮的母菱。这时菱壳黑亮已蚀得很薄，菱肉仍然莹白，而且由于贮存的淀粉变成了糖分，吃在口里别有一番醇甜味。记得数年前的暮春在浙江嘉兴风景区，所见最多的便是卖这种黑黝黝落水菱的摊贩，用方便袋子或特制元宝篮子装着，兜销给游人，空中浮着一种淡淡的沤臭之气。当地习俗，老菱有意让其沉入水底，冬日起塘时拾取，即"乌菱"。新年里煮了乌菱招待孩子，取菱与"灵"同音，孩子吃了念书聪明。

诗人车前子说："江浙一带，我吃过湖州的水红菱和常熟的水红菱，那两个地方也有灵气，过去生活过一群出类拔萃的文化人，出得文化人的地方，往往也有优秀食品生产。"嘉兴的乌菱，在未落水之前二八年华里，也是一样出落得红艳姣俏、水灵动人，花见花开，人见人爱，犹似西方芭蕾舞剧《红菱艳》里精灵一样舞动的红衣佳人。车前子之所以下定论"水红菱只能生吃"，且不论其潜意识是否就有"猎艳"的取向，但作为灵慧的诗人，在我的印象里，其诗歌的藤蔓，也曾是那般水灵鲜活。

菱的叶柄生有枣核一样的浮囊，内贮空气，故能浮生水面。圩乡人栽菱很有意思，先把在别人家水塘里扯上来的菱秧盘好，堆码在木盆里，每一棵根部都打上结，然后用撑盆的竹篙顶着这揪结，缓缓插到深水下的淤泥中。也有省事的，只在菱秧根部系了个瓦片扔到水中，照样能沉底分蘖发棵。菱始花于立秋，白露果熟。向晚时分，菱塘开满星星点点细小的白花，每花必成双，授粉后即垂入叶腋下水中结实。菱角对生，抓起菱盘，摘下一菱，不要看就知对应一边一定还有一个或两个。菱两端伸出的角叫肩角，两腹下角叫腰角。儿时斗菱，就是互以抱肋的腰角勾挂，然后扳拉，角折为输。"鸡婆菱"最甜嫩，粉红色，鼓鼓的。也有无角的菱，称为元宝菱。桀骜不驯的野菱结出的米，倒是特别粉，特别香，比栗子还好吃。野菱米与肉或仔鸡同烧，浸透了肉香，油光润亮，清甜粉酥，远胜出板栗不知多少。

菱的植株菱角菜，利用价值更大。其将去毛的嫩茎和掐掉浮囊的叶柄用水焯了，切碎再下锅炒一下，拌上蒜子淋几滴熟香油，便是农家饭桌上从夏到秋不变的风景。即便到了寒冬腊月，端上桌的仍是一碗发黑的腌菱角菜。世事变化，谁会料及当今豪华食府，一盘蒜蓉爆香、放足了麻油的切得极细的凉拌野菱藤端上桌，于酒红灯绿的光影里，被一双双精致的筷子挑入一个个精美的碟盏里，其受欢迎的程度，绝对超过那些大荤之烩。

水乡叫莲的女孩多，叫菱的女孩也多，红菱、秋菱，《红楼梦》里还有个叫香菱的不幸女孩。香菱原是甄士隐之女，乳名英莲，幼时遭人拐卖，后被薛蟠霸占为妾，死于难产。贾宝玉有《紫菱洲歌》："池塘一夜秋风冷，吹散芰荷红玉影；蓼花菱叶不胜悲，重露繁霜压纤梗。""芰"，即为菱；《离骚》有"制芰荷以为衣"句。多情的诗人李白，有"菱歌清唱不胜春"的吟咏。倒是陆游一生落拓，晚年放荡水泽，自咏"八十老翁顽似铁，风雨三更采菱归"。

一九九〇年夏，华东六省举行民歌大赛，我拿出《耘田歌》和《采红菱》，分别获创作和演出奖。现在想来，"十指尖尖采（呀）采红菱……"虽不免有点矫情，但采菱女儿坐一只窄窄的腰盆，穿行在葱碧的菱棵之间，毕竟那是一种挥之不去的清纯意趣，在我遥若隔世的岁月里轻轻摇曳。

时 · 鲜

"菰羹"最下"雕胡饭"

菰就是茭白，俗称茭瓜，广生于长江流域，古书称"蒋"，又写作"苽"。唐人韦庄《赠渔翁》："草衣荷笠鬓如霜，自说家编楚水阳。满岸秋风吹枳橘，绕陂烟雨种菰蒋……"犹记得鲁迅在一篇文章里，曾拐了不小的弯以"茭白"指代一个姓蒋的校长。这话要是广泛传出，只怕天下所有姓蒋的人都同茭白难脱干系了。茭白的根系在水底错纵纠缠，颇有浮力，乡下称之"茭瓜墩子"。李时珍《本草纲目》中有云"江南人称菰为茭，以其根交结也"，道出茭名之由来。春深时节，新苗从水下的根盘上长出来，苍翠娇嫩，连片成团地漂在水面上，映照着蓝天白云，一眼望去，连人的气息也跟着无比地清明起来。这种新苗的水灵灵嫩茎被抽出来，取名茭儿菜，炒肉丝极清甜可口。

茭白久负盛名，在太湖那边，与莼菜、鲈鱼共称江南三大名菜。茭白生于水泽，在水中发育，借了水泽的灵气，才出落得鲜灵娉婷，丰满白嫩诱人。因茭白肉质白嫩，外观犹如性感的小腿，故在浙东有"美人腿"之称，倒是有点让人浮想联翩。

当茭白长成时，其细长的叶鞘和叶片的交接点，有白色带状形斑，我们家乡人称为"茭瓜眼"。当你往塘边一站，根据搜寻到的"茭瓜眼"的膨胀程度，就可知道这支茭白的老嫩状况。茭白由紧身叶鞘护持，叶鞘未剥前谓之"水壳"，叶鞘剥去后，称为"茭瓜"。茭白当水果生吃，脆甜脆甜的。鲁迅在《朝花夕拾》里忆起儿时吃过的极其鲜美可口的菱角、茭白和香瓜，称那是"使他思乡的蛊惑"。

茭白适用于炒、烧等烹调方法，和荤菜一起油焖红烧饱吸汤汁，则其味更妙，酱烧茭白、茭白炒肉片、肉糜红焖茭白……都是美味。众者之中，最值称道的是茭白炒毛豆。将茭白削去老根与外皮，沸水烫一下捞出，切成薄薄的斜长片；红辣椒切成稍小的长片，毛豆投冷水锅煮断生后捞起。油锅中放入葱姜末煸出香味，投茭白、毛豆、红辣椒、酱油、白糖炒倒即可。味道嘛，柔绵淡雅宛如秋水，脆滑而略带柔性，微甘中蕴有一股清香，充分展现出江南饮食的婉约风味。茭白肉丝，是一道简简单单却很经典的美味，白白嫩嫩的茭白，携手肉丝，口感滑嫩，再搭配色彩鲜艳的青红椒，增色不少。我最常做的茭白菜，就是这切丝小炒，或切成丁与肉丁、干子丁、虾米、豆瓣酱一起闷烩。

用刀剖茭白成四瓣，像蒸茄子那样放饭锅头上蒸熟，加麻油、豆豉酱、盐等拌开，入口香嫩柔糯，无渣，咸中带甘，食之难忘；也有人喜欢做一只调料碟，蘸着吃，一样味道纯正、鲜美。茭白温婉而低调，和其他食材相配，不会抢了别人的风头。李渔曾说："蔬食之美，一在清，二在洁。"观之茭白，堪担其美。

茭白又是一种很有趣的植物，只有当它被一种黑粉菌侵入感染，其抽穗开花的生殖优势被抑制，并且其基部细胞受刺激增生，才能形成肥大的嫩茎。从这一点来说，茭白实际上就是营养丰富的菌瘿——这很有点蚌病成珠的意味。黑粉菌之于菰，更准确地说来倒像我们人体接种疫苗。少量感染，植物体作出保护性应变，倘使过量，冲垮了自身防御体系，结出的茭白不但小，而且内里尽是一包黑粉，即俗称的"牛屎茭瓜"，你倘有胆量吃，必是染得黑牙黑唇。不让黑粉菌泛滥成灾，高温控制的办法最有效。但乡民们并不懂得这曲里古怪的道理，他们只知道年年水枯季节要放火烧菰塘。在乡村，每至冬腊年关，四野冥暮中，菰塘里野火熊熊，映照着孩子们欢呼雀跃的身影，似乎已成风俗。

只是这黑粉菌也颇具爱国的品性。我看过一份科技情报资料，云是北美洲的水泽中生有大片的菰，但却从未孕育过"白胖小子"。他们的农业科技人员便从中国引进黑粉菌入赘播撒，但怎么忙活，也是只开花不结珠胎，实在让老美们作气。

茭白属禾本科，同稻麦是本家宗亲，其野生植株抽穗结出的籽，细长如梭，颜色深红若玫瑰，即我们家乡喊作"高苗"、古书中所谓"雕胡"是也。竹也是禾本科，竹开花结籽是败亡枯死的前兆，竹籽也是细细长长的，古人称为"覆"。覆白而雕胡红，它们煮出的饭都黏糯可口而且形体整，有一股难以言述的清馥之气。要是将雕胡磨成粉，粉是红的，做成粑，锅里便是一朵朵盛开的玫瑰。我做中学老师时，认识一位瘦脸上密布胡茬的姓张的农民，此人"文革"时搞农业科研上过报纸，行径怪异，特拗，常年在自家水塘种养野茭白收获雕胡，我才得以享有了两回难得的口福。要是那人能挨到眼下这个年代，一根筋拧到底，将此做大做成产业，与时俱进开一处"雕胡农庄"，往复古养生的路子上走，保不准食客如云名动江左。只是郭沫若一生未闻雕胡，才把李白那句"跪进雕胡饭"解释成"像胡人那样跪在雕床上进上饭来"，闹出不大不小的笑话。

对于西晋官员张季鹰来说，尽管在外的日子长长短短，流年暗换，但故乡吴中的菰菜、莼羹和鲈鱼脍的滋味总是纠结难怀，秋风一起，满腹都是念想，最后，竟至弃官南归，为文坛留下一段掌故。连辛弃疾也曾借以曲折表述自己"报国欲死"的抗金决心："休说鲈鱼堪脍，尽西风，季鹰归未？"昨天，我在"拜读"一家颇有影响的杂志上的一篇文艺理论文章时，却见那位操觚先生几处写成"菰羹、鲈鱼脍"。我当即一笑，呀，只闻有莼羹，持菰作羹，会是什么味道呢？

供入五脏庙里的荸荠

原产佛国印度的荸荠，圆肚中间凹下一个脐印，所以我们这里喊作"菩脐"，即菩萨的肚脐，这种缘物赋形的叫法很有意思。苏浙人则称"地栗"或"地梨"，喊讹了就成"地雷"，还有称"乌芋"的，纯粹取其外观了。据说四川人荸荠茨菇不分，荸荠叫作茨菇，那茨菇又被他们喊作什么呢？

古人把荸荠和菱、莲、芡列为泽食类，以与瓜果类相区分。荸荠皮色有紫黑、暗红等，肉质洁白，味甜多汁，清脆可口，自古有"地下雪梨"之美誉，是我们江南"水八仙"之一。周作人在说起甘蔗荸荠、桃李杏柿时，曾感喟"水果也是家乡的好"。所以我在这里小小地私爱一下我们家乡的入口之物，也算有所本了。有种"清水马蹄"罐头，就是削了皮的荸荠，能够用来做罐头，可见荸荠是能上台面的。那一年冬天，我出差去北京，顺便带了些儿子在家爱吃的荸荠。儿子的那些北方同学，见了这斜着鸟嘴状顶芽、扁扁的小陀螺一样的东西，皆不识为何物。但去年我去京城，已有不少小贩像卖糖葫芦那样，用竹扦儿穿着蜜汁荸荠叫卖了。

荸荠实在是最具有乡村品格的水果。早年乡下，地里长的水里养的树上结的，山芋菱角花香藕，桃子梨子，还有蚕豆花生什么的，都是上苍对乡村孩子的厚爱与赐予。所谓冬吃萝卜夏吃瓜，秋天过后，孩子们就到放干了水的荸荠田里偷踩荸荠吃。荸荠圆不溜丢的，村里小丫头，蓄着被称作"马桶盖"额发的脑袋也是圆不溜丢的，斜斜地梳一根丰子恺画笔下的朝天辫，这也使得知堂老人的那首小诗越发意趣丰润："新年拜岁换新衣，白袜花鞋样样齐；小辫朝天红线扎，分明一只小荸荠。"

甚是佩服汪曾祺摆弄文字的手段。记得当年看《受戒》，读到"荸荠的笔直的小葱一样的圆叶子"，还有小英子踩出的把明海小和尚的心搞乱了的那串美丽脚印……真是如见一片新天地，原来文字竟可以这样侍弄？一个参透那么多世情的老头，在那片氤氲的水泽里，撒下了一个个平凡而又异常灵动的文字的荸荠。仅那一个"歪荸荠"的"歪"，就让人感受出多少趣意和童心的快慰啊。江南乡村孩子，哪一个没像小英子那样"歪"过荸荠？光着双脚，在透凉的烂泥里"歪"，"歪"到一个硬疙瘩，伸手去摸上来，呵，一个圆不溜丢的红紫红紫的荸荠！

荸荠大量上市是在冬天，其时，枯黄的荸荠禾子早已被人烧成一圈圈黑烬。挖荸荠在我们这里叫"扒荸脐"，一排排人撅着屁股齐头并进，用双手插进烂泥里扒，场面十分壮观。提着篮筐的孩子们，和捡麦穗稻穗一样，紧跟在集体劳动的大人们身后，双脚不住地在泥里捣动，搜寻漏网之鱼，捡到个大的，忍不住甜美诱惑，在衣服上搓两下，就往嘴里送。经济萧条的年代里，乡亲们唯有靠荸荠换两个油盐钱。寒冷的夜晚，一灯如豆，一家老小围在大筐前，手法飞快地削着荸荠。那些在十指间转动的荸荠，转眼就由暗红变成无比玲珑剔透的纯白。次日一早，一队队挑着荸荠疾行的人，把一行行脚印，留在通往供销社途中结着厚霜的小木桥上。

种过荸荠的田再改种稻子，一连数年总断不了长荸荠禾子。耘田休息时，坐在田埂上用这东西编蓑衣，披在身上很是凉爽且意兴盎然。沼泽水洼处，野荸荠禾子细葱一样连片生长，一捋一大把，编成戏台人物的胡子挂在耳朵上，就能让孩子们胡乱嬉闹一气。野荸荠乌紫发亮，野毛栗大小，入口极甜，有一股很重的如知堂老人所谓的"土膏露气"。

荸荠以个大、圆润、甜脆无渣者为上品。鲜红油亮的荸荠，带着清新的泥土香，浆水最足，咬在嘴里嘎嘣脆，甜汁四溅。生吃之外，那种老黑的俗称"铜箍菩脐"煮熟后，因为淀粉含量高，用手一抹就能将皮抹去一圈，更有一种别样的甜糯滑爽。风干的荸荠缩皱皱的，皮不太好剥，最宜生吃，因脱了水再加上糖化，所以格外清醇甜脆。雨雪天气坐在家里，拿一把小刀细细地削荸荠风干的皮，不急不躁，然后送入口中，那种脆甜爽口，就是最好的享受了。

荸荠可以烹调成多种美味佳肴。所谓贱有贱鬻，贵有贵供，乡人将荸荠切成薄片，撒上白糖待客，清爽朴实，而在城里人的厨艺中，荸荠则是做宫保素丁、辣子鸡丁的好配料，荸荠炒虾仁，纯白中稍带几抹轻红，更显得有品位。有一种荸荠狮子头，将荸荠剁碎拌进肉糜中，加蛋清、料酒、淀粉、味精、葱姜末及盐，做成大肉圆，入油锅煎至两面黄，下高汤，加酱油、糖，小火焖透后，盛入垫上菜心的青花瓷盘中，浇上卤芡，浑然天成，鲜嫩带脆，咸中有甜，红绿相衬，真正是色香味俱全啊。

荸荠质嫩多津，可治疗热病津伤口渴之症，还可预防流脑及流感的传播。记得"文革"第二年的初春，一场流脑在乡村蔓延。有一天，我们那里来了一队红卫兵，用铁皮筒喇叭向乡民们宣传预防流脑的措施，还散发了许多红红绿绿的宣传单。此后，我们就天天吃荸荠蒜苗炒腊肉，直吃到荸荠长芽蒜苗抽薹才躲过了瘟疫。

数年前的一个冬日午后，我同两个朋友踩着当年大诗人李白的足迹，同游铜都故址大工山。山脚下有一小寺，当地人呼为"老庙"，只有一个年轻僧人住持。我们走进光线幽暗的简陋佛堂，倒也见香烟缭绕，佛幡悬垂。如来坐像前的供盘里，盛放着两个苹果和一小堆圆溜溜黑乎乎的东西，凑近一看，竟然是荸荠。有趣的是，因为当时口干腹饥，我们手中拎着一个方便袋，里面装的正好是刚在来的路上买的新鲜荸荠。想想这荸荠本来就跟佛有缘，我在投了五元香火钱后，遂又抓了一把本应供入我自家五脏庙里的荸荠，续添入如来座前的供盘里。不知这一把荸荠是否就算修成了正果……

扁豆的诗意

扁豆形如柳眉，更似新月，故在我们老家那处乡下，被叫作月亮菜，很有点新月照清溪的诗意。

扁豆好养，无论瘦土肥土阳处阴处，只要做个脸盆大的墩子，下点底肥，撂上两粒种子，三五日小苗萌出，在风里摇着稚嫩的叶，颤着纤细的藤攀上了篱墙。初夏时一场又一场的雨水，会让它们蓄足力量，依形就势，盘旋蔓延，不多日就将整个篱墙变成一片浓绿。有时它们甚至会缠到晾衣绳上，要是不留神给攀上高高的树梢头并开出一路撒欢的繁花，你只能等候收获老扁豆种子了。

在乡村，扁豆总是和半掩门外的篱笆结缘最深，特别是在某一个秋日里，一片落入眼中的篱落，仅仅因为开满了扁豆花，和几只钻来钻去的鸡，便会让我们心头顿时感受到了家园的宁谧与温馨。这样的篱笆院落也是夏夜的蝈蝈和秋夜的纺织娘的家园，"白花青蔓高于屋，夜夜寒虫金石声"，想到儿时的扁豆篱架下的晨露与绿荫凉风，想到夜色中的夏虫和秋虫们幽远的叫声，于是便有了怀念，便有了乡愁。如果说郑板桥题画诗中"满架秋风扁豆花"，于农耕时代的乡土气息中对平静岁月的流逝，表露出淡淡的眷恋；那么，同为清人查学礼的"碧水迢迢漾浅沙，几丛修竹野人家；最怜秋满疏篱外，带雨斜开扁豆花"，则是表达着生命浅浅的哀愁，一如行将谢幕时的扁豆花开放在雨中的寂寞。

扁豆有白色和紫色之分。白扁豆俗称洋扁豆，阔而肥厚，白皮白肉，豆粒饱满，富足而优雅。它们那高举在篱墙头上的一簇簇白花，如一只只振翅欲飞的蝴蝶，藤子攀到哪里这些白蝴蝶就飞聚到哪里。紫扁豆身形苗条而饱满，一嘟噜一嘟噜紫色蝶形花开出来时，头挨着头肩抵着肩，嚷嚷着吵闹着谁也不让谁，前面结了豆荚，后面继续还在开，一直开进深秋里。紫扁豆老了，豆粒黑亮诱人，且有道白痕如喜鹊的羽毛，故紫扁豆又名鹊豆。你是白扁豆也好，紫扁豆也好，从篱墙上采下来后，在灶间收拾时，都得一掐一拉，撕去弓弦和弓背处的两缕筋络，折成几截，在水里稍稍捞一下，等待下锅。

扁豆最常做的一道菜，就是干煸。锅里放油，投大料炸出香味，放入肉片煸炒断生，加入姜、蒜、酱油、精盐，视肉上色，投入用开水烫透的扁豆翻炒几下，加少许水，略焖一会儿，肉片鲜香，扁豆绵软而有韧性，并能保持色泽碧绿。这样的菜端上桌，几乎所有的筷子都抄向扁豆，最后，剩在碗里的只有肉片。用火腿肉炒扁豆，亦同此理，只是更别具一番风味。烹制豆类，不管是豇豆、眉豆还是青豆，一个最基本定律，就是少不得用蒜来提鲜，除了中途加入切碎的蒜瓣同烩，出锅前最好再放上蒜蓉略翻炒入味。将扁豆码着斜切成丝，热油锅干炒，再佐以青红辣椒丝和一定量的蒜蓉，还有那么一点点芝麻酱，指尖上扁豆青涩的味儿，顷刻便是清香可口了。扁豆烧五花肉较省事，先把五花肉加老抽、糖、盐烧上色，烧出油，再投进经开水焯过的扁豆及蒜瓣，盖锅焖到最后收汁就是了。这样焖出来的扁豆，亮汪汪的吸饱油香，浸润得软绵可口，特别是那些绽离了豆荚的饱满豆粒，用筷子一颗颗挑入嘴里，能让你咂出悠远岁月沉淀下来的那种甜糯和绵软。

多得吃不完的扁豆，用开水煮过，在太阳下面晒干，将满腹心思收起，以后可随时拿出来享受。两年前，我去皖西参加一个会议，在花亭湖水库一个开满扁豆花的小岛上观光时，中午餐桌上便有堆尖的一大盆扁豆干烧肉。黑黑的卷曲的干扁豆，佐以鲜亮的红辣椒片，看上去有一种农家风情的宁静与古朴……而我，却更喜欢干扁豆里面的那种阳光的味道。

长毛的豆腐

　　徽州两大名菜，一是臭鳜鱼，一是毛豆腐。论名气，毛豆腐当在臭鳜鱼之上，因为毛豆腐更有人缘基础。在屯溪、歙县、休宁一带行走，随便找一家路边店，就能吃上非常道地的毛豆腐。毛豆腐，顾名思义，就是表面长出一层或灰或黑霉毛的豆腐。和臭鳜鱼一样，好端端的东西不趁新鲜吃，却让它臭了长出毛了才吃，好像有点不可思议……然而，正是凭借这种发酵，豆腐原有的蛋白质被分解成多种氨基酸，化腐臭为神奇，才有着无比的鲜美。

　　"骗孬子不吃煎豆腐"，是一句坊间俗语——"孬子"即傻子，智障者。我的一位长辈坚信这句话错了，原本应是"骗孬子不吃毛豆腐"。他的理由是，煎豆腐无论于视于嗅其香美都是没有疑惑的，只有毛豆腐才容易让不明真相的人错过品尝机会，而且毛豆腐之味美远胜过煎豆腐。毛豆腐闻着臭烘烘，如果没有一定的心理承受力，是断不敢染口的。当你经人撺掇，尝上几口之后，就会应了徽州人常说的那句话，叫作"吃着毛豆腐，巴掌打到嘴上都舍不得吐"了。一方水土养一方人，这就是地方特色。

　　我孩童时生活的那个县城，地缘接近徽州，故常在街头见到卖毛豆腐的。他们挑着火炉担子，一边"的的嗒……的的嗒……"敲击手中竹板，一边拖长声喊着"毛——豆腐哦"。担子的一头多层抽屉里盛着毛豆腐，上置香油瓶、辣椒酱罐子和碟子筷筒等物，有的还置有酒坛子；另一头是带柴连炉的平底锅，上有沥油的小半圈铁丝网，炉下存着细干柴。有人光顾，就歇下担子，取下挂在扁担一头的小长条凳让客人坐下，吹火筒一吹，毛豆腐在炉子锅上嗞啦啦响着现煎。微风吹过，香气阵阵散开。待到豆腐上白毛倒伏，煎到两面金黄，用小碟盛上，倒点酱油，浇点辣椒酱递给客人。看别人吃得那般津津有味，你在一旁不馋也要吞咽口水——特别是在你已有过几次品尝经历之后。

　　这些年，每去徽州，只要有机会，我都尽可能上街头吃一回道地的毛豆腐。刚刚出锅的毛豆腐，油光光的，那层长毛的表皮，经过油炸之后，成为筋拽拽的很有韧性的一层，包裹着里面酥软的豆腐，吃在口里满颊生香。而在馆子店里，传统的烹饪方法，同样是将毛豆腐煎至两面发黄，再加入多种调味品烧烩，香气溢出后，涂以辣酱端上桌。咬上一口，热乎乎、香喷喷、辣兮兮……烫得叫人哈气，香得令人叫绝，辣得使人吐舌！尤其是像我这样既怕辣、又禁不住鲜美诱惑之人，真是遭罪了。

　　毛豆腐除煎吃外，还可以油煎后用笋干冲汤，那也是一道鲜醇可口的徽州名菜。在诸多烹制方法之中，我最喜欢红烧毛豆腐。红烧毛豆腐有种独特的气味，淡淡的臭与浓浓的香在空中飘荡缠绕，勾人食欲，令人垂涎。当然，红烧毛豆腐不要放太多的辣才好，应有冬笋、香菇、火腿助阵，烧到汤汁收浓时，撒入葱花起锅装盘，将毛豆腐整齐盛放，盖上余料，即足以令人赏心悦目。

　　我在昆明吃过一种烤豆腐，是把豆腐放在下面有炭火的铁架子上烤焦黄蘸调料吃。徽州毛豆腐也能烤着吃，用文火烤到焦脆，浇上辣椒酱吃。毛豆腐的烹制方法多种多样，油煎、红烧之外，可蛋炒，亦可清蒸和氽汤，想怎么吃就怎么吃。只不过现在的煎法、吃法和以前的有些不同，尤其是饭馆里基本都是用油浸炸，或者用铁板红烧，口味较之以前当然改良不少，但毕竟少了一份传统吃法的情趣。

听徽州人摆谱，毛豆腐大致可分为四个品种，即鼠毛、兔毛、棉花毛、蓑衣毛。鼠毛较短，呈灰色；兔毛也短，起条，呈青白色；棉花毛稍长，整绺的，白色；蓑衣毛最长，紫酱色，色、香、味最佳。毛的长短，颜色的差异，除了豆腐本身质量的优劣外，还取决于气候的变化、温度的调节。煎的过程中，由于白毛厚薄受热的不同，金黄中会现出几丝深色条纹，这便是"虎皮"毛豆腐的由来。

说起这毛豆腐的来历，徽州地面上有几个版本，但无一例外都扯上那个苦出身的朱皇帝。通行的说法是，朱元璋还是小叫化子时行乞到徽州，在一个破草棚里安身。一天，讨得一碗长满白毛的豆腐，没舍得扔掉，就顺手点了一堆火，把发霉长毛的豆腐烤了来疗饥。没想到烤出来的豆腐，竟有一股扑鼻香气，吃在口中感觉无比的好……后来，随着这小叫化子后来坐了天下，霉毛豆腐的事一经附会演绎，徽州就有了这道名点名菜。

说来你也许不信，我的一个徽州籍朋友，就是因为贪恋家乡毛豆腐，多次放弃了去省城合肥发展的机会。用他的话说，是"至今思香味，不肯过长江"。其实，眼下不论是芜湖还是合肥，毛豆腐铁板烧进入菜馆酒楼，加入许多佐料，成了徽州风味的地方名菜。我甚至还在北京的中关村那里吃过毛豆腐哩。当然，要想吃上本色的毛豆腐，还是在有着徽州古民居背景的街头，那才入情入味。

毛豆腐个性鲜明，不自轻自贱，且随和易交往，它既扎根街头大排档，又能跻身各类盛餐大宴。

隐身平常心的蒸菜

炎夏刚去，这接下来又是燥秋，口味一直是喜近清淡，蒸菜较多出现于餐桌上。家常蒸菜，就是利用饭锅上高热蒸汽，将菜配上作料及辅料蒸熟入味，既很好保持了原汁原味，也少了烟熏火燎，其简便快捷是无疑的了。

最常见的便是蒸茄子。青春亮泽、爱不释手的深紫色嫩茄子，洗净对剖成片，放饭锅上直接蒸。饭熟了，茄子也熟了。拿筷子戳戳，都已软烂软烂的。细心地把它们撅到一个稍大的碗碟中，拌入盐、蒜泥、醋、酱油、味精，淋上小磨麻油，抿在嘴里，贴心贴意地入味且又无足轻重，真是夏日里第一适口小菜。苋菜放锅里蒸得烂熟，划拉到碗里加调料拌好，也很体贴入味，但却留下一锅染成深红胭脂色米饭，让你都不忍心下手。青莹莹的毛豆米，先放开水锅里烫一遍，拌入盐、蒜泥、味精，最上面铺一层樱桃那样大肉糜小丸子，搁点猪油，在饭锅上蒸出来，油花闪烁，荤素搭配，活泼而别致。要是青豆米上铺的是红红薄薄的火腿片，或是腊鸭腿，蒸出来后，单论看相，就有一种意味深长的见过世面的江湖气了。那些错过季节的如同过气明星一样软塌了臃肿腰身的老扁豆老豇豆们，也可以蒸，只有通过蒸，再拌入不错的作料加以开导，才能让这些半老徐娘们重又变得有滋有味。

其实，不独活色生香新鲜蔬菜可蒸，咸菜更可蒸。梅菜扣肉、雪菜烧大肠或是烧五花肉，二餐以后连续放饭锅上蒸，越蒸越有味，越蒸味道越是幸福隽永。在农家，蒸酱油豆子既是特色菜也是夏天的主打菜。酱油豆子又称霉豆子，通行称作"豆豉"，在农家的灶头上，往往是同青的或红的辣椒片一起蒸，味道鲜极，舀上一两匙汤水淘漉在饭上，就会风卷残云般把一大碗饭一气扒下肚子。乡村还有一种常见的蒸菜，就是从水塘里捞来鸡头泡梗子，放坛子里先腌上数日，然后搁上辣椒片蒸得烂软，吸溜吸溜着吃稀饭，极其爽口利索。小咸鱼是蒸，臭菜豆腐也是蒸，腾腾的热气之间，是不变的乡村情愫。若是在蒸鸡蛋里放上一两匙臭豆腐乳汁，而那饭锅又是烧得火旺蒸汽十足，将鸡蛋都蒸潽了起来，可以用筷子直接挑进碗里，现在回忆起来，似乎那就是过往岁月里最富足的滋味了。一方水土养一方人，农家的柴草灶锅，本来就大，由于蒸菜多，一般都备有一个木条格子蒸架，一下能同时蒸上好几碗菜。蒸菜的碗，通常是那种最具民间本色的浅褐陶钵，透气好，又叫窑锅子。

若是在"蒸"前面再加上一个"清"字，性质就起了变化，就像一个人由乡村进入城市，行止作派皆升格，而迥异于往日了。

比如清蒸鲈鱼、清蒸翘嘴白、清蒸口蘑鸡，因为除了姜葱醋和芝麻酱外，少不了还要放上足量的黄酒与调和油，还要加高汤，而且是用笼屉蒸，并在蒸菜碗上面盖一片保鲜菜叶，蒸菜熟后再把白菜叶拿掉……这就像一个人住在精装修房与过去住乡村岁月的泥坯房那般相去甚远了。

一位画技与烹技一同了得的身为书画院院长的朋友，曾这样下定义帮我理解：清蒸就是清炖，是将原料加上调味料及少许高汤，上笼蒸制，然后淋轻芡而成。火大、水多、时间短，是清蒸七字诀。其实，在我看来，真正的清蒸，即是"清汤寡水"的蒸，不加渲染，本色示人。

在国人纷繁的厨艺中，清蒸似乎就是青衣的角色。时下的餐馆，为招引食客，又让这青衣的水袖带出许多花头来。如粉蒸，即是将原料调好味后，拌上米粉蒸制；扣蒸，将原料拼成各种花案图形放在特制的器皿中蒸熟；包蒸，用菜叶、荷叶或是玻璃纸包上原料蒸制；造型蒸，先将原料加工成蓉，拌入调料和蛋清、淀粉或琼脂等，蒸出各种形状……还有什么滑蒸、膏蒸、炸蒸，等等，不一而足。

苏浙馆子里的蒸菜，最传统的为"蒸三鲜"，内里却不止三种花样，我吃过的一回，记得好像有猪尾骨、肉皮、蛋饺、咸鸡、肉圆、鱼圆等。

那年秋风蟹肥时，沪上的朋友领着我在大光明电影院楼上的一家空中花园餐厅品尝海派竹笼蒸菜。据说，这里的蒸菜能将原料的纯味和营养一滴不漏地锁在飘香的竹笼内，品尝起来口感异常清雅。更值得一提的是，竹制的蒸笼都是新鲜竹篾编的，一旦失去竹香便换新竹笼，以保证竹子的清香和菜的浓香四溢。

朋友点的蒸菇鸡块、上浆田鸡，感觉是把原料的本色鲜香最大限度地发挥了出来，蒸小黄鱼也蛮鲜的，就是普通碗搁竹笼里蒸出来，不过分量倒很实在。还有一道糟蒸鲞鱼，应该是家常和雅兴完美结合，堪称上海一绝。稍具有点烹饪常识的人都知道，清蒸是很难玩猫腻的，且原料必须新鲜，就像上海人说的，不好捣浆糊。

当一道扇形铺张的清蒸新鲜鱼翅端上桌，我略有点吃惊，这太破费了呀。朋友却笑着说："老便宜喔，便宜得侬勿相信——"遂把菜单递给我看，才98元！我尝了一下，这98元的鱼翅倒是正宗的鲨鱼翅，因为特别鲜嫩且骨肉分明，可以判断绝非水发干货，而是新鲜的，翅骨软软的，能嚼碎吞咽。

人生本是五味瓶，吃到鱼翅龙肝无止境。有时候想想，氽煮焖涮蒸，朵颐称大快，然而在这水火之间，其实只有简单才是真正的大美。在这个浮躁的年代，学会本色的蒸菜精神，或许真的能让我们内心静止如水。

对于简单生活里的饮食而言，物无定味，适口者珍。这就像我谢绝了一个中午有餐宴的什么文化学术讲座，心安神定地在家里刚刚做出的一道清蒸鲫鱼——鱼是一个爱垂钓的朋友送来的。现在，这鱼就热气腾腾有形有样地摆在桌上了，青红的辣椒丝和葱段，不失其真的红青之间是不变的鱼肚白……于是，在缓缓移动的光影里，我闻到了一种久远的醇厚的鱼味的野香了。

臭干子更能千里飘香

我在浙南吃过一回"蒸双臭",据做东的朋友介绍,是结集了当地两种最臭的东西——臭豆腐和臭苋菜梗,加入少量油、糖、姜片等调味品,放到旺火上隔水蒸,上桌前,撒上葱花、椒丝点缀一下。出于礼貌,我稍稍尝了两口,臭烘烘的,感觉堪比我们家乡的臭菜豆腐。两年前又在家门口的宣城敬亭山下吃了一次砂煲臭豆腐,内容倒是丰富了许多,是把笋片、木耳、肉末、香菜加臭豆腐放一起炖,臭豆腐给"笃"出了无数细小的孔,既饱饱吸进了肉香,且尽情释放了自身的臭,味道真是香得诱人又臭得霸道,一上桌就给一帮手捷眼快的朋友举箸使勺瓜分了。闻臭吃香,嗜好此道者尤不肯放过这样的食机。

早年,我们这里寻常人家的饭桌上,随时可以见到一大碗臭烂菜豆腐,单看那内里容物,很有点混搭和恶搞的画面:墨绿的菜卤里,浮沉着未经世故的白玉般的嫩豆腐,刚从锅里蒸出来,散发着一股热腾腾的浓烈臭味……只是这臭味好多人都馋它,闻了食欲大动。时下,在一些装潢精美的餐馆里,这黑是黑白是白的臭烂菜豆腐,就有一个动人的名字叫"千里飘香"。其实,除了臭烂菜,还有臭豆腐乳、霉豆渣、霉千张、霉豆子等都能"飘香"。北方人可能就看不懂了:好端端的东西,为何要特意让它变霉变黑变烂,弄得臭到令人掩鼻才来吃？生长于明山秀水之地的江南人岂非都有"逐臭之癖"？这话有点好讲不好听，所以，如周作人那般深透练达之人，也忍不住要出来护短辩解几句："读外乡人游越的文章，大抵众口一词地讥笑上人之臭食，其实这是不足怪的……"

口之于味也，未尽同嗜。俗话说"闻起来臭，吃起来香"，怜香逐臭，人各喜好。比如说到臭干子，就是最具广泛群众基础的美食。

早年的大小茶馆里，哪一处不是人语嘈杂，热闹非凡。那些茶客，有的是数十年如一日、每天早晨都要来喝上一壶两壶的老客（早上泡茶馆为"皮包水"，晚上泡澡堂为"水包皮"），也有亲友聚会或为成交生意来此边喝边谈的，更有是行云野鹤一样南来北往的过客。众茶客们情有独钟的不仅是一杯接一杯宁馨宜人的香茗，更倾心于切成小方块摆在碟子里佐茶的臭干子，且这种臭干子如同时下晚会中常见的歌伴舞一样，又总是和腌制的蒜头、生姜片还有红艳的辣椒片联袂相伴，有白有红有黄。臭干子本身外面靛蓝，内里嫩白，再浇上亮汪汪香喷喷的小磨麻油，别说尝，单是看一眼，嘴里就上味了！

我本人从来不吃烂臭菜、臭豆腐乳、霉豆渣，但却不拒绝臭干子。芜湖的臭干子真是尤物，它不像臭烂菜那般烂歪的浓臭，而是一种款款温柔的臭，臭中蕴香，香中壅臭，就像一对情人，说不清是谁挽住谁……它可以拌上芫荽、花生米佐酒，可以煮吃、蒸吃，炒香芹、炒芦蒿，还可以先油炸成形，再塞以肉蓉配上冬笋、香菇余汤。但在街头巷口最常见的吃法，是映着夜市的灯火，从吱吱响的油锅里捞起炸起了壳的臭干子，蘸上水磨红辣椒，坐在摊贩的小凳上，端着小碟，对着幢幢人影现捞现吃。那种油炸臭干子，带着一种娇媚的世俗的风尘味，外老内嫩，又香又臭又辣，再加眼底生情，情入至味，尝过一次，直叫你终生难忘！那一次，散文家吴泰昌先生从京城来芜，直言要吃一点老芜湖味道，我特地叫出酒店老板，加点了水磨大椒蘸臭干子和冬笋、火腿汤煲臭干子，令他食时连呼过瘾。

芜湖历史上最入滋入味的臭干子，当然是"王怡泰臭干子"。"王怡泰"是一家酱坊的号，旧址在中长街90号，前身是泾县人于20世纪初创办的"查元泰酱园"，一直以大臭干子享誉江城。据说，那时商家极讲究品牌，再好的市场，每天也只上市15斤臭干子，多一两也不做。

做臭干子的工艺说来并不多复杂，就是以白坯干放卤汁中浸泡，失身堕落而成。一般的卤汁就是以炒焦的芝麻兑水制成。据云，传统卤汁配制除了焦芝麻外，还将笋子、芥菜煮熟后发酵过滤，同新鲜荷叶灰、柏枝灰、和炒过的盐一起，共同磨碎后加入。卤汁越陈越好，因消耗不断，故须每半月添料一次。白坯干下开水锅"出白"，但白干子不能煮起泡。出锅后晾晒半小时，晾透后投入卤汁缸浸泡8~9小时，夏天5~6小时即可。还有一种特制小臭干子，则须在卤汁浸泡10天左右，如果拇食二指钳一块抖一抖，那空悬着的半块不掉下来，表示浸的火候还不到家。

卤汁因经年不换，且通常都是摆放在光线不太好的地方，恶臭熏人，不堪入目，倘若化验一下，绝对通不过卫生部门的那些检查仪器，但却能浸淫出雅俗共赏的美食，这也算是臭到极致有奇香吧！

幽幽酱油豆子香

忽然想起，已有多年不曾谋面酱油豆子了。

酱油豆子是最好的下饭菜，也是我在农村生活那段艰难岁月里的贫贱之交。那时，从菜园里现摘几个青大椒，切碎，舀一勺酱油豆子，兑点水，搁饭锅上蒸熟，倒也自有一份别的菜肴所不及的动人的香鲜。双抢大忙季节，好多人家早晚饭桌上摆的就是一碗酱油豆子，一家人淘汤漉汁，照样将几大碗干饭稀粥扒下肚子。若是在其中添上豆腐干或是晒干的小虾米蒸出来，那简直就是过口不忘的乡土版的美食教材了。秋冬时，农家灶头素炒大白菜、萝卜、马铃薯，断不会忘了搁上点酱油豆子提鲜。酱油豆子用于烧肉煮鱼，愈煮愈香，胜过酱油。豆腐烧肉至八成熟，放上一两勺酱油豆子同烩，特别能除腥、添咸、增香。以酱油豆子代酱，同姜蒜辣椒等一应作料在热油锅里爆香，倒进一碗水烧开，再放入煎得酥透的鲫鱼，顺带搁点猪油，盖锅略煮上七八分钟即盛起，那味道绝对没说的了。早春时蒸腊肉和千张，我最不能忘怀的，是铺在上面的那一层酱油豆子——刚端出锅，晕黄的酱油豆子粒粒泛着梦幻般的油亮光泽，枕着肥白瘦红的腊肉和纯白美净的千张，看上去，真有一种"千声玉佩过玲珑"的动人诗意！

江南农家的大婶大妈和瘪嘴老外婆，差不多都有一手做酱油豆子技艺。看得多了，连我也能侍弄。将黄豆在冷水中浸泡至颗粒饱胀，煮至七成熟，然后倒入竹簸箕里摊平晾干，上面覆盖一层干黄蒿或稻草让其发酵起涎。一星期左右，豆子长满白毛——乡民们谓之"出白花"。拣去个别黄霉豆，在太阳下稍晒一下——又谓之"出胎气"。然后搓搓捏捏拌上细盐、料酒（米酒）、姜末、红辣椒干，装入小口大肚的坛子里，用干荷叶和湿泥封严坛口，置阴凉处半月左右，酱油豆子即成。开坛时，清香扑鼻。此酱油豆，色淡黄，粒饱满，黏稠有丝，酥烂爽口，鲜味中略带些麻辣味，别有一番风味。随吃随舀，放坛子里可保存较长时间，香气也不会散发掉，唯忌生水入侵，以防弄出杂霉变质。

在书上只能找着"豆豉"，却找不到"酱油豆子"这名号。酱油豆子就是豆豉。稍不同的是，豆豉大都是由黑豆做出的，因是发酵后须再经太阳晒过才装坛，所以干巴巴的，看上去有点黑瘦苛刻。而酱油豆子则一律黄豆出身，胖乎乎的有憨厚之相，入口也是绵软无渣。若是让酱油豆子发酵结饼，白毛长得旺，就成了近似臭豆腐霉千张之类的"毛霉豆豉"。早先我是识不得这个"豉"字的，后来我当了中医，有一味中药叫"淡豆豉"，功能驱风散寒，清热败火。我也就因医识"豉"了。豆豉按风味分，有淡、咸、辣、香和臭等类型。在一些大饭馆里，"豆豉鲫鱼""豆豉煮牛肉""走油豆豉扣肉"等可算是名菜；另外，路边的大排档上，像炒辣椒、炒土豆丝、烧麻婆豆腐也都少不了它。

北人嗜酱，南人嗜豉。中年后踯躅蜀中的辛酸老杜，诗中就说，莼菜汤要放豆豉调味才鲜美。一辈子里大多数时间都是在江南度过的陆游，有诗曰："梅青巧配吴盐白，笋美偏宜蜀豉香。"南宋四大家的另一位大诗人杨万里，其诗所咏，亦多是江南风土人情。杨万里曾与一家乡名士一书，说要点"配盐幽菽"，其人不懂，杨万里便讲这四字出自《礼部韵略》，写的就是我们家乡最普通的土特产豆豉的制法呀！（事见《齐东野语》）真的，要是这老杨自己不说破，被忽悠的，除了那位江西名士恐怕还有你我许多人。倒是如此一来，土巴拉叽的豆豉让这"配盐幽菽"十足优雅了一回。其实，细看清了，这也就是个动宾结构的联合词组："配"的是"盐"，"幽"的是"菽"。"菽"是豆的古称，像菽水承欢、未辨菽麦、饮水啜菽、鱼菽之奠等皆是，"幽"是密闭的意思……连着译出来，就是：将豆子蒸熟，加上盐作调料，放在密闭的缸里发酵而成。刘熙《释名》释得较为详细："豉，嗜也，五味调和，幽之而成……"原来，豆豉的"豉"就是嗜好的"嗜"。纪晓岚本是北人，但像他这个级别的大佬，当然是什么好吃就爱吃什么了。他被乾隆派至当时还是"漉白荒城"的乌鲁木齐公干时，一天好不容易吃到了豆豉，遂激动地写下长诗记述："配盐幽菽偶登厨，隔岭携来贵似珠。只有家山豌豆好，不劳苜蓿秣宛驹。菽乳芳腴细细研，截肪切玉满街前。只怜常逐春归去，不到柳红蓼紫天。新榨胡麻澉澉光，可怜北客不能尝。初时误认天台女，曾对桃花饭阮郎……"切切幽怨，明眼人一看，就知绝非仅止于申口舌之味了。

只是，不知以上所说，是那种干硬浓香的黑豆豉呢，还是我们江南农家的胖硕鲜酥的酱油豆子？然唐人一句"金醴可酣畅，玉豉堪咀嚼"，可知此"玉豉"断非色素沉着的黑豆所制。

说来别笑，当今打网球数一数二的世界级顶尖高手西班牙神奇小子纳达尔，被人谑称"纳豆"，纳达尔自己绝不会知道，纳豆，正是我国唐代时豆豉的民间称法。习惯牛排和面包的纳达尔大约从未见识过豆豉，更谈不上食酱油豆子了，这东西方文化里的两个"豆"，也就压根对撞不起来。

茶干的闲情逸致

茶干是典型的江南食物。

人说，忧烦的日子喝酒，心满意足的日子嚼茶干。茶干不适合做下锅的菜，下锅滚油的事有酱油干子承担，茶干清高自许，专以品茶助兴、调节情绪、培植话题、打发闲适时光为己任。这类入口搅舌之物，首先身量要小而紧凑，温文尔雅，不能一下子就将肚子塞饱了；其次是要筋道耐咀嚼，且越嚼越有味；再一点，是内涵丰富，咸甜鲜香诸味皆有。

江南集镇上老一辈人，都是很会享受的，"早晨皮包水，晚上水包皮"，早吃茶，晚泡澡。吃茶当然是去茶馆（早年的茶馆与酒家不分），款款地坐定，伙计送一壶香茗，捎几碟小吃，糖姜、水煮花生之外，茶干子是少不了的，当然，有时也会携上臭干子联袂出台。缓缓斟细细嚼，轻拢慢捻抹复挑。要是来点主食，则有小笼包子、油炸锅巴等。倘若邀了几个朋友，茶叙的口舌间，有茶干助阵，不仅意兴遄飞，而且无论是几盏青瓷的小碟，还是一套朴雅的紫砂，皆风雅入眼，既好吃也好看。即使是在自己家中喝早茶，也是要摆出几盏香菜、醋萝卜、腌红辣椒片，其中茶干是手撕的，看上去有一种残缺的美。再说那泡过澡之后，华灯已上，腹中正好虚空，披条浴巾，半躺卧榻之上，茶汤饮了一盅又一盅，佐茶的风味茶干两根指头拈了，细嚼慢咽，有时搭配听点收音机里的戏文……要的就是这份闲情逸致。

茶干酱茶色，通常又被叫作香干或五香茶干子。酱油干子掰开来里面的颜色稍浅，而茶干通体都是深深酱色。茶干比一般的干子小且薄，硬朗一些，制作时加进了特别的调味料，筋道，耐嚼。

最著名的茶干，当然要数马鞍山的采石矶茶干。采石矶有太白楼，和诗仙李白深有渊源，很是沾染了些诗仙之气。其实采石矶茶干也就三百岁的历史吧，不可能为诗仙助过酒兴，一种区域性的地方小食品，流传至今，特色和口味才是最主要的因由。记得早先采石矶茶干大大厚厚的，撕开纸包，茶干上都有清晰的布纹，掂手里晃悠悠，却怎么也悠折不断。又因内中加了鸡丝、虾仁或是火腿，以鸡汤做卤，故味极鲜美，食后口齿留香。那时坐火车经南京、马鞍山，都要在站台上买上十多包，回来后遍散亲朋好友。现在食品大大丰富了，却难寻回往日的口味和那样的经历了，很怀念那时的感觉。眼下，产于当涂黄池的金菜地茶干后来居上，大有超越采石矶茶干势头。好在这两种茶干都属于马鞍山，应该有裙带之谊、袍泽之亲。

数年前，我们去马鞍山市参加作家协会交流活动。在采石矶公园林散之纪念馆举行茶话座谈时，香茗水果之外，主人在盘子里还摆上一种极其精致的茶干，小包装，一袋一块，比邮票大不了多少，呈均匀酱红色，品质纯正，形薄肉细，韧性十足，对折不断，咀嚼之下，香、韧、鲜、嫩，回味特别悠长。听了介绍，方知是定量生产的专用于接待外宾和出口级别的加料茶干。因为我们赞誉有加，主人高兴，连打了几个电话，请示协调之后，派一辆小车往一个什么地方跑了一趟，拉来两大纸板箱这种茶干，让我们又尝又带，狠狠享受了一回外宾级优待。

若论豆腐产业之盛，不能不说到徽州。徽州的毛豆腐、臭豆腐之外，便是茶干。我去过休宁县五城镇双龙村，那里是五城茶干的产地，也是"山水画廊"新安江的上游率水河和颜公河交汇处，古树，石桥，深巷，满眼徽景，绿意幽深，村里几乎家家做豆腐干。磨浆、滤浆、煮浆，空气中飘浮着醇浓的煮茶干所特有的桂皮、大料的香味。探身走入人家后院，若凑巧是茶干刚出锅，主人会笑呵呵请你免费品尝。刚出锅的五城茶干，其色深浓，如同国漆一样黑里带红，红中发亮，外表满是蒲包纵横交错、细密有致的纹路。咬上一口，细实紧密，如嚼鸡脯，伴随一种难以言说的异香，让你越嚼越入味，欲罢不能。主人为示范他们的货"硬"，会当你面掂一块茶干，从中间对折，却不断裂。

而一河之隔的对面白墙黛瓦连绵处，就是龙湾村。龙湾茶干飘香徽州数百年，更是声名远扬。相传，乾隆皇帝下江南，品过龙湾茶干，觉其味道颇不俗，遂乘兴以手中把玩的印石在茶干上盖下一个深深无字印，无字之印即为口，寓意"有口皆碑"。今年五月，为看世博会，我在上海闵行一家超市挑选可带的食品，其中就找了一袋龙湾茶干。那里面每一块茶干上，果然都有一个圆形印章。

江南有名气的茶干很多，像三香斋白蒲茶干，为清代湖州人屠氏开设三香斋茶干店所制，街坊邻里称之为"屠三香"，系白蒲一绝。南京人比较认同桥林茶干。桥林茶干属于蒲包干子的一类，或咸鲜或咸中带甜。

大约是在"文革"的中期，我老家的那个生产队有人领头办起

"卫东豆腐店"，以物易物，你想吃豆腐或豆腐干子么，就得从家中称来相应分量的黄豆。加工盈余下来的黄豆即为剩余价值，平时本队社员吃豆腐，可凭工分扣除。人说世上有三样苦：撑船、打铁、磨豆腐。我是前后两桩苦事都干过。好在"卫东豆腐店"的事并不算太复杂：黄豆磨浆做豆腐，豆腐可压成千张，压成白坯干子；白干子放墙角臭卤缸里沤成臭干子，若是投酱油锅里煮一夜，就是酱油干子；白坯进一步压紧实，酱油锅里再配上辣椒、肉桂、八角等（那时糖紧张，就以糖精替代），煮出来就是茶干子。那小小的茶干，韧而不坚，香而不烈，黝黑中泛着光泽，粗看上去貌不惊人，却端正四方，俨然是那个年代里的奢侈品。所以茶干子也只在过年过节时才做很少的大半锅，而且还要严密地瞒过上面的检查。

茶干当然也是可以用来做菜，早春二月，茶干切碎凉拌马兰头，拌荠菜，清香爽口，令人食指大动。茶干切丝炒蒌蒿，炒香芹，锅勺一响，满屋飘香。夏日傍晚，柳荫初凉，蝉鸣悠长，端上一盘茶干炒红辣椒丝，再就着一碟咸鸭蛋，将绿豆稀饭喝得呼呼生风，谁说不是清平的富足呢。若是硬要叫茶干由平凡变奢华，可去看一下《红楼梦》里制作"茄鲞"的讲究。虽是由一只茄子表现出来的，但参与者却有香菇、冬笋、五香茶干、绍酒、糟酒、酱油、糖、盐、水淀粉更是缺一不可……下足了材料和功夫，尤重细枝末节，奢华处处体现。那种大家族的排场，或许一块五香茶干也会弄出"十来只鸡来配它"，说不清谁抢去了谁的风头，复杂的操作，早已超越口腹享受的过程，这哪有让焦大抓几块茶干跑下屋里灌老酒、灌足了老酒就骂娘那样痛快。

有时想想，品茶干亦如品人生，不过是压扁了的人生，浓缩了的人生，个中滋味，不可言喻。犹如某个时日坐在曾经的火车上，旅行保温杯泡好碧螺春，随手撕开一袋茶干，或饮或嚼，眼睛却是漫不经心地望着车窗外……人生之旅啊，注定没有归程。

想着这些，不知道算不算茶干的闲情逸致？

霜天烂漫菜根香

多年前，南方一家报纸发表了我一篇文章。在收到的样刊上，同版面恰巧有篇叫张拓芜的台湾文人写的文章，说他回皖南泾县探亲的老乡返台后送了他一罐香菜，这应该叫"乡菜"的难得的美味如何勾起思乡之情云云。

一种杆子白得像玉、叶子绿得如翡翠，每棵至少有七八斤的叫"高杆白"的大白菜，只有皖南才有，所以香菜只在皖南能觅见芳踪。每年霜降后的大晴天里，常能看到腌制厂和酱坊的人到乡下收大白菜。一干人来到菜地里，将菜砍倒，过秤后就地摊晒，晒到一定工夫，分量大减，再运回厂里。这晒蔫后的菜放水池里清洗，不易折断菜帮也好洗干净。洗好切碎，烘干水分，或上机或用人工揉搓，挤去液汁，掺上辣椒粉、烘熟了的菜籽油、黑芝麻、盐，拌一拌，装进罐里，罐口要留点空，以便用捣烂的蒜泥封口。

青弋江上游的章渡，那是个往昔十分繁华的有着一排排吊脚楼的徽商码头小镇，至今每到冬天，镇上的酱坊一口口硕大的缸里便腌满了香菜和萝卜丁。凡到章渡旅游采风的人，回来时没有提一袋两袋香菜和萝卜丁，行程就算不得完美。买回家待一定时日开罐，新腌制好的香菜，青中带黄，非常亮泽，淋上小磨麻油，吃起来香鲜咸甜，韧而带脆，香中有辣，其味无穷，又有嚼劲，下饭可开胃，佐酒能醒神，且食后齿颊留香，是真正的地方特色美味。早餐配稀饭尤为上品，最常见的是用来配早茶，撕几块茶干，搭一小碟香菜，配上点腌红辣椒，或独自品嚼，或与二三友海吹神聊，将人生的层层百味皆析透，也抵得上神仙般自在。

皖南各地的香菜风味小有差别，但都香辣适口，风味隽永。相比厂坊，家庭制作的工艺，显得更加细致与投入。都是选一个好晴天，拿把刀到地里将整畦壮实鲜嫩、水汁丰富长颈大白菜砍倒，就地晒，就地洗。切成寸长细丝，摊放在竹凉床上或直接置于铺在草地的篾席、床单上晒。晒菜是非常讲究的，既不能晒得过干，干了就过老，吃起来筋筋拽拽的；如果没晒够，菜里水分过大，就不脆，缺少口感，且保存不长。一般来说，晒三四天太阳也就够了。然后就是搓揉，将菜揉出"汗"，才算揉好。捣碎蒜子拌入，撒上熟菜油和五香粉、辣椒粉、炒香的黑芝麻拌匀后，装入坛中按压紧，再用干荷叶封紧坛口，外敷湿黄泥，存放于阴凉干燥处。

那时，我几乎每年冬天都能收到各地亲友们的馈赠。有的是装在那种袖珍的上了釉彩的小罐里，开罐时，满室生香，令人食指大动，使劲吸一吸鼻子，即忙不迭拈数茎送入口中大快朵颐了。往后的每一个有稀饭啜饮的早晨，都显得鲜美而滋润……人情的醇厚，一似这香菜历久弥香。

在乡下，说香菜是美味，倒不如说是一种风情。对于乡村和小集镇上的人来说，每年洗菜时的那一个个艳阳晴日，不啻是一连串乡风醋透的节日。

阳光是那样好，冬天最干净的云和最透明的轻风，在抚摸着远处的山峦。你随便走到哪里，大河旁、水塘边、小溪头，满眼都是洗菜的人群，满耳都是说笑的声音。挑运菜和站在大澡盆里先踩去菜上头遍污水的，都是青壮男子汉，女人和孩子多或伏或蹲在用自家的门板搭成的水跳上，拿着壮实的菜棵在清澈的水里漂洗。水边的地上铺着干净的稻草用来晾菜，也有用竹凉床晾菜。杆白叶绿的菜经过泡洗，又吸饱了水，重新变得挺实、滋润、鲜活起来。鹅鸭们凫在水面悠闲地追逐那些漂开去的零散菜叶。年轻的女人们脱下红红绿绿的外袄，搭在身旁的树杈上、草地上，而她们穿着薄衫的身形更显俏丽可人。她们白嫩、圆润的小腿有时就浸在水里，逗引得许多小鱼成群围拢来用嘴亲呢，而她们的说笑声一阵阵荡起，比暖融融的轻风更能吹开水面涟漪……香菜之所以好吃，让人入口难忘，就因为香菜首先是被这些浓烈的乡风乡情腌制熏透了！

深藏白根的水芹菜

　　芹菜这个家族，有几类不同身形和个性的成员：身大粗苗而憨厚的是西芹，白杆黄芽而华丽优雅的是旱芹，踮着一茎小根、通体翠绿气味浓烈的叫药芹。水芹则为一种野菜，又叫河芹，个头不高，充其量才尺来长，叶伞形，茎杆细圆中空带节，根细白韧长，拿在手里看上去颤颤的，恍如羞答答春闺少女。在野外，绿盈盈的水芹天性爱凑热闹，毫无顾忌地你扯我牵挤挤挨挨地成片生长于水塘边、溪沟畔或低洼地方，都是一样的青翠欲滴，随风起浪。人工栽培的，叶柄更充实肥嫩，它们大面积挤满水面，尽情尽兴地掩盖起水下的秘密。即使是在雨雪霏霏的日子里，它们也齐齐地招展着绿叶，在水泽中向你款款致意。

　　江南水乡的人，冬春季节里爱吃水芹菜，除了口味清香外，还因为它寓意吉祥。水芹菜细圆的杆茎是空的，俗称"路路通"，为了来年事事通达，讨个好口彩，除夕三十晚上通常都要随心做上一盘。

　　因为这份秀外慧中的水灵，日常餐桌上，水芹菜备受青睐。水芹菜和腊肉一起炒，味道清香宜人，那是不必说的了。炒前，先将水芹菜切好用盐腌上十来分钟，腊肉下锅爆香，倒入水芹菜，放上白糖提鲜，亦可加辣，大火急炒几下，鸡精调水泼入，趁鲜青未退、香气袅袅时即可盛盘，清爽中不失辛辣。茶干丝炒水芹菜，可同时加入切细的红椒丝，数色相间，颜色搭配十分养眼，透露出一种勃勃生机，让人看着就要食指大动。水芹菜炒臭干子，既香又臭，可谓殊途同归。水芹菜那种清香与众不同，败火功能特强，就算什么也不拉上，只寡寡地清炒着吃，也能让你吃出很不错的心情来。将水芹菜用开水焯一下，挤干，切成小段，加盐、鸡精、辣椒油和醋，拌匀即可上桌；慢慢咀嚼之下，你会觉得，那丝丝的清凉香味，竟如同一种故人情谊在舌底氤氲。

挑选水芹菜时，掐一下杆部，嫩者易折断，韧而不易折断的，为芳年已过的老水芹。

种养水芹菜是很吃苦费力的艰辛事，有句话叫"水芹菜养不得老又养不得小"，就是说没有相当的体力和毅力，做不得此营生。水芹菜生长在水里，扎根于淤泥，收割时，正值朔风凛冽的隆冬。有一年雪后初晴的下午，我乘车路过镇江郊区，看见一处水面围了好多人，先以为是冬泳爱好者，后来才看清楚是穿着黑胶衣的菜农们下水采水芹菜。他们在水里扭来抱去的，有人把刚割下的水芹菜吃力地往岸上拖，几个包着头巾的女人则蹲在水边一把一把地清洗整理。

然而，采野水芹却很轻松舒畅。有好几回我在徽州游玩时，看完了主要民居景点，就到村外瞎转。山区的天空，一年四季都是明净的，无论在大水沟或小山坑、小溪流旁近岸没脚深的浅水里，都能见着旺生旺长着野水芹，在阳光下散透着强烈生命气息，映对着残垣断壁，有一种落魄而丰韵的美。野水芹地下的根茎肥美白嫩，很容易被扯断，须耐着性子慢慢拔，或是将淤泥扒开，先掏出根茎，才能拔出完整的植株来。每一回，或多或少我都能弄一些带回家。

野水芹除了上半部略有点嫌老外，凉拌了，有一种稍带淡淡苦味的安谧静远的清香。若是全选取那种美白驯良如新妇的嫩茎，好生调弄出来，脆嫩清口，轻轻咀嚼着，余留舌间的香气，让人不由自主地想到明媚的春光和清新宜人的大自然。

杜甫有"盘剥白鸦谷口栗，饭煮青泥坊底芹"的诗句，这里的"芹"，除了外来的西芹外，很难确定是哪一种芹。而清人张雄曦《食芹》诗文："种芹术艺近如何，闻说司宫别议科。深瘗白根为世贵，不教头地出清波。"此处"为世贵"的"白根"，只能出自两种芹，不是旱芹就是水芹了。

将小笼汤包进行到底

　　小笼汤包是地方风味小吃，也是许多市民生活的一部分。早晨的时光里，除了那些老字号店堂食客盈门，深藏于坊间巷口的小笼汤包面点坊，还有夫妻小吃店，也总是透着热闹，门口的炉子上垛码着高高的蒸笼，一派热气腾腾。店里人一边有序地忙着照管客人，稍有空隙即过去包一下汤包。看他们做活十分有趣：将一张皮子放在手心，填上馅儿，手指夹住皮子的边，在顺时针旋转的同时，另一只手将皮子呈水纹形牵褶捏合。包制的过程又有几分像是在拧螺丝。包好的小笼汤包比一只乒乓球稍大，顶部的褶痕，看上去竟然像极肚脐眼。

　　皖江人不称"小笼汤包"，而是喊作"小笼包子"。"喂，老板，上两屉小笼包子！""嗨，服务员……再来一笼蟹黄的小笼包子！"比菜碟子稍大、经百千次熏蒸而变得乌黑的蒸屉端上来了，十数个玲珑白透的小笼汤包卧于其间，一个个外皮极薄，微微泛着油光，里面的馅儿料还加入了葱末，隐隐透出一丝绿意，让人看了就食指大动。小笼汤包价廉物美，风味独特，既可以作为早间快餐迅速填饱肚子，也可以是楼堂馆所气派的大餐中间上的一道点心。芜湖人说起小笼汤包，自豪感溢于言表。

　　小笼汤包，顾名思义，就是用小蒸笼蒸出的有汤的小包子，其薄皮里除了包着鲜馅儿外更有饱满的一口鲜汤。小笼汤包吃时要趁热，稍微凉点，味道就会打折扣。长江三角洲一带，很多城市都声称自己才是小笼汤包的发源地，比如南京、扬州、无锡和杭州。以我吃过的口感，南京、杭州以咸提香，上海、无锡以甜提鲜，镇江汤包汤汁嫌少了点，扬州的富春茶社的汤包虽说吃起来也柔软可口，只是体积稍大不够精致……这里我要特别提到武汉的汤包，因其内馅儿放的皮冻多，感觉汤汁十分富裕，且汤包的口型似鲫鱼嘴，肉馅儿微露，只是难免觉得油味重了。至于名称，一般根据所选辅料命名。如"蟹黄汤包"或"虾仁汤包""三大菌汤包"等。还有像淮扬的"文楼汤包"、成都的"龙眼包子"也均为精品。

按上海人的说法，正宗的小笼包，是100多年前起源于他们那里南翔镇古猗园内。当年，南翔镇上的糕团店老板黄明贤经常挑着担子到古猗园内叫卖大肉馒头。后来竞争对手多了，精明的黄老板遂另辟蹊径，改成薄皮的大肉馒头，并想法子在肉馅儿里加进汤汁，由此制成了小笼汤包。他还规定，一斤湿粉要不多不少正好打出100个包子皮，且每个汤包的皮上要捏出14个褶。

有史可查，芜湖最早的小笼汤包，创始于1925年。当年同庆楼的蟹黄汤包极享盛名，为商家大户洽谈生意、招待亲朋的必备名点。同庆楼的汤包，皮薄而筋道，透光，夹一只，你能看得到包中汤汁在流动，轻轻一摇，可以看见皮随着里面的汤轻轻摇摆。小小一只汤包，从购买原材料到成品出屉，要经过好多道传统手工艺，据说，仅汤汁的制作一项，就要用猪皮等熬制至少4个小时。好的汤包，除了汤鲜，内馅儿更有讲究，既要肉紧又要娇嫩，品在口中须爽滑，弹牙，是韧韧的一团，而不是一堆散肉渣。尤其是蟹黄汤包，蟹肉滋味美醇，配上香醋、姜丝，真是妙不可言！

我的一个朋友，网名叫一片冰心，诗文皆不俗，常有作品见诸报端，但他的世俗身份却是北门"一家人"小笼汤包店老板。他告诉我，做皮冻一定要用猪脊背上皮熬制，猪肚子上的皮就差多了，一般每斤肉馅要掺皮冻六两左右。要使薄薄的面皮包住那么多的汤汁而不穿底，工艺十分考究，须用一定的子酵面加全酵面来做，这样既可使皮子少吸水避免穿底，吃起来又柔软可口。蒸熟的汤包不能塌，像灯笼，馅儿成球，浮在汤中。像珍视自己笔下的诗文一样，他对自家的才艺极为推崇，他说走遍江南的城市，芜湖的小笼包子味道最纯正！这一点他敢和任何人打赌。

　　小笼汤包好吃，还要会吃。如果你初次尝试，性急地一口咬下去，可能烫得吃不消，忍不住一口吐出来，弄得汤汁淋漓，损失了一口好汤不说，还溅污了衣裳。最佳的吃小笼汤包方法，简单地说，就是"一提""一移""一口""一蘸"，还有一种说法，叫作"轻轻提，慢慢移，开小窗，再喝汤"……包子上桌后，用筷子夹住包子上口，轻轻摇一摇，让包子和笼底分开，然后横着夹起，放进调羹；也可以一手夹着汤包，一手拿汤匙接着，轻轻地咬开一个小口，吹吹里面的热气，待汤馅儿不太烫嘴时，吸完汤汁，再将包子入料碟蘸上醋一口包下。吮吸汤汁时，最是美味无比，肉汁的醇香和醋香糅合在一起，渗透整个口腔，滋润着全部的味蕾，吃完后尤是唇齿留香。

　　将鸡鸭鱼肉弄成饕餮大餐是本分，将鲍鱼海参做成难以释怀的美味是技艺，而能将面粉肉糜点化成入口的极品，那才叫境界。

　　当一笼两笼三笼各式内容的香喷喷的小笼汤包摆放你面前时，你就不必再去顾忌什么"三高""四高"了……唯一要做的，就是二目放光，拿起筷子狠狠地吃，不折不扣地将小笼汤包进行到底！

羊肉的精神外遇

　　江南的羊肉，烹制时不必用桂皮花椒等大香，至多加点芫荽青蒜，入口慢嚼细咽，自有一种绵绵而至的本色鲜味，不似北方的羊肉那般草腥味重膻气浓烈，非重料不能掩饰。北方所多的是红炖羊肉，煮得也算是恰到好处，舀到硕大的碗里，淋上红红的羊油，再撒上香菜末、蒜泥、花椒、辣油，吃起来满嘴哧溜泛油。打个有点出位的比方，北方烹制的羊肉，实在有余，风情不足；而在我们江南吃羊肉，却可吃出味蕾上风花雪月，那种情怀暗许不亦快哉，就像跟你相知的女人，温馨绵绵又知情识趣。

　　青弋江边弋江镇，因是地处当年陆上驿道和徽商水运要津，酒楼与青楼并立，美食同美媛共芳，舞榭楼台，笙歌竟夜。"门前多是桃花水，未到春深不肯流"，风土人情里自然亦就多了几分旖旎。早年有民谣"青弋江水清又清，青弋江边姑娘嫂子分不清"，原是表达一种暧昧意味的，但也可从侧面得知，由于流风遗韵，加上清清弋江水的滋润，这里的年轻女子才格外肤色细嫩、俏丽妩媚。"垆边人似月，皓腕凝霜雪；未老莫还乡，还乡须断肠！"杜牧当年流连此地，正是情入深处留下一段伤感韵事，才写下了那首《南陵道中》："南陵水面漫悠悠，风紧云轻欲变秋。正是客心孤迥处，谁家红袖凭江楼？"

弋江镇上的"三老太羊肉"，是二十多年前开始出名的。那是只属于那块地面并且冬季里才有的真正美味。寒霜艳阳或是雨雪斜飘的日子里，你无论走在老街还是新街抑或是大堤上集贸市场旁，都有一股熟羊肉的扑鼻香味弥漫着。那些店家的灶头上，一口熬着羊骨头的大锅里，升腾缭绕着乳色高汤的浓香与水气，一旁的盆钵内盛满早已煮熟烩好的羊肉、羊血、羊杂碎，还有放在碗盏里的切细的青葱黄姜和芫荽。你只须看清店门外悬的是"三老太羊肉"的牌子，就尽管走进去拣张干净的桌子坐下，羊肉汤、羊杂碎、羊肉面条、羊肉粉丝、羊肉火锅，任凭挑选，店家立马就给调理好端上来让你朵颐称快。羊肉壮阳作暖，寒冬腊月天，好多人冷得跺着脚而来，喝了一碗羊肉汤后却是敞着怀而去。一碗羊杂汤味道如何，汤底非常重要，不少店家都有做汤底的绝活。看厨师动作麻利，抄起长勺把盆子里的生鲜肚丝、肺片、猪肝捞起来，在滚开的汤底里烫三遍，入碗后加上葱花、香菜、味精、白胡椒，再浇上一勺热汤底，添上羊杂，客人来端汤时店家再送上一个平泉烧饼。羊杂汤配烧饼，羊杂汤汤汁醇厚，鲜而不膻，烧饼香软松脆，富有嚼劲，两者堪称绝配。

　　"三老太羊肉"烹制有方，那种逼人的鲜香味，能一下子抵达你味觉体验的巅峰，是真正的地方美味。据说改革开放之初，三位结盟的老太太共同创出"独门秘笈"，为保护"知识产权"，三老太皆传媳妇不传女儿，很是神秘。"三老太羊肉"选料极其讲究。所宰羊，一律皆为散养于景色秀丽的青弋江大堤上的本地山羊。一方水土养一方羊，常经清风细雨梳理的大堤上的碧草，养分足，无污染，加上自由放养，羊活动场所广阔，整天奔上跳下，体内溶氧量高，肌肉饱绽而鲜红；又正是秋后刚催上膘的一龄羊，尚不及成年，未谙风流之事，故骚臊之气淡得多。这样的羊，牵来即宰杀，经秘方配料和特定火候烹调，肉块切得颇不小，瘦肉酥而不烂，极为适口，且一点不嵌牙，带皮的肥肉腴而不腻，特别滑香温润，汤浓味厚，香气内蕴……拿当地话说，是鲜到肚肠根子里去了！

这些年来，每至冬腊，弋江镇的朋友都要给我送来正宗的"三老太羊肉"，半精半肥，切块烧好，作料放齐，有时还用食品袋装上一些有白色凝脂的浓厚冻汤。吃时，只须放入火锅内回烧，根据爱好口味随意加配些青绿红白的芫荽、菠菜、红椒、青蒜，或冬笋、香菇、豆腐、粉丝，汤干了再添水，味道却醇厚鲜美不减。

但我一直怀念多年前的一场情景，时届严冬，江浅沙白，三五好友围坐镇上某家小店一角。两只咕嘟嘟响着的红泥小火炉，被有着杨柳腰肢桃花颜色的店家女儿端上来，一锅羊肉，一锅杂碎，加上一堆活色生鲜水灵别致的配烫菜，炭星飞进，红光流溢，雾气升腾……酒过数巡，话说亢奋；羊肉作暖，直趋妙境，脸热心更热，脱了几层衣。那一回我酒喝高了，把持不住自己，直讨了店家准备写春联的纸笔，龙飞凤舞地写下歪联两行：

羊肉火锅风味好
腮红酒热弋江青

写成，将笔一掷，直把几个朋友激得嗷嗷直叫！

有江湖味的老鸭汤泡锅巴

英雄不问出处，一些菜肴师出无名，却可能给你带来意外享受。从《金瓶梅》中的绚烂食色到《水浒传》里的大碗喝酒大块吃肉，莫不江湖。口腹之乐，少了江湖味，就不能算是完美。

一些美食，本来就是可遇而不可求。在皖南山区同圩区交界处的葛林分界山，是218国道边的一个小镇，十多年前兴起一种名吃"老鸭汤泡锅巴"，许多人是打这里路过时，于无意中享受了这种颇有江湖味的美食。

这当然是南方的江湖。分界山这里有山有水，林秀水清，自然环境宜人。当地出产一种俗称"瓦灰麻"鸭，细颈平背，不肥不瘦，略具骨感之风韵。一般选用的都是两斤半左右的二龄母鸭，经宰杀、褪毛、剖腹收拾干净后，放入大锅中先用大火滚上一遍，捞净浮沫，再放入葱结、生姜等调料，用树兜柴火慢慢煨透。只是盐一定要是中间放，盐放早了，鸭肉僵硬，其味塞滞难出。

煨好的老鸭，盛在大瓦钵里端上桌，汤汁澄清如水，上面漂着青碧的小葱和薄薄一层黄亮油花，喝入口中，那股鲜醇滋味，绵绵柔柔，直渗入你的味觉深处。鸭肉暗红，肉丝细腻，酥而不烂，筷子一拨即能脱骨，用不着你龇牙大嚼。锅巴，则是当地出产的一种细长晶莹的小稻米经柴灶炕出的，焦黄光亮，芳香扑鼻，干吃，入口松脆，极勾人食欲；若投入老鸭汤中，尽吸汤的鲜味，又脆又香，入口酥融，用俗语说法，是"打耳刮子也不放"！

盛夏或秋燥时，分界山的老鸭汤最是招引人。尤其到了红日西斜的傍晚，喝老鸭汤的餐桌连片成阵摆到了屋外，或是浓冠的树影下，许多车子就停在路旁。瓦钵大碗，食具极是简单朴拙。而来客——无论你是开宝马还是坐三轮车来的，抑或从大货车上跳下来的，都是抖抖风尘随便拣张桌子就坐下。风生水起，南腔北调，这比那些名为空调雅座实为闷罐的食府包间有意思多了。

鸭属凉性，这种老鸭汤健胃解暑、清热生津、利尿，很适于体内有热、上火的人食用，为食疗滋补的风味小吃。我想，若能推出以补中益气和养血养肾为方的黄芪老鸭汤、当归老鸭汤、枸杞老鸭汤，扩大内涵，做好品牌，编出一部新版《葵花宝典》，当是功莫大焉。

追寻口腹之乐，并不见得都是些害馋痨病的人。其实，冬日夜晚与三五好友开辆车来分界山，叫上一钵热气腾腾的老鸭汤，再让店家炒几个下酒的菜，送上一堆锅巴。屋子里暖融融的，先来一碗烫嘴的汤哧溜着喝下肚，一身寒气顿消，再慢慢品尝那些筷子能夹得着的美味，谁说不是一番境界？人生本是五味瓶，想吃的无缘多食一口；寻常味道或是一些苦口酸涩的无奈，倒是时时在嘴巴中驱之难去。如此说来，鲜，也就是人生一种最佳状态了。犹如我们双手捧着那老式青花碗，嘬起嘴，溜着碗沿畅快地连汤面上的油花儿一起喝下时，虽欠文雅，但却很江湖，也最接近美食的本源。

曾听人说起过一句话，叫"前半生吃肉，后半生出家"，到现在也不能精确弄清其所指。却是想起梁实秋曾说过的那句话：一饮一啄，莫非前定……

无意于佳猪头香

　　在乡下，到了腊月，家家户户都要将养了一年的肥猪从圈里拖出来杀掉，村头村尾，猪的嚎叫声此起彼伏，宁静的乡村一下子变得热闹非凡。杀了年猪，头头脚脚，舌根（又叫"口条"）、尾巴根（雅称"节节香"），还有大肠，都是要腌起来的，叫"有头有尾，来年再来"。

　　"腊七腊八，腌鱼腌鸭"，进了腊月中下旬的那段时光，肉香会飘满每一个日子、每一条村巷、每一户农家……浓浓的年味萦绕在心头，一切都变得温馨可爱。年底晴好的日子里，走在乡下，竹竿上穿的，墙上挂的，都是赶着太阳晒的鸡鸭鱼肉一类腊货，显现着江南农家于岁末年终之时的富足和丰润。有时，一个白生生的刚收拾好的猪头，就吊在屋檐下，沉醉一般眯着一对小眼，垂着两只肥大的耳朵，乍看去，犹似藏不住一脸的笑意。

　　当那个给彻底净了脸的"猪头三"，先是删去肥嘟嘟的领圈肉（也有人家保留不删），最后被拆去全部骨头时，撒上盐粒和花椒粒放入缸钵里，同砍成条块的腿肉和肋条肉混一起压实腌上半月左右，就可捞起来穿上细绳挂到阳光下，直到晒成深红油亮，才算真正入了味。记不起早先看的是周作人还是汪曾祺的文，说是上品的猪头，额头要宽、且额上的皮要皱一些，不知是否果真有道理？

　　以我的经验，猪头肉皮厚，胶质重，有咬劲，质地才老到。过去我们这里有一种江南圩猪，此猪大肚塌腰马鞍背，耳超级大，嘴尖长，额上皱纹深厚，面相沧桑，生长缓慢，但肉质特别好，想来，其头上的风味自是十分了得。

在一些人眼里，腌猪头肉是上不了大雅之堂的，很难想象政要大佬或是丽人明星会去光顾一块腌猪头肉。但腌猪头肉确实是妙处天成，其奥秘玄要就在于肥瘦一体，徐疾有道，肥中有瘦，瘦中有肥，说肥不肥，说瘦不瘦。最肥的地方，长出一块精肉疙瘩；最精的所在，忽然又嵌有一线肥膘。我以为，最妙的当是猪鼻——亦就是猪拱嘴子，那是一块天生活肉，色素沉积几近紫红，咸香咸鲜，软糯而又有咬劲，平易近人又不失惊艳。问世间，情为何钟，当然更不能遗漏了那些被切成丝丝条条的猪耳朵……白白的筋镶在软糯的肉里，吃在口中，舌面发滑，咬起来脆嘣脆嘣的，总之是相当能引发你的佳兴。要是一辈子都没尝过，那真是太辜负了自己一张嘴了！

将腌猪头肉弄上桌，几乎没有任何烹饪技术含量，就是放在锅里蒸熟——至多在下面垫点千张就行了。即此一蒸，最能体现江南的民间元素，却又大气浑成，不拘小节。在农家的餐桌上，蒸出来的腌猪头肉，几乎就是一个走在乡村大地上的行吟诗人，在深浅肥瘦的生活真谛和浮想联翩之间，且行且歌，超越理性，又把握得住激情。

早先没有大棚蔬菜之说，到了正月底二月初蒜苗上来了，用蒜苗或是嫩而微脆的油菜薹炒腌猪头肉，那种香，那种鲜，真是能浸透和挤爆你舌间的每一个味蕾，让你充分感受着生命最美好与最热烈的欲望。

总而言之，腌猪头肉之美妙，浑如诗歌之于生活。所以如我这般深入浅出地享受着生活的人，也就顺理成章深深浅浅地热爱着腌猪头肉。

持刀切肴肉，洗手做汤羹

舍妹秀衡，小名里有"梅"字，在镇江工作生活多年，入乡随俗亦能烧得几样苏菜。舍妹本来厨艺就不错，几年前我与她合伙开过饭馆，可惜好景不长，因为种种原因，两个月后我们那个承接"青梅如豆柳如眉"无限诗意的"青梅酒家"，就转租给别人改做"铜陵狗肉馆"了。

舍妹有样拿手的菜是肴肉，又叫水晶肉蹄，为镇江一款名菜。她做出的肴肉，皮白肉红，卤冻透明，一块块晶莹发亮，煞是玲珑可爱。其香酥鲜嫩，一吃再吃仍津津有味，如果再蘸点姜醋，更是别有一番风味。其实，十多年前，我就在镇江本地尝过这清醇鲜香的水晶肴。那年秋天我们报社一批中层去镇江考察业务，京江晚报的老总设宴于镇江宴春酒楼。席上有一道冷盘菜叫水晶肴肉，近乎透明胶状的猪皮，凝脂似的滑爽肥膏，胭脂红玉般的腱子肉，眼球被锁定的同时，阵阵清香已扑鼻而来……一尝之下，留下印象真是深刻。后来在街上看到有装在盒子里卖的镇江肴肉，就像我们曾在扬州、无锡和嘉兴知遇大狮子头与酱排骨以及火腿粽子那样，未及出手掏钞，已传言有人盛情给备了份放在车后备箱里了。

肴肉，说白了也就是一道猪蹄膀菜。提起猪蹄膀，各地都有，红烧蹄膀、五香蹄膀、酱蹄膀，而在乡下，用大海碗盛装的蹄膀，更是沉实实极有势头的压阵之菜，红白喜事若没有蹄髈上席就算不得大宴。周庄刚热火时我去那里，就是满街卖"万三蹄髈"了，但那时能满处跑转的人，大多已是肚子微微凸起有点身份模样了，对于硬傍上财神爷沈万三的蹄髈，终觉太过酱赤肥厚油腻，不想肆意于口腹。相比之下，选料之严格、加工之精细、口味之鲜美的这水晶肴蹄，就很是有点曲径通幽的意味了。舍妹说，在镇江买肉时，只要跟师傅说声做肴肉，他就会帮你仔细剔出骨头来，再把肉切成四大块，回家做起来就省事多了。

我看过舍妹制作流程。剔了骨的猪蹄髈刮洗干净，用竹签在瘦肉上戳一些孔，然后均匀地洒上硝水，再抹上盐、八角、桂皮、花椒，以肉皮包裹住瘦肉腌上三天。锅里水烧沸，搁进一只竹垫，再放上重新用香料处理过的蹄髈。旺火烧沸后撇去浮沫，放入葱姜、绍酒，盖上锅盖，改小火煮2小时，将蹄髈上下翻转，再煮约2小时至蹄髈九成酥烂时捞出。将蹄髈皮朝下放入平盒中，压平，舀入煮蹄髈的原汤。约一天后（天热须放进冰箱中），便成肴肉，取出切片即成。排列在青花碟中的嫣红嫩冻，颤颤地发亮，恍如惊鸿一瞥之羞答答的春闺少女。

肴肉引诱人之处，在于肉质清香而醇酥，肥而不腻，瘦不嵌齿。但凡吃过肴肉的都知道，"水晶"指的就是肉皮，肉皮有嚼头而不梗，瘦肉有劲道而不韧。夹起一片肴肉，蘸着混有细姜末的镇江香醋吃入口中，肉香、醋酸与姜汁调和、互动的结果，会叫你想起三千年前就将治大国与烹小鲜一样操持的名相伊尹对于美食的感叹："味之精微，口不能言也！"

听舍妹说过，水晶肴蹄是在古菜"烹猪"和水晶冷陶的基础上发展起来的。二者之间一脉相承，用料基本相同，都用蹄膀和花椒盐，用卤汤压冻而成。不同的是"烹猪"不用硝水，而水晶肴蹄用硝水，故后者又称"硝肉""冻蹄"。我做过中医，当然知道"硝"就是芒硝，性苦、寒、咸，只要严格控制用量，就不至有恐癌之虞。

同江南许多地方一样，以前，镇江人习惯清早进茶馆，泡壶香茗，将肴肉蘸着香醋姜丝当点心吃，所以有"不当菜"之说。镇江"三怪"，为"肴肉不当菜，香醋摆不坏，下面煮锅盖"，镇江的"锅盖"面，是一种下法特殊的小刀面，性韧、爽口，夏日颇为流行，既可单食，也可吃粥时搭食，兼作小菜。

"洗手作汤羹"，舍妹煮的一种大肉圆也极有淮扬风味。肉圆大过汤圆，以五分精一分肥的比例剁成糜肉，加盐、糖、鸡精等作料使劲搅拌，锅里水开，以汤匙刮下。再入姜葱大料，改小火煮半小时。直到肉圆里油汁逼出，汤水酽浓，肉圆既嫩又韧，香鲜滑爽。若配上香菇、金针菜或是冬笋，就有几分羽扇纶巾和才子佳人的玄妙了。

吃锅贴喝鸭血汤的享受

说到馅儿嫩鲜爽、底座焦香的锅贴，常会让我心动不已。

锅贴全名叫锅贴饺子，尽管有的地方干脆就呼其为煎饺，但锅贴绝不是煎饺。煎饺是先把饺子蒸熟，再煎成金黄出锅，底部向上装入盘中——之所以底部向上，是免使人家以为你做的为蒸饺。但遗憾的是，无论煎饺还是蒸饺，皆一律肥硕，身形过于饱满，口感自是差了一截。大差不差的还有生煎，上海人精明一世糊涂一时，包子馒头不分，所谓"生煎馒头"，实则就是把生包子煎熟煎香。馒头不通世故何来馅儿呢，但这阿拉们口中的"生煎馒头"，分明内馅儿鲜嫩，多带卤汁，上半部有黄澄澄的芝麻和碧绿的葱花，松软适口，下半部则色泽焦黄，酥脆可口……也算是沪上特色名小吃了。

锅贴情同"生煎馒头"，却没有人以"生煎饺子"相称。锅贴是将呈月芽形的纤瘦苗条的生饺子放在平底锅里煎焦香，底部金黄酥脆，外皮微黄爽滑，馅儿心细嫩化渣。我在嘉兴吃过一种"渔网锅贴"，是正宴过半后上的一道菜肴，煎出的锅贴，下面不知道用什么法子再添上一层金黄色的网纹，如同女孩子穿上了漂亮的纱裙，有着不尽的纤巧烂漫。

其实，锅贴除了焦香外，真正诱人之处还是在馅儿。锅贴之馅儿，一如饺子馅儿和包子馅儿，可荤可素，可猪牛羊肉，可虾仁海鲜豆腐，尽显地方风土人情而已。饺子当然也可以煎，只是饺子更小巧，如美人耳朵，馅儿也玲珑，内外精致，鲜美溢口，正是江南人对食之内容和外在形式皆完美的最佳追求。

先前我住二街，斜对面的楼下，即是名头很响的"二街老头子锅贴"每晚出摊的风水宝地。"老头子"虽是江南人却长了关中演员李琦那般的头颅和身架，看上去有几分凶悍，其实人倒是挺和善的，而且也很有一把年纪了。每日吃过晚饭，"老头子"即用板车拉来他的全部行当，在一公交站牌旁的门楼外当街支起铁桶炉灶，摆上平底锅，略抹一层油，将锅贴整整齐齐地摆上去，排队上前线，行列俨然，向右看齐，前胸贴后背一个挨一个，迎接它们的将是浅油热火的考验。然后，就见"老头子"抄起一个小壶洒一转似是掺了油的水。盖上锅盖，热气上冒了，就抓两团抹布在手里，包着锅沿张开两臂旋转，听到噼噼啪啪的声音，就揭开锅盖，再洒一次"油水"，有时直接是沿着锅的边缘淋色拉油。蒸汽迅速蔓延，盖上锅盖，将锅斜拉起在火上不断旋转，再次噼噼啪啪响并浓香四溢，就彻底拿掉锅盖，用一把老式铬铁那样的平头铲子铲松锅贴，下面则关了炉门。待吸干了锅里剩油，看到已经有硬壳子，锅贴就熟了。这锅贴底部给油煎得焦香，上面却是水煮的带油柔和。用锅铲一铲，五六个、十数个连在一起，热气腾腾。若是煎的时间不够，有那么一排或是几个，底子几乎看不出油煎的痕迹，皮子偏软，吃口里有点水涝涝的。所以我有时买老头子锅贴，避开人多时高峰，专瞄他剩余的买，在锅里已炕了好长时间，底座特别香脆，馅儿亦烂亦酥，香气扑鼻，回味无穷。

吃"二街老头子锅贴"，还有一种配搭的美食，那就是鸭血汤。

自从我搬离了二街，差不多有一年多未再关照"老头子"的生意了。那晚有事路过二街，见原先给"老头子"打下手的他的儿子独自照管摊子，就坐过去要了一碟子锅贴，和一碗从小半人深的大铁桶里打上来的热气腾腾鸭血汤。正好顾客不多，我们聊了起来，方才知道他家老爷子早年竟还是医科大学的肄业生，凭借学医的底子，在做锅贴的同时，又创研了有独特口感与保健养生功效的鸭血汤。

　　一般说来，卖卤鸭的摊子上顺带也卖鸭血汤，且口味都很不错。"老头子"成名主要是锅贴，这鸭血汤早也是尝过，味道鲜美，只是不知还有如此背景，难怪汤里似有一股淡淡的药香味。"老头子"调制出的这汤，不知是否亦采用猪骨和老鸭熬煮的高汤打的底，反正汤里有榨菜、葱花、芫荽和胡椒等诸多调味料，刚好去除鸭子的腥味。鸭血嫩滑，切得细碎的鸭肠，绵韧耐嚼，汤水清澈而不油腻，浓鲜爽口又提神。中江和下江的人都爱吃鸭子，不仅鸭肉，连鸭舌鸭内脏都能做出一番文章来，比如那个用鸭脚和鸭肠还有一小段贴肝做出来的鸭脚包，就是极有地域特色的腊味。而小小一碗鸭血汤，却也能把鸭子的诸多美味荟萃其中……喝一口鲜汤，抿一块鸭血，嚼几段卷曲的鸭肠，让人不由得感叹这些不起眼的东西竟能调制出如此世间美味！

　　吃着锅贴，喝着鸭血汤，若是在一个冬夜里，那真是要多享受有多享受！

见到美人不说话

"冬至饺子夏至面"，一年里最短和最长的两个白天，分别吃饺子和面条，是我们这里的乡俗。但外人不知，南方许多地方称作"饺子"的，实际上就是小馄饨。在过去，下"饺子"只有担子而没有铺子，我们这里许多风情小镇上，"饺儿担子"可算是街头最寻常的风景了。乡下唱大戏、放电影、玩灯、赶庙会，只要是有人聚集的地方，肯定就有下汤圆下"饺子"的担子。露天之下，浮在汤碗里薄如蝉翼的皮儿，还有里面鲜红的肉馅儿，撒在上面翠绿的葱花、焦黄的油渣末，以及淳朴的乡音，都是那般亲切……

最难忘深夜的街头，昏黄的路灯下，总有一位头发花白、身形瘦小、系着围裙的老人躬身打理着，那担子的一头柴火红红，上面锅里热气腾腾，另一头的极小的案板上码放着油瓶、馅儿碗、皮子以及包好待下的成品。旁有小桌小凳，有人过来，几分钟光景，一大碗热气腾腾的"饺子"就下好端上来。由于皮薄个小，不必大口咀嚼，只是嘬吸，入口即化。那时我每每走在这样晚间的街头，总会下一碗这种皮子薄到透明、撒了葱花、飘着猪油花的"饺子"，那香气，那暖暖的感觉，总能诱惑夜归的人。

相对北方那种皮肉厚实的大馄饨，皮薄馅儿少、晶莹剔透、汤料清澈的小馄饨，无疑最适合水软风轻的江南。小馄饨不似水饺和面条，不是用来撑肚子的，吃这种小馄饨，纯粹为了情调，为了享受那碗热气腾腾的鲜汤——不求吃饱，只求来点精神外遇。小馄饨要的是皮薄滑爽，肉馅儿不能多，多了就荒腔走调不是那味儿。一大碗汤波荡漾的小馄饨端上来，用汤匙稍稍搅动，但见一片片羽衣缥缈，裹一团团轻红，上下沉浮漂摇，点点葱花如柳眼初舒……嘬吸一口汤，真是香鲜透骨！

在我教过十年书的那个西河小镇上，有几家馄饨下得特别柔软滑嫩，都是不知传了多少代的老手艺。有时阴雨天不出摊，我会带上一只大号搪瓷缸，走进那些建于清末民初的有天井采光、临街二楼之上有女儿靠倚栏的老旧大屋，穿堂入户去他们家中等候。去早了，看他们剁馅儿打皮子，拣一些闲话来问，也就知道其中诸多讲究。比如，馅儿要用当天宰杀的猪前腿夹缝肉，八分瘦两分肥连筋带绊的（若是纯精的后腿肉反而不好），双手各持一把刀上下翻飞，剁成肉末。再用一根圆筒状的棰棒敲打，肉打得越久越熟，越打越膨胀。打到最后，喷起的肉蓉会起丝，会非常“沾”包馄饨的竹挑。制作馄饨面皮，要入碱，分量掌握不好跑了碱，在猛火沸汤里一煮一冲，馄饨就会破皮。擀面时还要加入鸡蛋。擀出的最佳效果，须是“薄如纸，软如绸，拉有弹性，吃有韧劲”。擀好的皮子垛起来，拿刀斜切出来，二寸见方若茶干子大小。一般 12 张皮放秤上称一下正好一两，再裹进一两馅儿心，便是一客小馄饨。包馄饨手法极快。看他们左手皮子，右手小竹挑搭一点点肉糜，贴着馄饨皮上，包进馅儿心后，几根手指一窝，轻轻一捏即拢合，扔到一旁。小馄饨们个个姿色秀丽，色泽丰盈……它们之间都是洒了点儿面粉，基本上互不搭界的。馄饨下锅后，水滚，馄饨浮上，裙裾飘飘，如同烈焰之上的舞者。几次舞过，能看到粉红馅儿心的一面朝上，必熟无疑。

小馄饨汤水甚为重要，通常是先在碗里放好盐、味精、酱油、猪油，用开水冲兑，以免汤水混浊，影响口感。再用笊篱捞入小馄饨。十来个穿了柔软蝉衣的小馄饨在碗里轻轻地打着转，几星嫩绿的小葱撒在上面很是养眼好看。舀上一个吹一吹，轻轻地咬上一口，满口的汁水，鲜美无比，忽然间就有了让你很享受的感觉，很心动，很温馨。

一些传统的小镇和传统的手艺已日渐远去，眼下的肉馅儿都是绞肉机绞出的，个头愈来愈硕大，再也吃不上过去那种精致玲珑有情有调有烟火味的小馄饨了。这些年，但凡有外地客人来，早餐我总是领到凤凰美食街上百年老字号耿福兴，上几屉小笼汤包，搭上酥烧饼，再给一人来一碗小馄饨，软的酥的汤汤水水，都齐了。耿福兴的小馄饨，胡椒粉或鲜红的辣油任由自己放，通常是配以骨头汤，别有一分鲜美。

若是哪一天，我能溯回曾经消弥了我青春岁月的小镇，端起一碗往日的小馄饨，心头涌动杜牧在此写下的"谁家红袖凭江楼"的诗句……还有什么话能说得上来吗？

人生微醺偶耽的意境

　　喜欢酒酿的滋味，喜欢老家那里把酒酿喊成"甜酒"或是"甜酒酿子"的醇厚清正乡音。

　　总觉得酒酿在气质上更属于江南。虽说我在北方也吃过酒酿，但离了马头墙，离了雕花窗，离了吴山越水，那酒精度里酿不出别样的情怀来。意识里，江南湿润的空气中总是浮荡着微微酸甜的气息，一点点酒意飘过老街旧巷，那是市井人生微醺偶耽的意境，犹如漫上老井和旧墙下的苔痕，天长日久的浸淫，便成了故土的风物和气息。

　　而在我们的意识深处，总是有一个身影要固执地溯回幽远的往日——

　　冬日夜晚，街头巷口的路灯杆子下，所多的便是酒酿担子。如果是在唱大戏玩龙灯的乡村，酒酿担子上总会亮着一盏马灯，随担子晃悠。酒酿担子的主人多为一位身腰佝偻、戴着旧绒线帽的老者。那担子一头是炉子和锅，一头则装着酒酿钵子和碗、盆等。夜风吹过，马灯和炉火都是忽闪忽闪，枯叶起舞，在担子脚边打转转。"下——酒酿子哇——"老者嗓音阻塞、喑哑，却自有着一份与冬夜、与人生的风烛残年相应和的穿透沧桑世事的力道……这样的酒酿担子，曾在丰子恺的那些粗黑线条的漫画里铺陈出满纸浓浓的人生况味。

　　除了酒酿担子，还有一种小贩，他们挑着装满甜酒酿的瓦罐，走街串巷，四处叫买。在菜市场也能买到酒酿，有时还能搭配买到"水子"——一种比黄豆稍大的用糯米粉搓出的小圆子，先下在开水里，翻两滚后挖一勺酒酿放入即可。晶莹润泽的糯米酒酿，珠圆玉润的粒粒水子，点缀着星星点点的黄色桂花，随着热气飘散着动人的醇香。所以芜湖街头的酒酿担子招徕人，喊出的是："卖——酒酿水子哎——！"

　　早年，很多人家都是自己酿制酒酿的。做酒酿算不上什么技术活，一般老叟少妇都会。逢年过节，或是家里有产妇，都要做上一点酒酿，几乎成了一种习俗。向别人讨来做引子的好曲，问清楚了曲与糯米配比，然后把糯米洗净蒸熟，半温半凉时拌入捣成粉末的曲，装在罐钵里，四周抹平实，只在中间留一个锥状的洞，稍许泼上一点温开水就行。冬天时，罐钵外面须包上棉被保温。在几天的等待中，随着渐渐发酵，有一股诱人的甜香不可遮挡地散发出来；中间那个孔洞会渗满清亮的汁水，映得钵体粗陶的釉色泛出湿漉漉的幽光……这就是甜酒液，尝一口，好醇润啊。酒液越渗越多，最后那一大团缠结成饼状的酒酿就浮在酒液中了。自家酿制的酒酿味美汁醇，令人陶醉。许多不善饮酒者将此甜酒液灌入瓶子里，当作酒水，即使不在年节的日子里亦可自饮自乐，走进面赤耳红的微醺里，寻一份衣袂飘飘的快感。

　　将年糕切成薄片，在开水锅里烧软，再深挖一大勺酒酿连汁带水放入，就是甜酒下年糕。还有甜酒下汤圆子，甜酒打蛋——亦即甜酒水潽蛋。将赤小豆加水煮烂，入甜酒酿，烧沸，打入鸡蛋，待蛋凝固后加红糖调味。酒酿煮沸，淋入蛋液，加糖，略略勾芡，即成蛋花甜酒……现在想起来，这都是令人思念的早餐或是夜宵。此外，酒酿还可用来糟鱼、糟猪大肠、糟鸡糟鸭，糟出深红酣畅的色泽，香醇清朗自不必细说了。若是蒸在饭锅里，未掀锅盖，酒香肉香早缭绕其上，未至上桌，已酿醇一室。

近年来，夏天的街头出现冰镇酒酿，通常与冰赤豆糊或是冰枣子汤一起调出来，有时，里面还有数块橘红的削了皮的南瓜，甜中带出微酸的酒香滋味，再撒上星星点点的糖桂花，味道轻盈香远。还有，将老南瓜去皮，切成方形小块，或削成橘红的小圆球，入笼屉蒸熟，取出冷却，放入酒酿，冰镇后撒上糖桂花，自然又是一番风味。炎天暑热，若刚刚吃了厚腻之物，喝一碗冰镇酒酿，或是吃上几块糯软酸甜的酒酿南瓜，心底被一层层的清甜皴染，那股若有若无的醪香，于人生的偶耽里，便迁出铺陈的余韵了。

茶意的江南

　　早年，江南集镇上最常见的，是茶馆，是泡茶馆的茶客。茶馆里可以品茗吃早点，可以议事、叙谊、谈生意，或者什么也不做，泡茶馆只是每天的习惯。茶馆里的场景，最能折射出茶的内涵。堂倌肩搭毛巾手提长嘴铜壶，迂回应酬，循环往复轮番给茶客续水，眼观六路耳听八方，嘴快腿快手快，方能照应周全。只要有人招呼，堂倌应声而至，立身一定距离外，右手揭开茶壶盖，左手拎高铜壶，长长的壶嘴先在空中划一个圈，然后冲下一点、二点、三点，热腾腾沸水注满茶壶，桌上滴水不落，行话叫"凤凰三点头"，堪称一绝。那些气定神闲的老茶客，茶斟上来，端杯闻一闻，轻轻呷上一口，却并不急于咽下，而是闭上双眼，含在口中，尽心去融入彼此……

　　江南的味道是醇浓的，江南的茶是醇香的。江南人爱茶，茶在他们眼中是神圣的，会品茶的人都是有涵养的人。所谓一壶清茶可洗十年尘埃，茶的顺其自然的灵性、谦谦君子的风范，更令文人雅士垂爱。水软风轻的江南，它的每一杯苦且清香的茶水，都会将一种灵气与韵味融入你的生命。

　　江南的茶意里，又总是蕴着古镇的气息。犹记得那年的梅雨初夏，我流连在太湖边的古镇南浔和震泽，因为雨，走进了一家茶馆，依花窗而坐，要了一壶碧螺春，伴着氤氲的茶香，凝望河对岸薄烟空灵的亭台楼榭，细细啜饮。雨打檐瓦，传入耳中尽是平平仄仄。忽然有两个旗袍女子抱着琵琶走到厅堂里一张桌前坐下，曼妙的评弹声悠然而起，伴着咿咿呀呀的唱，吴侬软语虽听不太懂，但音调婉转悦耳。那一刻，分明地感觉到，正是茶，赋予了江南特有的内涵与灵性，一如扮靓了女人婀娜身姿的丝绸旗袍。半个下午，我就坐在那窗下，看傍水人家，看矮檐窗，绿荫掩映，石阶宛在水中央。叠影交错里，倏然间悠悠摇出一艘小船来，白衫黑裤的船娘，腰肢款摆，盈盈地船尾把橹轻剪涟漪，咿呀声弥散在清香久远的弦音唱韵里。

接连续了两壶水，绿色的碧螺春被倾情浸泡，看不见轮回却兀自在轮回。茶水清碧微黄，苦涩中带着馥郁的兰气，绕齿三匝的回味里，犹如一缕清风吹过林间，自有一丝淡淡的朦胧，和一抹幽幽的宁静。江南的茶，真的就如婉约的江南女子，低眉敛笑，容颜恬淡，肤如凝脂，手如柔荑，曼妙柔情，总给人千回百转欲说还休的滋味。梅雨江南，一壶喝不尽的碧螺春，一帘永远走不出的幽梦……

江南的名茶，除了产自鸟语花香的太湖之东山岛的碧螺春，还有西湖的龙井和黄山的毛峰。如果说，以"色绿、香郁、味醇、形美"四绝名于世的龙井透着一份从容和闲适，宛若大家闺秀，而外形卷曲如螺、香馥若兰、回味隽永的碧螺春就是怀春少女，那么，长年得云雾滋润而风韵绰然、香气清高持久的黄山毛峰，便如出水芙蓉了。

作为皖人，我当然更偏爱美丽而骄傲的黄山茶。黄山毛峰入杯冲泡，雾气结顶，汤色清碧，嫩芽成朵，叶底黄绿有活力。汲来好水煮顶级毛峰，释放到杯杯盏盏里，细细品啜，甘甜醇和，回味香绵，尤能温暖舒畅一颗如江南一样恬淡的心。在我的味觉里，黄山茶就是一片绿萝藤蔓，沿着记忆的方向漫延，有一种朦胧如水墨画的江南气质。山长水远，不论置身何处，只要能喝到一杯黄山茶，你就被引领着穿越千年风尘，回到"春风又绿江南岸"的故乡。

20 世纪 80 年代初，我的一个朋友在上海《新民晚报》上发表文章，叙述古镇西河的"斗茶"逸事。云是西河人晨起洗漱后，第一件事便是泡一小壶宜兴酽茶，纳于袖间，出门走动，遇者若为同好，即出袖中物相与啜饮，比试香茗高下。说实话，我在那个小镇教过十年书，只有耳闻却不曾亲睹，或许是时过境迁了吧。但我二十多年前却在皖南泾县一个叫苏红的深山里见识过一种颇有意趣的土罐茶。罐只有拳头般大，堪可盈手一握，陶土制的，外表深灰，内里积了陈年茶垢显得漆黑。烤茶时，但见女主人将三个洗净的小罐置于火塘上，待水分烤干，始逐一放入茶叶慢慢地烤。其间，不时地将小罐端起来抖上翻下，反复多次，直至茶叶被烤得色泽幽亮，香气四溢，方轮流往小罐里注入沸水，泡沫激起刚好齐罐口，复将小罐壅入火塘边滚烫的炭灰中。片刻，罐里水沸，就可以一一倒出来喝了……此茶稍带烟火味，入口苦涩，待舌头轻轻一搅，却有满口的清甜奇香。那次我们是进山搞野猪肉的，夜宿猎户家，不想却意外见识品尝了这种肯定是古董级的茶艺。

城市里当然更有不错的茶。这是一家"国粹"茶艺馆，静静地坐落在凤凰美食街的一隅，闹中求静，现代中溯回古典。从外面看，雕窗画屏，飞檐重楼，很古风的徽式建筑格式。及至登堂入室，迎门的茶台上，清一色高档茶盒，黄山毛峰、西湖龙井、君山银针、铁观音、碧螺春、太平猴魁，等等。即使是室内，也置放着几十盆一人多高的观赏植物，绿叶生姿，青藤缠络，真个让人能闻到高山佳茗的芳馨！刘禹锡诗"木兰坠露香微似，瑶草临波色不如"正合这种情境。上得楼梯，所见皆为雅室格局。高人字画悬壁，桌榻几案之旁，多陈列古色陶瓷大花瓶，连光线也是柔和雅致的……不待听琴啜茗，就有一种穿越时空的年代感及郁郁苍苍的文化感将你袭裹围拢了。

先前读董桥的《下午茶》，以为喝茶最宜下午时光，及至进了这种茶室，心头一片宁静，时空的概念是淡漠得很远了。这里的一桌一几一杯一盏、一花一草无不充盈着民族文化的底蕴，你会觉得，在这种境地里独坐静思，或以茶会友，或谈情说爱，或晤谈商机真是再好不过的事了。

向晚，一人贾得香茗一壶，慢啜细漱，消得一夕闲暇，得诗二首，掏笔记下，交与侍应生，曰：传至老板，此二诗可否抵得一壶茶资？诗曰：

> 绝佳情境绝佳茶，
> 翠碧新汤泛碗花；
> 多雅座中陶醉里，
> 诗情画意总堪夸。

> 甘醇高雅一壶茶，
> 荡漾馨宁国粹家；
> 且看相宜汤色好，
> 绮窗影里醉晚霞。

锅里锅外一色红的藕稀饭

秋尽江南，圩区水乡塘港沟汊里那些原先密密匝匝的翠碧荷叶，全都凋零枯缩了，但留得残荷养肥茎，在水底它们根下的泥土中，躺满了壮硕中孔的老藕，恰似优美的诗歌睡在诗集里。藕，既可为蔬，又可代粮作果，生熟皆宜，荤素均可，可甜可咸，吃法多多。清代王士雄在《随息居饮食谱》中云："藕以肥白者良。生熟鲜嫩，煮食者宜壮老。用砂锅桑柴缓火煨极烂，入炼白蜜，收干食之，最补心脾。"

20 世纪 60 年代早中期，我家乡县城的大街小巷，常能看到挑着炉火担子走街串巷卖藕稀饭的小贩。他们边走边敲打着竹梆，沿街叫卖，随走随停，所挑的火炉上置有一口有中号鼓那般大的铜锅，锅里焖煨着酱红的藕稀饭。梆，梆，梆……"卖——热藕粥啦——"秋风落叶之下，音调中似有凄然的意味。有时是一担深夜的挑子，挑子头挂一盏那个年代的风灯，玻璃方罩，煤油浸的绵纱捻子；还有一只红油浸的小桶，内盛清水，浸泡着一垛蓝花小瓷碗……炉子上冒出的白腾腾热气，香气扑鼻，伴着红红的炉火，锅里锅外一色红，能给瑟瑟夜行的人带来热乎乎暖意。

二十年前，我调来报社，因是单身在外，早上常是随处解决肚皮问题，渐渐熟悉了一些街头特色小吃。那时北门有个专卖铜锅藕稀饭的姓朱的老头，人呼朱爹爹。每天一大早，朱爹爹就支起一口硕大的紫铜锅，以劈柴烧着大灶，熬起稀饭来。糯米加上刮去皮的老藕，一次放足水，中间不再添续，大火烧开后改小火慢煨。一直熬到黏稠，将锅搬到架子车上一个固定的灶上，灶膛里也烧着柴火，靠车把这头叠放着几张矮条凳。朱爹爹就推着这车到北门口去卖。路上，他有时会停下来，不紧不慢敲起梆子招引客人。那口铜锅里的藕又粉又甜，粥则糯中有甘味。递上五毛钱，你可以要上一碗有藕片的粥，也可指着整段的藕让给捞起，放在盘子上切下几片来。冬天的下午和晚上，常有些从澡堂里洗澡出来的人，顶着润湿的头发，走到朱爹爹的摊子前，要上一碗藕稀饭，吸溜吸溜吃得有滋有味。

后来，在朱爹爹卖铜锅藕稀饭的旁边，又新加入了一个用龙头大铜壶冲莲子粥的。大铜壶看上去也是古董级别的，由紫铜打造，身架不比煮藕稀饭的铜锅小多少，壶心里的炭火可以将水烧到摄氏150多度，能把莲子粉冲成糊状，吸溜起来又香又甜又滑爽。铜壶上部和下部各有一圈铜饰花纹，壶身的上方翻滚着一条铜龙，龙头一直缠绕至壶嘴处，壶把也是由一条龙构成，龙须、龙爪、龙鳞都生动可辨。龙嘴上伸出的两根龙须，尖端有两个红绒球，随着那位大个子师傅倾壶冲水的动作而颤动不已。这硕大的铜壶，也是置于架子车上，大个子师傅一手端碗，一手掀壶，壶嘴向下一倾，一股沸水划一道银色弧线落入碗中，碗中有时是莲子粉，有时是细罗筛过的焦面粉，配上红糖、白糖、芝麻、核桃仁、糖桂花和青丝玫瑰，热腾腾一碗，甜润香醇，口味浓郁。在一些季节里，这龙头大铜壶也冲泡藕粉和一种杏仁粉，水满粉熟，藕粉清明，杏仁粉色泽隆黄，质地细腻，看着就让人心动。

　　大约是十年前的 20 世纪末，在步行街靠镜湖边原华联楼下，常有一位身材矮小、慈眉善目系着白围裙的老人，推着一辆车停在固定的地方卖铜锅藕稀饭。这老人的藕稀饭特别黏稠，挂在勺口能拉好长，并且放的不是赤砂糖而是绵白糖，有时还撒上少许糖桂花和葡萄干。那口大肚子香炉一般的紫铜锅，据说还是上代人传下来的，有六七十年的历史了。热腾腾的一股香气从挪开缝隙的锅盖下冒出来，很是引诱人。粥刚端上手，很烫，闻着香，下不得口，须用勺多搅和几下方能往嘴里送。有三两小孩子蹦跳着来买食，老人会一边打粥一边慈祥地小声提醒："哦，吃慢点。慢点呀……别烫着。"

　　在外地人看来，这也就是红糖稀饭加上切成小片的藕，只是，正宗的糖稀饭和藕，一定要是酱红色的。煮藕稀饭必须要用铜锅，切藕要用铜刀和铜叉，要不，藕会变色，就不好看了。藕稀饭味甜喷香，清心爽口。虽是街头小吃，但选材挺有讲究。上等糯米，配以粗茎肥壮的铁锈色老藕，这样，熬煨出来的藕稀饭才会情到深处，浓稠香甜。

　　老一辈人说话做事爱讨个口彩，对糖藕稀饭也赋予了许多美好的希望：常喝铜锅藕稀饭，日子过得红红火火，甜甜蜜蜜；小孩吃藕，早开窍；大人吃藕，路路通畅；夫妻吃藕，偶来偶去，成双成对……

　　新一代网民爱以"偶"自称，不知此"偶"能否煨出红红的"稀饭"来？

茂林檀郎春风客

"小小泾县城，大大茂林村。"在过去的年代里，泾县茂林称得上是江南名镇。青山环绕，溪水相抱，以府第园林为主的建筑物鳞次栉比，气度恢宏，民间有"七墩、八坦、九井、十三巷、三十六轩、七十二园、一百零八座大夫第"之谓。这里是发生过皖南事变的地方，也是并称"茂林三吴"的文学家吴组缃、画家吴作人和书法家吴玉如等人的故乡。

由于茂林历史上官宦人家较多，生活极为讲究，在传统的乡间宴席中，自然形成了"八大碗""十二碗"和"八盘八碟山海席"等一整套菜肴体系。至今，泾县城里以土菜为名招揽客人的，多以茂林土菜自居。芜湖美食街有一家"桃花潭"，正是凭着几样茂林菜打出招牌来的。

数年前一个早春，电力系统一位喜爱摄影和文学的朋友老徐，开着车陪我们去泾县观光采风。我们先在丁桥看了红星宣纸厂的一整套工艺流程，饱览了青弋江两岸秀丽风景，一路上溯到太平湖大桥附近，又采访拍照了一番，十二时左右赶到了茂林。茂林是老徐的老家，故中午那餐招待很是实惠受用。

满满的一桌子菜，鸡鸭鱼肉和山菇蕨菜，都是当地农家特产。老徐说这大都是"十二碗"的内容，遂以筷子点着桌上的几道菜——

告诉我们：这是"煮肉"，即红烧猪肉，里面加有鲜笋、香菇；这是"炖肉"，选用里脊肉炖至半熟，再加香菇或木耳、冬笋、金针菜等炖熟而成；再如"烧膀""渣粉肉"和整条的红烧鲢鱼；此外，就是"拌菜"，是一些香椿、马兰头入沸水烫后切碎，加盐糖醋，拌上干丝、千张皮、荸荠片，以及一粒粒肥胖的焖黄豆。那次还见识到了"三鲜汤"，是用山药、荸荠、板栗做成的汤菜，鲜嫩甜糯之外又有胡椒粉的香辛。"漂圆"即汤肉丸子或汤鱼丸子。还有就是"子糕"，盖因皖南乡音读"蛋"为"子"，"子糕"即蛋糕，是将鸡蛋兑少量水搅匀蒸成糕状，切菱形烩成汤。在诸菜环围之中有一大海碗，盛的是浮着一层什么坚果仁碎末的糊羹，被告知就是颇负名声的"茂林糊"，舀了一匙品尝，知是砸碎的花生米和核桃仁，还有肉糜笋丝，口舌受纳，颇有可意处。

真切品尝茂林糊，是在今年春深时。桑椹和野草莓熟透的时节，山区的天幕蓝得似要渗出油来，蜜蜂嗡吟，空气里沁满了花香。一路上绿色如染，将山峦和田畴染成大片大片的欲望，陈放在春天最温柔的阳光里。曾下放在泾县桃花潭边的汪君一边开车一边同我们说，眼下春笋味正美，春笋时令性极强，略为疏忽便错失良机，让你追悔莫及。汪君绝对算得上是有段位的食客，那天中午他领着我们在桃花潭用的餐，基本是以太平湖的鱼为主打菜。有一道腐皮鱼卷，无论味和形皆不俗，鱼肉剁成糜，加韭菜，以腐皮包成长卷，清蒸之下，碧绿爽口，清纯动人，让人心生迷恋。至于油焖春笋，则遗憾有点偏题了，本来笋以清胜，若是不问青红皂白一以烩之浓酱色，犹如让容颜秀丽女子裹以恶俗外衣，窃以为不可取。

太阳西斜时分，我们车出桃花潭，行四五公里，西拐去茂林。

其时，汪君早已电话联系好一店家，待我们入座甫定，菜便陆续摆上，也是号称的"十二碗"。汪君说"十二碗"只是个幌子，这里所有店家都是如此招揽。我们连说只要是风味土菜就好。一巡酒过，众皆举箸，果然是醇厚的乡土风气农家味道。其中那一大海碗"糊涂汤"，看上去与前次无多少差异，依旧是青白色的糊羹浮沉着深黄的果仁碎末，我一匙入口，糊羹让舌头一裹即化，余下脆香的果仁碎末和绵软肉丝，数嚼之下，竟然如惠风徐来万物新绿一般，令人神清气爽的鲜美盈满齿颊……见我眼里充满诧异，汪君含笑给我交了底，镇上这家茂林糊做得最出名，是以大骨头煮熬后，加入肉杂碎和山珍干果做出来的。这种糊在茂林人的口中又喊作"雾粉"，因色似云雾而得名，用鸡汁、淀粉加鸡蛋、花生仁或核桃仁、瓜子仁调制而成，既有诸仁之偕美，又有肉类之丰腴，再加葱、姜和芫荽提香，味极佳，及食，必频举匙。呵，怪不得咸甜脆腴，愈咂愈奇其口感滋味之变化隽永。

既而，汪君踅入后面的厨间，叫出了一位四五十岁的长脸汉子，说是大厨，并指着我说：你们俩是宗家。双方赶紧招呼，殊不知细问之下，那大厨姓的是檀，倒是很不错的姓，只是他鼻音浓得化不开，将檀发成"唐"音，而敝人姓氏是谈，音同字不同。一干人皆起哄"干一杯"，于是引颈就杯。听檀厨子说，祖上是江北望江过来的，父亲是专给人帮红白喜事的乡厨，到他算是子承父业，烧的都是老式菜。提到茂林糊粉汤，檀厨子话就多了。

他说，糊粉是茂林"十二碗"中的主打菜之一，也是所有茂林餐馆招牌菜。"十二"之数，表示月月安好，年年富足，且不同属相的宾客都能分享喜庆。但在早先，糊粉多为过年时的应景菜。这里面有个讲究，因山区潮润，冬天要进补一些山珍，又食又补的糊粉正好对了路，慢慢就成了坐上"十二碗"中头把交椅的名菜。说到具体操作，先文火将肉、大骨头炖烂，剔骨，放入香菇、冬笋再炖，将核桃、板栗或花生等研末投入，打入鸡蛋，最后冲入葛粉或蕨根粉搅拌。

"一锅糊涂汤，养育清清白白的茂林人。"——这应该是一句耐人寻味的本地流行语，由檀厨子作为终结语说出，倒是让我们听出了诸多言外之意。

"糊涂汤"之外，那个野猪肉同冬笋炖锅，也极有地域特色。野猪肉甘香，肉紧，皮较厚硬有咬劲，重色、重油烩后再同冬笋同炖，鲜美之极，普通猪肉难望项背。多年前，我去周庄，见满街都是卖万三蹄膀的，油赤肥红的直晃眼。其实，茂林的蹄膀烩制也是到了极致。汪君介绍，茂林蹄膀菜名叫"烧膀"，有六七道工艺：水滚、抹红曲、上蜜、油炸、入锅放膏汤、急火烧开，加入十多种调料，改成文火慢炖，蹄膀上覆盖一张豆腐皮，主要用以保护膀皮完整美观，也有助于入味。还得不时把膏汤回浇，俗称"披汤"，二三个时辰后，豆腐皮成金黄色，蹄膀皮成酱红色，色香味俱全的烧膀就能起锅上席了。"烧膀"的表皮与肥膘部分筷至即起，入口即化，肥而不腻；腱肉部分烂熟但有形，咸中带甜。

茂林菜无疑是徽菜一个支流，擅长用山珍作原料，具有重油浓酱之特色；但是，由于注重鲜嫩，多甘腴，汤菜喜用胡椒粉，因而与流行于古徽州一带的正宗徽菜又有些区别。一个地区的饮食文化，其气氛、气味和味道，蕴有这一特定地区的人文、风俗、文化、历史等背景，内中种种，千言万语难以述尽。汪君却能简明析之：烹

饪之术，就是要想办法让好东西出味，让平常东西入味。此言有人
生大境界，这大概也道出了茂林饮食文化的精要所在吧。

　　傍晚时分，穿行在被时空磨光的老旧石径上，触目皆是断墙残
园和幽井曲径，尽管我是为访食而来，但茂林的春风吹在脸上，让
人愈发增添世事兴亡的无边感慨。耳中是檐雀噪晴吵闹声，鼻孔里
吸入人家的烟火味，一边看昏黄里深巷墙头斑斓的花砖和飞檐上的
雕刻，或是墙角无人处一丛两丛的闲花，一边从两旁陈旧的店堂里
想象着那些曾经有过的繁华。放开自己的心绪，悠悠地走着，想着，
那些平生足迹所至且让味觉细细探访过的诸多江南古镇的故事与情
调，一一在眼前演绎……

味蕾上的芜湖

　　芜湖是滨江城市，襟南带北，自古以风味美食闻名，"鱼米之乡"的丰饶与温润最能显见于口腹之道。"风消橹碇网初下，雨罢鱼薪市未收。"历史上，城内东门就有水汽氤氲的鱼市街、河豚巷、螺蛳巷，城南长虹门外有干鱼巷。极负盛名的"芜湖三鲜"，即盛产于芜湖段江面的刀鱼、鲥鱼、螃蟹。民间流传："清明挂刀，端午品鲥鱼，金菊飘香螃蟹矶。"虽当今由于生态环境变化，"三鲜"中前两鲜已濒临绝迹，但芜湖的鱼鳖虾蟹等水产品仍是极其充沛，不说那些名目繁多的煎、煨、炸、炖、糖醋、熘丝、清蒸鱼之烹调口味，单是传统美食蟹黄包子、虾子面一提到名字就让人食欲大动，几不自持。

　　芜湖本地餐饮体现的是沿江菜系的特色，以烹调河鲜、家禽见长，讲究刀工，注重形、色，善用糖调味。最负盛名的老字号有耿福兴、同庆楼、四季春、马义兴等。特别是一些徽菜馆，原料多由菇类、豆制品、野菜、鱼、家禽组成，新鲜活嫩，重色、油、火工，擅长烧、炖，讲究食补养身。还有烹饪风格形成于市井小巷的土菜，如荠菜丸子、千张蒸咸肉，是融乡情、乡风和乡音为一体的典范。

　　外地的朋友都知道，到了芜湖不能不吃鸭子。芜湖的鸭子肥美鲜香，风味吃法亦殊多。白油板鸭、"马义兴"板鸭、琵琶鸭、蝴蝶鸭无不极具特色。如"桂花盐水鸭"，以每年桂花开放时制作最佳，将煮熟的鸭浸入卤汁中，保持皮色玉白油润，肉层丰满清晰，质地细嫩紧密，食时改成条块装盘，浇上卤汁，淋上麻油，入口肥而不腻，具有香、酥、嫩的特点。"挂炉烤鸭"又叫"吊炉烤鸭"，是选用本地出产的 1.5 公斤左右的肥嫩麻鸭，经掏膛、烫皮、上糖、挂炉等多道工序制成。烤制成的熟鸭表皮红润油亮，肉间脂肪渗透到肌肉纤维中，吃起来脆嫩爽口，香气袭人。还有"马义兴"的风味腌腊制品"鸭脚包"亦颇值一提。鸭脚包，是以鸭脚为主料，将其蹼骨砸碎，用肥膘肉作心，夹上鸭肝，用鸭肠捆扎鸭掌包缠而成。

小吃不是正餐，光顾小吃，讲究的是一份闲适和从容。在水软风轻的江城，这里的小吃已经形成了独特的风格和神韵。早在 20 世纪初期，芜湖"同庆楼""四季春""一品轩"等大餐馆供应的蟹黄汤包就享极盛名，成为商家大户洽谈生意、招待亲朋的必备名点。蟹黄汤包具有面细洁白，皮薄馅儿大，汤多肉嫩，油黄味鲜的风味特色。蒸熟的包子呈半透明状，用筷子夹起晃动时，里面的汤汁隐约可见。吃时先咬开一个小口子，再慢慢吸出汤汁，蟹肉滋味美醇，配上香醋、姜丝食用，真是美不可言！而有着近 90 年历史的"耿福兴虾子面"，更是芜湖著名小吃佳品。虾子面采取宽汤窄面之法，将面条煮沸后略加冷水煮养片刻，捞起兑入有虾子、猪油、葱花、酱油等佐料的膏汤，入口鲜美无比。耿福兴招牌下，还有名头很响的酥烧饼。过去，途经芜湖港旅客趁短暂的船停靠码头，也要上岸购买带回家。酥烧饼分制作皮面、酥面、心馅儿多种程序，以三分之二皮面包裹三分之一酥面，熏烤到位，入口即酥。

说到芜湖小吃，那真是百般滋味、万种风情，色、香、味样样考究，无论哪个季节你来这里都会有一份惊喜。早春二月，在油锅里炸得焦黄的春卷，芹菜肉丝馅儿、豆沙馅儿以及鸭血豆腐馅儿，叫你不知选哪个好；夏季里有莹白的刨凉粉，卖凉粉的用一个铜制的小粉刨子，在白如积雪、滑如炼脂的凉粉坨子上面轻刮几周，漏勺里便涌出些面条细的白粉条，装碗入盘，浇上酱油、米醋、麻油、水辣椒、大蒜汁、虾米汤等，看一眼心底就起了丝丝清凉；秋天有铜锅煮出的深紫色藕稀饭，还有解馋又润燥的老鸭汤，装在白瓷碗里是一只丰腴的鸭腿，下面垫着粉丝和数茎水灵的绿菜；冬天里花样更多了，鸡蛋饼、牛肉面、薄皮小馄饨、锅贴配鸭血汤，还有爽滑醇甜的赤豆糊……最有情致的，当然还是坐在寒夜的街巷哪个避风处，对着一碗酒酿元宵，起劲地吸溜着，一股酡颜的温热，分别在心底和脸颊上萦开。

乡 · 气

当厨人物苏大厨子

说起来，苏大厨子还是我家一个远房亲戚。此人适中身材，走路时爱背着个手，只是有点踮脚，左腿不怎么得力，起落间总是踩着不平，一踮一颠的，但这并不影响他在政、厨两界的好名声。

苏大厨子十九岁出道，是在名气非凡的屯溪街上百年老店紫云馆拜师学的艺，从"炒鳝糊""炒双冬""菊花锅""芝麻酱排"学起，再到"鸡汁茶笋扣花菇""明汁担山珍""龙舟载湖鲜""凤凰一品白""鱼腹扒豆腐""荷香石鸡""玉酥烧白果""徽味八宝卷""雪中藏宝"……几年工夫便掌握了徽菜的熘、炒、烤、炖、蒸、烧、雕刻等多种烹饪技法。最后，师傅把自己的看家菜"坛子肉"也传授给了他。说起来，那就是一只接替了"一品锅"的大口土坛子，坛底垫一层冬笋片，放入猪蹄膀和事先入过味的去壳鸡蛋；最上面则是硕壮厚实的一层肉片，下筷子翻身，化油不见影；肉片周围，一轮肉圆子黄澄澄排列，挨挤挤泛香，外冷里烫，人人出汗；往下吃，油炸的豆腐果，风干的野味，山上的风光、四里的美气一样样呈现……吃一层，露一层，露一层，吃一层；筷子起，筷子落，夹不完的好奇，夹不完的新颖。

苏大厨子一解放就在县委食堂干，听说是当年在徽州打游击的皖浙大队的某领导将他带回了家乡。他总共奉侍过五任县长和书记，这些人有的升迁，有的调动，最舍不下的就是苏大厨子整治菜肴的政绩。每逢上头来了贵客，谈完工作落座酒席前，总是问："听说你们这里有位徽菜名厨？""是呀是呀。"被问者不掩荣耀，指指满桌的佳肴："喏，这就是他的成就呀……来来，尝尝!"客人睁大双眼通席环视一遭，试着赞叹两句，然后小心品尝，咀嚼，定着眼珠子回味，最后少不得一阵激赏叫好。于是宾主间乃频频举杯。

苏大厨子拿手菜，是肥嫩香酥的"化皮乳猪"和"小钵斗醉鸡"。还有"赛熊掌"，是将水牛蹄烧去外面老壳，洗净后加上秘方反复炖煮，绵腴似海参，临上桌前浇一勺香糟，饶你吃遍海内外，也是闻所未闻。"扒烧整猪头"是将一只十来斤重的猪头刮洗剔骨，大锅煮至七成熟，加入绍酒、酱油、醋、冰糖、姜片、葱结、桂皮、大小茴香，烂焖，再收汁装盘。这猪头色呈酱红，嵌上两颗胡萝卜削出的橙红圆眼珠，盛在定制的特大型青花钵里，头形完整，卤汁醇红，深显一派富贵堂皇之气韵，给人印象殊深。但最出名的还是"三套鸭"，即家鸭野鸭鸽子各一只，将这"三鸟"从宰口处切断颈骨，再一一拆去骨头成为三个"口袋"。然后将鸽塞入野鸭腹，野鸭塞入家鸭腹，间以火腿片、笋片和金丝琥珀枣填满，而野鸭头和鸽头都露在外面，三头一目了然。入砂锅焖烂，将鸭翻身，而将同时焖煮的肫肝切片，与余下的火腿片、笋片、冬菇片铺于鸭身，再用小火焖半个时辰，加盐，烧沸即可。苏大厨子的羊糕也是菜中一绝，那是把羊肉和野鸭在锅里用稻壳的微火煮到极烂，然后冻起来切片，吃时用筷子夹上，颤颤地蘸一种暗黄的带香芹味的调料，鲜美异常。

20世纪80年代末，苏大厨子终于也从政界退下来了。可每逢县上光临贵客，少不得仍有小车来接。小车停在巷子口，苏大厨子换上干净光鲜的衣履，起落着质量不等的两条腿红光满面地走出来。掏烟敬给围观的街坊，谦谦地笑，然后问："哪位有什么意见要反映的，我直接给带上去。哪位有……"扫瞄一周，见无人应答，才手按膝部把那条不怎么得力的左腿先挪进车里。坐稳了，熟练地打开玻璃窗，挥别众人。在一片啧啧声中，小车徐徐开出。

几天过后，苏大厨子被送了回来。人们围着他，抽着他带回的好烟，询问这次安排在县委招待所几号房，来了什么大官，都做了什么好菜。苏大厨子乐颠颠地逐一回应。说到菜上，他眼窝里溢满笑，如数家珍，慢慢道来。最后容颜一顿，朗声道："天下美食，适口者珍。名菜贵在品尝……知味者贵，知味者贵……"后面这句，文乎文乎，虽让人摸不着头脑，好在大伙早就听习惯了，众人一起乐呵呵地笑着，谁也不想要去弄清楚其中的意思。

故乡风味

炸藕圆子

老家那里，是青弋江、孤峰河和资福河圈出的圩区，所多的是鱼虾菱藕。何处江南可采莲？当然是我老家那里了。清清水塘，田田莲叶，翠盖翻碧，红裳飞衣。密密匝匝的荷叶从近处向远处铺陈开去连天接地，风翻叶背白浪涌，形成一片清碧世界。大暑后，荷花开时踩上来如婴孩手臂一般的藕称"花香藕"，白嫩嫩，水汪汪，嘣脆嘣脆，肉嫩浆甜，入口全无一丝渣滓，可与最好的鲜梨媲美。而到冬腊年近，荷叶败尽，那些荷塘都车干了，鱼虾捉上来，肥硕多杈的大藕挖上来。各式特色的藕肴便于餐桌上呈现：红椒炒藕丝、走油藕蹄、焖藕、糯米蒸藕，最多的，便是家家户户过年前炸藕圆子了。

炸藕圆子，选那种粗硕的手臂一般中段大白藕，若是酱红色的老红锈藕当然最好。一般人家都备有一块粗砂破缸片，将洗净的藕抓紧在手里使劲往破缸片上擦，擦成藕泥落入盆中，然后加入嫩翠的葱花、盐、味精和适量糯米饭，充分搅拌。这时灶台锅里一直被柴火旺烧的油正好热腾，待油面浮沫消尽，压小火头，搓好的圆子一个个下了锅，顿时满屋子飘香。炸藕圆子不独具有藕的本身香醇，且因淀粉多而入口滑爽。若是在藕泥中拌入肉糜，炸出来的藕圆子香酥紧凑，青褐中稍带焦黄，食后唇颊格外清爽。

咸鸭蒸糯米饭

冬腊岁末，屋檐下吊着的腊货白天被暖暖的阳光熏晒，夜晚经朔风干冻收味，连色泽都是那般酣畅浓烈。

夕阳傍山鸟雀噪林的时分，外祖母微笑着从一个小米坛里舀出新碾出壳、晶莹圆润如珍珠般的上好糯米，让我拿到塘边水跳上淘洗，沥干后，待其吸入二三成水分，下锅添水，外祖母招呼水不可放多，将米淹没约一指甲深即可。我转至灶下点火烧锅。烧开锅涨米汤，视水稍干，在锅中心用筷子掏出一洞，倒水至洞平。外祖母将切成方丁的暗红的咸鸭铺于锅中米饭上，盖严锅盖，嘱我续火再烧。至锅中热气蒸腾，改小火烧五六分钟，再焖上七八分钟饭锅。此时已是满屋咸鸭的浓香了。待揭开锅盖，咸鸭深红，吸透油汁的糯米饭在煤油灯光的映照下，粒粒饱满雪白……未待入口，那浓烈的香味早已让你垂涎欲滴。咸鸭蒸糯米饭，饭越干越好，亮晶晶、热腾腾的糯米饭里吸入咸鸭的醇香浓鲜，令你吃过一次终身难忘！

有时，外祖母也会将那种三分瘦二分肥的肋条腊肉和少量霉干菜一起剁碎，铺在略浸泡过的糯米上，撒上葱花，以干荷叶垫底，上蒸笼蒸。那种醇厚浓香的味道，还有那冬日夜晚的情趣，包括那煤油灯在雾气中朦胧晕黄的光……都已融入我最美好的记忆中。

糟 鱼

故乡的腊月里，家家户户除腌上腊货挂屋外熏晒，有的人家少不了还要用酒糟糟上一坛子鱼，到春节待客时，桌子上就会多出一道浓醇香醇的风味菜来。

刚入腊月，天气通常不错，那些大大小小的水塘都被车干，活蹦乱跳的各色鱼虾连泥带水齐齐给捉进箩筐里。鲤鱼、草鱼、青鱼等大鳞鱼被选了出来，开膛剖肚除去内脏洗净之后，多数给刮去鳞，拿到大钵子里投入盐直接腌起来。另有一些品相上好的鱼会被保留下鳞，斩去头、尾、鳍，洗净沥干，将盐均匀地搽在鱼的表面与内侧，然后将鱼腹部朝上，分层叠放在缸内，腌数日。起鱼日晒风干至皮面泛油光，肉质成红色，砍作四块或八块，肉厚处再剖开。这时便可舀出自家做的酒糟，每鱼盖糟一层，撒上花椒，逐层用糟按放坛内，压紧。最后倒入糟汁或甜酒液酌量（有时还需适当加点烧酒），用干荷叶扎紧坛口，外面再用泥封实，一般十天半月后即有诱人的浓香自坛口溢出。吃时，取鱼带糟，用猪板油细丁拌入碗内蒸熟透。糟渣粒白，鱼肉深红，其味甜中带咸，咸中透着说不出的醇香鲜美！

猪鸡等肉亦可以同法糟。鱼用生的入糟，猪鸡等肉须煮熟乃可。 但故乡人似乎只热衷于糟鱼。如说例外，那就是糟猪大肠了，因猪大肠自身出油，故格外地腴软丰润。春节的饭桌上，当女主人从蒸饭锅里端出一碗沾着白糟渣的红汪汪的猪大肠，你伸筷子夹过一块搁进嘴里，提醒你千万要当心别咬掉了舌头！

糯 团

糯团是糯米粉蒸出来的。但外地人很难想到，是将一大笼屉的磨好的湿米粉整个一家伙蒸熟，然后掀倒在洒了一层薄薄生面粉的案板上，待那一大坨熟粉渐渐蔫软下来，热气散发得差不多但内里仍很烫手时，搓糯团的那些婶子大娘和小姑娘们就先在手掌心里蘸上水或抹点猪油，俯身从大坨熟粉上快速揪出一个一个小团，往案板四处甩过去，那架势如同熟手抛秧，定点着地，星星点点，错落有致。一旁的另一些人抓起来在手里捏扁，装入芝麻馅儿、豆沙馅儿或腌菜油渣馅儿什么的，搓圆，再滚着案板上那一层生粉，一个个整齐码入同样也撒着生粉的竹笾里。这种糯团黏性大，特绵糯香软，热吃凉吃皆可。蒸糯团粉和搓糯团都是在冬季里那些暖烘烘的夜晚进行，通常都是几户人家集中在一起做。灶膛里红红火火，烧着的豆秸棉秆轻快地啪啪炸响，厨房里热气腾腾，浮着油灯的晕黄的光，兴奋异常的孩子们跑来钻去，即使挤翻撞倒了什么，也不会招来大人的申斥喝骂。当一坨坨的米粉蒸出来倾倒在案板上，孩子们不吵不闹了，等第一个第二个糯团搓出来，他们就迫不及待抢过塞入嘴中，由于太黏糯好吃，以至给噎得颈子一伸一缩的，于是便招来大人的笑骂："慢点。多着哩，没人来抢！"

故乡还另有一种用木杵"打"出来的糍粑糯团。即将糯米淘洗干净，用水浸泡至第二天捞起沥干，装进蒸笼用旺火蒸熟之后，放石臼趁热舂，直至舂成不见米饭宛若棉团状的黏熟一团，然后倾倒于案板之上，将其擀成一本薄书那样的厚度，待冷硬后，切成方块或长条，糍粑糯团就做成了。春打前放进糖就是甜的，放入盐就是咸的。日后可用青菜汤下着吃，亦常同腊肉一块炒，上好的糍粑糯团总是滑嫩如凝脂，松软香糯，带有糯米的自然芬芳，永远不失本色。若当初切成一个个指甲大的小粒，晒干后可用油炸了，还能直接放在锅里和着白糖炒，也有用沙烫得嘣嘣脆的。不过我小时喜欢从外祖母那里偷了来戳在烧火的铁叉上，放灶膛里烘，等鼓胀破肚，就塞入一撮黑砂糖进去再烘，待流出糖稀，吃时又焦香又甜糯，只是常将嘴唇弄得乌黑。

蒿子粑

"三月三，吃蒿子粑。"阳春三月，沟边地头一丛丛叶底灰白的蒿子舒展开多汁的嫩叶，空气里弥漫着那种苦艾的清香，姑娘和孩子们纷纷提着竹篮到野外采蒿子。故乡人把采蒿子说成"掐蒿子"，是因为采撷时只掐走青蒿二三叶的嫩梢头。

带着浓郁乡野气息的满满一竹篮蒿子掐回家后，清洗一下，即投入石臼里或直接置于平整青石上，舂砸成一团团蒿泥，再用笭箕稍稍漂去太浓的青汁，即倒入适量糯米粉，还有细盐，充分拌匀。这时，灶膛里升火，锅里淋入菜籽油，捏起一团蒿子米粉，在手心里搓圆，嗞啦一声贴到热油锅里，用手指稍稍压成扁圆的粑粑形。一锅可同时贴上七八个粑粑，这一面焦黄后，用锅铲铲起再煎炕另一面。待两面都金黄浓香，蒿子粑就熟了。

有讲究的人家，还会在原料中拌入剁碎的肥多瘦少的腊肉，炕出的蒿子粑，因自身不断溢油滋润，色泽青中泛黄。蒿子清香、腊肉味厚、米粉糯软……闻着就让人大咽口水，趁热咬上一口，那真是鲜美异常！

那年春日在周庄，见有卖青团的摊点，站旁边看了一下，终于弄清那锅中绿莹莹的面粉粑粑原来是淋上青蒿汁液弄成的。显然苏南人并不会充分利用青蒿，要是他们吃过我故乡的蒿子粑，大约很难再拿出手那种青团。

据说是用来"巴魂"的蒿子粑，除了溢满清香，还溢满浓浓的人情味。村子里或亲戚中有谁家做了蒿子粑，孩子们就会在大人的支派下，用碗盛了，路远的就用筲箕装了，互相走动赠送。大约是艾菊科的蒿子确有清热解毒的药物价值，蒿子粑才真的能巴住魂，不让魂给丢了。

还有江南风物否　春馔妙鱼是江刀

"扬子江头雪作涛，纤鳞泼泼形如刀"，这是清代诗人清端描绘长江刀鱼的佳句。时到清明，春江水暖，成群的刀鱼泼喇喇逆流而上……想象那个桃花流水的时节，江涛如雪，渔舟竞发，归来时船舱里一片闪闪的白，真有一种生之悦乐的感觉。

刀鱼体形狭长扁平似刀，外地人纵然没见过真身，当是看到过商店里卖的白铁皮装的凤尾鱼罐头，那上面印的凤尾鱼跟刀鱼像极。刀鱼称"鲚刀""毛刀"，凤尾鱼则被称为"凤刀"，它们是近亲。刀鱼银鳞细白，光彩闪烁，一般比筷子稍长，身形异常俊美。据报载，在南京的星级酒店，三条江刀凑足一市斤，清蒸入盘，价格一万元，成为今年真金白银的天价。

刀鱼生长在近海咸淡交汇的水流中，每年三四月里，受了烟雨江南的邀请，便溯流而上寻找产卵水域。人们习惯把长江刀鱼称为"江刀"，以与一直生长在湖泊里的"湖刀"相区别。刀鱼是春季最早的时鲜鱼，食用也是越早越好。皖江一带，自古就有"清明挂刀，端午品鲥"的说法，清明前的刀鱼，肉质特别鲜嫩，入口即化。李渔曾说过食别的鱼都有厌时，唯有刀鱼是"愈嚼愈甘，至果腹而犹不能释手者也"。过去，刀鱼和鲥鱼、河豚被称作长江"三鲜"，而今，"三鲜"中那两"鲜"已踪影杳然，唯有刀鱼一"鲜"，尚可觅得，让人一饱口福。

由于众所周知的原因，长江里许多鱼都已离我们远去。这几年，刀鱼早已形成不了鱼汛，开捕的日期一年比一年短，产量也一年比一年少。但我因享有家住长江边的便利，每至刀鱼开捕的日子，傍晚散步时，总能在停靠江边的渔船上买到刀鱼。那些渔民有时就将渔船停在滨江公园旁，男人将卡在网上弯成僵硬的半圆的鱼一条条摘下来，女人通常拎了个盘秤站船头招揽生意。

相对星级酒店一盘刀鱼动辄上千上万的价码，我买一两斤刚出水的刀鱼，花不了一张百元钞。鱼虽是小一点，但用油炸出来，蘸了醋吃，不仅味美，而且刚好把鱼刺都炸酥了，吃起来特别顺溜。有时运气好买到大一点的，就做一回快递生意，弄些冰冻的雪碧瓶子包了，坐飞机赶到北京，送到儿子和儿媳那里，刀鱼还是满新鲜的，银鳞闪烁，仿佛刚从江里捕上来一样。

刀鱼的烧法不外清蒸、油炸两大类。清洗刀鱼不用开膛剖肚，拿根筷子由鱼鳃处伸下去一搅，卷出鱼肠，鱼的身形仍然完整。刀鱼清蒸的妙处在于，入盘并不去鳞，加葱结、姜丝、黄酒、盐和少许糖，隔水用大火蒸 20 分钟就好。也可在鱼上放点香菇、笋片同蒸。高温之下，细鳞化为滴滴油珠，整个鱼身都是色如溶脂，几近透明。清蒸之法不仅能完美表达刀鱼之鲜，且没有一般鱼类惯有的泥土腥味，白鳞银身浅卧淡酒清汤之中，暗香茔茔，惹味牵肠，使得刀鱼的美味上升到精神审美层面。还有酒糟蒸刀鱼，用从陈年酒糟中提取的浓郁香汁吊出刀鱼的鲜味，是江南经典的江鲜烹制手法……清蒸的刀鱼，因为鱼肉太嫩，落筷不容易搛起，只能用筷头一点点挑起入口。

我在餐桌上亲眼见过高人演示，那是一位老者，只见他两指捏起鱼头，以筷子夹住鱼的头颈处顺势往下一捋，再轻轻一抖，仿佛变魔术似的，手里便只剩下一条干干净净的脊骨，细嫩的鱼肉都落在了盘中。据说，早先渔家还有一种别出心裁的粥蒸法：将收拾干净的刀鱼排放在小木架上钉好，悬在类似木桶般的饭甑中蒸煮，煮粥时水蒸气上升，粥熟鱼也烂，鱼肉片片掉落粥锅里，撒点盐搅一搅，就成了饶有风味的刀鱼粥……而一个个完整的鱼身架居然都还在小木架上整齐地悬吊着。

　　刀鱼味美，不过那些绵密的细刺吃起来总是有点麻烦。袁枚最喜食清蒸刀鱼，他说："刀鱼用蜜酒酿、清酱放盘中，如鲥鱼法蒸之最佳。"当时金陵流行的做法，是将整条刀鱼煎得烂酥，则不必吐刺也能大快朵颐。袁枚显然对这种做法不欣赏，觉得这完全是因为"畏其多刺"。他甚至调侃这好比"驼背夹直，其人不活"，认为完全丧失了刀鱼的真味，是最没文化的吃法。刀鱼多刺，他给出的解决办法，是用快刀刮取鱼片，再以钳抽去其刺。他还建议，可以用火腿汤、鸡汤、笋汤和刀鱼一起煨，鲜美绝伦。袁枚的这个笨办法显然太过复杂，操作起来难度较大。

　　倒是往年下小馄饨的手艺人有一套自己的办法，就是先揭鱼皮，那些细如发丝的毫芒大多连在皮上，可以将一大半的细刺带出。接下来，用一张猪肉皮垫底，再以刀背轻捶鱼身，于是那些骨、刺便嵌入肉皮，再用刀口轻轻一抹，留在刀口上的便是纯净无刺的刀鱼肉了。这样的鱼肉剁成馅，用来包小馄饨，其鲜美是可想而知了。寻常之人食刀鱼，只怕就没这等闲工夫侍弄了。刀鱼多刺确实是个问题，不过话说回来，若是无刺，那鲜美的鱼肉直落嗓眼，几无细品的机会……而正是有了这些刺，才使鱼肉在舌头上多了回旋的余地，一抿一寻之间，也就备觉其味之鲜。

现在的饭店里，常以"湖刀"冒名顶替"江刀"，同为刀鱼，却有霄壤之别。正宗的"江刀"小眼睛，鳃鲜红无比，胡须黄而尾偏黑。还有一个区别办法就是靠品尝，若入嘴嫩滑且鲜香扑鼻，则必是"江刀"无疑。"江刀"的肉质鲜嫩，是"湖刀"所无法比拟的。若是花了大价钱吃到的却是冒牌货，也不必太沮丧，因为正宗的刀鱼越来越难捕了。

千百年来，刀鱼一直热热闹闹地兴旺着，现在忽然就要离我们远行了……云树万重，烟水茫茫。我不知道，还有什么办法能让那些为数不多的刀鱼能够顽强地撑下去，而别像鲥鱼那般决绝哦。

如闻有喋喋之声的琴鱼茶

从芜湖开车南去泾县琴溪，两个小时就到了，可以在那里漂流，看竹海，吃农家乐的饭菜，买很好的茶叶。琴溪里产的一种小鱼，便叫琴鱼。上过中央电视台《希望英语》栏目的琴鱼，虽只有小指头粗细，名气却够大，自古以来，一直与宣纸并称为"泾县二绝"。泾县位于黄山东北，峰峦如黛，林木深秀，每一条溪水都清澈透明，琴溪的水尤其轻盈浅碧，灵水出灵鱼。琴鱼虽为鱼，却从不作盘中佳肴，而以饮茶精品享有盛名。

茶与俗事游离，茶荡涤杂尘，茶拒腥荤之物……茶清，鱼腥，这两样东西怎会搅到一起？外地人肯定摸不着头脑。但琴鱼的确是当茶泡饮的，可以单独泡，也可以同极品绿茶"涌溪火青"一起冲入沸水中。随着沸水的冲入，杯中会腾起一团绿雾，晃一晃杯，绿雾散去，清澈的茶汤中，琴鱼们齐刷刷头朝上，尾朝下，嘴微张，眼圆睁，背鳍徐立，尾翼轻摇，随茶汤漾动，似在杯中游，精灵一样，甚至如闻有喋喋之声，堪称奇观。啜饮一口这样的茶汤，压舌下稍稍含漱，只觉得一股醇和清香四散溢开，一点也没有鱼的腥腻味……如此啜饮，有情有味，妙趣盎然，确非一般品茶可比拟。喝完茶后，再慢慢咀嚼泡开的鱼干，清甘咸鲜，茶香浓郁，味道饱满新奇。

琴溪，又称琴高河。溯着琴高河，可以进入幽远的历史传说：宽袍大袖的晋代名士琴高曾隐居于此炼丹修仙，饱吸日月精华和天地灵气的那些丹渣弃入溪中，就化成一条条小鱼。后人为了纪念他，遂将一座临流峭壁、绿树葱郁的石峰取名"琴高台"。琴高台旁近有一隐雨岩，岩下有丹洞，深不可测。据说每至夜深人静之时，便可听到悠悠琴声随着淙淙水流传来，这便是琴高在抚琴，无数指头长的小鱼便随着动人琴音，自琴高台下丹洞旁近岩隙中源源而出。

　　琴鱼形状十分奇特，身不满寸，却是虎头凤尾，龙鳍蛇腹，重唇四腮，眼如菜籽，鳞呈银白，很是像缩微版的清道夫鱼和超微缩的四腮鲈鱼。运气好时，站在清净的溪水边能觅到琴鱼的身影。它吃东西时，嘴两旁的稀疏的"龙须"时不时滑稽地抖动着，令人忍俊不禁。这些小东西也怪，一样绿树葱郁的清溪流水，它们却只衍生于琴高台上下数里路一段水域。每年清明前后，琴鱼长肥并浮上水面嬉戏，于是当地人便会准时捕捞。以特制的三角密网，从深涧中一点一点耐心地往前划拨，赶鱼入网。如果此时你来到琴溪桥镇，就会看到一片繁忙景象，只见琴溪桥两岸的村民持竹篓的、操篾篮的、张三角网的，更有挥锹筑坝的，在琴溪滩头张捕。有那七八岁的小孩子，也会在浅滩上筑一条小坝，拦住水流，再在坝下掏出一条小沟，在沟中张开一张细密的网，坐待琴鱼落网。

　　捕获的琴鱼，除去内脏，投入佐以茴香、桂皮、茶汁、食糖的盐开水中炝熟，捞出铺于竹器上晾干，再用炭火烘焙，精制成状如炒青绿茶的深黑的琴鱼干，藏于特制的锡罐中，可长贮，不会变形和走味。平时沏茶时舍不得多放，逢年过节，则可作为杯中佳茗招待上门的尊贵客人。当年，北宋诗人梅尧臣曾写下不少诗赞美家乡的琴鱼，他在一首《宣州杂咏》诗中咏道："古有琴高者，骑鱼上碧天。小鳞随水至，三月满江边。"而在另一首诗中则说："大鱼人骑上天去，留得小鱼来按觞。"意思是仙人琴高骑着大鲤鱼上天去了，留下这些旷世奇才的小鱼在人间弹奏着琴音……同朝的欧阳修知道了梅家有这种奇妙的茶鱼，忙不迭地奉上《和梅公议琴鱼》："琴高一去不复见，神仙虽有亦何为。溪鳞佳味自可爱，何必虚名务好奇。"这位大官人深知此鱼好吃，便劝说梅诗人不必去浪得虚名，有美味雅逸的琴鱼相伴就够了。

因为味道十分鲜美，琴鱼远在唐代就被列为贡品，独为皇家享用，当地百姓岁岁都要捞制琴鱼送入官府，于是，琴鱼茶便蒙上了一层神秘的色彩。直到今天，产量仍是无法突破，最高年成也就在二三百公斤，市场上非轻易能见到。能品到琴鱼茶，当是一件幸事。近年来，每至春草萌绿的阳春三月，琴溪河东岸便红裳飞衣，游客如云，路一侧停满了车，许多人扛着"长枪短炮"纷纷跑来围观捕琴鱼，看制作琴鱼茶。

早些年，泾县的朋友送我的琴鱼茶，都是装在做成工艺品的竹筒里，现在市场上又多了一种元宝竹篮的精美包装，提柄是一对竹根做成，很是精巧养眼。但地头热络的人，仍是喜欢直接钻到村民家中淘货。主人给你双手捧出的琴鱼干，色泽明洁，不焦不黯，放在嘴里一嚼，脆中带绵，满口淡淡幽香，隽永而悠长。倘若能把话谈得深入了，主人就将干鱼冲入玻璃杯中让你品尝……琴鱼"死而复生"，摇尾游弋，如在戏水，口微张，有一种似笑非笑的嫣然。

既饱口福又饱眼福的"冷水鱼"

　　行走在徽山深处的一些村落，常能看到一方方养鱼的水池，或在村口，或在人家屋子旁，还有在高墙院落内，皆巧借地势，利用落差，适当筑碣。水池大小不一，大的有二三十个平方，小的仅比一张床大不了多少。四周为青石砌岸，有的还用树枝和草帘遮盖，旁植葡萄藤架，水清见底。群鱼往来游动，似与游者相乐，映着天光云影，更显宁静、从容、悠闲与淡定。

　　听人说，这些池中养的就是大名鼎鼎的冷水鱼。

　　池中的水，下连泉眼，或外通山溪，因为山高岭峻，水温特别低，尤显清冽。徽州人最是善于利用环境，借用景观，连养鱼也是如此，既可饱口福又可饱眼福。你看那些池子里，通常是一二十条草鱼配上三五条红鲤，犹似锦上添花，更有一大群幽灵一样的小鱼如影相随。其实这样搭配是有道理的，草鱼进食量大，每天要吞下一大堆割来的青草，然后拉下好多像鹅屎一样的暗绿色的粪便漂浮水面，营养了水蚤，水蚤正好又成了红鲤和小鱼的食物。那些鱼甚是有趣，高度团结，巴掌大的地方，游动一律结队，忽东忽西，同来同去，没有一个思想异端唱反调。

　　那一次，我们先上浙岭山脉，但见冈峦相接，逶迤而来又逶迤而去，苍苍莽莽，宛如一条绿色的长龙。"上八里下七里"的山路，走了两个小时，到岭脚的时候，我们纷纷跑到溪流中泡脚，好爽！只是时已近午，腹中饥肠辘辘，便打电话给休宁县城的一个朋友。电话那头让我们就近去梓坞村吃"冷水鱼"，并详细告知了行径和一个业已联系好的店名。梓坞村有"梓里八景"：弓月凝祥、文笔凌云、独石成虹、钟山夕照、湖岳钟灵、屏山耸翠、中流邛石、古庙钟声，村中的宋氏宗祠更是值得一看……结果，却歪打正着摸进了相距不算太远的徐源村。徐源村不大，挂在沂源河的尽头，狭狭的，弯弯的，似一长龙，绵延一里有余，左右有两座高山相夹，一座是浙岭，一座是高湖山。前者是春秋时"吴楚分源"之地，海拔近千米；后者是历代藏经讲学的圣地，曾有白云古刹和高湖书院，海拔1100多米。

走进徐源村，已是下午两点多钟了。人说青山孕秀水，水赐予了徐源村娟秀与清灵，水从山涧石罅泠泠淙淙流来，一路浅吟低唱，在村中似玉带飘逸而过……两岸人家粉墙黛瓦，依山而建，傍水而居，屋宇相连，错落有致。村口有数十棵樟树、枫树擎天而立，青石板路边及人家苔痕斑驳的院墙外有不少鱼池，每一个池子里都有大阵的鱼在淡定地游弋浮沉。有的鱼池甚至在村外很远的石径下，水面漂着刚撒下的青草，却无人看守，可见此地民风之淳朴。反正我们是奔"冷水鱼"而来的，且不管梓坞村还是徐源村，只要有"冷水鱼"就偏不了主题。选了一家，讲好价钱，用网兜捞就是了。听说顺着村外我们刚来的那条古道再往上走，翻过山，那边就是婺源虹关、沱川等地，山顶有一座庙，有一对夫妇在守着。下去不远，有个村子，叫什么"溪"，因为地处更高，晴天里只有半天日照，那里的鱼更好吃。

其实冷泉养鱼，几乎是这皖赣边界一带所有村子的主打产业，随着这些年旅游的繁盛，价格也是不断攀高。尽管如此，专门赶来吃"冷水鱼"的人，还是趋之若鹜。我们吃饭的那家店老板告诉说，该村泉水养鱼有百余年历史了，村里原来有很多几十斤重的大鱼，一条鱼就是一千多元，可现在少了，都被外人买去了。山那边一个村子，有人养的两条四五十斤草鱼，都是活了一大把年纪的长老级鱼。冷水鱼冷水里养，水温高过 20℃就不能存活。这一带哪里都是"泉水养鱼第一村"，哪里都是名副其实的正宗。只是徐源村人更有牛气的资本，他们的"冷水鱼"两次上过中央电视台！

往婺源那边去，"冷水鱼"通常指的就是荷包红鲤鱼；而在浙岭这一边，"冷水鱼"就是养在池子里的草鱼，绝无一点含糊。我们捞的那条鱼算是大号的，二斤四两重，一百三十多元，感觉那鱼的脊背特别黑。看着这乌黑的鱼背，我们就放心了，因为来之前休宁的朋友特意关照过我们，说现在正宗"冷水鱼"已不多了，大都是"洗澡鱼"。什么是"洗澡鱼"呢？就是从山外买来草鱼放到自己家池子里，养上一年半载，就可以顶替"冷水鱼"卖出。但这种"洗澡鱼"短期内却无法使脊背变深黑，如果被你勘破挑明了，店主通常在价码上会让你一大截。

一两个时辰后，我们的"冷水鱼"端上了桌。吃起来，有胶状黏嘴的感觉，不但无普通鱼塘养殖鱼的那种泥腥味，且隐约有袅袅清香……鱼肉细腻腴嫩，恍惚如在西湖边吃的糖醋鱼。据说山区泉水多含矿物质，是造成鱼脊变成乌黑的原因，正宗的"冷水鱼"烹饪出来，鱼肉也应是黑色，为大补之品。用筷子拨拨我们面前的鱼肉，果然颜色黝黑光润。当地人红烧鱼还是拿手的，显然吸收了外地手法，醋放得重。关键吃的是个新鲜，从鱼池里现捞现烧，第一时间吃进嘴，特别爽嫩溜口。

徽州深山里的"冷水鱼"，南宋时就有人在养了。看过央视介绍，知道"冷水鱼"因终年少见阳光，水质冷幽，生长极慢，五六年才能长到二三斤重。你想想，一条四五十斤重的鱼，那不是比人还活得久远？而且一直是活在方寸水域里，一路走过来该留下多少故事啊……过去习俗，吃"冷水鱼"只有到秋天，每年中秋节起塘，或送亲朋好友，或孝敬父母长辈。

一直觉得，一种美味就像一朵花，开在那里，虽然美丽娇艳，但唯有遇见和品尝到，花色方能生动起来。

徽州的古村落大多聚族而居，而且单姓的村庄往往以姓氏为名。徐源村应是主打徐姓的牌，可令人惊奇的是，该村地头上并无一户姓徐的，村里五十多户人家，全姓胡。这是怎么回事呢？

我们吃饭的那家，后院里有棵高龄紫薇，树兜、树枝看似枯萎，但是只要用手来回轻轻地抚摸树皮，满树枝叶会像怕痒一般轻摇不已。

辣批长江小杂鱼

住在长江边，嘴巴可以很享受，因为能在第一时间吃到新鲜的江鱼。在江边散步的时候，常直接到渔船上买鱼，不仅美味新鲜，还超便宜。我常买的是一些长江小杂鱼，小杂鱼烧得好，最容易吊出江鱼的至真滋味。

小杂鱼，顾名思义就是"小"和"杂"，也喊成小糙鱼、猫鱼，是一个数量众多的草根阶层，有鳑鲏子、小昂丁、小鳜鱼、小麻条和追着船行走的餐条子，甚至还混入几只虾子和钻来钻去的刀鳅……有一种指头般粗细的小鱼，渔民称为"肉滚子"，细嫩饱满，刺少且软，肉却硬朗，味道不一般。一盆烧好的小杂鱼，成员多，品种杂，各有各的味道，吃了一盆鱼即吃到了不同的味道，这就是长江小杂鱼的特色。

很早的时候，长江里有种小鱼叫鳡鲦，比小手指还短一点，形似鳑鲏，细鳞光洁，通体透明，活鱼即可透视肚中内脏。此鱼虽离水即死，却是鱼中上品，腴嫩之极，连头嚼咽，可不必吐刺，味道是没说的。春末夏初时，它们溯流而上游进内河水草丰茂的浅水里，产完卵再回到长江生活。秋天的傍晚，如果你在风平浪静的江边看到水面上细浪粼粼，像在下毛毛雨，那就是鳡鲦鱼成群结阵到近岸浅水区觅食了。

那时，长江里的小杂鱼多如牛毛，人们戏称：捧一捧江水，手心就有一条小鱼。淘米洗菜时，常能用篮子兜到许多火柴棒那么长的小鱼秧子。春夏季节的水草丛里，谈情说爱的鱼打起水花啪啪响，将水面弄得波光闪烁。江边有很多搬小罾网的，这种小罾网只有四五米见方，用两根交叉细竹竿对角绷起，一根绳子直接拴在网架上，守株待兔似的等上一会儿，用力拉起绳子，罾网就出水。有时候很有收获，网心里有许多小鱼儿乱跳，有时候也能捕到鲤鱼、鲇鱼、翘嘴白和螃蟹。正经的渔民，通常将船划到一片饵料丰富的回水区域，下丝网，不论小鱼大鱼只要粘上了就跑不了。小鱼挂在网眼里，出水时一闪一闪地晃动，有时一条丝网就可挂住十多斤小杂鱼。那时候小杂鱼不值钱，一毛钱甚至几分钱能买一堆。渔民往往将个头大和成色好的鱼挑出来，拿到菜场卖，或是留给自己做下酒菜。剩下的那些快烂肚子了，就卖给农户喂猪喂鸡，产崽的母猪吃了奶水足，鸭子和鸡吃了下蛋特别给力。

　　时过境迁，现在许多鱼都从长江里消失了，像娇嫩的鳑鲏鱼，受不了污染水质的折磨，早已随着鲥鱼一同告别了我们。剩下的一些小杂鱼也是身价倍增了，甚至成了一些饭店的招牌菜，要好几十元一盘。就拿原来渔民用来喂鸭子的泥鳅来说，只要说是野生的，就能卖到二三十元钱一斤。有时菜谱上明明写着小杂鱼，但你点到名却被告知卖完了。到饭店里点长江杂鱼也有讲究，不是随便来一盆那么简单，至少你要问一下今天的一盆小杂鱼里有哪些品种，杂不杂。

　　上次在一家长江鱼馆吃小杂鱼，居然要三十五元一盘。三十五就三十五吧，我清楚地看到那堆小杂鱼中有好几条胖嘟嘟的红尾巴肉餐，这种餐鱼体态俊美浑身是肉，最好吃了，可是烧好端上桌却成了清一色的一拃长的翘嘴餐。随即叫服务员将店老板找来。没想到店老板强词夺理，说翘嘴餐就是小杂鱼里最好的鱼。我气不过问他是真不知还是假不知。我告诉他，餐鱼里有白餐、肉餐，肉餐又叫油餐，还有黄郎餐，而翘嘴餐是最差的，肉少刺多，要是腌干了就是个壳壳子，"翘嘴不上料，打死没人要"。翘嘴餐要是能长到一两斤重，肉丰满起来，又成名贵鱼了，即翘白鱼，又称白鱼或白条，无论清蒸红烧皆美……店老板跷起大拇指：你是行家，吃鱼的行家！他哪知道本人会走路就会捉鱼了，凭一片鱼鳞就能识出鱼的品种和斤两。以后每次到那家江鲜馆吃饭，店老板见了总要客气地过来招呼。

小杂鱼清洗容易，不必动刀剪开膛剖肚，抓一条在手，另一手的大拇指甲贴着鱼尾向上一推，批尽鱼鳞，顺手在鱼胸鳍处一掐，掐出口子，一挤，里面一团肠杂就全出来了。掐鱼时手下稍留点情，只须挤出胃肠，鱼子留在腹中，小杂鱼的鱼子细嫩软和，实属鱼中美味。要是胆没除掉或是弄破了，鱼肉带上苦味，舌上的味蕾就有些纠结了。碰上昂丁或是痴咕呆子鱼，只要掐住鱼腮那里往下一扯，就把内脏拉出来了。小杂鱼收拾干净，以家厨的技艺烹调，关键就是一个辣。"烹"不同于"焖"或"煮"，要重用辣椒，可加适量上汤，烧至浓稠，小刺卡全都软扒下来，满嘴辣呵呵的，辣得够劲，方才香鲜无比。

过去农家烧小杂鱼，在锅里煎好，放入葱、蒜、水磨大椒和自家晒的板酱，再倒进一碗水，将鱼全部浸没，盖锅焖至汤水收去一半就行了，出锅前撒点芫荽或青葱。如果混入几只虾，不仅起鲜，而且红红的颜色十分漂亮惹眼。寒冬腊月，小杂鱼盛进碗里，一夜过来冻成鱼冻，味道绝对鲜盖掉了。记得小时候老人常说，吃鱼冻子能把家都吃穷的，即鱼冻特别下饭耗粮食，桌上有一碗鱼冻，煮饭时就得估量着多下一碗米。要是把小杂鱼煎得干硬一点，和切细的雪里蕻在一起烧，放上一勺猪油，加点红辣椒丝和青翠的蒜苗，佐酒佐饭都是极品，其对味蕾的刺激，几乎达到无以复加的地步。

然而现在馆子店里对小杂鱼的通行烧法，首先在油锅里将鱼炸透，再加入姜、葱、蒜和红尖椒以及料酒、老抽、糖、醋一同烩煮，直煮到色泽微黄，肉骨皆酥为止，起锅前以水淀粉收汁。讲究的是小鱼整吃，从头到尾，放到嘴里嚼，不用吐鱼刺，酥香鲜美，微透酸甜，食后齿颊留香。即使是在"农家乐"吃的那种多汤的煮法，也是先经油炸定型，煮时多加辣椒，吃时鲜中带辣，辣中生香，是任何有土腥气的养殖鱼都不能比的。

长江小杂鱼里有一种"船钉鱼"，也是一种"肉滚子"，大小如一支最粗的签字笔。"船钉鱼"本有较重的腥气，但经花椒、大茴和糖醋盐等作料腌过，带上麻辣味，在油锅里略炸定形后，用锡纸包了烤出来，嫩如奶酪，贴着鱼脊一吮，肉就落嘴里，香得死人……但一定要趁热吃，越烫越好。

对于野兔的激情关注

　　我妹妹有一女同事，丈夫是某公安局的领导，有点特权，下乡检查工作和巡阅饭桌时，也顺带在酒足饭饱后打了不少野兔，多得一时吃不了，就用盐腌了挂起来风成黑红的干壳，手一弹"砰砰"响，因此我也有幸得过几只。烧前先以温水泡软，斩块，同少量咸鸭一起炖老黄豆，汤干肉烂，风味绝佳。亦曾于馆子里点过一回野兔烧咸菜，但端上来一尝之下，虽有咸菜遮掩，还是挡不住那种草腥气，淡歪歪的，没有一点野兔肉所特有的那种窜喉咙的鲜劲和野劲，大约也就是普通的家养兔拿来充的野味吧。

　　20世纪90年代初期，我在绩溪开会，当地主政官员请过一餐，一桌大菜，内中很多野味，其中就有烤野兔。装在一个特大的盘子里，准确地说，全是清一色的烤野兔腿，每块的分量都很大，红灿灿的油光锃亮，热气腾腾。那时的人好像都很能吃，一条兔腿搁现在给我，怕是没法子消受得了，但那一桌没有谁舍得丢下一条兔腿。烤野兔腿上的皮是脆的，里面松软，兔肉本身的山野味弥合着调料的馨香，吃完之后，有人咂吧着嘴意犹未尽，实在是太好吃了。

　　从现在往前三十年，正是拨乱反正时期，安徽省文联同安徽文学编辑部联合在巢湖召开了一次"复兴散文研讨会"，江流、曹铸、祝兴义、王英琦等当时安徽文坛风云人物都参加了。巢湖那里的野兔多得惊人，我们车子晚上回来时，灯光不断照见蹿跑的野兔。这些前腿低后腿高的家伙，虽然奔跑很给力，无奈好奇心太重，常常追着车灯跑跳，一对眼睛闪着红宝石一样的光，有时已经跑出车灯的光影了，却不知又从哪儿跳了出来，"砰"一声就毫不含糊地撞到车上。巢湖里有的小岛上，更有众多野兔诗意地栖居，自由生活着，闲适无聊时也会像人一样十多只几十只聚一起开会。我们的会议伙食里便常有烧野兔，记得和雪里蕻在一起烧的次数最多，辣呵呵的没有一点腥气，早餐吃大馍稀饭时特别对胃口。

　　我自己第一次动手做野兔菜，是在十多年前。去乡下看一朋友，到了吃饭时，我对女主人说多弄点时蔬，萝卜白菜多多益善。谁知主人却眉头打结，说鸡鸭鱼肉不缺，只是菜园里的萝卜白菜都让野兔的三瓣嘴给啃光了。原来改革开放之后，农村青壮都出外打工，光剩余一些老弱残在家，好多村子中心蒿草都能埋住人头，一些几乎绝迹的野物一下都华丽现身了。就说这野兔吧，到处乱串，菜园里打的都是窟洞，刨出的土一堆一堆的。一开始还有狗撵，后来野兔太多，狗也视觉疲劳懒得撵了。野兔个个都鬼精鬼灵，它们一面觅食一面跳行，最后总是循着原踪返回原地。野兔常高跳或旁跳，就是为了隐没足迹，忽悠猎捕者。栖息时也往往是在地头最高处，头向踪迹处，稍有风吹草动迅即逃之夭夭。一旦它们决心隐藏，就不轻易暴露，你不是走到跟前快踩到它背了它是不会跳起来逃跑的……闻得此说，我一下来了兴致，说既然有这么多野兔，不吃就很对不住人。今天就弄这野兔一道菜，我来做！

　　当晚我叫朋友借来了四把打黄老鼠的弓夹，用开水浇烫之后，又弄了一些兔粪擦抹了，分别下在几个有新鲜爪印和粪便的洞口。

天擦黑不久，一轮农历十六七的月亮刚刚从东山升起，就先收获了一只；稍过了一支烟工夫，又夹到了一只。正是时届初冬，野兔储膘，毛色棕褐浓密，个个肥嘟嘟的，拎在手里挺沉。大家一起动手，剥皮的剥皮，烧水的烧水，不一会工夫就弄清朗了。我指挥女主人将野兔斩去头脚，切块，下滚水里焯去腥气。然后，我系上围裙，亲自上阵。锅里倒菜籽油，油热，投入姜片、辣椒、葱结煸炒，待香烟四散呛人，倒入野兔肉块。足有大半锅，用锅铲翻炒，好在是柴灶，猛火一气急烧，锅里水收，肉块缩小变色，放烧酒、酱油，改以中火攻，这回要全部逼出肉里的水分再放盐。野兔草腥味大，非重料不能掩盖，乡下没有花椒和草果，只有多放八角、老蒜子和辣椒。好在这些野兔膘好，油水足，肉厚，顺手加了几勺带一层稠油的鸡汤进去，灶膛里压进一截树枝，小火焖至汤干，肉也烂了。出锅红艳艳的，满满当当盛在两个大盆子里，浓香袭人。

其时村子里正好过来几位长者，请他们一同上桌，都摇头，说从来没吃过野兔肉，怕闹心。朋友力劝之下，一位退休的老书记带头小心翼翼搛一块尝入口中，说好吃。便又有一位接筷子也尝一口，吧嗒着嘴，点头。随后一同坐下，吃野兔肉，喝酒，呱拉一些年成收获事……直到月上中天。

竹鼠弄出的动静

老吴早几年做生意赚了点钱，后来就不上班了，每天喝茶聊天，顺带玩点收藏，在外面到处跑；又因为喜欢交结文化人，所以也能写小文章，画几笔花草……自嘲是肚子大脑容量少，个子矮文化上不去，所以才附庸风雅。老吴人热情、开朗，常变着法子寻开心。一天，他说要带我出去吃一样"好东西"。我问是什么"好东西"。他笑而不答，只说反正是"好东西"，到时就知道了，老早说破不好。我寻思了一下，突然心头一凛，莫不是要到哪里去吃河豚？盖因吃河豚有风险，所以长江边人吃河豚从不相邀，即使有请，也不说白了，只以"吃好东西"隐指。我就问是不是吃河豚。老吴摇头，说我们是去山区，又不是往江边去，哪会弄什么河豚。

四月底的一天，老吴开了车子带上我同另外两位画家往宣城方向而去。我们先到夏渡鳄鱼湖玩了一会儿，这地方我来过不止一次，我还帮他们做过宣传，早先的两位领导还来芜湖请我吃过饭。我想老吴大约是来吃鳄鱼吧，这里的鳄鱼已开发成菜肴，是经国家林业部核准，发有证照的。可是到了中午，老吴却把车开过市区，往宁国方向行了一段，最后停进一处绿树环簇的酒店院子外。那院子墙头竖着一个招牌，叫"港口大酒店"，伸头四望，四围皆山，压根不见一点河流的影子。迈进院门，就有一个矮胖的中年人迎过来同老吴招呼，把我们引入一间包厢。一看就知是电话约好了的。

喝完一杯茶，老吴说是让我们看稀奇，就领着我们进了院子旁边一个小门。原来，这里面还有一个更小的院落，里面砌有一水泥槽，槽后连通一个暗道。老吴朝身后一招手，叫来一个老头，老头拖来几根带枝叶的竹子，还有芭茅草，利索地将竹子劈成几段，连同芭茅草一起丢进水泥槽中，就见有几只毛茸茸、肥嘟嘟，看起来像老鼠个头却像兔子的家伙扑上来抢食。嗬，这不是荷兰鼠吗？老吴笑话我，说饶你见多识广，今天却是走了眼，这东西叫竹鼠，不是外来品种而是本地土特产。

嘿，这就是竹鼠？我是早闻其名已久了啊，这可不是一般的老鼠……我兴致勃勃地凑过去看个仔细，这些家伙长得很墩实，身材粗短，每只都在两三斤重以上，不怕人，毛色灰褐，生就一对小肉眼。老吴自己说这些竹鼠倒是长得跟他相似，把我们一下说乐了，还真像那么回事哩，连神情都有几分像。竹鼠吃东西时，以一对前爪搂着，时而人立而起，露出两颗大门牙啃咬，显出啮齿类动物特有的快速咀嚼动作，但却一点不似老鼠那种贼溜溜的猥琐相。

从老头嘴里我知道了，这几只竹鼠是从十多里外的山里收来的。竹鼠喜吃竹根和芭茅草根，本地人喊作芭茅老鼠。它们在竹林和芭茅山林中打洞做窝，因为吃竹子声音很大，夜深人静走山路常能听到咔嚓咔嚓的声音，要是有几只鼠同时进食，声音连成一片，就像有架织布机在响。如果发现山上有小面积枯死竹林或芭茅草，近旁必有鼠窝，就可追踪寻找。竹鼠的脚爪锋利，它出外觅食都会留下一条很光滑的路，然后再顺着这路返回它的窝洞，并用泥土将洞口封住，如果洞门敞开，表明它外出未归。

老头说，逮竹鼠跟逮野兔一样，可用弓夹打，用铁丝环套扣，用踩板箱捕捉，用水灌，用稻壳烟熏，还可犁庭扫穴把鼠洞挖个翻天覆地。会逮鼠的人只要找到洞，用木棒或锄头在外面用力敲击，洞内的竹鼠受到震惊向外逃逸，由于长期穴居，刚一出洞眼睛受光线刺激，一下子很不适应，反应迟钝，就被逮了个正着。南方山区盛产野竹鼠，现已有人就地捕捉野外竹鼠，进行驯养繁殖，产品专供苏沪大酒店。

跟老头聊了一会，我又赶到厨房看操作。

已有两只竹鼠剥去皮砍去头足给收拾好了。问了一下大师傅，一只清炖，一只做成干锅。看着他们先将一只竹鼠斩成四大块，用姜、酒、盐腌渍，下锅，加入冬笋、香菇，大火煮沸后，装进一个高压锅里炖。那一只切成一堆小块，也是加姜、酒、盐腌渍一会儿，下锅同一把红尖椒一起油爆至冒白烟，加入大约是糖、醋、酱油，还有水，另有一小截什么树枝……问了一下，是竹枝。大火煮沸后，小火焖至水干，再加水，还加了一块搅碎了的红方腐乳，焖干。又从旁边端过一盘切好的蒜苗倒下爆炒，顿时香气四溢。见我粗通一点厨艺，承蒙大师傅看得起，传我一要点，说竹鼠肉原本咸腥，搁盐时务必要扣着点，若是以烧鸡的经验放盐，没准就过了头。

那一餐，四个人吃掉两只竹鼠，还有豆瓣鲫鱼、凉拌笋丝、小米虾炒青椒等几个配菜，象征性地喝了一点酒，老吴以茶代酒则是因为要开车。感觉那竹鼠的味道跟野兔有点相近，且更腴嫩，更有野劲，极辣，吃得汗下淋漓，把毛线背心也脱了。犹记得画家老海初尝时那模样：筷子头上撅一块举到眼前左看右看，终似有点不放心，小心翼翼纳之入口，轻嚼，口形蠕动几下……啧啧，哎呀，这老鼠，这……这……这比鸡……好吃多了呀！另三人笑翻。

最后，丢下一桌子细碎的骨头，人人吧嗒着嘴满足地离去。

到桃花潭触摸李白的意兴

凭着李白一首桃花潭绝句，从此桃花潭名闻天下，余韵千年不绝。桃花潭位于皖南泾县城西四十公里的太平湖畔，系青弋江流经翟村与万村间的一段水面。潭居悬崖密林中，水因恬而清，潭因深而静。潭西岸石壁森严，古木苍翠，藤萝披纷，荫蔽天日；东岸白沙堆积，芦苇如帐，风走林梢，顿起瑟瑟飒飒之音。

行走在桃花潭古街上，满眼的祠、阁、塔和画龙雕凤的古民居，石雕、砖雕、木雕多且完整，隋唐年间建造的"扶风会馆""义门楼""谪仙楼""怀仙阁"等人文景观比比皆是。潭东岸有唐代"踏歌古岸"、元代"鞑子楼"、明代"南阳镇门楼"、清代"文昌阁""恺官楼"等。值得一提的是，"怀仙阁"二楼匾书"虫二"。据说，人皆对此匾百思不得其解，后来郭沫若破译字中机巧，是谓"風月無邊"；让人恍然大悟之余，不禁深叹前人设巧思，后人有知音。

唐天宝年间，泾县名士汪伦听说李白旅居在邻县南陵，欣喜万分，遂修书一封盛情邀其前来，曰：先生好游乎·此地有十里桃花；先生好饮乎？此地有万家酒店！李白欣然应邀前来，却不见桃花酒店之盛事。汪伦解释说：十里桃花，是指十里处有桃花潭；万家酒店，乃潭边有姓万的人家开的酒店……李白听罢，哈哈大笑，笑老祖宗传下的文字机巧无穷，更笑江南人的机智和诙谐。他们泛舟潭上，赏景观鱼，畅饮竟夜，谈笑间盘空杯尽，酣畅淋漓，当是人生之极乐也。在汪伦的陪伴下，忽忽数日过去，诗人作别时，留下了一首千古绝唱："李白乘舟将欲行，忽闻岸上踏歌声。桃花潭水深千尺，不及汪伦送我情。"至今"桃花潭阁""踏歌台"犹在，古意凋零，让人触景生情。至于二人开怀畅饮的"万家酒店"，早已房屋尽毁，只留下被行人踏得乌亮的石门槛，静静地躺在深巷里，见证着古往今来的沧桑岁月。

江南三月，草长莺飞，油菜花一片金黄之时，我与三四友人在泾县城里吃了简单午餐之后，便驱车直奔桃花潭。我们来此，既为追踪李白当年的行游，亦是寻访特色土菜。我于两三年前来过一次，大队人马，由一位当地朋友招待。记得那一次基本是以太平湖的鱼为主打菜，有一道腐皮鱼卷，无论味和形皆不俗，鱼肉剁成糜，加韭菜，外裹豆腐皮包成长卷，清蒸之下，碧绿爽口，清纯动人。还有一道油焖春笋，则遗憾有点偏题了，本来笋以清胜，若是不问青红皂白一以浓赤酱色烩之，犹如让容颜秀丽女子裹以恶俗外衣，窃以为不可取。

下午三点来钟，头上飘起了雨丝。桃花潭沿岸的那一处处竹林，在若有若无的细雨中显得更加葱青生动。远山近岭都是含露吐雾的竹海，害得我们的刘君把相机的三角架一会挪到桥头，一会又拖到河边，忙得不亦乐乎……雨渐渐大了起来，我们选了一家院墙边有绿竹掩映的饭店，走进门内，干干净净的门厅，墙上挂着原色竹根雕。一个中年女人把我们领进包厢，洁白的桌布，带竹节的筷子，素底绘蓝竹叶的杯碗盘碟，自有一种脱俗的清雅。

要来菜单点菜，发现上次在这里吃过的辣味石斑鱼（当地的菜单子上写作"黄金野生小河鱼")、太平湖胖鱼头、萝卜炖山猪肉、粉蒸肉全都有。我们问中年女人山猪肉是否就是野猪肉？她浅笑点点头，不多作解释，又另外给我们推荐了笋块瓦罐炖肉和臭干煲。接着问我们要什么酒。那几位都知道我从来都是以菜论味而不以酒为气场，于是就说，此地有桃花潭酒，我们就喝这吧……只要没有唐突了酒仙李太白就行。

上菜了，鱼菜最先上桌。我发现各地的鱼头的烧法都相差无几，要么是剁椒的辣味，要么是加豆腐块煲汤，给我们上的是后者，稍不同的是里面放了不少白嫩的笋片。接着，粉蒸肉上来了，这地方的粉蒸肉下面都是垫着豆腐皮，饱吸了油脂的豆腐皮，用筷子扯下一块挑入嘴里，香软腴滑，感觉很好。臭干煲比较有特色，里面也放了笋片，还有红萝卜；臭干子经油炸泡了，鼓鼓的，一口咬下去，里面的汤汁会"哧"一声溅出来，淡淡的臭味中夹着一阵竹的清香。

要论压桌的菜，我以为还是笋块瓦罐炖肉。瓦罐很大，是那种敞口的，清楚看得见里面的内容。笋是鲜笋，切成较大的块，肉却是咸的肋条腊肉。笋清香酥烂有细腻回口的甘甜，肉浓香酥烂腴而不腻，红白相间，咸鲜味美。汤清得可照见人影，似乎是四时一贯的色泽之美……最后端上来是一盘淡黄的炒笋衣，配上肉片和红艳艳的辣椒片旺火爆炒出来，满室萦绕着清香。我们都是第一次吃这菜，笋衣是笋尖上剥下的一圈皮，一片片炒得边缘卷缩起来，却是嫩极脆极，韧而化渣，嚼起来很爽利，是一种又扎实又有灵气的口感。我不知道李白当年是不是也吃过笋块瓦罐炖肉和炒笋衣这两道菜。

一餐饭吃完，我踱进后院。雨停了，天也亮起来，雨过天晴后的空气十分清新，西边的太阳正往一个山缺里沉下去，看过去还有些晃眼。天慢慢地长了起来，喜欢的夏天要来了。后院里生长着一丛丛绿竹，有的新笋已蹿起高过人头。廊下有一古朴石磨，磨盘给掀起在一边，条条道道快被磨平的磨槽，无声地诉说着岁月的久远。院墙外面就是山岭，层层叠叠全是竹，风起处，竹梢起伏摆动，把缕缕的竹香送了过来……想那诗酒仙人李太白来此，原以为要饮遍万家酒店，结果却被忽悠进了一户姓万的人家开的酒店，喝酒、吃肉、观景、赋诗，一桩桩做下来，却也全都给弄得意兴遄飞、风神荦荦。

人世间的事，一啄一饮，皆有因缘在啊！

四月芳菲　我为卿狂

　　春天转眼之间就到了，各种野菜长得蓬蓬勃勃。我在去泾县看"洋船屋"时，就见到和尝到了不少野菜。

　　150 多年前，有个在沪上经销盐茶的叫朱怀宗的人，为满足出门不便的母亲看到"洋火轮"的夙愿，极具巧思在家乡黄田修建了一所船屋。围墙及屋宇，皆仿轮船外形依地势而筑，前有青狮、白象二山拱卫，源于黄山脉的凤子河由船头中分，沿两边围墙根绕屋汩汩流下，这艘"船"便诗意地浮在水上了。前院门外，用麻石铺设了一片形似码头的晒坦，上面还建了"候船室"。"船"两边各有一个小门和下到溪流的悬空石阶——"舷梯"。最高处为"驾驶舱"（现已被毁），花园为船头，住宅部分为船舱，大院为船尾。

　　"洋船屋"的墙根下，郁郁地长了不少水芹。水芹的茎是中空的，绿色的三角形叶儿娇气得诱人。水芹总是喜欢长在半阴半阳的潮湿处，比如池沼边、河边和水田。春天的水芹还没有开出花，水芹开出嫩白的水仙一样的花要到夏天，从春到夏，都是水芹最鲜嫩的锦绣年华。水芹被从潺潺水流下的泥淖里拔出，感觉它们有牵扯，有疼痛……但一棵棵洗净，上绿下白，绿如翡翠，白如玛瑙，清纯婉约，端庄秀丽。水芹无论是清炒还是与干子丝同炒，都能吃出一种水泽的清芳之气；要是切上一点腊肉，这水芹炒出来又香鲜又脆嫩，没有旱芹的刺鼻药气，多了一分温婉，让人忍不住口水四溢。把水芹的嫩茎用刀拍裂，切得细细的拌上花生米，不经意间咂摸出一种柔媚动人的清香，是极好的下酒菜。

在"洋船屋"的一处圮塌的场院里，我看到了一大片开着黄花的草头。草头在北方势力强大，通称苜蓿，书上写的学名也是苜蓿，是喂马的牧草。但上海的"生煸草头""汤酱草头"却都很好吃，是馆子店里明星菜，我就吃过不止一次。草头鲜嫩好吃，唯每一根都要掐掉老梗。凡野菜，都须在其水灵灵的二八年华时趁嫩吃，否则，一朝春尽红颜老，到了一把年纪，油盐就耗不起了。各路野菜的炒法，大体上都相似，但无法具体参照，比如清炒草头，旺油旺火，喷一些烧酒或是略洒点醋，既去除涩味又能保住那种湿湿的青翠。过火时间不能长，炒得太熟了，颜色不行，菜叶也缩得很小。从视觉欣赏的角度，一盘青翠欲滴的酒香草头，和艺术品几乎是没有差距的，一见之下，虽未必钟情，却能叫你心情为之一变。

"洋船屋"所在是一个不大的村落，正是春忙，村子里几乎见不到人，这并不影响那些嫩碧的枸杞头从篱下钻出来，在春风里浅吟低唱。单从叶子分辨，枸杞头和马兰头模样很像，但后者贴地生长，前者则是篱笆上一种小灌木抽出的嫩芽，它们都可用水焯了同臭干子或茶干子一起凉拌，喝稀饭或佐酒皆妙。只是，枸杞头的苦味更重一些，人们一般是清炒吃的，败火功能很强。正在四处逡巡时，不意从一家门户里蹿出一只全身漆黑的咆哮哥，冲着我一通狂吠，连解释的机会都没有，我只好苦笑着摇一摇头退走。

看"洋船屋"全景，须爬上东面那座两百米高的野竹与茶棵杂生的青狮山。山半腰有"观船石"突兀而立。登高远眺，浮云遮日，轻风拂衣，能见度极好。烟花三月，子规幽长啼鸣。新绿才满了枝头，并不十分的茂密，但鲜亮的颜色却发出透明的光泽。青山四围之中，一艘历经150余年风雨剥蚀的庞大而又奇特的"洋船"犹在艰难地逆水行进……多少前尘往事和碎影流年都已过去，春去春又来，菜花浮金、水田漠漠的平畴里，农人又在挥鞭驱牛耕耘了。携着"长枪短炮"的摄友们只管忙着支三角架取景，谁想到那么多？犹如随处可见的那一树树无主自开花的山桃野杏，虽依然为人间的底蕴，可知摄入镜头已是隔世数重。

断续可见脚下有叶芽卷曲的五六寸长或褐红或灰白的蕨菜嫩茎冒出，遂再向同行者要了一只方便袋，一气掐了一大把。山菜野蔬，自采自珍，带回家用水焯去苦涩，想来无论凉拌还是炒肉丝，口味里皆是那种江南的清润。

蕨菜又名蕨儿菜、龙头菜，生长在山区的草坡、林间空地和林缘地带。每到春天，一丛丛、一棵棵卷曲的芽儿就会从土层下钻出来。蕨菜叶卷曲状，说明它比较鲜嫩，若是叶子舒展开来就已经老了。一场春雨，便是蕨出土的最佳时机。雨后，各家的妇人小儿便挎了篮子漫山遍野地去采蕨了。蕨采回来后，用开水烫一下，加些切过的青椒，油盐炒了，辣呵呵的，香气茵茵不绝，有一种山野的绵长回味。

清代时，徽州雄村出来的曹文埴父子均为朝廷重臣，其子曹振镛更以"代君三月"传为佳话。家乡有亲戚为借钱建屋，背着一大袋子山蕨菜进了京城。见面之后，曹宰相不谈借钱之事，先让亲戚到街上高价卖蕨菜，自己则当了一回"托儿"，借上朝之机，在文武百官面前大赞山蕨菜之美。众人听了忽悠，便争相买蕨。"黄山一绝（蕨）"因此而成名！

蕨菜采得多了，若是一时吃不了，就晒成干品，把青春岁月收藏起来。干蕨菜或用盐腌过的蕨菜，在吃前最好用水浸一下，使它记忆复原。常见的吃法有滑炒脊丝蕨菜、蕨菜扣肉、凉拌蕨菜等。十几年前在黄山顶上吃过的蕨菜炒肉丝，让我印象深刻，那种蕨菜很有一点嚼劲，且滑腻腻的弹牙……有一点恍惚的甘甜，和一种迢遥的苦涩。

午后，在距"洋船屋"五六里路远的黄田镇上，我们找了一家颇具农家特色的餐馆坐好，点好几个大家喜欢的野菜，听着田园般的小调，心情不由显得格外的轻松和舒畅起来。很快的，菜便一一地端了上来。看着那些熟悉的野菜，那冒着热气、飘散着淡淡苦味的野菜，夹带着缕缕泥土的芳香……慢慢咀嚼着，那萦绕舌间的丝丝的苦，还有微微的甜，犹如这芳菲四月的泥土中升起的气息，颇能帮我们修复酒肉场中附积下的粗砺。

蕾丝网裙的奢华妖艳

几年前在昆明，算是把形形色色的各路菌都吃足了，常常是几个人开了两部车满城找最好的菌王食府对比味道。印象最深的还是竹荪，几片网状的纱裙，有时是洁白圆实的海绵状菌棒，吃在嘴里，滑如锦缎，感觉就是清脆绵纯，鲜香动人，又有冰雪般的透彻……仿佛就是最深埋、最私密的缠绵与不舍。吃过之后无不欣喜感慨，吃过一次会想第二次。

后来，在徽州的歙城又尝过一回竹荪母鸡汤。满满的一大盆汤，是绝对的经典，可以说吃遍千百家，唯觉这竹荪母鸡汤才是最鲜美的。竹荪放得足，有几十根，据称里面还有多味中药材帮衬了一下，我们先吃竹荪后喝汤，每人都狂喝了好几碗。那店里，整整一面墙上喷绘着图文并茂介绍，我看了一遍，才知道这种自古就被列为"草八珍"之一的竹荪是寄生在枯竹根部的一种隐花菌类，形状略似网状干白蛇皮，有深绿色的菌帽、雪白色的圆柱状的菌柄、粉红色的蛋形菌托，在菌柄顶端有一围细致洁白的蕾丝网状裙从菌盖向下铺开，漫漫风情，显得奢华无限，被人们称为"雪裙仙子""山珍之花""真菌皇后"。

皖南和浙西山区都是产竹荪的地方，但现在野生竹荪已经很难见到了。那次我们吃到的虽是人工培植的，却也因此有幸被主人领入种植园里见了真身。真是不看不知道，一见之后口里忍不住叫出声：呵，这不就是咱小时在家门口的竹林里常见到的东西吗？那时，我们随口叫它"蛇蛋""蛇娘衣"……避之唯恐不及，根本不知道这东西能吃，而且还是人间大美之至味。

在我度过童年时代的那片圩乡，绿荫翁深的村落，几乎都被竹树杂合的林子环绕着。春深时节，密密的竹篱墙，形成幽深的甬道，鸟鸣清幽、蜂吟蝶飞，金银花、野蔷薇花醉人的芬芳，会染透你的衣裳。而林子外，总是有一条清亮亮的港汊或一方深碧的池塘，林水交映炊烟袅袅，耳闻鸡鸣犬吠，捣衣声声，却难见到人影。有时风吹林动，绿竹丛中偶然会闪出一角艳红的衣裙。

我的童年的梦是被竹染绿的。那时我住在外祖母家，新笋破土时节，每天一早，总是怀着满心的新奇和激动到屋后的竹园里数笋，一支、两支、三支、四支……有的刚钻出地面，尖上还顶着新土和晶莹珠露，有的挺立翘然高过了膝头，有的已抖下一地褐色笋壳早蹿到了我头顶高处。而乡民们俗称的节菜更是随处可觅。节菜很像山珍蕨菜，但远较蕨菜味美得多，通常有两种，一是天门冬的嫩茎，另外是一种有香气的藤本植物刚出土的尺来长嫩茎，它们都未及舒展羽叶，掐回家，跟腊肉一起炒，脆、嫩、兼有野芹和蒌蒿的芳香，风味至美。天门冬则长着胡萝卜一样的肉质根茎，一刨一大串，多得搂不过来，须蒸熟了晒干才能卖钱。竹林里还能刨出犁弓一样粗的葛根，用刀砍成一段段烀熟，放口里嚼，又甜糯又抵饱，葛根也能送到药材站卖高价，还能洗出上等葛粉。

地面上覆盖着带着甜甜发酵气味的腐叶，常会在雨后长出一种雪白的蛋，大小介于鸡蛋与鹌鹑蛋之间，我们都以为那是蛇下的蛋。

不几天，这"蛇蛋"就破壳了，变成了一个吊钟，实际上是从蛋的凸起部分开裂，先露出一个绿盖，下面长出指头粗细的粉红或纯白色圆柱，然后就有一袭带网眼的白纱披下来，初似汽灯纱罩，当它完全打开的时候，特别漂亮，像是穿在风情少女身上洁白的蕾丝网状裙，很有点妖气……我们就称它"蛇娘衣"，相信那是蛇要娶新娘了，是给蛇新娘送来的嫁衣。这东西闻上去有点淡淡的腥甜，还有点像面粉刚发酵时的味道。一两日过去，白纱变成红纱，菌托萎倒，婀娜不再，且有一种浓烈的猫屎那般臭气散出。

人间至味的竹荪，当然是最珍贵的菇类，从前只有高级菜肴才会使用。据说竹荪的那蕾丝网裙越长，味道越鲜美。有资料记载，清光绪年间，慈禧太后为求长生不老之药，动用官兵三千人，前往云贵苗区的深山竹林里，费时九个月，才觅得三斤左右长裙竹荪，其珍贵程度可想而知！

歙城竹荪园的朋友曾交代我竹荪母鸡汤的制法：将土养老母鸡收拾干净后，先烧滚一锅水，将老母鸡整个儿地浸在滚水中烫去血腥气，捞出后冲一下。砂锅中一次性加满水，放入老母鸡，加拍松的生姜块一个、料酒一小杯，大火烧开，改文火慢炖。为了防止汤水溢出，可以在砂锅上架两根竹筷，再盖上锅盖。约三小时后，鸡汤呈现金黄色，即可将竹荪切段投入。再炖，至竹荪充分浸润了鸡汤的味道全部入了佳境后，加盐，关火焖上一个时辰，上桌前不要忘了撒点葱花增香。要点：给鸡焯水时不要弄破鸡皮，竹荪要多浸泡一会，除净那股怪味儿；还有，就是竹荪不要放多，否则会夺鸡汤的鲜味。

新鲜的竹荪比较脆嫩，不便运输，在酒店食府所见，一律都是干品烩出的，味道当然要打上不少折扣。上个月，有朋友从徽州过来，带给我一把干竹荪。正好 5 月份我从北京回来时，儿子给了一盒极品干海参，海参煨竹荪，两种人间至美大味弄到一起，那可是火星撞地球啊。可惜这道菜我却做失了手，未能让原本藏在口味里的那份美好期待变得亮丽通透。此恨不关风和月，主要原因，是海参没有很好泡开，海参须温水泡一两天才开窍，我小看了"水发"这道程序，结果是海参有硬心，要用力咬，竹荪煮老，吃嘴里没了脆劲。

去年在杭州西湖边上看到有家竹荪鹅店，想必就是把竹荪同鹅同烩吧，注意到店招牌下面有小字，说是云贵苗区的传统特色菜，有显著食疗作用。可惜未能走进去一打牙祭。

鲢子头　鲲子尾

　　在馆子店里吃饭，遭遇形形色色的鱼头是很正常的事。比如湘菜中的"剁椒鱼头""开门红鱼头"，川菜里"红油炸鱼头"，江西菜中的"瓦罐煨鱼头"，就连数日前在一家"阿佤山寨"的云南馆子里吃饭，店家推荐的主菜，也是一个堆满黄椒的"巨无霸鱼头"，更别提那独一特色的"谭鱼头"了……民间早就有"鲢子头，肉馒头"的说法，鲢子头成美味，是因为鲢子头上的活肉多，最讨口舌喜欢。

　　我们这里通常把鲢子和鳙鱼都叫成鲢子鱼，其实，头小的是鲢子，头大的是鳙鱼。鳙鱼这名字太文雅，没人喊，都喊"胖头"。凡性情迟钝的，头就越发超大，鳙鱼性憨，所以才长成了一颗胖大的头。头大了有一个不好，就是容易被人取走，菜场里常见无头案，地上摆了一排无头的鱼身，鱼头都被人斜着一刀砍走了，剩下鱼身子放那里以低于鱼头许多的价格出售。

　　"鳙之美者在于头"，鳙鱼一颗脑满的肥头，最易烧入味，是历来被美食家所推崇的好食材。鱼头最好吃的地方，是两边腮壳后的两团螺纹状的肥肉，白嫩丰腴，油而不腻。鱼脑髓颤颤的，滑滑的，筷子都挑不起来。还有就是鱼头上连接各种形状的头骨之间的那些软皮，因富含胶质而特别鲜美。

　　鱼头是各路店堂的挑大梁菜，但于家厨中将鱼头做得风生水起也不难。买来大小适中的鱼头，抠去腮页冲洗干净，用刀由下颌处剖开，不要劈断，呈"合页状"的一个大片。晾干水后用料酒、精盐略腌，放盘中以旺火蒸15分钟左右取出。锅里倒油，投下红椒丝、冬笋片、青豌豆入锅煸炒，烹入料酒、酱油、汤、醋、白糖、精盐、胡椒粉等，烧沸后用水淀粉勾芡，端起锅浇在鱼头上。特点：鱼肉鲜嫩，色彩繁复，口味酸甜微辣。

鱼头做汤，把带了一段胸肉的鱼头从中间劈开，达到可以摊开平放就行，抹上盐、白酒、姜汁，腌半小时。鱼头的内外两面都煎香，盛出备用。把葱、姜、蒜爆香，放入煎好的鱼头，再放糖、盐，略浇点那种不上色的生抽，烧出香味，转入一只胖胖的砂锅里，倒满水，大火烧沸，转小火盖上盖焖上半小时。汤色浓白如奶，那个香气简直要醉人……特别是鱼头酥烂，稠浓粘唇，却还保留本来面目。

我在江苏溧阳天目湖吃的砂锅鱼头，是用特制的腰形大砂锅炖出来的，汤色乳白，姜香味浓郁。据说，天目湖宾馆的每个鱼头都配有身份证，打开身份证上的防伪密码，通过电话可以查询是否正宗。其烹制手法是商业秘密，不宣人。但我推测，鱼头肯定先在锅里拉油，再小火慢煨，重放姜，中途不用揭开锅……如此，则汤浓味鲜，势所必然。20世纪80年代初，我们一个文学笔会放在皖浙交界处的芦村水库进行，半个多月的日子里，那鱼真是吃足了。大鱼头砍做两半，也不放什么作料，就是清水煮，煮出来后分别用脸盆装了端到桌上，白晃晃的鱼脑子得使勺子舀，咸中带甜，嫩而不腻，真是鲜美绝伦！

在皖江一带家庭餐桌上，最风行的是鱼头炖豆腐。鱼头一样劈开，先在油锅里两面煎焦黄，盛起，洗净锅，爆香红尖椒和姜、葱、蒜还有酱板等调料，倒入满满一大碗水，放齐料酒和盐、糖、醋、烧沸，放入煎好的鱼头，大火猛烧入味。再将鱼头连汤带水倒进一只大号胖砂锅里，放火上继续烧。豆腐切小块放入——豆腐若先在沸水里氽一下可以去豆腥气，直接放入则更白嫩，也有人将豆腐在冰箱里冻酥，似更容易串味。同样，豆腐在鱼头锅子里炖老一点，入味；短时炖，则鲜嫩适口。若是嗜辣的，辣椒可放到红艳四射，就像馆子店里以"开门红"和"红翻天"命名的鱼头那样。起锅前，不要忘了撒上香葱芫荽或是青蒜叶。对着这样一砂锅鱼头炖（本地人将"炖"发音为"笃"）豆腐，几个朋友把酒且饮且聊，可以倾诉尽人生所有得意和失意。

鲲子尾为什么好吃？首先你要了解到鲲子是鱼中力气最大的猛士，在水里，鲲子一尾扫来能轻易将人扫扒倒。大名称作鲩鱼的鲲子，有草鲲与青鲲之分，二者都是鱼雷一样的流线型身材，只是前者灰白色，稍有肚腩，爱群聚凑热闹；后者青黑色，肌肉更结实饱满，为独行侠。嘴前突的草鲲吃草，连草根和硬邦邦的草梗都吃，生活在水的中下层，太阳晒得到，为灰白色；青鲲口在唇下，便于搜索螺蛳吃，平日里都在阳光照不到的深水底层独来独往，潜龙在渊，故颜色青乌。若论肉质鲜美，吃螺蛳的当然要胜过吃草的……所以人家腌鱼都挑青鲲，青鲲腌晒得好，肉里能出油。以此类推，青鲲的尾自然也比草鲲的尾好吃了。

鲲子在水中，尾巴是它们一招制胜的武器，尾巴轻轻一搅，"哗"一下，就是一个超级大旋涡。鲲子的精气神全都集中在尾巴上，它的尾部是一种胶质肉，细嫩鲜滑，肥厚而香腴，你用筷子夹进嘴里，只管顺着大卡一吮，肉就下来了。特别是尾鳍上那层灰黑的肉膜，滑溜爽口，真是旷世奇才。还有尾梢，脆嫩可嚼，那滋味不比鱼翅差多少。

我在菜场只要看到有分解开的一段鲲子尾，不管多贵都买下来。有一次，买到了一条长老级的从长江里捕上来的特大青鲲的尾巴，先用红油炸香，再下配料，煮了一大锅，煮到汤水全部变成了醉生梦死一般的浓厚胶质，黏滞得筷子都扒不开……叫来三个朋友，美美吃了一顿。

除了头和尾，鱼鳞也是鱼身上好东西，忽视了真是太可惜。我们常说的大鳞鱼，通常就是指青、草鲲和鲤鱼，它们身上的鳞，既大又厚，却被视为糟粕而弃之，想起不就叫人痛心？若是将这些刮下的鱼鳞收集起来洗干净，加上剪下的鱼鳍，用料酒、花椒、红尖椒以及盐和姜末腌一下去腥，然后放锅里，丢进一大块拍裂的姜，加满水大火烧开，改小火熬两个小时。直熬至汤汁黏稠后，捞净鳞片及杂物，往汤里加一点鸡精搅匀，待凉后，入冰箱冷固。取出，以刀切成条，条切成片，入碟码齐了端上桌。放眼望去，晶莹剔透若玉脂……喜欢味酸的就在上面浇点醋，颤颤地夹了入口，满嘴鲜香，一点不输于镇江肴肉啊。

没事就到江边劈口味

　　记得童年时，随父亲从南陵的弋江镇坐了一条带帆的船来芜湖，百多里水路，风轻轻，浪悠悠，看山恰似走来迎。中午一餐，船上包伙，其实也就焖了一锅米饭，烧一瓦釜鱼汤而已。那时水里鱼真多，船家把一条系了漂浮子的丝网随便拖在船后，行过一段水路再来收网，便能收获一堆大大小小的鱼。就在船尾洗净，舀了清粼粼江水做成鱼汤，鱼汤里加了点船上带的豆豉，再倒进点酱油，透鲜。那便是我最早吃过的水上"餐馆"。

　　前几年，青弋江入长江口处的中山桥与花津桥下的水面上，分别各有一家船上餐馆，每到晚上就霓虹闪烁，招客人到船上吃鱼。鱼有专门的进货渠道，保质保量，都是鲜活的，一点不假。船经过装修弄出一间一间的包厢，夏天也可在船尾的露天处摆出一两桌。据说生意一度很不错，要吃饭得提前预订，后来，大约是排污还有安全等问题没法解决，这些船上餐馆就烟消云散了。

　　几乎是那同时，在当涂到马鞍山的一段江边，远离闹市区的地方也有几家船上餐馆。因为能吃到最新鲜的江鱼，很多人通过熟人打招呼订餐，我也前前后后吃过两回。那些船上餐馆，大小格局不同，经营方法各异，但共同的一点，就是都说自家烧的是正宗长江鱼。有的甚至在船头摆出了透明玻璃缸，里面游动着鲜活的鱼、虾、蟹、鳖，让你生出一种即食的快意。如果是几个文化人乘着夜色而来，夜风透襟，轻波拍舷，以鱼佐酒，举杯邀风月，风月足可荡涤心胸……而在飘着雨丝的夜晚，阒静中，水流声清晰可闻，投眼窗外，远处或许正有几星幽谧闪烁的渔火，会让你想起古人"江湖夜雨一尾鱼"的诗句来。

今年初夏，参加市作家协会的一个活动，地点在"凤凰号"豪华游轮上。实际上这艘游轮就是长江上一个流动餐厅，从繁华市区开到当年大诗人李白写下"天门中断楚江开"的天门山下，再返回来，约莫十来里的水路。一路无敌江景，风光无限，客人在游轮上可以赏景座谈开派对。船上能吃到鲜活的江鱼，更能吹到清新的江风，套用一句流行话，叫"哥要的不是鱼，是感觉"。确实，这艘包装得富丽堂皇的水上餐厅，生意兴隆自不待说，经常能看到打着小旗的旅行社导游领着大队人马奔上船，大呼小叫地围桌而坐……客人的兴趣，多在游历赏景，很少在吃鱼上。

住在长江边，若不能把江鱼的味道演绎成口舌间美丽的风景，未免不是一种遗憾。上个周末，几个朋友在我家打牌下棋，中餐是我动手做的。到了下午四五点钟，大家提议出去吃个新鲜，也透透气。一位院长朋友立刻打出了一个电话，简单几句就订下了晚餐。大家说走就走，两辆车开出，直往城北而去。四十分钟后，车子停在了天门山下一家叫"天门鱼庄"的院子外。

见时间还早，我们信步走上江堤，眼前就是临江兀立的天门山。山不高，但奇峻峭拔，滔滔江水奔来眼前，急流湍曲，回波北向……难怪诗仙李白当年到此要激情朗吟，声播江岸。堤下是大片的柳树林，野草油绿，池塘静僻，从江面上吹来的风里带着浓重的水腥气。

几只渔船就停在柳树林子边，有两条小狗大约是船上跑下来的，兴高采烈地追逐嬉闹着。

在江堤上走了一趟，看了风景，回到鱼庄门前。就这一会子工夫，我们的车旁已停满了十多辆车，门楣上的灯笼也早早亮起，召唤着一拨又一拨的客人。我们订下的，是院子里那间独立的非洲风情的尖顶圆草棚，走进去，里面却很开朗，电视和躺椅都有。等候上菜前，我照例又是要跑到操作间看了一下热闹。厨房不小，火光熊熊，几个厨师忙得不亦乐乎……见没处转身，我只好退了出来，看两个女人在洗菜池边收拾鱼。一条刚被捞出鱼池的江鲤鱼，活蹦乱跳的，在地上蹦得噼啪作响，生猛有劲。水池里养的是鱼，旁边几个带增氧泵的大大小小的盆里，也都养着鱼。檐墙上挂着一长溜咸货，鸡鸭鱼肉都有。

正是晚餐到点的时候，客人接踵而来，几个年轻女服务员和伙计进进出出地忙着。此刻，若是在市区那些星级餐厅频频举杯，或是在某处灯光迷离的卡座间喝上一杯卡布奇诺什么的，会有一种优雅和浪漫的感觉……但是，跑到这偏僻的江边吃鱼，何尝不是一种奢华？看得出来，客人中有一些是很有身份的，外面停的车有档次，他们多半是被人殷切请来的。

有人从非洲小屋里伸出头喊我，入座后就上菜了。先是一大砂锅浓汤鲍鱼，鱼汤牛奶般的浓白，里面肉块同样是奶白色的，柔嫩、细滑，仿佛凝脂，烧出这种汁水，功夫可见不是一般。一个粗瓷大碗里盛着昂丁鱼，每一条都是头尾对齐地叠放着，除了盐，几乎不加任何调料，只有几粒同样白净的蒜瓣。一盘盐水煮青虾，虾腹间贮满黑色子粒，灯光打在虾壳上，有种反射的银光感。最后端上来的一个鱼杂碎锅子，是我特意要的，因为我刚才在后厨间看到有不少鱼肚鱼膘搁在那里，真是可遇不可求。蔬菜有鲜炒黄花菜，深绿浅黄，清香诱人。而我更中意一盘叫"菊花脑"的野菜，放了很多蒜蓉和猪油炒出来，吃在口里，感动自舌尖滋生，瞬间愉悦了所有的味觉细胞！

朋友们都知道，我若是专寻美食而来，一滴酒都不喝的，因为喝酒会破坏味蕾的感觉。两个驾车的也没喝，剩下的三位刀锋战士，将两瓶白酒一滴不落地送下了肚子……最后，又加了十瓶啤酒"漱漱嘴"。我真替他们可惜了那一桌子好菜……但瞧他们那快慰平生的酣畅劲头，明显胜过我许多。

还在同我们口舌周旋的野生江鲴

许多年前，我还在青弋江边的小镇上当老师时，二弟携他的女友来看我。我去街上买菜，一黑瘦中年妇人的摊位上，一堆杂鱼中，有一条体滑无鳞、形若纺锤约两斤来重的大昂丁鱼吸引了我。细看，那鱼扁圆的口腔位于头的下部，且背部于鲜黄中稍着一抹灰黑斑彩，尾巴开叉……我一激灵，这不是鲴王鱼吗？

那条仅以十元钱被当作昂丁鱼成交的极品鲴王鱼，被我带回家中，尽管我那时的手艺不怎么样，但斩作两段后，佐以少量料酒和葱、姜红烧出来，鲜、嫩、滑、爽，那个滋味还是挺叫人倾倒啊……只觉黑鱼少其肥美，鲇鱼则多其腥腻，食之不能停箸，令我们大呼过瘾！鲴王鱼属杂食性底层鱼，多静居在湍流外的岩缝和石穴中，同鳜鱼一样，常猎狩小鱼小虾为食饵，故肉极细腻，且无刺。鲴王鱼另一特点，同我们江南水泽常见的黑鱼和鲇鱼一样，孵化的鱼苗抱团，不四散乱串，全部成群结队尾随着父母生长。

严格地说来，鲴王鱼盛产于寿县正阳关及凤台县黑龙潭、硖山口一带。每当淮河汛期，鲴王鱼凌波欢跃蹿越，有的逆水上溯至河南的三河尖，有的顺流而下，可溜到江苏的洪泽湖口，虽畅流八百里长淮，但它们生儿育女的长期栖息地，却不离安徽境内淮河中游一带，因此，是道地的"皖地奇珍"。相传西汉淮南王刘安都寿春（今寿县）时，有人献上这种珍贵而不知名的鱼。刘安食后甚觉美味可口，因其体黄，就随口名之为"回黄"，并常以此鱼宴请王公贵人，是以渔民们又称淮王鱼。捕捞鮰王鱼也很有趣。据说，历代都有专以捕捞鮰王鱼为业的人。其法是在较小的木筏上扎成草窝，填些泥石，下沉到水底洞穴旁，让鮰王鱼感其环境舒适，自动钻进去栖息、生儿育女繁殖后代。待到一定时日，用绞车将木筏起上水面，便可收取大小成群的鮰王鱼。后来，淮河水质污染，加之往来如梭的船只噪闹不安，喜洁爱静的鮰王鱼产量遽降，少数则零星远遁他乡，晓风残月，四顾凄惶。譬如被我炮制的这一条，就是从水碧沙清的青弋江里捕捞上来的，既已摆到菜场出售了，你不吃别人也会吃。可惜，竟无人识得其曾为皇家珍馐、淮上极品的身世，而让其杂处寻常鱼中以致埋没了身价。

除了淮河鮰王鱼，还有一种长江鮰鱼，而后者无论是名气还是种群数量上都要远远超过前者。淮河鮰王鱼时下已很难一见，而正宗的野生江鮰，只能碰运气直接在渔船上买到，平时所见几乎都是养殖的江鮰。

过去我们这里有"长江三鲜"之说，多谓刀鱼、鲥鱼与螃蟹。螃蟹算不得鱼类，故有人以河豚顶包；但河豚也是鱼中异类，于是又推出鮰鱼接替。其实，从皖江这里再往下游去，丰腴肥美的鮰鱼与刀鱼、鲥鱼一起并称"长江口三宝"，是当之无愧的。让人叹息的是，日渐稀有的刀鱼早已贵至一斤数千元，而多年前就绝尘而去的鲥鱼，更是"此情可待成追忆"，唯有鮰鱼，还在口舌间同我们周旋着。

同淮河鮰王鱼一样，长江鮰鱼一直是被列为鱼中上品，其肉质细腻，鲜嫩不腥，除了一条大脊，肉中无刺，兼具鲥鱼之味河豚之鲜，一般长江无鳞鱼种无法与之相比的。就口味来说，如果硬要我排一下江鮰的地位，剔除下多刺的刀鱼，那么我想，它应该还是随在河豚和鲥鱼之后吧……能与河豚和鲥鱼比一下肩，那也是一种非常了不得的荣耀啊。

江鮰皮肤黑，有的作青灰色，不像淮河鮰王鱼那般通体明黄而缀有灰黑彩斑，它们尾部都是开叉的，有别于普通的鲇鱼和昂丁。背上的大刺，也是比昂丁的小，比鲇鱼的大，所以江鮰在我们这里普遍的称呼是"江鲅"或"鮰鲅"。它们都生有胡须，看上去每一位都是长老级的。江鮰为什么皮黑？我们这里渔民中有个传说：江鮰原为天上监督管理诸鱼之神，是一个相当于部长级别的领导，一次酒后乱性调戏仙宫侍女，被玉皇大帝打入凡界压在长江大石之下。有一天，一只黄鹤飞掠江面，听到江中有呼救声，遂潜入江底，见鮰鱼凄苦惨状十分同情，便向玉帝求情，使其免去了苦役。

那年我去长江三峡参加一个有海峡两岸学者、作家、报人围聚的会议。晚宴上当地主人介绍一道三峡名菜，说是"清蒸江团"，我往席上看去，嘿，那不就是清蒸鮰鱼吗？后来问了一下别人，果真就是长江鮰鱼，他们称作"江团"，我不知道何所来由。听说，好像湖北和四川人都是这般叫的。不过那晚的"江团"确实大放光彩，灯光打在鱼体上，晶亮泽润，色型美观，能把鱼烧到这种功夫的人，身手定是不凡……主人在致欢迎词，我们却盯着鱼看，口水不经商量地满嘴泛溢。终于可以大快朵颐了，这鮰鱼身上除了那根大脊，细刺几乎是没有，基本可以无障碍入口，柔嫩润滑，油而不腻，给蒸得稍有崩裂的鱼皮还特别有韧性，真是不可让筷子错过了好辰光！

野生的江鲴越来越少，养殖的鲴鱼产量虽多，味道却难与原长江野生鲴鱼媲美。住在长江边有一个好处，就是能吃到野生的长江鱼，但是必须是自己动手做，如果是到店里去吃，就很难有保障了。

下江菜更喜欢红烧，所以红烧鲴鱼在下江菜里也算是一道经典菜式。也有店家创新，引入徽菜的粉蒸手法，将鱼身浸入料汁后裹拌五香米粉上屉笼蒸，口味独到，酱香浓郁。到了我手里的江鲴则一概处之以红烧。鲴鱼收拾干净，分头、尾、身斩作三段，葱、姜和蒜头切细入油锅煸香，放鱼块滑炒，烹入绍酒去腥，加入安庆豆瓣酱、老抽、糖及适量清水烧开，转小火煮半小时，至鱼肉入味，汤汁浓稠，撒上葱花，起锅装盆即可。

"长江绕郭知鱼美，好竹连山觉笋香"，是东坡的诗吧。板桥亦有诗："江南鲜笋趁鲥鱼，烂煮春风三月初。"如今，长江鲥鱼已绝迹多年，但这并不妨碍我拿鲴鱼顶包来续接口腹的钦羡神往。这些年，每至春深时，我总是要寻来江鲴，做一款春笋鲴鱼，也别有一番滋味。锅中焖至鱼酥油出，投入切成滚刀块且焯过水的鲜笋，烧到汤汁收浓即成。品入口中，鲴鱼腴厚、春笋嫩脆，加上那种清香绵绵的笋味，仿佛咽下去的就是氤氲在时空深处的湿润诗情。

长江鮏鱼的身份确认

就像我无法在网上查到淮河鮰王鱼一样，我也无法找到一点有关长江鮏鱼的信息资料。但鮏鱼却常会出现在某次宴席上，而且旷世奇才的美味，总是轻易就令我们为之倾倒。

我们这里有个桂花桥，没有拆迁前是 8 路公交车的终点站，靠江堤边，属于郊区了，我常去那里吃野生江鱼。几间简易的房，长条凳，包厢都是不隔音的，且拥挤异常，生意却是好得出奇。主要是这里鱼烧得好，又新鲜，都是刚从江里捕上来的，才特别吸引人。每年的三四月份，正是长江鮏鱼最肥美的季节，一到晚上总是有那么多人开着车或坐公交来此吃鱼。埂上有一家，埂下有一两家，我每次来，都是吃埂下那一家烧的鮏鱼，没办法，我自己根本做不出那效果。我有时是一人打牙祭，就点一个鮏鱼，红烧的，端上来也就浅浅的一小盘，却要六七十元钱，够买十几斤大鲫鱼了。那鮏鱼，色泽红亮，微溢酒香，鲜嫩不腻，汤汁稠浓粘唇，真是鲜美绝伦。

我常吃的那一家，厨房就在进门的左手一侧，是敞开的，有五六个专门在厨间打杂的女人，只要不是人多得转不开身，我就站那里看。厨师有两人，年龄都不大，瘦瘦的，他们烹饪时十分讲究火功火候。比如红烧鮏鱼，起码是"两笃三焖"，至少要烧上半个小时。其中两次用旺火，每次二三分钟，大部分时间用文火焖，使鱼块完整而鱼肉酥绵细糯，鱼肚自然成茨为佳。每当一盆盆色泽红亮的红烧鮠鱼由厨间端上桌，常能听到不隔音的包间里那些食客一阵喧哗喝彩。

鮠鱼体态粗长，色灰白，无鳞，腹部膨隆，一张扁阔的大嘴，唇两边长着细溜溜的肉质胡子，尾巴也是侧扁的，整个模样就是一条超大的鲇鱼。鮠鱼终年栖身于十多米深的水底，捕捞不易，为稀有珍贵鱼类。刚出水的鮠鱼，身子两侧绯红，鱼肚雪白，犹如轻云中晕染着浅浅红霞，十分娇美。我吃了这么多年鮠鱼，至少都是在七八斤、十斤以上的大家伙，菜场里见到，也都是放地上砍成一段一段地卖。春暖花开和仲秋锁寒之季，鮠鱼体硕膘肥，是品尝的最佳时节。

鮠鱼太大，很少有整条入烹的，多是切成块状下锅。红烧出来，汤汁深浓，鱼块嫩白，色形皆美。因为刺少，有也是那种大脊刺，剔除后可以放心地大口吃，勿须有鲠喉之忧。有的食府烧法出神入化，先将鱼块用蒜蓉煎烤，至两面焦黄，鲜嫩的肉质里吸收了蒜香，再下齐作料烧出来，味道分外动人。鮠鱼皮很厚，特别有韧性、有弹性，且多胶质，滑糯滋润，油而不腻，切不可错过。鮠鱼有"春化"和"秋化"之分，一般认为春季鮠味道最佳。深秋季节，鮠鱼在深冷水底与湍流石隙中饱食了小鱼小虾，体态甚是丰腴肥美，烹出来肉白如脂，味如乳酪，说不尽的鲜、嫩、滑、爽。

鮠鱼除了鱼色娇美和肉质鲜嫩外，其头颅也是难得的好食材，特别是嘴角和下颌的皮层尤厚，全是鳖裙那样的胶质肉，无比的滑爽鲜美。我在本市以烧徽菜出名的黄山园吃过两回好菜，一回是豆豉蒸鱼划水——就是鱼的腹鳍，一次就是吃鮠鱼唇，至今想起仍舌底生津。有人说鮰鱼的精华全在于吻部软肉，就像鹅之掌、蟹之黄一样。鮰鱼的吻部软肉十分发达，又肥又厚实，有犴鼻猩唇之肥糯，也有河蟹鲥鱼之鲜嫩，用火腿、冬笋加豆豉煮出，汁如乳，食之肥美可口、软嫩相彰，实是难得的珍馐。鮰鱼的鳔也特别肥厚，加满把的蒜瓣烧出来后，汤汁粘滞，鲜香满口，一点不逊于徽菜中名贵的鲇鱼肚。

今年的暮春，一个姓杨的朋友请我在中山桥头一家店里吃饭，席间有一道鮰鱼竹笋汤煲，味道十分独特。工艺品般的鼎状器皿装着鮰鱼竹笋，雪白的汤乳，看上去有点妖风怡人，用勺轻轻拂开表面一层白白油花，喝了一口，有着说不出的鲜美；鱼片滑润柔嫩不失其形，醇香中透着笋鲜，似乎是柔情一汪又一汪，让我勺不停手，大快口舌。大约是一个月后，文协开会，晚上小聚，我因挂系那个鮰鱼竹笋汤煲，就把大家又带到中山桥南的那家，结果不仅煲没了，连其他的几个我指名要的菜也没有一个如意，弄得很是不爽。

在外面吃得多，知道鮰鱼的做法甚多，有白汁鮰鱼、汤煲鮰鱼、红烩鮰鱼片等。我自己出手做鮰鱼，到目前为止，全部的记录也就是一个红烧。盖因不论哪种菜红烧都是最把稳的，技术含量不高而少有失手，但出新也难。简单说来，就是先把作料下锅爆香，再投入切好的鱼块，加绍酒、老抽焖烩。据说，做得好的红烧鮰鱼，鱼皮无丝毫破损，不加一丝芡粉就能产生浓郁的汤汁，上桌后立马被一扫而空，就连汤汁都拿去淘饭了。鮰鱼很少做成酸菜鱼，但我还是在江边吃过一回，红红的辣油汤中，浸着白嫩的鱼块而不是鱼片，深绿的泡菜沉浮其间。尝一口，唇齿间交织着咸酸劲辣，无骨刺的鱼肉尤显秀润剔透，看别人都是吃得又开胃又过瘾……我虽给辣得口中咂咂有声，却也是欲罢不能。

　　我现在突然想起来了，为什么找不到鮰鱼的资料，是鮰鱼的那些资料都让鮰鱼占去了，把鮰鱼和鮰鱼混为一谈了。如果鮰鱼其实就是鮰鱼，那么，只长到一两斤重的鮰鱼——也就是我们通常所称的"江鮟"或"鮰鮟"的真身又是什么？但苏东坡品尝鮰鱼后，曾写下《戏作鮰鱼一绝》专门赞颂鮰鱼的美味："粉红石首仍无骨，雪白河豚不药人；寄与天公与河伯，何妨乞与水精灵。""粉红石首仍无骨，雪白河豚不药人"，这描述的就是鮰鱼的外形和滋味啊，如果苏东坡没有搞错，那一定就是我搞错了。可是，同样美味的"江鮟"或"鮰鮟"，我们总得也要给个明确交代呀……

桃花有泪凝成胶

我同一大批人来到朋友老梁的山庄，赶桃花节。

这肯定是老梁山庄的狂欢日。雨后初晴，阳光下水汽氤氲，众多的"长枪短炮"，五彩缤纷的人流，特别是画舫和曲桥水榭之上，还有高髻广袖的女子作汉服表演，真个热闹非凡！但无论是临水的桃花，檐角的桃花，还是山坡头连畦成片的桃花，她们似乎并未因人来得多而开放得特别妖娆抢眼。

深爱桃花，爱她的啼雨胭痕。但于我来说，是更喜欢"小桃无主自开花"的那种人生景况。在一个东风缱绻的曾经的往日，我们路过某处荒野，一株小桃挑着几朵细伶伶的粉花兀自向晚而开，分明应和着你生命旅程的足音。著花不过十数朵，独向人间冷处开，这会让你想起自己在这路上曾有过的初恋、爱情与追怀的纯情岁月。一段婉曲心结，坎坷人生当如是，其中复杂滋味，只有个中人能解。

一千多年前那条唐代的村道上，多情的书生崔护，行走在恰如我们眼前一样诗意翩然的阳春三月里，邂逅了那个让他无比心动的女子。一页诗笺，遂化为一瓣桃花，漂流在历史的长河中，漂流在我们映照自身的不可触碰的意识深处。桃花不语，一年复一年，纵横今古多少事，诉尽无限心曲。"人面不知何处去，桃花依旧笑春风。"幽幽道来，凄美千古，弹尽胭脂雨……也就有了邓丽君唱向人世深处的《人面桃花》。

但这是在老梁山庄，热热闹闹开放着大片桃花，枝头上挂满了一张张粉红的笑脸，微风一吹，淡淡的花香贴面拂来，如一个浅浅柔柔的吻。桃花开得恣意无忧，人也是满脸的怡然，这显然是不适合那种清婉的抒情和伤感的。红尘万丈，漫过纷纭旧事。那浅浅敏感的诗心，恰似桃红一点，尖尖的，略带忧伤。

我们在老梁山庄吃过午饭后，便往回赶。在车上，同我邻座的搞摄影的王君，把一包东西打开给我看——是几小团琥珀色的几近透明块状物，我用手摸了摸，软软的，有点像 QQ 糖，稍有点粘手，隐隐散发着淡淡的清香……呵，这不是桃树油吗？王君点点头，说这确实是桃树上长的油脂，但正规的称呼是桃胶。我说，桃树受了伤害，伤口里就会淌出这种东西，有人说它是桃花的眼泪啊……你弄这做什么？没想到王君的回答却很出我意外，竟然是"吃"，说带回家炖成甜点心"桂花桃露"，或是同五花肉一同烧出来，味道都挺不错。嘿，见过有人吃桃花，那倒是挺诗性烂漫，没想到这桃树油也能吃。

因有王君这一说，从此我便多留了一个心眼。没想到仅仅两个月后，我和几个人在本市一家有名的徽菜馆子里吃饭，拿着菜谱点菜时，眼前突然出现一个"桃脂烧肉"，这"桃脂"莫非就是桃胶？我就问服务员小姐，小姐点头道正是。再问好吃不好吃，小姐嫣然一笑，说："咬起来有韧性，很好吃的……""那我们就试试这个菜。"我说。

菜上来了，肉烧得极红润，一看就是香润可口，我们却都把筷子朝盘子里淡褐色的"桃脂"挑去。"桃脂"滑溜溜的，像果冻，但显然比果冻结实。好不容易搛住一块送入口中，感觉比木耳更加软滑，绵软耐嚼，饱吸了油脂且有桃香味……又有点凉凉的感觉，那味道太特别了。我们都是第一次吃这玩意儿，大家显然都是兴味大于口味，为数不多的一些"桃脂"，很快就被挑尽了，光剩下肉块在盘子里。大家意犹未尽，招手再叫过来那服务员小姐，问还有什么"桃脂"菜。小姐先是摇头，稍后又想起来说有一道"跳墙豆腐皇"里面有"桃脂"作配菜……我们说那就马上给来一个这"跳墙"的什么豆腐。后来才知道这就是勾了浓芡的一大盘菜，里面的豆腐是炸过后又包了一层蛋清，滑嫩香软，配菜有虾仁、青豌豆、胡萝卜丝，那些黑黑颤颤的东西，一定就是"桃脂"了。用筷子挑了一块送入口中，果然正是刚才尝过的味道。

想不到早先我们见惯的"桃树油"，竟然也能填充口腹之欲。我记得那时每逢下过雨，桃树的伤口处和有虫疤眼的地方，就会沁出一团团的这种东西，有白色、黄色、褐色，粘在树身上，干了，就成了一团硬胶，任你在手心里揉过来捏过去也弄不缺损。

那天，我在滨江公园又碰到端着机子左瞅右瞄的王君。我向他提起吃过"桃脂"的事，王君慷慨允诺说哪天请我上他家，他教我做桂花桃露。他说很简单，就是把桃胶泡开洗净，拣去杂质，要是大个的就掰开撕细，接下来就是加糖炖……等到汁水有点稠了，加入切成布丁的随便什么水果，然后放入糖桂花，关火焖一会儿就好了。煮化的桃胶像是藕粉，等凉了后，再加入少量的蜂蜜和薄荷，放进冰箱冰成真正的果冻的模样……我听他这么一描述，真有点迫不及待了，恨不得马上就动手做出，盛上一碗品尝。我想，那一颗颗贮存了桃花泪水的桃胶……一定很有情调，一定饱满透亮！

有桃树和桃花真好，这会让你常常生出翩跹诗意。我写过一篇《向往乡居》。我想，等我老去，就择一傍山近水的住处，植一片桃树，桃树开了花，看花开花落，听风去风来……或者，就寻一处比金庸笔下小而又小的桃花岛，孤绝，清极。桃子的季节下去了，还有桃胶。

辣椒的快意演绎

辣椒在暮春和初夏的阳光里嗖嗖猛长，一天一个样，半人高，碎花落，一群乖巧伶俐的小辣椒们在枝叶间探头探脑，吱吱喳喳，交头接耳。过了立夏日，辣椒们就出落得一个比一个水灵生动和美艳绝伦，或青绿或酱紫或鲜红，一串一串，在轻风里摇曳。

但是，到了厨房里，情形就变了，辣椒被推到前台展示自己容貌的机会并不多，辣椒通常就是个被使来唤去的丫鬟的命。辣椒的尴尬，在于其无论切丝还是切片，大多只能作为配料，作为调味品，掩盖在主题后面，常常沦落到熟视无睹的境地。即使是炒一碟辣椒丝，也是要加上干子丝配伍，才能出场。然而辣椒出人头地、独当一面的机会并非完全没有，炒辣椒片、辣椒瘪，就是全部由辣椒来演绎，唱绝对主角。

青辣椒过一下水就洗干净了，握在拳眼里，按住蒂柄朝里轻轻一推，再抽出来，就将籽心拔尽。随手一刀拍成碎裂的片，入油锅炒，加蒜片、豆瓣酱，再放点盐、糖和醋，略焖片刻，装盘前勾点水淀粉，就是炒辣椒片。如果辣椒没有被拍裂，而是完整地下锅煎倒，再放盐、酱、醋等调料修理，就是炒辣椒瘪。辣椒瘪极能开胃口，光是用那汤汁淘饭就吃得风卷残云，别的菜可以免了……当你在一个近午的时分走进某个村头，突然闻到那种混合着辣椒的焦香味、酱板味、醋味的特有气味飘来，腹中饥肠一下辘辘转动起来，就会忍不住咽一口唾沫。

由家常味的辣椒瘪再到虎皮青椒，技术提升上并没有太大的坡度……区别只在于，虎皮青椒由于外形的略微改变，又冠以雅称，就轻易地获得了出入家厨和店堂食肆的通行证，而有着土名字的辣椒瘪，却注定只能情属农家的粗瓷大碗，在小蝉新蝶的江南的乡村演绎美妙时光。对于嗜辣者来说，无论辣椒瘪还是虎皮辣椒，都是至尊级美味，因为这道菜中辣椒不再是调味品，而是风骚独领快慰口舌。

有人说过，对一个厨师的验证，就看他能否做好虎皮青椒，这是因为在初夏的餐馆里，虎皮青椒这道菜是最容易被客人点到的。其实，要让我说，能把一盘辣椒瘪炒得山清水秀，整治虎皮青椒自是不在话下。好厨师做出的虎皮青椒，斑碧绿透，身形苗条，像是一根根翠玉手指般清秀可人，的确既可口又风雅。

所谓虎皮青椒，就是青椒烧出后，表皮上附有均匀密集的白灰色虎斑花纹，菜形别致而不失自然，气味鲜香，口感绵嫩而不烂。餐厅中的虎皮青椒大多是先将青椒入油锅炸，炸出表皮的花纹，浓香扑鼻且又好看。在家里做虎皮青椒，则是先将青椒放锅中干煸，不着一点油星，失去水分的青椒除了变蔫，表皮还出现焦斑。此时加入色拉油，加点水，"嗞啦"一声热气升腾，冷油冷水遇到热锅迅速被青椒吸收，青椒就薄皮膨胀，内肉收缩，皱纹剧增，即刻呈现出虎纹效果。然后，如同烹辣椒瘪一样，加入一应作料烧出来，那些斑斑点点的色泽，看上去尤让人食欲大增。

须提醒的是，在家中厨间干煸青椒，因锅中不放油，故而火不能大，要不断翻炒，让青椒均匀受热，避免焦煳。并且要用锅铲按压住青椒，目的是将水分逼出来，使其迅速蔫倒。待表面发白并有焦煳点，便倒油一起翻炒，视大面积虎纹出来，就要下作料放水盖锅烧了。烧到酱油和豆瓣酱在锅里结成一层薄薄的痂，就好了，吃到口里甜甜咸咸的，就可认作是正宗的虎皮辣椒的风味。如果是太大太长的青椒，下锅前可从中一刀切成两段。要是怕锅里结上焦痂影响观感，就分作两步操作：青椒干煸，放油炸出白膜后，盛起；洗净锅、倒油，下蒜末、酱醋和白糖等作料煸香，放一大勺水烧沸，倒入青椒翻炒，勾芡入味，装盘……不待上桌，先以锅铲角尖挑一块到嘴里，那个味道啊，脆香软辣，妙不可言！

至于选料，一般认为，选鲜嫩肉厚外表平整的大角青椒最好，小灯笼椒、羊角椒也可以。不要以为一根根完好无损的青椒就辣到吓人，"不辣""微辣"或者"巨辣"的等级，可根据口味选择，喜欢酸的多放醋，喜欢甜的多放糖，豆瓣酱也可换成超市里的老干妈豆豉。像我，因为不甚耐辣，即使买来是"稍辣"的青椒，有时不放心，在拧去柄心时，顺带把腔里的白膜辣筋也刮掉。一般的青椒，只要刮掉白膜辣筋，就戾气散尽，心态平和，待人接物变得内敛中允。但我吃过一次亏，有回听信了卖菜老头的话，买回一堆"有一点辣"的青椒，就没有处理那些白膜辣筋，花了一番工夫做出来，最后却倒了，实在不能进嘴，辣得舌头上像着了火！

其实，正所谓上得了厅堂下得了厨房，无论是虎皮青椒，还是辣椒瘪，因其原料便宜和绝不复杂的操作，才决定了它们都是极其平民化却又是大雅大俗的家常菜。它们有个性，有一点小脾气，调理好了，既可自用，待客也不失其华。

如果不想让辣椒"瘪"在那里，而要继续提升味蕾的高度，就在空腔里塞进肉馅，一样的套路烧出来，或直接用油炸了再烹调——唯有炸过，才更能体现嫩滑的口感吧？如此兼荤兼素，又香又辣，即使吃在嘴里咝咝有声，额汗淋漓，也是吴钩任侠，快意恩仇，哪还再有话说了……

金黄的南瓜花　嫩绿的南瓜头

初夏时南瓜藤子已蔓遍荒坡野地，有的攀缘在水塘边的瓜架上或是矮墙长篱上，有的借助树枝或竹竿的引领，会爬到有烟囱的披厦屋顶上。南瓜花开的时候，也是夏夜的星空下流萤闪烁的时候，孩子们举着放有鲜嫩的南瓜花瓣的玻璃瓶，对着一闪一闪的流萤喊着："油炸糕，油炒饭，萤火虫，家来吃晚饭！"其实，萤火虫可口的美味佳肴是蜗牛，萤火虫并不吃那鲜嫩的南瓜花，只有孩子们自己才爱吃南瓜花。

清晨，来到菜地里，见碧绿的南瓜藤上又一路逶迤开出了好多金黄的花儿。那些花儿，自绿意荡漾的大片心形叶中探出笑脸，随风轻舞，迎着刚露头的太阳，热烈奔放，姿态袅袅娜娜，妖妖娆娆……外公从菜园里摘了一抱茄子辣椒和空心菜后，走过那一大片南瓜藤蔓前，会停下来，将一些爬到了路口或伸向不该去的方向的瓜头轻轻牵回，再小心地走进藤蔓中，掐下一些南瓜花。出来时，露水已打湿了他的裤腿。

南瓜花有公母之分，掐来做菜的都是公花，又叫"谎花"，母花不能动，母花是要结小南瓜的。公花有一根长长的细细的花柄托起杯形的花朵，以便于传粉；而母花的花柄粗壮，与藤蔓不相上下，粗壮的花柄上托着绿色的南瓜宝宝，宝宝头上顶着一朵母花，像是戴着皇冠。有时候，这个小小的绿色南瓜宝宝会变成浅黄色，那多半是因为

　　小笼包子上桌后，用筷子夹住包子上口，轻轻摇一摇，让包子和笼底分开，然后横着夹起，放进调羹；也可以一手夹着汤包，一手拿汤匙接着，轻轻地咬开一个小口，吹吹里面的热气，待汤馅不太烫嘴时，吸完汤汁，再将包子入料碟蘸上醋一口包下。

　　茶水清碧微黄，苦涩中带着馥郁的兰气，绕齿三匝的回味里，犹如一缕清风吹过林间，自有一丝淡淡的朦胧，和一抹幽幽的宁静。

　　高温之下，细鳞化为滴滴油珠，整个鱼身都是色如溶脂，几近
透明。清蒸之法不仅能完美表达刀鱼之鲜，且没有一般鱼类惯有的
泥土腥味，白鳞银身浅卧淡酒清汤之中，暗香苒苒，惹味牵肠，使
得刀鱼的美味上升到精神审美层面。

　　要论压桌的菜，我以为还是笋块瓦罐炖肉。笋是鲜笋，切成较大的块，肉却是咸的肋条腊肉。笋清香酥烂有细腻回口的甘甜，肉浓香酥烂腴而不腻，红白相间，咸鲜味美。汤清得可照见人影，似乎是四时一贯的色泽之美……

　　煮化的桃胶像是藕粉，等凉了后，再加入少量的蜂蜜和薄荷，
放进冰箱冰成真正的果冻的模样……

　　常吃的花，大约是桂花。桂花汤圆、桂花月饼曾是我们儿时最
向往的美味，虽然后来我们自己腌制的糖桂花总是面目全非，但愉
悦的清香却不会变化。

　　酸甜酸甜的桑果子，真的是上天给孩子们的恩赐。每年四月底五月初，地里的瓜蔓上才开出细碎的小黄花，桃子杏子也只藏在浓密的枝叶间还不好意思露脸时，宅边地头的桑树却吸引了孩子们的目光。

　　将茄子切成棒状，然后与鸡丝、咸肉、冬菇一起在瓦罐中用小火慢攻，称作浓汤煨茄。所谓的秘制，采用的不是清水或普通骨头汤，而是老母鸡在微红的炭火上吊出的高汤。不待揭开盖子，浓香味已经迫不及待地钻入鼻孔。待定睛细瞧，茄子虽然软嫩，可形还在，精神没有塌，原本的微微甜味里，吸收了鸡汤的鲜美，入口嫩滑……

授粉不成功，已经停止生长。外公说，那是气死的……年少的我听了，半懂不懂，不知南瓜宝宝为何要被"气死"，却又信以为真。

南瓜花的柄和托，还有花冠都能吃。因为要很多朵南瓜花才能做一小碟菜，所以，每次都不会仅仅单炒南瓜花，总是连那花柄一并炒入锅里，那花就只是配料。花柄若是单炒，撕去有许多细刺的表皮，再捏碎成窄窄的片，青润润的，加上一点青辣椒丝，清炒出来，实在好吃，润滑宜口，感觉极好。在乡人眼中，南瓜花实在是不能抵事的菜，吃南瓜花，纯粹只是调胃口……新麦登场了，挖一碗刚碾的面粉，加水加盐，和揪碎的南瓜花一起搅拌，在锅里摊成红红黄黄的面饼粑粑，偶而打入一个鸡蛋，就是那时的人间美味了。

这么多年来，我吃过很多鲜花入馔的菜，觉得口感最清香味美的就属南瓜花了。用南瓜花煎蛋，是较省事的做法。南瓜花去掉花蕊，清洗干净，轻轻挤干水切碎备用；鲜红椒切小圈圈，鸡蛋磕入碗里顺一个方向打成蛋液；将红椒圈、南瓜花放入蛋液里，再撒点葱花，用筷子稍微拌匀，撒入盐、鸡精调匀；锅中油热，倒入蛋液，小火慢煎，煎好一面再翻面煎；用铲子稍微地按压，使之成美观的扁圆形，两面煎成深黄色，即可出锅摆盘。

南瓜花、嫩水芹在沸水里焯过，切段，另有胡萝卜切丝，加精盐、麻油、香醋凉拌，红绿黄相间，清香怡人。要是荤吃，把猪腿肉、豆腐、粉丝共剁为馅，油锅烧热，用葱姜爆香，下馅儿料加盐、糖、鸡精略煸熟；然后把煸熟的馅儿料装入南瓜花中，再在南瓜花外挂上面糊，下油锅炸得焦脆，则是本人创意的一种吃法……一点不夸张地说，其味之鲜美，谁都无法拒绝！

在南瓜花盛开的季节，品尝大自然赐予我们的这些美丽灿烂的花朵，真的是比快乐更快乐的完美生活。

南瓜头清香的滋味，同样绝对值得尝试。

南瓜藤最前端的柔嫩部位，就是南瓜头，这也是很难得的蔬菜。南瓜头炒得好不好吃，关键就在于是不是鲜嫩。一定要把南瓜头外表皮的茸毛连皮撕掉，折成小段，折的时候顺便将管腔捏碎，这样炒出来清丝丝的，口感才特别滑嫩，微微的还有点甜味。有位文友，一直是城里长大的，有一次她在饭店里吃了南瓜头，跟我说，没想到这个菜也能有这么好的味道……于是赶紧回家自己做，却苦于无处能获得南瓜头。

我在夏秋季节每次回乡下看望父母，总能吃到最鲜嫩的南瓜头。父亲是个环保主义者，一直提倡绿色生活，年年都在房前屋后还有水塘边下好多南瓜。他喜欢端个小竹椅坐在那些长势良好的南瓜藤蔓前吟诗填词，吃饭时，南瓜的嫩蔓是菜，青的南瓜老的南瓜就是一半主食。我知道，父亲当年投笔从戎参加新四军打游击时，南瓜常常是他们的唯一食物，所以对南瓜一直有较深的感情。眼下奉伺父母的保姆，我们喊"表嫂"，她做过饮食，能烧菜，当初我们正是看中这一点才着力将她请来的。"表嫂"炒南瓜头，手法很是奢侈，只取藤蔓尖上最嫩届的那一小截，洗净切碎，锅里下拍裂的蒜瓣，柴灶急火，油烧到冒烟，倒入南瓜头，"嗞啦啦"几下一翻炒，喷点兑了烧酒和醋还有盐的水，再炒两下就盛起。一盘鲜碧的色彩，看了就使人食欲大增。

我回市里时，父亲让我尽量多带上几个或老或嫩的南瓜，此外，总是招呼"表嫂"多给掐上一些南瓜头。有时他亲自给我装袋，弄得我心里一阵阵的潮热……这些南瓜头，带回家后存进冰箱里，吃上个把星期，虽然蔫了，但炒出来后，味道之鲜美，仍是菜场上买来的那些绿菜所无法比拟的。

麦和豆瓣在六月里的升华

夏天的乡村，晒酱是一道风景。家家户户的晒场都搭着一个晒酱的架子，上面摆着大大小小的酱钵，有的是小缸，老远就能闻到酱的醇香味。也有人家将一溜的大小酱钵摆放在院墙头晒，不远处的树梢上开满黄灿灿的丝瓜花，显得沉静而又热烈昂扬……散落的村庄，飞鸟盘旋，炊烟袅袅，酱香醇浓，构成了亲切、原始、真实的乡村画卷。

酱，都是"梅时做，伏天晒"。新麦登场后，人们就忙着做麦酱了。先用麦粉做成粑粑，蒸熟摊在箩筐或是竹笆子上，然后，砍来气味浓烈的黄蒿盖在上面发酵。大约一个星期，粑粑上长出一层金黄色的毛，并有一股浓浓的清香散发出来。这时候，已经进入伏天了。就把粑粑晒干碾细，装入钵子里，兑上搁了盐的凉开水，放在太阳下面晒。

通常，麦酱和板酱同时做，晒一大钵麦酱也晒一小钵板酱。麦子和蚕豆联袂出台，麦酱有麦酱的香，板酱有板酱的鲜。麦酱由麦子做出，更平民化一些，板酱是豆瓣做出，身份稍高出一个档次，亦有人将板酱写作"瓣酱"或是"豆瓣酱"。做板酱，把蚕豆泡胀剥去皮，煮熟了，趁尚未完全冷却，加进面粉做成粑粑，蒸熟后跟麦酱粑粑一样平摊在竹匾中，盖上黄蒿发酵。等到晒干后碾碎倒进钵子或缸里，一样地兑上盐水去直面阳光的灿烂辉煌。

一般人家做麦酱，把麦粉粑粑蒸熟后发酵。我的外婆走的程序却不同，她是把黄澄澄的麦子淘洗干净，沥干水分，倒进锅里炒。麦子在锅里"噼噼啪啪"炸得正欢时，舀一瓢冷水绕锅沿一圈浇下，"哧"一声响，一股热气腾上来……连倒几瓢水，锅里才安静了下来，只有一股麦香在厨房里飘荡。灶膛里继续烧火，把麦煮胀了，薄薄地摊在草席上，盖一层黄蒿，同样长出黄毛。晒干了再磨成细粉，兑了盐水晒。白天晒太阳，夜晚露露水，渐渐地，酱由灰白变红，等到吸饱天地之精华，就成了深褐色。

无论是麦酱还是板酱，只要一晒上，就很少搬动。晚上，酱基本冷却后，才能抓起一直放在酱钵子里的长竹片把酱翻搅几遍。如果估计夜里会打暴下雨，就得给酱钵盖上斗笠或锅盖什么的。有时睡觉前天还好好的，后半夜突然电闪雷鸣，就得赶快起来盖酱。要是慢了一步，酱钵里落进生水，会长蛆。第二天早上，雨过天晴，拿去盖在酱钵上的东西，顺手再把酱搅一搅，将晒过太阳的搅下去，没晒过太阳的翻上来。晒一天搅一回，钵子里麦酱越搅越稠，颜色越搅越深，香气越搅越浓。

酱晒到一定程度，就可以把洗净沥干了水的菜瓜、豇豆、扁豆甚至是青辣椒什么的放进里面浸渍。大太阳一晒，三五天就入味了。晚上一家人围着一张竹榻喝粥时，径直从酱钵中捞出几根豇豆或是一段咸中带甜的酱瓜，用刀切了，就是非常好的下饭菜。平时摘几个青辣椒切碎，加一把青豆米，舀一大勺酱加水一搅，上面浇几滴熟香油，搁饭锅里蒸出来，只要用筷子头挑一点，就能吃下半碗饭。这种辣椒酱，有时就是江南农家岁月里饭桌上不变的风景。要是烀一锅毛芋头当饭，摆一小碟子蘸酱，吃得照样香鲜死了，有一句话怎么说的，"毛焐芋头蘸麦酱，吃出蟹子相"。

如果说麦酱适合甜烧，那么板酱则适合辣烧。板酱最鲜美，那时没有味精，烧小鱼小虾时挑点板酱，加点辣烧出来，滋味无穷地涌上，让舌头上每一个细胞都能获得一种超常享受……从正晒着的酱钵里滗出的汤汁，那是真正的自制鲜酱油，鲜香无比。这种酱油吃过，再去尝试别的酱油，就有了"除却巫山不是云"的感叹。

经过差不多一个夏天的阳光亲吻，晒好的酱装进了坛子里。放置时间越久，其鲜香味越诱人。如今的商场超市里，能买到各种各样的调味酱，可是这些酱里，怎么也品尝不出那种乡村的味道。

由是想到孔子，这老头很有意思，他奉行精食主义，吃东西极讲究：割不正不食，不得其酱不食。肉切得不好看不吃，没有酱蘸不吃。只是不知道能对孔子口味的是什么酱。孔子是山东人，爱的自然是山东大酱，断不会是我们江南农家晒的麦酱……但他若是有幸尝过，会作何感哩？

我是极嗜豆瓣酱的。用豆瓣酱烩野生鲫鱼是必杀技，遵守农家的烧法，把鱼煎得两边焦黄，搁酱搁姜搁辣椒，加点糖和烧酒，千笃豆腐万笃鱼，笃到豆瓣一片片在鱼汤里若隐若现……那味道啊，你自己舌下生津去品哂吧。豆瓣酱蒸排骨、豆瓣酱烧肉末茄子、烧肉丁干子丁、烧江米虾，都是打你两个耳光也不想停筷的美食。还有那神奇的酱肉，看上去，其色红而发亮，其质软而不疲，肉块外面不沾一点酱末，但清甜醇浓的气息，早已钻进了肉丝里面。

记不清我在哪篇文章里看过，杭州有一道"鸡冠油蒸豆板酱"的菜，鸡冠油就是猪花油顶外一圈的褶子，样子如鸡冠，几乎无多少油水，却极香。鸡冠油和豆瓣酱在一起蒸出来，油裹了酱，酱渗透到油渣肉中，展示了一种古门独到的精致……据说，只要闻到这股香味，再没胃口的人，都想吃饭了，而且吃了之后的多少天嘴巴上还存留着香醇，精神格外清爽。想来，这道菜也只能产生在那个物质匮乏的久远年代，不知现在还能不能再吃到这菜了。

总之，酱是一种吸收了天地精华的东西。但是，台湾文人柏杨却造出一个"酱缸文化"来比喻中国文化……如此糟蹋酱的名声，酱何以堪？

几处清池小区景　茨菰叶底戏鱼回

　　我居住的小区，几处水景池塘里，长着睡莲也长着几丛极有风致的茨菰，花底叶下，许多红鲫鱼和锦鲤来回悠游，闲适而惬意。整个夏季里，睡莲都在开花，红的、黄的、白的，纷繁而静美。茨菰长在池塘边的石缝和木栈桥的栏杆旁，也有的延伸到深水区，长长的叶柄上挑着箭头形的叶片，眼下，它们从水底根茎抽出的花梗上正开着许多白的或黄的小花。每一朵花都有 3 枚圆形花瓣，模样与水仙有几分相似，并不是很漂亮，而且什么香味也没有，却耐看，有着一种袅娜温柔的意境，惹人爱怜。

　　茨菰也有写作"茨菇"的，但能把茨菰写入诗里的，当是张潮的《江南行》最委婉生姿："茨菰叶烂别西湾，莲子花开犹未还；妾梦不离江水上，人传郎在凤凰山。"此诗既有鲜明的唐人风采，又颇有江南民歌韵味。茨菰叶烂于冬，莲子花开在夏，良人别去，时光流转，山长水远，相思入梦……还有什么比这更能情寓景中，意于言外？

　　我每次散步到那些水景边，总是长时地注视着这些生长着的茨菰，它让我想到家乡。家乡的河港塘汊和溪流的浅水处，总是旺旺地长满野茭白、野荸荠草、蓑衣草和茨菰。茨菰最显眼了，因为茨菰与众不同的箭头形叶片还有它的白花，老远就落入你的眼帘。"茨菰叶子两头尖"，但茨菰的根部，却能长出许多乒乓球大的椭圆球状茎。球茎浅紫或土黄色，有两三道环节，我们喊的"茨菰嘴子"——也就是顶芽，弯弯的那样子，就是一个放大的蝌蚪形的逗号。所以，才有那么多画家都喜欢画茨菰的叶子和它弯嘴顶芽的球茎，齐白石有《茨菰虾群》，李苦禅的《茨菰鱼鹰图》看上去更经典：鱼鹰立于岩上回首远眺，映衬着脚底的犁尖燕尾般茨菰的绿叶，显得那么朴素静谧，和谐盎然。原来这些大家，也有平常的心怀，曾留意过这微不足道的、看似贫贱的水草，以致淡简的笔触里，寄存着浓得化不开的俗世情怀。

在我家乡的那片圩野上，冬天到了，水塘干枯，茨菰的叶子也枯败了，一些大人和小孩子就会拿着锹到处挖茨菰。犹如采撷那些无主的野藕野菱和鸡头米，谁出力气多谁的收获就多。一般来说，一个十来岁的孩子，一上午挖满一篮子不成问题。挖茨菰时，常能捎带挖到那种瘦精精的铁锈色野藕，还能挖到黄鳝、泥鳅什么的，若是刨出了一只砂锅盖大的肥硕老鳖，那就是中大奖了，一声欢喜的叫喊，引来许多人围观。

茨菰挖上来，保留着包在外面的泥，可以放上很长时间，许多人家的灶台边、菜箩里，都会有茨菰的影子。临到做菜前才洗净泥，放热水里浸泡一下，拿块破瓷片刮去一层表皮，就能去掉不少涩味。茨菰的吃法很多，除了烧汤外，还可先煮熟再切碎与腌菜同炒，腌菜绵柔，茨菰粉嫩润滑；也可生切成薄片，与咸肉和大蒜在一起炒熟，有苦味，也有异香。最常见的，还是和肉一起红烧，茨菰饱吸了肉的脂香，粉嘟嘟油汪汪的，虽仍有点涩涩的苦味，但是风味独具。做茨菰烧肉时，一般将其切成大拇指般大小，最好带着顶芽。

也有人喜欢把一个茨菰切成两三刀，成滚刀块状，理由是块头大点有嚼头。

茨菰切开来黄白色，天生的好色相，加上材质脆实，烧五花肉又好看又好吃。农家的烧法，将五花肉切块下锅翻炒，至肉色发白时搁上盐和麦酱，放点姜，添水至淹没肉块，烧到水半干肉已上色并入了味，倒进切好的茨菰块，翻炒后续水至淹没肉块菰块，一气烧到汁干肉烂，撒点嫩蒜苗即可盛起。有一回我在一处"农家乐"吃饭，吃到了一份"茨菰黑木耳炒肉片"。那菜是加了辣酱的，看起来殷红一片，我错把茨菰片当成了蘑菇片，一尝之下才发现，原来是茨菰片，心下便很有点喜不自禁。

茨菰烧肉，比土豆烧肉或萝卜烧肉好，再怎么烧和焖都不烂糊，酱红的是肉，粉白的是茨菰，油润而清爽，再撒上点青蒜末，便是色、香、味俱全……吃到嘴里就更妙了，酥酥的，粉粉的，是那种很有咬嚼的、浸透了肉味而又带有淡淡苦涩的粉，粉得极有个性，有独立品位和格调，让你过口难忘。沈从文喜欢吃茨菰，他给茨菰的评价，是比土豆"有格"，真是非常精妙，大作家就是大作家，一下子就能像点穴道那般切中要义。

多年前，我还在青弋江边一个偏远的古镇上当中学老师时，有一次家访，那学生父子俩正在菜地里忙活。我也拿起一把铁锹加入其中，一边干活一边拉话，气氛甚是融洽。忽然，我见那菜地边水塘一侧有大片枯萎的茨菰的秆叶，便拉过学生提了锹走了下去，没费什么大劲，就刨到了一大堆圆不溜丢带着弯弯顶芽的茨菰……晚餐就留在那学生家，炊烟升起时，铁锅下面是熊熊的柴火，屋子里充盈了喷香的肉烧茨菰的味道。

"生是阳间一刀菜"

　　五黄六月，楝树开花，稻子打苞，雏鸟试翼，乡村里那些少不更事的在篱墙间钻来钻去正欲开叫打鸣的小公鸡，即是童子鸡。童子鸡头冠刚起，羽翼初艳，精力旺盛，性意识朦胧欲醒，大都不足一斤重，褪了毛，光光的身子比拳头大不了多少，故又称拳鸡。所谓拳鸡、掌鳖，拳头大的童子鸡和巴掌大的细幼鳖，十分鲜嫩，是为席上珍品。

　　在吃法上，母鸡一般用来炖汤，而公鸡红烧最易入味。公鸡肉属阳，温补作用较强，比较适合阳虚气弱患者食用，公鸡益精补阳，母鸡补血养阴。乡人相信未曾婚配过的童子鸡比老公鸡和老母鸡营养价值都高，尤其能滋补男童长精力，长身子。淫雨连绵的梅天里，通常都要让家中的小孩吃上一两只童子鸡，大补阳气，称之为"吃梅鸡"。这种童子鸡都是清蒸了吃。将童子鸡宰杀洗净，用纱布袋包上从中药店买来的小半把黄芪，与鸡同置锅中，加入姜、葱及适量水煮汤，待鸡煮熟后，拿出黄芪包，加入盐、黄酒调味，即可食用。有条件的人家，会将一支高丽参塞入鸡腹，蒸出来，吃肉喝汤，益气补虚。

　　也有人家没工夫弄这么多讲究，把童子鸡杀了，斩块，加足老蒜子红烧出来，刚刚盛满一碗。要是家中只有一个男孩子，就独吃，三五个男孩子就吵吵嚷嚷分了吃。童子鸡嫩极，有些部位的骨头可嚼碎和渣吞下。农家原本清苦，一年到头难见多少荤腥，这样美味的牙祭，于孩子来说怎能不是喜出望外！大人倒不相信真的就滋补了什么，只是缘于一份父恩母爱，还有，就是不可违了这代代沿袭的风俗。

记得早年的饭馆里能做一种"铁扒童子鸡"。鸡肉本来就嫩，又剔去骨头，切成厚片，加姜片、葱段、酱油烧出来，嫩红油亮地码在白净的盘子里，浓香四溢，引人垂涎欲滴，几不自持……只是到今天我也未能搞懂为何要叫"铁扒童子鸡"，"扒"大约是"扒"去鸡骨，但同"铁"有何干系？又不是如"铁板牛蛙"那样烧出来的。

其实，以我的操厨经验来说，未必要执迷于什么"没开叫"，只要是仔公鸡，是农家稻谷喂养的土种鸡，都好吃。鸡不要太大，斤半把重最好，过大过肥，必然失去鲜嫩，且多了隐约的臊味；若是太小，营养成分积累不够，鲜味素及芳香型物质含量少，香味出不来。把鸡宰杀处理干净，对称斩做四块，加姜片、葱段、酱油拌匀腌半小时；捡去葱、姜，加鸡蛋液、淀粉拌匀；锅里倒油烧热，投入鸡块炸至金黄色，捞出改刀装盘；锅内留底油烧热，下番茄酱煸炒，加黄酒、白糖、醋、味精和半碗水烧开；用湿淀粉勾芡，下鸡块翻炒片刻，并加半勺熟猪油，稍盖一下锅，热气四面蒸腾上来，就好了。鸡肉鲜嫩，酸甜香鲜，骨头酥脆，连渣子都不要吐，吃起来口感特别好。

对于这样的仔公鸡，我倒是更倾心于一种删繁就简的烧法，只要满足三个简单条件——农家灶头、农家板酱、猪板油，闭着眼睛都能烧得香鲜诱人。也见过乡下那类心慈手软的老婆婆，不忍对少年公鸡夺命，悲天悯鸡，伤不起一条小命的早逝夭折，就闭上眼，口里念叨着"生是阳间一刀菜，早死早投胎"……老婆婆们哪里知道，人吃鸡，鸡吃虫，吃和被吃，才得以生生不已啊。

"叫化鸡"也是以童子鸡做成。只是做"叫化鸡"的，通常都是取未曾生育过的小母鸡而舍小公鸡不用，为什么？不得而知。大约是七八年前，本市东郊路一家餐馆的厨师告诉过我制法，却一直未有机会验证一下。现在仍记住的是：鸡褪净毛，翅下开口取出内脏，用绍酒、酱油、白糖、精盐、葱段、姜丝把鸡腌上一会儿，然后用猪网油包裹鸡身，再在外面包上一张鲜荷叶，用麻绳捆两道十字形，外裹湿泥烘烤，直至香气四溢，烤熟为止。烤时要注意使泥团中鸡腹朝上，防止油汁漏出流失。"叫化鸡"之味美，在于肉质白嫩，酥不粘骨，食不嵌齿，是有口皆赞的。记得去年秋我们去常熟沙家浜，回来时，我买的当地土特产，就是一只外包红红油纸的"叫化鸡"，据说是以当年掩护过郭建光的那种芦苇叶子包裹了浜里的湿泥烤出的。

关于"叫化鸡"的传说，似乎都是挂到朱元璋头上才靠谱。说是当年朱元璋流落到江南，一天由于饥寒交迫而昏倒，有丐友为他偷来一只小母鸡，却苦于缺锅少灶，情急之下，就用黄泥巴把鸡包起来埋入脚边驱寒的火堆里烤……不想，竟烤出了后来流芳百世的这道名菜。

信乎哉？信乎也。

芳菲氤氲餐秀色

今年已吃过三回花了，都是在酒店里。

春深时节，与几位文人共餐，席间上来一道菜，是滑炒里脊丝，但见内有不少莹白色珠圆苞粒，比黄豆略大，吃入口中，芳香氤氲。有人不知为何物，我告知是茉莉花。众皆兴味盎然，说好一朵茉莉花，我们吃下她……这真是秀色可餐呀！座中有女性不答应了，说男人就是贱，到哪里都脱不了一个"色"。

不久前，我在江边一家食府，吃到了"炸荷花"，做法与名菜"炸玉兰"类似。荷花裹了淀粉糊，炸至金黄酥脆，却不掩浓郁的香气。还有一回，是五一节后在南京吃的"藤萝饼"，原料就是公园凉亭长廊两边披挂的那一嘟噜一嘟噜荚豆一样的紫藤花，也是画国画的人最爱涂抹的一种花，听说是加面粉与火腿末上锅蒸熟的，芳香的味道可以整整保留一年。

秀色入美馔，越来越多的新锐菜谱中的花卉菜肴，只看一眼图片就要垂涎欲滴，再加上各式私房菜馆也纷纷将鲜花作为菜品原料，让食客不仅钟情于鲜花的美艳，更钟情于鲜花的美味。不过，须指出的是，许多花在食前要经沸水焯一下，方可入馔。我曾直接将白兰投入汤镬，以为风味必佳，无奈入口时香浓味冲，食之简直难以忍受。

两年前牡丹花盛开时节，我在南陵丫山住了两晚，朝夕徜徉于漫山遍野的花海间，真是身心两忘。后来我同他们那老总建议，不妨把那些花样年华移来唇齿之间，在宾馆的餐桌上完全可以开发出诸如"牡丹银耳汤""牡丹花熘片""牡丹花里脊丝"等菜肴和"牡丹花瓣酒"……老总听得连连点头称是，说你讲的"牡丹花瓣酒"我们已经搞出来了，鲜花菜谱还要动动脑筋。设若这些牡丹花果能入馔，想着山野间有一群女子在午后的清风里，把花瓣一片一片采下，牡丹的芳菲亲切而又自然地罩住了所有的思绪及无边的山色，与花相触的手，也随着花朵的清凉，若柔荑一般纤纤了起来，呀，轻轻一嗅，已是满手花香！

　　常吃的花，大约是桂花。桂花汤圆、桂花月饼曾是我们儿时最向往的美味，虽然后来我们自己腌制的糖桂花总是面目全非，但愉悦的清香却不会变化。另一种常入口的花便是茉莉花，既然茶叶能浸染其幽香，我在烧汤时忍不住也放入几朵，洁白而又芬芳地沉浮于汤水中，自以为创意无限，后来才知道菜谱中早已有例在先了。在苏州，每年农历二月十二，是民间的"花朝节"，人们除了赏花、戴花外，主要就是喝花粥，包括白糖桂花粥、玫瑰赤豆粥等。

　　花如蝶，蹁跹过沧海；咏花和食花，都成了雅兴与雅事。《红楼梦》里，那些佳人俊哥儿，不仅成立了海棠诗社咏花，更是经常变着法子将花朵变成盘中餐，蒸、煮、炸、烤……就连药丸也都仰仗各色花蕊精心炼制而成。

　　真正的食花雅者是屈原，"朝饮木兰之坠露兮，夕餐秋菊之落英"，不知木兰、秋菊如何加工，想来味道不会太差吧。屈原之后，又有"采菊东篱下"的陶渊明，烹菊为肴，佐菊而饮。豪放之苏子东坡，热爱松花酿酒，将松花、槐花、杏花一锅搅了蒸，酿成酒，并有诗记载："一斤松花不可少，八两蒲黄切莫炒；槐花杏花各五钱，两斤白蜜一起捣。吃也好，浴也好，红白容颜直到老！"还有一个颇有点小资情调的袁枚，热衷于花色糕点，春天制藤花饼，夏天炙莲瓣食荷花，秋天蒸花栗子糕，到了冬天，围着炉子，红袖添香，开始做腊梅芥菜羹……真是无比惬意的享受。

慈禧为美颜养身，常以鲜花为食。在荷花盛开的季节，她令宫女们采摘最完整、妖艳的荷花带回御膳房，将花瓣裹上鸡蛋液调好的淀粉糊，再炸至金黄酥脆作为点心。她将玫瑰花捣烂，拌以红糖，经过秘方配料加工，制成一种花酱，涂在面食点心上，食后齿颊清凉，芳香绵绵不绝。慈禧还是最有创见的美容大师，常将鲜花提取精粹用于美容、美发、护肤，她的发肤老而不衰。

早年在农村，我吃得最多的是南瓜花。夏天的早上，地头的南瓜一路欢畅开出好多灿灿黄花，其中的公花常被摘下来，剔除掉花萼，用开水烫过，切碎了炒鸡蛋，炒成一盘软金油黄。有时则在切碎的南瓜花和鸡蛋里添入一两碗新碾的小麦粉，放点盐，搅匀了，在锅里摊成粑粑，清香宜人。除了南瓜花，个头身架稍小的丝瓜花和冬瓜花有时也给扯来煎鸡蛋或摊粑粑。

我的一个朋友是怀远人，怀远算是安徽的北方了，那里的石榴很有名，于是就有了为口舌殉情的石榴花这道菜，经沸水焯后搁上麻油凉拌了吃。但他最津津乐道的却是吃槐花。他极其诗意地描述，每年四月底五月初，洁白晶莹的槐花在风里招摇，密密匝匝，老远就能闻到那独特迷人的气息。槐花不仅美，香，而且花朵哑在嘴里很甜。童年的记忆里，这天然的美味，是最好的零食。槐花晾去水分，拌面粉蒸出来，乳白之中点缀着翠绿，吃一口，又绵软又酥甜……以至他离开家乡后，无论走到哪里只要看到一树的槐花，就备感亲切！

江南很少有见吃槐花的。真正说起来，我们这里最认可的能上餐桌的花是黄花，亦即是金针菜，学名萱草，其叶似兰，花如百合。萱草还是中国的母亲花，诗云：北堂幽暗，可以种萱。北堂即代表母亲之意。古时候当游子要远行时，就会先在北堂种萱草，希望母亲减轻对孩子的思念，因此黄花菜古名又叫忘忧草。很多人家房前屋后都种上一点，山区林地也常见有野生的，每当夏至，黄花因色而称，金针因蕊而得。采回那些欲放的花苞，用开水烫过，穿起来挂在屋檐下，留待冬季炖鸡炖肉。过年做八宝菜，肯定少不了黄花菜这一"宝"。刚采来的鲜黄花菜含有一种有毒的碱，沸水焯过去碱毒，炒菜做汤，极脆爽鲜美。将金针菇同黄花菜同切成小段，沸水焯透，红甜椒切丝，油锅放入葱、姜末爆香，放凉，加入其他调味料一起拌匀，淋入芝麻油即可。烧肉的干黄花菜热水泡发会软烂不成形，用冷水泡开才爽脆可口。

有趣的是，那一回朋友送我一个香水百合块茎，在花盆里种了半年，开出花却纤巧细曲，原来是萱草，也有说是山丹。我将错就错好生养护着，不曾动过一点"餐秀"的念头。眼下，许多小区引入大花萱草作景观，花色品种繁多，淡黄、金黄、鹅黄、浅红、大红、深红，更有粉白、红黄相间的复色；花朵生着密集，每枝花梃均有数十朵，盛开时一片锦绣，真养眼啊，能把心情也熏染得异常芬芳……

食 · 间

美味背后是传奇

开车上沿江高速往铜陵方向去，快到顺安那里有个出口，在一段老路上行七八分钟，就看到了一处农家乐山庄。采摘、垂钓、烧烤，加上观光的亭台水榭，名堂很多。山头上，松树林间还有一个拉了铁丝网圈起来的"山鸡养殖场"，规模不大，但也有数百只山鸡在里面走来走去地翻刨啄食。因为不让人靠近，我们只能远远观望了一会。

山鸡即是俗呼的野鸡，学名叫雉，善走不善飞。但见养殖场里的那些雄山鸡，服饰华美，周身赤铜色，颈部有一白环，像是套着一个银箍。拖在它们身后长长的泛着绿光的尾巴，非常漂亮，是过去戏台上那类英雄人物头上哗众取宠的装饰品。而全身砂褐色、斑纹、短尾的母野鸡，则是灰土土的，看上去一点也配不上它们的郎君。

在山庄吃饭，山鸡以及垂钓而渔获的鱼虾，就是当家菜。山鸡最大特点是好看、好吃，虽然是圈养的，但遗传的基因起的作用，还是决定了它们肉质劲韧鲜美，高蛋白低脂肪，野味浓，吃入口中远比家鸡好。

那天，先给我们端上桌的干椒香炸鸡，是将山鸡切成小块放盐和料酒拌匀后放入油锅中炸至深黄色，再同煸香的辣椒和葱姜蒜一起炒出香味，撒入葱段、味精、白糖、熟芝麻装盘的。这种菜我没亲手做过，但以我长期在店堂里做食客和看客积下的经验，不论干红椒同谁联欢，干红椒炒野兔肉、炒野猪肉、炒田螺肉，都有一个最基本的视觉要求，就是干红椒要有足够的数量，一定要将联欢的对方盖住，而不是在一堆香炸过的野鸭山鸡肉中零零星星出现几个干红椒和花椒……尤其要注意的是，在炸前要往这些肉块里撒盐，而且要撒足，如果到煸炒的时候再加盐，盐味是进不去的，因为这些肉块的外壳已经被炸干，质地变紧密，盐只能附着在表面。还有，家厨里不管炸鸡、炸鱼、炸排骨，油温一定要高，过火时间短，尽量做到让外面炸焦酥了里面还保持脆嫩；否则，内外都是一团死肉，咸味进不去，很难吃，完全无口感可言。

山鸡肉，我个人认为还是吃比较原味的好，比如炖汤，但炖出来多少有一点草膻味，故要多放姜。山鸡肉若是红烧，要舍得放蒜瓣，加点白酒，出锅前撒些香菜。山鸡的脯肉，非常肥厚发达，鲜香美味，远比家禽高出一筹。那天我们吃的冬笋红椒炒脯肉，红白相映，色泽鲜亮，因为过火时间短，显得特别秀润而饱满。还有一盘酱鸡胗，切成极薄的片，闪烁着冷灰的光泽，咸甜劲韧，很有嚼头，实在是一道对付干红的珍品。

其实，叫山鸡显然有点以偏概全，还是称野鸡好。因为野鸡的活动范畴广，山区有，水乡圩区也有。虽然野鸡并不是家鸡生物进化的源头，家鸡的祖先，是至今仍活动在云南山野的茶花鸡，但野鸡和家鸡毕竟有太多的牵连相似。人们更愿意相信，野鸡就是一些不肯吃安乐茶饭的异乡漂泊者。

我的童年是上个世纪60年代早中期，那时的乡下，野鸡可真多，特别是麦子快黄时，田垄里有一只"咯嗒——咯嗒"叫，四周立马就有许多应和的叫声响成一遍，甚至引得村子里的家鸡也一起"咯嗒——咯嗒"跟着叫。有时，两只通红脸的公野鸡为争夺母野鸡打架，炸开颈子上的毛相互扑啄，最终打胜了的那一只就会得意地站在草墩上，逆着满天彩霞拍着翅膀"咯咯咯——"一阵啼鸣，随后就仗着激增的荷尔蒙，兴冲冲去追逐那只母野鸡，演绎出一场彩云追月般的风流韵事。待麦子全给割倒了，失去了平时那些可钻来钻去的田垄作掩蔽，远远地看到一群野鸡在啄食，你一靠近，它们就扑啦啦飞上了天。有时，牵着牛走过某片草地或是沟坎下，突然就有一只野鸡扑棱棱从你脚下"咯嗒——咯嗒"惊叫着飞起，吓你一大跳——这通常是一只正在下蛋或是孵窝的母野鸡，走过去，温热的窝中会有十几二十个麻壳蛋呢。

那时的野鸡多到什么程度，说来真叫人难以相信，野鸡会钻进你家的灶洞里、床底下、茅厕中，痴呆呆地缩着脑袋等着你捉。我家屋后不远处就是一片被挖得坑坑洼洼长满茅草的河滩，野鸡成群，人一到那里去，野鸡就呼的一下飞起来，映着傍晚时的霞光落照，飞得满天都是斑斓羽毛的华光丽彩。我就曾在那地方随手抛起镰刀砍到过一只野鸡。有一次，我打着手电和父亲一道走夜路，竟有一只野鸡对着手电的光亮飞撞过来，将毫无防备的我撞得跌坐在地，手电滚落到一旁，野鸡自己也给撞晕了，很搞笑地偎进我的腿裆里。最奇的是我的一个表兄，他站在陡岸上打鱼时，一网撒下去，岸下恰有一只野鸡惊飞蹿起，不偏不倚撞入网里……而那一网入水，巧巧地又罩着了一条大鲤鱼。野鸡和大鲤鱼，两个完全不相干的猎物同入网中，一个在上面扑蹿，一个在下边水里扑腾，真是奇得不能再奇了！

父亲人生低潮时做过乡村教师，过年过节，经常有学生家长送来一公一母配对的活野鸡，有时多得吃不了，就剪去翅膀上大羽放在鸡罩里养起来。养长了，撤去鸡罩放出来，它们能与家鸡在一起觅食活动，天晚了，会一起回窝歇宿。

再到后来，因为人所共知的原因，有一段时间，野鸡都躲藏到山里去了，要想再辨认它们在那个岁月里飞翔的角度，几乎是无迹可寻了。

近几年，情况却又有了变化。由于父母离休后一直住在乡下，我时常回乡下走走。现在乡村烧煤气的多了，野草不像过去那样砍去烧锅或沤田，连村子中心的场地上都是半人深的草，加上气枪、火药枪都收缴了，许多野物都返回家园。在野地里行走，时常扑啦啦一只华丽的野鸡从腿脚边飞起。乡民们干活也时有收获。要是傍晚天擦黑时看见一只野鸡飞进哪一处沟坎下，或是灌木丛中，等天黑透了带上强光手电去照，照着了野鸡的眼睛，野鸡就不会跑了。上次回父母处，见它们孵的一窝小鸡中有 6 只异类，它们身有褐色条纹，体形明显较小，却灵动机警异常，跑跳迅疾。保姆说是在菜园里捡了九枚野鸡蛋，就随手放进正孵蛋的家鸡的窝里，后来就出来了 6 只这小东西……这些小东西迟早还是要飞走的，它们和家鸡不是一个性子。

乡民对于撞到手中的野鸡，最简明扼要的手段就是红烧，农家有的是深浓的板酱，不愁味道出不来。去年冬天我在一个亲戚家吃过一次，就是和腌白菜在一起烧的，怕油水不够，加了一小块肋条五花肉。没有那些姜葱料酒的炸香煸炒，单刀直入，连酱都省了，只把鸡肉同五花肉切块加点盐先炒香，再铺上切碎的腌菜继续焖，直到将上面一层隆黄的腌菜焖出亮亮油光，香气扑鼻，翻炒一下，撒点青蒜苗，就行了。鸡肉饱吸了腌菜的厚味，腌菜借得鸡肉的野鲜，吃在口中，兴奋的味蕾便清晰地记下了它们相携相提中所有互惠的细节。

野鸡曾是历代的皇家贡品，乾隆皇帝食后赞叹不已，写下"名震塞北三千里，味压江南十二楼"的联句。清朝的爱新觉罗们起事于边鄙之地而致发达，却对江南的富庶文明抱有根深蒂固的成见，连吃的亦不肯放过……只是不知这"压"的是何处"江南十二楼"？

此鹅非彼鹅

　　江南地区素有养鹅吃鹅的风气，卤菜摊子上除了盐水鸭，还有盐水鹅，随便在哪一处水乡小镇上，你都可以吃到全鹅宴。有一道"鹅四件"，乃是正宗的鹅内脏大杂烩，鹅肝、肫、心的绵香，鹅肠的脆香，吃在嘴里那真叫满嘴溢香。腊月里，许多农家的屋檐下吊着风鹅，那些风鹅的体内都塞了葱，抹了盐，涂了酒，水分被风干，鹅油渗了出来，亮汪汪的，流光溢彩，宛如刚从油锅里捞出来的一般。本来，腌鹅肯定比不过腌鸭，但风鹅就不同了，风鹅的醇美，那是愈嚼而愈香，仿佛逆风飞翔那般回味无穷。风鹅可以一直在檐下吊到了春末夏初，莴笋上来了，风鹅切成片放入小火锅里烧莴笋，鹅肉赤红似胭脂，莴笋则翠绿似碧玉，一红一翠，望之食欲大增。

　　那年初夏，在苏南溧阳天目湖参加长三角地区报纸副刊会议，东道主的伙食招待甚丰，每天的"天目湖砂锅鱼头"不说，笋子也是日日变着花样吃，我印象最深的还是他们那里的鹅肉烧得好吃。后来一打听，方知腊味风鹅已被列为当地招牌性的土特产，临别时我们许多人都买了真空包装的风鹅带回家。其实，就我来说，我倒是更愿意享受新鲜仔鹅的迷人风采。

　　食仔鹅有季节之分，诸如五月鹅、夏至鹅、冬至鹅等。其中，五月鹅最美味，因为早春小鹅出壳后，正好随繁花碧草一同生长，尽收自然之精气，到农历五月前后，出落成真正的"靓草鹅"。这个季节的鹅，无论肉质还是口感，均属上乘。大凡饮食有些经验的人，在每年端午前后五月鹅初长成的日子里，都要溜到乡下去寻食，尽享它的鲜嫩美味。

六月的一天，合肥的一位朋友邀我们几个人出去吃鹅。我们先以为去和县东关镇，那里的鹅烧得好，一直很有名气，结果却是去巢湖边吃鹅。到了以后，方知就是一个路边店，但是专营鹅菜，门前的招牌写的就是"巢湖美味鹅"。鹅关在后院一排木笼里，咕咕嘎嘎地挤在一起，你指哪只抓哪只，称过以后，按不同的烹法收费。

在一群白鹅之间，我发现几只深灰的雁鹅，于是叫店家就抓雁鹅。店家称赞我们有眼光，说雁鹅的肉质、外形特征与野生大雁是一样的，就是不能飞。我们叫把雁鹅拿过来看一下，雁鹅比白鹅大，全身羽毛紧贴，头上没有肉瘤，喙是黑的，腿和脚蹼也是黑的，颈的背侧有一条明显的灰褐色羽带。听说这些鹅关在笼子里用青草喂养了好多天，一方面可以收膘不致太过肥腻，另一方面又可去除雁鹅身上的膻味。我们那只雁鹅正好10斤重，35元一斤，一只就是350元了，厨师说可以做好几个菜呢。

听店家说，雁鹅烹调的时间会长一点，大概在一个小时左右。我们说这不成问题，只要烧得足够美味，对食客来说等待也就显得不那么重要了。在等候菜的当下里，关于雁鹅的话题就聊开了。有人问，雁鹅是否真的就是大雁同家鹅杂交出来的？我说雁鹅是一个品种，雁鹅的祖先是大雁，雁鹅可以同大雁杂交，但我们吃的这只雁鹅肯定是没有绯闻故事的……于是众人又七嘴八舌说到大雁上来，问我是否见过和吃过大雁。我既没有摇头也没有点头，许多东西不是一下就能说清的，而是需要从长说起。

　　在我的记忆里，大雁算是故乡天空的过客，它们飞得实在太高了，谁也没能近觑过它们的真容。大雁秋天往南飞，春天再飞往北方，它们飞行时队列有序，有时排成"一"字，有时排成"人"字，古书上称作雁阵或雁字。我小时，常被大人领着起早赶路，残月霜晨，天色尚未透明，听得头顶朦胧的空中传来"嘎——！嘎——！"的凄清唳鸣，虽见不着身影，却知道高空正有一队大雁在疾飞。它们也在起早赶路哩，只是它们的路程更其遥远。

　　大雁千万里长途飞越，都是早起晚歇。我曾在一篇文章里描述过平生所见过的一次歇雁。那时，我随人家在野外放养老鸭，有一天半夜里，被一阵嘎嘎声浪吵醒。从鸭棚里抬头朝外望去，明月如水的深蓝天幕下，一群大雁看中了伏满我们老鸭的这处闪烁着银辉的水面，随着一阵阵唳鸣，那些灰暗的如同幽灵一样的身影便打着盘旋缓缓往下降落，清寥的月光就在它们一翩一侧的翅翼上闪烁着。鸭子们被吵醒了，也嘎嘎地吵嚷成一片……听人说，群雁歇夜是要放岗哨的，我就努力想找到哨雁，看它是否真的独立于雁群之外，警惕地注视着周围的动静。可惜夜晚的光线毕竟太暗了，想来那哨雁一定是在一个隐蔽的地方尽心守望着。

　　那时，邻村有一个姓吴的孤老，替生产队养着四五套白鹅（一套为1公5母共6只），队里照顾他每天给记七分工。二三十只下蛋的白鹅，平时就那么散养在圩堤下的河滩上，下的蛋送到孵坊，然后每家每户按人头分得数只小鹅。不知打什么时候起，种鹅群里混入了一只伤了翅膀的斑头黑嘴壳子大灰鹅。老人起先并未怎么在意，以为是别人家走失的，好心予以疗伤饲喂……半个多月后的一个明月夜，大灰鹅伤愈离去，没想到却把一笔风流账留给老人结算，老人孵出的小鹅里竟然有 4 只灰毛茸茸的异种。4 只小灰鹅长大后，嘴壳子乌黑，不仅鸣声亢亮，还能张翅高飞，老人这才知道早先收留的是只大雁！后来，我们那一带便繁育了众多比普通白鹅要大不少且肉味更鲜美的所谓"雁鹅"。

同样是吃鹅，但此鹅却非彼鹅。雁鹅肉质丰腴，红烧最易出味。农家杀一只十多斤的鹅，肯定比杀一只鸡要隆重多了。鹅宰杀后，烧锅沸水褪光毛，剖腹取出内脏，洗净剁块，锅烧热了，舀些猪油下锅，将鹅肉倒入锅里翻炒，放入盐和自家晒的酱，还有生姜、老蒜子。炒至鹅肉出油，添加适量的水焖煮，闻到鹅肉香味浓烈时，就可以出锅上桌了。乃是地地道道的农家菜，纯正的乡村烹制之法。有时，则往鹅汤里添加些粉丝，烩出的粉丝也溢出鹅香，诱人垂涎……

那天，说尽许多闲话，清茶饮过数杯后，等待中的雁鹅终于登场。一只带耳的铁锅热气腾腾地端上桌，继续放到火炉上煨着，保持它"咕嘟嘟"的热度和香味。随之端上来的还有一盘切成整齐块状的雁鹅肝，嘱咐待到适宜时机可将其夹入锅中，即涮即食，入口鲜嫩。锅中的香气一阵阵扑鼻，我是迫不及待地将筷子伸进去夹了一块鹅肉纳入口中，立刻就有一种特别的香味拍到口舌上，犹如化骨绵掌，三两下咀嚼吞咽之后，已拍得你心儿醉，肝儿碎……见店老板正微笑地看着我们，就问他怎么会烧得这么香。店老板卖了个关子，说这正是红焖雁鹅最精彩的部分，因为加入独门秘制酱料的缘故，所以才会有如此醇厚的口感……不过，做法倒是可以透露一点，就是将鹅架子先烤，烤到鹅肉半生不熟时再切块，放进铁锅里用慢火边煨边吃。因为先经炭火烤过，鹅肉皮滑肉嫩，鲜瘦爽口，味道原始，不膻不腻，连骨头都十分入味。之所以随后还要慢火焙煮，是为了避免鹅肉变老变咸，且越煮越香醇，让人越吃越想吃……哦，这种烹饪手段，倒是从未听说过，看来真是不虚此行了。

随后上来的是青椒炒雁鹅杂，雁鹅杂很爽嫩，特别是那肠子，吃在嘴里脆脆地响。没想到还有一碟白切鹅肉，是以翅膀下的两块胸脯肉切出的，切得很薄，芝麻辣油做的卤汁，一片片地夹着蘸了吃，又嫩又爽，满口溢香，味道真是没说的。再接着是汤，那个用鹅头、鹅掌和鹅脖子煲的汤，里面加了大枣和枸杞，汤汁橙黄透明，喝起来甘甜不腻……当"咕嘟嘟"的铁锅里加过两次水，三瓶迎驾贡酒也下去了。最后端上来的鹅血煮粥，粥是粳米熬的，鹅血切成细碎的块状，加了点嫩菜叶，极是清香适口，大家品尝后，都是赞不绝口。一只 10 斤重的雁鹅，本来还担心吃不完，结果却是一扫而光。

数日前看我们自家报纸，见有一则美食报道，说本市有一名厨专门烹制人间美味"黑天鹅"肉……把我吓一跳，谁敢如此明目张胆违反动物保护法？再一看内文，"黑天鹅"乃是"人工养殖的灰天鹅"，不禁莞尔。首先，即使烹的是"人工养殖出来的灰天鹅"，没有相关批文，那可是弄不好也要坐牢的；再说，天鹅里也没有灰天鹅呀……嘿，原来就是词面上蒙混了一下，说白了，这"黑天鹅"——"灰天鹅"，就是灰雁鹅。此鹅非彼鹅，都道天鹅肉好吃，殊不知雁鹅肉也是含糊不得的。把雁鹅忽悠成了天鹅，有无风韵不说，若是吃不出那意思来，岂不真要唐突了美人……

野鸭子不是神马浮云

老婆从菜场买回一只野鸭——准确地说是人工养的野鸭，母的，麻褐色，手触之，叫声嘎嘎，两眉际各有一道黑线，吊出丹凤眼的俊俏相貌。这种野鸭，我老家那里称之"八鸭子"。原由有二，一谓相对于两两联袂结伴的那种体形较大的"对鸭子"，此鸭则常结成八只小团伙出没水泽大淖，另有一说是此鸭往往只有八两的体重，八两正好是老秤一斤（十六两制）的一半。但这只鸭子买来时称重一斤四两，就算放到野外，这样的体重根本飞不起来的，只好填人口腹了。

正好手边有一包小袋子的酸菜，就来做酸菜野鸭吧。将野鸭宰杀收拾干净，剁成核桃块，放凉水中泡上一会儿，再放开水锅内氽尽腥气，捞起滗去水。油锅里放姜、葱和尖红椒爆香，倒下鸭块翻炒，搁盐、糖、酱、料酒焖至汤半干，盛起。洗净锅抹去水，切上一点火腿薄片，下锅同酸菜一同煸出香味，倒进小半碗水煮上几滚，再放入鸭块大火烧上热气，改小火焖到收汤即成。酸菜最能收去杂味，凡腥膻之气，碰上酸菜，尽皆遁形。若是再偏重辣味，更是减肥人之大忌，遇此菜上桌，及早避开为妙，否则眨眼工夫两碗饭被裹挟下了肚子，过后还不知道是怎么下去的！

有人曾问过我，野鸭子和野鸡哪个更好吃？这还真不好回答，就像有人问你是爱吃鸡还是爱吃鸭，你怎么回答？锅巴炒米各人所喜……但有一点须指出，野鸡刨啄植物种子及昆虫，野鸭子除了也吃这些外，还吃螺蚌鱼虾。一般人认为，食谱的不同多少能决定材质的差异，以鱼为例，吃活食的鱼，味道总是更胜一筹。

数年前去黄石，当地新闻界同行陪我们登西塞山。西塞山危峰突兀，中扼江流。晋太康元年，王濬船队自蜀地出，至西塞山，举火烧熔横江锁链，势如剖竹直下金陵，吴主孙皓出降。因为这一段历史，也就有了刘禹锡那首《西塞山怀古》："王濬楼船下益州，金陵王气黯然收。千寻铁锁沉江底，一片降幡出石头。人世几回伤往事，山形依旧枕寒流。今逢四海为家日，故垒萧萧芦荻秋。"据称，当年系结手臂粗铁链的大铁柱至今仍挺立于江边的山石之中，想来早已是锈迹斑斑，可惜我们未能下底亲往一探。

立于望江亭上凭栏远眺，想到世事沧桑，那么多风云往事都如流水般逝去，唯有"山形依旧"，怎不令人感物伤怀！其时，在我们身后，冬日的残阳早已没入城市西边那连绵的乱山之后，一弯冷月正悬上头顶。寒风猎猎，苍茫的暮色中，西塞山下的江面，沉郁而寥廓空蒙。只见一排排一队队的野鸭子从上游水天之际飞来，它们贴着江面连成长长一线，变化着，涌动着，朝江北对面大片湖泽水潦地带飞远。这一线消失，紧跟着又是一线，仿佛从时间的深渊里飞来，又往时间的深渊里飞去，无穷无尽……而那些有形无形的羽翼，分明正扇起历史深处的气息。

有同行者诘问，你怎么能肯定那就是野鸭子而不是别的什么鸟呢？我懒得同他们抬杠，这方面的知识积累，我们间的差距太大了。他们不可能知道，野鸭子曾是怎样出没在我童年时的视野里——它们给我留下的印象真的是太深刻了。

那些阴沉沉的冬日，快要下雪的日子里，我们在屋子里烘着火或玩耍时，突然从天边隐隐传来聒噪的声浪，我们立刻蹿出屋子，抬头朝天空望去。那时，就能看到一片奔掩而来的黑云，及至头顶，黑云阵里传出宛如万马奔腾一般的汹汹声浪，简直可以淹没所有外界声响。这就是龙兵过境一般的野鸭子！数量成千上万，从头顶飞了好长时间，它们庞大的队列像江河水一样，源源不尽，直到耳朵吵聋了，颈子都抬酸了，最后总有那么十来只、两三只掉队的"嘎——！嘎嘎——！"唳鸣着，落魄而又奋力地追赶前面的大部队。

野鸭子铺天盖地飞来，当然是为觅食的。有几回它们就纷纷歇落在我们村外的满是枯禾桩的稻田里，啄食那些收获中遗落的稻粒。半里路方圆的一大片稻田，竟像是盖上了一张巨大的麻栗色毡毯，那情景很是让人惊悚！记得有一年冬天雪下得特别早，我们邻近生产队有几块低洼田里稻子成熟稍迟一点，割倒在田里，还没来得及脱粒。突然，那天上午就碰到了漫天降落下来的"天兵"，只一会工夫就造成了灾害，将大约有头十亩田里的铺着一层薄雪的稻子翻刨着啄了个净光。等到人们省悟过来，手舞棍棒敲着脸盆铁桶吆喝着冲到田里驱赶时，那成千上万只的野鸭子已驾着汹汹噪鸣的声浪升上了天空，变成了一片时而伸展时而收缩着滚动的黑色云团，朝西南方向飘去……说来也怪，野鸭子落下来觅食时，一只也不发声，一片静穆，而当它们展翅升空飞行时，此呼彼应，从无数张喉咙里发出淹没一切的巨大声浪，着实让人惊骇。

那时，没有人想到后来会出现一个叫"环保"的词，人们恨透了带来灾害的那些野鸭子，只可惜手中没有火器，要不然轰它一大片下来，既解恨又解馋。尽管如此，还是有人断断续续捕获到野鸭子，大多是扣到的。其法是用细麻线挽成活扣，一头用木桩固定好，野鸭子觅食时一只脚不慎踩进套扣里，就跑不掉。村子里有个浑人叫二五子，带两个洗衣棰棒藏身田头草堆里，待野鸭觅食到近前，突然跃起奋力投出棰棒，某次竟然一棒砸中三只！

　　说来难以令人置信，乡民们吃野鸭子从来不会红烧，嫌那太啰唆：野鸭子这东西也值得费油费柴去烧？那还不让老人骂死了！通常是把野鸭子收拾干净，斩成数块塞入一个灌满水形如小号哈密瓜那样的砂吊（罐）子里，放块姜，撒点盐，盖上盖，埋入做饭后的灶膛中。罐外包一圈谷糠，包到罐腰处，再全部用余火灰烬壅住。一夜过来，肉烂离骨，吃肉喝汤，香鲜无比。

在清香的绮梦里暗自销魂

我小时帮大人打过荷叶。盛夏的早上,带把镰刀来到水汽氤氲的荷塘。满塘翠绿的荷叶,层层叠叠,翠盖下探身而出的荷花,或粉红,或纯白,分外含娇带羞,一阵微风吹过,荷香飘溢,沁人心脾。我们只捡那些亭亭如盖的梦幻一样的大荷叶,贴着叶蒂处割断,将荷叶从中间一拗折成扇形,就地摊放在塘埂上晾晒。即使不下到水中,一个塘湾转下来,身上的衣裤也通常会被露水浸得透湿,还沾着些草籽野花什么的。到了晚上,再过来收起荷叶叠成一摞摞的挑回家去,放院子里码好。秋天时,供销社收荷叶了,就挑过去,能换来几个买油盐的钱。那时,供销社也收旧书刊,拆了骑马钉,将纸页一张张拆下,卖糖卖糕点时,就在干荷叶上面垫一张书页纸包起来。要是卖盐卖酱瓜什么的,只用荷叶包装,纸就省了。你只要一看供销社的库房地板上堆了好多堆高过人头的干荷叶堆,就知道荷叶的用量有多大了。

荷叶在农家的用途也多,可以包东西,可以盖酱钵子,可以当坐垫,可以顶在头上遮太阳,小孩子还可以把荷叶做成绿坎肩或绿围裙披挂在身上玩游戏。夏天晒小咸鱼,苍蝇围着飞,见缝就下蛆,要是把小鱼摊放在荷叶上晒,苍蝇就不叮了。入了秋,菱角登场,一大箩菱角倒进锅里,堆得老高,锅盖没法盖上,就折了几张荷叶严严实盖一圈，一阵大火烀熟透，荷香加菱香，隔了老远就往你鼻孔里钻……

荷叶用来蒸糯米饭，也是一大用途。荷叶清香渗入糯米饭里，风味非常独特，是暑天里很受欢迎的应景食物。荷叶蒸糯米饭有两种做法，比较简单的，就是在蒸屉里垫上一张新鲜的干净荷叶，再将泡好的糯米倒在荷叶上，上面再盖上一张。大火蒸出来后，饭粒晶莹清润，口感润滑，在淡淡的荷香里，爽滑清甜的感觉直抵心底。还有一种做法，因添加了一些诱人内容，便稍显复杂了，当年我的外婆做过几回，步骤如下：

糯米和籼米各半，淘洗干净后，泡胀，一把红豆用温水泡胀；将贮藏在吸水坛里的腊肉或咸鸭子取一些出来切成小丁，芋头也切成小丁过油炸至表皮金黄；把上述所有材料全部混合到一起，略加点盐和酱油，搅拌均匀——若能舍得搁上点猪油滋润一下，那就是锦上添花了。接下来，到水塘里打来一张梦幻一样鲜青的荷叶，铺在蒸屉上，再放上拌好的糯米和咸肉，用大火猛蒸，直到厨房里水气弥漫，一阵阵香味从窗户里散出，就好了。如果用的是梅干菜和肋条肉，外婆会先将梅菜和肋条肉另行蒸出味，再和入糯米中垫上荷叶同蒸，有时还加上点切碎的香菇，蒸出来表里香透，风味别致，怎么吃都不会觉得腻。

如今，一些饭店推出了荷叶蒸饭套餐，就是一份荷叶蒸饭，还送上炖汤和一小份清纯素菜，搭配好让食客吃之满意。这类荷叶蒸饭，采用荷叶煮水泡米，蒸出来饭粒青褐，以散发荷叶清幽意蕴为特色。另外，也有一些食店推出纯荷叶蒸白米饭，加上一点芡实、莲子，有点像八宝饭，扒入口中，满是江南水泽的气息，霭烟水雾阻断了都市的喧嚣，不用太出色的配菜，也能吃得情投意合，依依不舍……要是在里面再添上板栗、大枣和糖桂花什么的，弄成真的八宝饭那样，清糯甜美，爽口弹牙，就是走的纯甜的那一路了。

有一次出差镇江，当地同行在香江酒店宴请我们，据介绍，此店是老字号，属淮扬菜系。好吃的菜有香酥鸭、葱油鲥鱼、糟熘豆瓣蟹钳肉、椒盐豆腐、西芹腐竹等。蟹粉狮子头的蟹粉足够多，汤很鲜，狮子头做得不错，有肉质的弹性。肴肉也点了一份，这是镇江的代表作，不能不关照……只是一盘芦笋炒得过头了，一条条软塌塌地趴在盘子上，原该有的脆嫩口感消失殆尽。最后，又在菜谱上找了一份荷叶包蒸饭，为什么单单多了一个"包"字？上菜后方知，原来是大青花盘里扣着一个鲜碧的荷叶包，大火蒸过后荷叶居然一点没有变黄，着实叫人惊奇。荷叶从顶部开了一个小口，用筷子划拉开，里面有香菇、虾干、腊肠炒片，还有青豆、玉米、干贝等，色彩繁复艳丽，组合出精妙美景，我不知道这是否也是淮扬风格。好在饭粒软润，馅儿料的滋味醇厚，既可当菜又能当主食……但是那么好看的荷叶，清香味却很淡，淡到几乎闻不出来。

在馆子店里，荷叶除了包叫化鸡外，还可以用来包排骨甚至包起鱼虾蒸。那些荷叶是从超市里买来的，或是给冷藏了一段时日，怎么能与清清莲塘里那些仿佛正做着绮梦的翠碧荷叶相比……

炎热的夏天让人吃什么都没胃口，如果采来一两张将舒未舒的半卷嫩荷，煮荷叶粥吃，一定能让人胃口大开。其实也就是煮粥时让荷叶漂在米汤上，等米粒化开，米汤变稠时，就将荷叶拿走，荷叶的清香却已留在粥中。如果是将小饭桌摆放在暮色四合的阳台上，端起这样一碗粥，闻着那熟悉而又久远的气息，足以叫人暗自销魂啊。

　　如今，家乡早已是荷叶满塘了，朵朵莲花，宛如一个个浅笑的少女，张扬着自己青春的美丽……风起处，我仿佛闻到了荷叶蒸饭与荷叶粥的清香。

金风玉露一相逢

夜凉如水的晚上，与二三好友循着烟火味儿到大排档，叫了一大盆香艳四射的小龙虾，和一排侍立的冰啤，把酒相谈，大快朵颐，用美味打败时间，总是一件很惬意的事……小龙虾的香辣和冰啤的凉润共同作用在舌间，时而撒泼耍赖，时而含情脉脉。若是话至酣浓，灯影迷幻，"梦里不知身是客，一晌贪欢"，仿佛一世都在这轻软红尘里轻飏，正好凉风习习，则大有我欲乘风归去的决绝。

可惜不在华山顶，也不在把十里杏花跑成一抹红烟的的江南古驿道——这是光着膀子在夏夜的大排档。大排档就是大排档，不必讲究，更不必拘泥，向着人间的烟火，口味的远足和流浪，一切皆是举手之劳。只是到了钟点，无论是张扬还是落寞，该别离的，终是要别离。

其实，如果不是贪恋夏夜清凉的情调，自己在家做了小龙虾享受，或许会更好。在排档和店里吃的小龙虾，都是炸出来红艳艳那一个完整形象，连着虾线的一片尾翼都没有拧去。只要你亲自动手洗过小龙虾，就知道，不去掉头壳，掀起那个红盖头，小龙虾根本是洗不干净的。头壳下面，有胃袋和满是黑水的肺须，胃袋又称沙包，里面装满小龙虾吃下的脏物，肺须则相当于滤污的纱网……最重要的，掀开红盖头，还有两条异常柔软的虾黄，这是好东西，用手指轻轻掏引出来，托在手心里，稍稍放自来水下冲淋一遍，收到碗里。半脸盆虾，能掏出一小碗虾黄。这东西若不单独掏出来，就会随那个头壳丢弃了，没有被人羡煞，却被自己唾弃，真要那样，你就去忏悔吧。

虾黄相当于蟹黄，本是它们未成熟的卵块，是最起鲜的精华所在。把虾黄与豆腐放在一起烩，是一种创意。一白一黄组合，细腻中透着优雅气质，犹如"肤如凝脂"的贵妇人身披嫩黄轻纱，这样的视觉与味觉奢华启幕，便是虾黄豆腐的惊艳之美。

将虾黄用料酒和少许胡椒粉腌渍一下，去腥。嫩豆腐切成麻将牌一半大的小方块，放入加盐的沸水里氽过，捞起沥干水，使每一块看起来都如白玉般诱人。油锅里爆香姜末蒜蓉，倒入腌渍好的虾黄煸炒。吱吱啦啦的姜末蒜蓉呛人香气里，波荡着黄澄澄明晃晃的虾黄，形势真是喜人又香煞人也！只是虾黄娇贵，不可用火太老，瞅准时机，立刻倒入豆腐混合翻炒，至热气上来，加少许水，放一点盐，再以水淀粉勾个薄薄的亮芡……香气扑鼻的虾黄豆腐就新鲜出炉啦。

记得早先也是在大排档上吃过一种"金银豆腐"，是冰冻的豆腐中拌入咸蛋黄，因为颜色是一白一黄，故有此称。豆腐是冰冻的，而且很滑，所以天热的时候吃起来很爽，感觉有点像吃豆腐花一样。

但虾黄豆腐不同，虾黄豆腐是热吃的。虾黄豆腐的过人之处，除了浓鲜爽滑外，虾黄比蛋黄更明艳，衬托得豆腐越发白嫩。吃这菜要使小勺，轻轻舀一小勺送入口中，透着清香，豆腐入口即化，鲜美的滋味在口中弥散开来，咂一咂嘴，你的感觉就是活在当下真好，真享受！最难得的是，那么好的味道里，居然尝不到调味料的痕迹，却启发着你越吃越香的欲望，令你手不停勺，欲罢不能。要不然，挂满大红灯笼、常有丝竹之声萦耳的南京大排档的宣传小册子上，怎会如此描述虾黄豆腐：没有试过，你永远不知道它有多好！

虾黄不独可以烩豆腐，虾黄炒菜心也是个不错的选择，是为普通食材也能做出惊艳味道的又一成功范例。白菜取包心部分3至4层备用，油锅里爆香姜末，投入虾黄、切细的胡萝卜末及盐适量，翻炒入味；将菜心在另一只锅里以沸水焯至断生，捞出来沥干水整齐排在盘中，浇上调好的虾黄即成。虾黄本来就味鲜入脾，白菜选其心，实为挑出精华，口感、质地均属上乘，二者相配，犹似簪花的少年郎牵手豆蔻女孩，色泽清爽，入口鲜嫩，着实难得。

虾黄有强烈提鲜的作用，但也并非多多益善，用过了头会有很大腥气。剥出虾黄后，放冰箱里冷处理一下，冻一夜再用，腥气会大减，因为黏腻，口感会更好。我还有一创意，虾黄烧豆腐或炒菜心，同时拌入一只碾碎的咸鸭蛋黄，那可就是锦上添花风光无限了。

若是脑筋一转，将虾黄豆腐做成脆皮的，那就更是让人由衷地欢喜了。虾黄加上调料加点番茄酱，用淀粉拌了，包裹在豆腐外面，一块块在油锅里炸透或煎成金黄，摆入白瓷盘里，下面垫一片鲜碧的生菜叶……"金风玉露一相逢，便胜却人间无数"，嘿，不说入口，光是看在眼里，那份感受……你去发挥想象吧！

那些酸甜酸甜的桑果子

在我常常散步的江边，自由而散漫地生长着很多杂树，最多的要数野桑。野桑乌青的叶只有小儿的手掌大，很繁茂，看得出生命力极强。事实也正如此，野桑的种子落地生根，加上鸟儿积极广泛地传播，所以在公园里、小区的绿地中、马路的绿化带间，甚至缺水少土的石头缝里，到处能见野桑的小苗，园林工人稍一疏忽没来得及拔除，三两月工夫就蹿到半人高。

青弋江与长江交汇处南岸的那处外滩荒地上，人迹难至，原有两棵高出防洪墙的野桑树。谷雨过后，枝头青嫩的小桑果子便一天天膨大起来。我像一个充满童心又十分嘴馋的孩子，几乎每天都能察看它们一次。看着它们渐渐变了颜色，有一颗两颗泛红了，但肯定还有别人也在暗中觊觎，鸟雀们也觑上了这些果子。果然，那些果子红一颗便少一颗，仿佛一切都是算计好了的……一直到那两棵树最后被人砍去为止，我也没弄清到底是谁享受了那些果子。其实我从没有产生过要品尝那些果子的念头，因为它们即使长到快成熟时，也是那么瘦小，而且很脏，满是灰尘……要是它们生在乡下，断不会是那般模样了。

桑果子的学名叫桑葚，一个桑果子由很多粒桑籽簇拥一起组成。桑籽比针尖大不了多少，每粒桑籽外都包着厚厚的肉。桑果子刚长成时是青绿色的，然后慢慢浸成淡红，粉红，大红，深红，浅紫，熟透了就呈深紫色。如果它们被鸟雀吃下肚子，鸟雀只能消化桑籽外包着的果肉，而坚硬的种子在鸟儿的胃肠里旅行了一遭，最后成为粪便拉在飞过的地方，熬过了夏天、秋天和冬天，待来年春天气候转暖，雨水调匀时，这些种子就会发芽从土中钻出来，新一代生命自此诞生。一些植物就是这样利用果子的美味，吸引鸟类帮助自己传播繁衍后代。

在我的家乡，杂树总是那么多，但我们对楝树、油树、檀树都不感兴趣，我们只在意桑树。那些桑树，不管有主还是无主，从来没有人去照管，都是自个儿冬枯春荣。哪家少一根锹柄，缺一条扁担料，可随意砍下一根枝儿或锯一截树干。我们在意桑树，也只是在意桑树枝上结满桑果子那一段时光，那些日子里，许多孩子的双手和一张嘴都是乌紫乌紫的，身上的衣裳也给染出一块一块的紫斑。

酸甜酸甜的桑果子，真的是上天给孩子们的恩赐。每年四月底五月初，地里的瓜蔓上才开出细碎的小黄花，桃子杏子也只藏在浓密的枝叶间还不好意思露脸时，宅边地头的桑树却吸引了孩子们的目光。于是，天天到田间地头东瞧瞧，西串串，看有没有早熟的桑果子。没长熟的太酸，吃了酸得直打哆嗦。按老人的话，熟得太透也不好，因为太熟的被虫子啃过蚂蚁爬过，甚至还有蛇舔过，有时上面就淋了灰白的鸟粪，吃下肚子肯定要坏事的。可是我们才不信这些，哪有放过紫红水灵的桑果子不吃的道理？而那怀了小孩叫"害伢"的小媳妇才不管熟没熟，越酸越要吃。

五月的江南，田里的小麦和油菜籽已经成熟，一大片一大片倾伏在初夏明媚刺眼的阳光下，风里都酿着醇香。河渠里流水淙淙，布谷鸟在云端啼鸣着，仿佛在催促着人们抓紧收割。这段日子，学校照例要放一个星期左右的农忙假，以便帮助大人抢收午季作物。但于我们而言，田里的事并不能帮上多少，倒是最关心那些也在忙着成熟的桑果子。来到先前早就探寻好的树下抬头仰望，果然不负我们的重望，好多桑果子熟了……红中带紫，紫中泛红，透着桑的清香与蜜的醇甜。有的桑果子上，还挂着早晨的珠露，晶莹闪亮，像一颗颗璀璨的紫宝石。我们努力压下舌底泛出的津液，迫不及待扳下枝丫或是爬到树上，拣那些最惹眼的摘下，尽情地往嘴里送。有时无须动手，只将嘴伸过去就能衔住一颗，运气好碰到一颗特别酸甜的，就会高兴得大喊大叫。这些桑果子，粒大，色浓，味甜，汁水多，用舌头一抿，就会有紫黑色的甜浆顺着嘴角流出来。我们摘一个，吃一个，连蒂都不除掉就丢进嘴里，真是幸福死了。

熟透了的桑果子，不能用竹竿打，打下来掉在地上就碎了。但是，当树枝太细太高，或是顶梢头的熟透的果子实在多得让人眼馋，我们就抓住树枝一气猛摇，噼里啪啦像下雨一样，枝头的桑果子掉一地……你就拣最好的吃吧。有人说桑果子上火，吃多了会淌鼻血，可在我们身上从来也未发生过。

如今，麻雀变凤凰，当年俯仰皆是一文不值的桑果子，眼下成了贵族水果，用精致的小盒子装了摆在超市里出售。水果摊上也有，问过一回，价格贵得要死。一小盒里只装进二三两，折算下来，每斤价格要三四十元。这一身价不仅让周边的油桃、枇杷等传统水果相形见绌，也让一些进口水果黯然失色。

前一段时日，从上海回来路过苏州，见公路上拉着大幅广告："你想采想吃桑果子吗？请到苏州西山来……"我想那西山一定是旅游胜地，桑果子成了一种旅游产品，供各路游客周末休闲享受。但是，那些观光者如何采摘……像我们当年那样吊在树上，顺手在枝上一捋，手里就是满满的一把，然后，拣最乌黑的往嘴里送吗？

大煮干丝的阔绰风范

在一些老字号店里吃早点，小笼包、烧卖、煎饺之外，总是少不了再叫上一碗煮干丝。街头小摊子上或是那种夫妻档的小吃店堂里，煮干丝则被装在一个小半人深的白铁桶里，有顾客要，掀开桶盖，拿长柄勺子搅一搅，手腕一翻，连带汤水舀起，正好是满满的一青花碗。煮干丝是一道特色小吃，配以熟虾仁、火腿丝、黑木耳等，色彩鲜艳，干丝绵软，配菜香嫩，味道清而不素，鲜而不过。顾客吃完喝完，满意地擦擦嘴，喊一声："老板，给你钱！"将两枚一元的硬币拍在桌上，抬腿走人。

记得我小时候吃得较多的是一种卤干丝，卤干丝是先经油炸过再在卤水里煮出来的。在家乡的小镇上随着大人吃早茶，大人一壶绿茶，一碟卤汁干丝，再来一大盘热腾腾的烧卖，又吃又聊……常见邻座有个清瘦的老茶客，干脆就是一壶香茗、一客带辣味的卤干丝，别的什么也不要，筷子尖上挑三两根干丝纳入口中，细嚼慢饮，气定神闲，优游自在，小小的茶盅托在手心里……眼见是渐入"皮包水"之佳境了。此等逍遥，差不多令神仙也羡煞，足见干丝的诱人魅力了。

好多年前，位于二街的古色古香的耿福兴店还在时，我的一个当时在干道砂制品厂上班的堂叔领我走进去，踩着木楼梯上到二楼，坐在那里充过一回阔佬。那才是真正的鸡汤煮干丝，又叫大煮干丝，因为里面有鸡丝，有火腿丝，并配以鸡肫、鲜虾仁。干丝细长清爽，刀工极为了得，几乎找不到有断头的，汤汁清黄，鲜味浓重，特别是点缀其间的细葱，娇嫩翠绿，色彩和谐，其风味之美，让我历久难忘。我记得堂叔在服务台上买的是当时的最高价格，一元二角钱一碗，要知道我那年刚进医院当学徒工，月工资才只有十八元。

现今的煮干丝，大街小巷满处都是，只是与记忆中的大相径庭，味道先不论，只说那刀工，满目支离破碎，断头缺尾，入口也多是淡而无味。这也难怪，现在还有多少店主会在煮干丝里放进那种高质量的火腿丝和鲜虾仁呢？因此我便越发怀念从前二街老字号耿福兴的大煮干丝了。

所谓大煮干丝，就是要用去了油的鸡汤煮，汤要多，火要大，故曰"大煮"。以干丝、鸡丝为主，外加鲜虾仁，缀以各种配料，一直煮到浓香扑鼻，火腿和虾仁的鲜味渗入极细的洁白干丝中，丝丝入扣。但却不见一滴油花，没有一毫豆腥，乃是典型的江南人脍不厌细的代表作。

假使你果真一心要追踪大煮干丝的流风遗韵，街头上遍寻不着，倒不妨于家厨中一试身手。

在菜场的豆腐摊子上挑选优质白坯干子——有弹性有韧劲抓手里对折不断不裂的，先将干子薄薄地片出来，码在一起切成极细的丝，要一刀贴着一刀地切。刀功好的人，切起来头头是道，一气呵成，没有一点拖泥带水；三四块干子，就能切出一大堆火柴梗一般的细丝，足可以煮出满满一大碗。家庭厨房里当然很难有如此刀功，如果切出来的细丝粘在一起，可浸入水中使其分开。然后放入锅中，加少许盐，用开水浸烫，除去豆腥味，捞出沥干水。火腿丝用温水泡软后加入料酒，隔水蒸透；鲜虾去壳去虾线，入开水锅烫熟捞出备用；锅内加入高汤——有鸡汤当然更好，将干丝下锅，大火烧开后加盐、鸡精调味，改小火煮15分钟，起锅前放入香葱末；将干丝倒入碗中，撒上鲜虾仁；姜丝入油锅炸成金黄色，置于干丝上即成。

有的菜谱中特别强调，大煮干丝不仅要用鲜虾仁，还要用开洋。开洋是将海虾煮熟后，再晒干，去壳制成的。好的开洋，色红而亮，干燥又有弹性。开洋有两种用法，如果追求口感的话，应该将开洋扯成丝；而要是想追求看相，就将开洋原只使用。除"大煮干丝"外，还有一种烫干丝，是将干丝用沸水多次浸泡后，挤干装盘，浇以熬熟的豉油和麻油，撒上开洋、嫩姜丝，就成了，也非常爽口。

我妹妹二十多年前就去了镇江，她的大煮干丝那是正宗淮扬级的专业水准。春节回家给父母做菜，我专心一意记下了她的步骤：方干劈薄片切细丝，滚水里浸烫，沥干后再烫，再沥干。热锅舀入熟猪油，虾仁炒至乳白，倒入碗中。锅中舀入鸡汤，放进干丝，再将鸡丝、肫、肝、笋放入锅内一边，加虾子、熟猪油，旺火烧一刻钟，视汤浓厚时放盐。加盖再煮5分钟，离火，将干丝装入盘中，肫、肝、笋、菠菜分置干丝四周，上放火腿丝，撒上虾仁便大功告成。这样的大煮干丝，有一种清澈明智的调子，看上去安详而又自足。

去年仲秋的一个早晨，在南京，朋友陪着我来到夫子庙边。我们在古雅的景致中浸润着，汲汲于一场味蕾的盛会。什锦菜包、蟹壳黄烧饼、鲜肉小馄饨、蜜汁桂花藕，一一品尝过，秦淮河的大煮干丝便端上来了。清醇的鸡汤跃然眼前，噘口吹去，波浪不兴，自有一种超然的风华，仿佛软红轻尘里的过往岁月，俨然映现了一个鼎盛时代的六朝古都……雪白的干丝隐伏其间，丝丝缕缕尽显细腻温婉。经过精心炖煮的干丝，吸纳了虾仁、竹笋、鸡丝、木耳、香菇等多种美味，众多的芳魂全都附着其上，嗅之宜人，啜之则满口柔情，回味绵长，鲜而不腻，淡雅而不落单调……舌头上的每一个细胞都尽享来自于这大煮干丝的美好感觉。不知不觉一碗罄尽，放下汤勺，抿一抿嘴，齿间的余香犹在。

只缘感君一回顾

苏式熏鱼,地道的江南名肴,亦算是江南传统冷盘了。苏式熏鱼味道是甜的,甜得如同吴侬软语,甜中,又是携着咸,咸中透着鲜。其外观呈琥珀色,入口软绵紧密,鱼肉香脆韧柔,丝丝缕缕,极耐咀嚼。馆子里常常以精致的小碟装了摆上来,算是个开胃菜,坐等正菜之前,可以举箸先打牙祭的。在一些卤味熟食店里,也少不了有熏鱼出售,甚至还是一些茶食店的招牌菜。比如,苏州的采芝斋、上海的老大房,以及芜湖早前的五香居,都以熏鱼出名。

我在北京也吃过熏鱼,北方的熏鱼和南方的不同,重用一些刺激的香料,味道上是浓彩厚抹。南方的熏鱼像南方的女人,秀容清丽,味道柔和得多。

许多人不知道,熏鱼并不是熏出来的,而是油炸出来的。说到炸鱼,我们这里春节时乡下和城里好多人家都炸。弄来一条十多斤的鲲子鱼,青鲲草鲲都行,当然青鲲最好,青鲲是吃螺蛳的,肉更紧凑结实而少草腥气。将鱼洗净沥干,由背部砍开成两大块,再分别切成厚薄适中的片。不能切薄,薄了一炸即干,失了条分缕析的柔和,也不能切厚,厚了炸不透,味道渗不进去,以小指甲盖横过来那么厚为最佳。要是懂鱼性又有几分腕力,也可以按着骨节切下,一节即是一片,绝不厚此薄彼,看着就舒服。

其实，这样的鱼炸出来，只是为了好贮存，来了客人配菜方便，不至于手忙脚乱。临吃时抓几块炸鱼放入锅里，加绍酒、酱油、米醋和糖略烩一下，勾点淀粉就可以装盘端上桌。这种熏鱼可以热吃，也可以凉吃，可以直接吃，也可以在山重水复的徽州一品锅里见到其身影，是和白切鸡、板鸭、鱼丸、肉圆、蛋饺、水发肉皮等跻身一起，底下铺上白菜粉丝，浇上鲜汤一煮，就是热腾腾的一锅了……但是，此熏鱼非彼熏鱼，这只是一般熏鱼，而不是特定的苏式熏鱼。

做苏式熏鱼，一道关键程序，就是鱼炸好后要放进糖料卤汁里浸泡入味。我的一个堂婶，苏式熏鱼做得好，就是因为重视调制糖料卤汁。她的糖料卤汁，都是用筒子骨汤打底子，将熬了一夜的筒子骨汤除尽油花，用纱布滤去浮渣，烧开，大把地放糖，糖要放到再也化不开为止。然后倒入老抽代盐，并不断搅动，以防锅里结底有焦煳味。最后撒上一点花椒提香味，花椒不能久煮，煮长了会麻舌头，花椒一放入马上就熄了灶火，靠余温把香味吊出来。我的这个堂婶对吃真是讲究到入细入微，叫人叹为观止。那时还没有冰箱，堂婶的卤汁做好后，就用一只瓦罐装了，放在篮子里用绳子吊到井底冰镇——堂婶称这叫"收凉"。千万别小瞧了这制卤和浸卤，千宠百爱皆在其中……只缘感君一回顾，浸了卤后，苏式熏鱼的迷人风韵就全出来了。

到了年底，菜市场边便出现许多做蛋饺的、炸圆子的、抹春卷皮的和灌香肠的小摊。这样的风景，从南到北都一样。我在北京的菜场见过的炸鱼摊，多半是一对夫妻档，言语中能听出安徽无为的口音尾子。若是张罗下了生意，男人便会拎起脚边分段卖的鱼，按对方所需砍下一小截，称好分量，刮鳞洗净，切成小块。站在一旁的顾客往往会紧跟着说:"切薄一点哦……师傅。"一切弄好,旁边的女人就用一双长筷夹了鱼片投入油锅里,锅里的油马上就沸腾起来。女人时不时地用竹筷翻拨一下,顾客则会叮嘱:"炸透,给炸透一点哦。"几分钟就炸好了,拿漏勺将鱼片捞起,稍微控一控油,放到旁边一个调料缸里泡一泡,有时会用红曲给你上色,还撒点大约是五香粉之类的粉末,装入食品袋,一手收钱,一手交货,这熏鱼就可提走了。但是这同苏式熏鱼还是有点差距,就是因为那调料的味道弄得太浓了。我亲眼看过他们把葱姜末、花椒、酱油、米醋、白糖更有大料、桂皮、茴香、草果等放油锅里爆香制出卤汁,你想想这哪还有苏式熏鱼清润软和的风韵?

其实,家里炸和摊子上炸无甚区别。只要稍稍有点厨艺底子,做苏式熏鱼的那套程序和手段还是一看就会的。家里没有那么大的锅,也没有那么高的油温,炸不出块大色黑肉紧的效果,那就切小块,慢工出细活一样地补偿起来。起一个油锅,油要尽可能多一点,能让鱼浮起来为准。油温上到快要冒烟时放入鱼块,或许一次只能放入一两块,放多了,鱼块在里面转不开身,会黏合到一起……又因为鱼肉易碎,所以不宜多翻动。如果水平实在不行,可以将鱼块放在平底锅中,两面煎定了型,再投入大油锅中炸,炸到鱼肉表面金黄,肉身硬挺,就可以了。鱼肚子的部分,由于肉厚,要多炸一会。炸好的鱼,刚一出锅就浸入冰凉的卤汁里,哧的一声……冷热交锋的效果,就是能让鱼皮立即变脆。浸泡上十来分钟,便可以直接食用。要是像"泡吧"那样泡上一夜过来,调料全都细密渗透进丝丝缕缕的鱼肉里,味道更浓郁,吃起来更香酥。

在炸鱼前,也有人用葱姜、黄酒加细盐将鱼块先腌两三个小时入味。炸好一批后，把前一批浸泡在卤汁中的鱼块取出，装碟；再炸、再浸……需要提醒的是，家里做，总是容易炸老，须眼睛多看紧一点，见鱼块表面稍有黄色就捞出。油温高，过火时间短，方能保持外焦里嫩，不会吃起来鱼肉干干的。要是拖泥带水给炸老了，就全没了苏式熏鱼的风韵，吃不出那意思来，唐突了香软甜醇的美人，就很有些遗憾了。

"狮子头" 一种即食的快意

　　古人说，腰缠十万贯，骑鹤下扬州。20 世纪 80 年代中期，我和一个同学总共凑了不足八十元钱装进衣袋坐火车到镇江，再从镇江过轮渡搭了车到扬州。两个穷小子找了一家馆子，记不清是富春茶社还是福满楼，特意要了一份"狮子头"，端上来一看，不约而同叫了起来：这不就是我们家那里的大肉圆子吗……怎么叫"狮子头"哩？但那"狮子头"的鲜美味道，确实给我们留下难以磨灭的印象。

　　十年之后，我又一次来到扬州，是同我们报社的一批中层干部来考察的，扬州的报业同行当晚隆重地招待了我们。烤鳗、酱鸭、白汁鱼、鳝丝、大煮干丝，晚宴的丰盛自不必说。这种场面吃饭有一个好处，就是能将口舌之欢享受到位。当服务员捧着一只大煲到桌上，嘴里报出菜名"蟹粉狮子头"时，众人的目光一下被吸引了过去。盖子揭开，十多个圆圆的大家伙在里面躺着，每个大家伙的表面都黏附着一层橙色蟹黄，泛着丝丝红光。

　　来，来——主人伸手示意，我们一个同事立即伸过筷子，却是撩了几次都没撩出来。我连忙给他示范，拿起面前盘子里银晃晃的长柄汤匙托着，很轻易地就弄进了口。一口咬进去，那"狮子头"竟如豆腐般的嫩，但却有弹性，整个口腔里都充盈了香鲜。大家吃着，个个都说好、真好……太好吃了！

这大肉圆子同"狮子头"有何关联？我趁机请教身边的扬州同行。隔座一位副总编听到了我的发问，探过身来划动着手里的筷子对我说：不错，你们叫大肉圆子，我们扬州人直接叫成"大斩肉"。你看，它烹制成熟后，表面一层的肥肉末已大体溶化或半溶化，而瘦肉末则相对显得凸起，似乎给人一种毛糙之感，于是，富有幽默感的我们扬州人便称之为"狮子头"了。一斤这样的"大斩肉"里，要加进二两左右的蟹黄和纯蟹肉。从选料到刀功、火功等都是大有学问的，必须步步到位，才能保证蟹鲜肉香，柔嫩滑酥，肥而不腻，入口即化……旁边又有人插话，说大闸蟹5毛钱一斤的时代，到了季节，扬州人总要把嘴吃出了血才算罢休。孩子们吃蟹，大人在一边忙着拆蟹粉、挑蟹黄，留待做"狮子头"时派上用场。

说着话，大煲里的"狮子头"已全部告罄，连同配烧的笋片、菜心都给捞捡吃光，甚至漂浮着一层黄澄澄蟹油的原汁蟹肉汤都有人舀了喝，边喝边吧嗒着。我们无不感慨，大肉圆子吃过多少回，只有今天我们才领教了什么是正宗的蟹粉狮子头……不愧是扬州的名菜哦！

那次从扬州回来，我们当中即有人写了文章在自家的报上刊出。其理由是，品鲜后无可言者，岂非美味之憾也？

我的妹妹一直在镇江工作，镇江与扬州只是一江之隔，许多扯不清户头的当地菜像大煮干丝和肴肉她都能做，最拿手的当是"狮子头"。春节在父母处，只要她回来了，大家便有"狮子头"吃。有好几回我在家中请客，正好她也过来了，就让她露上一手，做一锅"狮子头"。她选用的都是肥瘦对半的猪肋条肉，将肥肉、瘦肉斜切成细丝，然后再各切成细丁，继而分别粗斩成石榴米状，再混到一起斩匀，即所谓"细切粗斩"。接下来，加入剁细的姜葱及盐、糖、酱油、味精、料酒、胡椒面、鸡蛋、生粉各种调料，在钵中搅拌，直至"上劲"为止。

然后，就是搓成大肉圆子在油锅里煎，镇江那边的行话叫"煎成面子"。做"狮子头"，最关键的是不能散碎，哪怕裂了一点缝都不行。将大肉圆煎至金黄色时捞起，放入碟内，如果是蟹子应市的季节，就弄点蟹黄放在顶端，加酱油、料酒、上汤、姜、葱，隔水蒸约一小时。下一步，烧热油锅，下香菇和剖成十字刀纹的菜心略炒一下，将蒸好的圆子连汤带水一起倒入锅内同烧两三分钟，勾点芡粉，收浓汤汁即可。装碟时，先盛上菜心，"狮子头"逐个排放于上，再浇上浓汁。

我妹妹做得最多的是白"狮子头"，白"狮子头"比红"狮子头"要小得多。红"狮子头"是油煎过再红烧，白"狮子头"则是直接放汤里氽出来的。我们常说写散文要形散神不散，做白"狮子头"似乎比写文章的要求更高，形和神一样都不能散，因此更须凭借搅拌功力，要搅到"上劲"——就是拉筷子的黏度。白"狮子头"还要讲究搓的技巧。我看妹妹每次搓时，都是先在肉馅儿盆前的一个碗里蘸点水在手心里，然后舀一勺肉馅儿放手心，手指并拢，手心呈窝形，用点巧劲两下一搓，就有一个光滑的肉圆出来了。放入砂锅的沸汤之中煮片刻，待汤再次沸腾后，改用微火焖约一小时就行了。白"狮子头"肥嫩异常，软腴堪比豆腐，汤尤肥鲜美润，食后齿颊留香。

事实上，还有一种更袖珍的"狮子头"，既可红烧，亦可清蒸。做时，一样地把肉馅儿搅拌"上劲"，青菜心洗净过油，码入砂锅内，加肉汤烧开；拌好的肉在手心里挤成肉丸，码在菜心上，再点上蟹黄，上盖菜叶，微火焖一两个小时即成。也可以像大煮干丝那样，在汤里加火腿片、冬笋、木耳，特别是有一种水晶虾仁，比蟹肉更胜一筹，咬上去都能感受到虾仁肉在嘴里崩开，异常鲜嫩。

鲈复鲈兮何相欺

鲈鱼这东西有点搞怪，无论在淡水里还是在近海浅水里，都能把日子过得很滋润。我在千岛湖边吃的石斑鱼，到水箱旁看时，那明明就是身着花纹的鲈鱼嘛。鲈鱼细鳞阔嘴，长相跟鳜鱼十分投缘，而且它们都是一样的蒜瓣肉，所以常被无良厨子拿来给鳜鱼顶包……你要的明明是糖醋鳜鱼或是臭鳜鱼，端上来的却是鲈鱼，要是以鲈鱼去做冒牌的松鼠鳜鱼，鱼体被一刀一刀片花之后，再敷上面粉炸出来，就是我这样惯识鱼性的人也未必能分出个真假来。

鲈鱼和鳜鱼，确实是有着很近的血缘关系，鳜鱼能做的菜，鲈鱼皆能充任。比如清蒸鲈鱼，就是套的清蒸鳜鱼的路子。把鲈鱼处理干净，肉厚处打出花刀，内外抹点盐略腌半小时，倒上黄酒，倒上蒸鱼豉油，再在鱼腹里塞点姜葱，放到屉笼里或是隔水蒸熟就行了，简单得不能再简单。因为有了蒸鱼豉油的横空出世，白鱼、鲫鱼、昂丁都可以拿来蒸，除了保证肉质滑嫩外，口味鲜美清淡也是一大动人之处。

因为有了张志和的"桃花流水鳜鱼肥"吟咏，让鳜鱼在中国最优美的诗歌里悠游了上千年。而鲈鱼更是不得了，如果说"江上往来人，但爱鲈鱼美"尚不足震慑人，那么张翰的一句"秋风起兮，佳景时；吴江水兮，鲈正肥……"就很能让人动容了。大概觉得气氛上得还不够，他憋了股劲又加紧吟道："秋风起兮木叶飞，吴江水兮鲈正肥；三千里兮家未归，恨难禁兮仰天悲。"秋风落叶，闭上眼睛，脑子里便是一片如雪的洁白——不是秋风起兮白云飞，也不是蒹葭苍苍白露为霜，而是那细白腴嫩、思之令人食指大动的鲈鱼脍呵！张翰到底还是熬不住，脚底一抹油，辞官回乡吃鲈鱼解馋去了……只是如此一来，像留下了传染病一样，害得他身后的无数文化人也跟着一齐纠结，"莼羹鲈脍""莼鲈之思"便成了游子想念家乡、惆怅不已的流通说法了。

这鲈鱼到底有多好吃，现在已无法考证了，因为环境变化太大，鲈鱼不可能一直保持晋时真身。但有一点不得不指出，那是吴江水里生长的不是我们普通见识里的鲈鱼，而是一种独特的四腮鲈鱼。早在《后汉书》里就有一则关于四鳃鲈的故事，说的是曹操食四鳃鲈铲除左慈的事。但现在注册商标的却是松江四腮鲈鱼，就像奶油五香豆是上海城隍庙特产，谁都知道一样。

数年前，我在报上看到一则消息，说是阔别上海数十年的松江鲈鱼，也就是四腮鲈鱼，终于游回到了松江，游到市民的餐桌上。对于四腮鲈鱼来说，游回锅镬未必是什么好事情，但这条新闻还是引起我注意——它是上海水产大学的教授们历时10年寻找种源，苦苦寻找回来的松江四腮鲈鱼啊！失而复得，此鱼就是彼鱼，没错，这是文化复兴的大好事，我高兴。拼得今生吃一回四腮鲈鱼，我终于有了盼头。

去年春天，在西湖楼外楼吃糖醋鱼，我和老婆花300多元点了一条500克刚出点头的鱼。服务员送上一塑料桶让我过目，里面卧着一条黑乎乎的鱼，头大而扁平，像是大号塘鳢鱼——也就是我们俗呼的"痴咕呆子"鱼，当时我就怀疑别是松江鲈鱼，但我也知道松江鲈鱼绝不止那个价……在上海的馆子里，一盘松江鲈鱼身价要达四五千元！我过去吃过几次西湖醋鱼，都是草鱼做出的，那次吃的"疑似鲈鱼"到底为何物？到现在也是个问号。不过那鱼确实够鲜美的，洁白肥嫩、刺极少、无腥味，食之口舌留香，回味不尽。

去年初夏，我终于吃到了一次名义上的"四腮鲈鱼"，地点不是在上海，而是就在吴江。

那次我们是驱车路过，午餐在一家看上去有点档次的店里。菜是表弟点的，他在苏州做工程，这几年赶上财旺，去年中秋节前一晚，850元一篓的带牌铭的阳澄湖大闸蟹，他一下给我送过来5篓，害得我跟老婆俩半夜里往人家里分摊。这回到吴江，他说要请我吃四腮鲈鱼，我心中暗喜。鱼端上来了，是那种糖醋式的红烧，问过服务员，说是叫"八珍鲈鱼脍"。一盘里躺了四条，每条估计活体不会超过二两重，我们正好四个人，每人摊上一条。那鱼肥嘟嘟的，少刺，入口腴嫩，嫩到堪比豆腐……但仔细品味，也就是个满嘴鲜。细嚼慢咽之间，我突然问表弟，你说这像我们老家的什么鱼？表弟脱口而出：痴咕呆子。他手下的另一员工说像是他家养的热带鱼"清道夫"……我笑着说，不会真弄的是痴咕呆子，让我们吃了冒牌的四腮鲈鱼吧。又问菜谱上标价多少钱？表弟说点菜时服务员只说是"时价"。于是我们招手叫来服务员，服务员又叫来大堂，在我们要求下来到水箱前看活体。我只扫了一眼，转身对大堂说，这是塘鳢鱼，你们在欺诈顾客……接着我跟她亮明我的记者身份。却被辩称是人工养殖的改良品种，说就这长相……因为还要赶路，不想多费口舌生出事端，最后，那盘"四腮鲈鱼"以480元的价结算了，差不多抹掉了一个零，由四位数变成三位数。

要说，这问题还是出在鱼本身。拿一条四腮版鲈鱼放在普通版的鲈鱼旁边，二者之间，无论是外貌还是个头，都很难扯到一起。苏轼《后赤壁赋》中有"巨口细鳞如松江之鲈"，又言"状似松江之鲈"，我想苏轼一定搞错了，他把"松江之鲈"当作长得像鳜鱼那般凶悍的普通鲈鱼了。被松江人拿来做宣传的杨万里的一首诗，描述倒是颇为传神："鲈出鲈乡芦叶前，垂虹亭下不论钱。买来玉尺如何短，铸出银梭直是圆。白质黑章三四点，细鳞巨口一双鲜……"但这说的是不足二两重的松江鲈鱼吗？

　　《三国演义》中有一章写"左慈戏曹操"，说的是曹操设宴。左慈说："脍必松江鲈鱼者方美。"曹操道："千里之隔，安能取之？"慈曰："此亦何难取！"教把钓竿来，于堂下鱼池中钓之。顷刻钓出数十尾大鲈鱼，放在殿上。操曰："池中原有此鱼。"慈曰："大王何相欺耶？天下鲈鱼只两腮，惟松江鲈鱼有四腮：此可辨也。"众官视之，果是四腮。

　　如果我要较真的话，也学了左慈口吻喊一声"何相欺耶"……"天下鲈鱼"与"松江鲈鱼"的差别，是一眼就能看出的，绝不仅仅只在两腮还是四腮上。其实，所谓四腮鲈鱼，也是个伪命题，只是古人眼花罢了。这种鱼两鳃前后各有一道凹痕，其形与色如同鳃孔，在鳃盖上又有条橙红色的条纹，以假乱真，看起来极似四片外露的鳃叶。施蛰存是地道的松江人，连他都坚说四腮鲈鱼"实则此乃吐哺鱼之别称"。吐哺鱼就是痴咕呆子。四腮鲈鱼体呈纺锤形，托在手心里，腹鳍扇形张开，大头大肚子傻傻的样子，这模样，不是痴咕呆子还有谁？

　　肉质细腻滑嫩的鲈鱼，算是鱼类中最有故事的，但也真的把人头能搞得昏啊……

口福与幸福原来如此接近

　　说到吃鸭子，我们第一想到的是北京全聚德烤鸭，南方的恐怕要算得上是南京板鸭，还有武汉的酱鸭。其实，芜湖的红皮鸭子一点不输于上面的三种鸭。只要你一尝那味道，虽不说是香艳四射，但的确是有挡不住的诱惑……所以有时我觉得这鸭子是带上了风尘气。

　　知道芜湖的红皮鸭子好吃的，只有芜湖人和到过芜湖并在芜湖吃过鸭子的外地人。在芜湖的大酒店是很难吃到红皮鸭子的，芜湖红皮鸭子都是街头小摊上卖的，也没有统一的正式称谓，通行的叫法是"红鸭子"或"红卤鸭子"。芜湖人说起红鸭子，都是"蓝家的""马家的""王家的"，这大部分做鸭子的，都是回族人。

　　芜湖街头卖的鸭子，有红鸭子和白鸭子两种，摊主持刀问你选择取向时更简捷干脆：要红的还是要白的？白鸭子是卤出来的，红鸭子是抹上糖稀烤出来的。红鸭子的制法，是选用一岁左右不太肥的鸭子，褪毛、开膛，清洗干净，拿毛刷蘸着糖稀或蜜糖浆将鸭子周身刷遍，放进油锅里炸。其实，说"炸"也不准确，并非要炸透，只是锅里油烧至中热，下鸭子滚儿滚，油至高热时捞出，行话叫"放油锅里爆一下"……之后，再上炉去烤的，烤至金黄透红即可。红鸭子的皮，不同于北京烤鸭那样油光泛亮，而是泛着一层蜜光，脆而不酥，有一种特别的咬劲。毋庸置疑，红鸭子是烤鸭的一种，但跑遍全国各地，只有芜湖的烤鸭有卤汤。蘸了这种秘制汤卤的鸭肉，咸中带甜，特别鲜美。

红鸭子是烤鸭，那么白鸭子就是卤鸭了。芜湖的白鸭子不同于南京的板鸭和盐水鸭，南京的板鸭是腌过再卤的，肉板，油少，吃起来有一种特别的味道。盐水鸭未经腌制，少了一道程式，是板鸭的简化版。板鸭和盐水鸭还有不同之处，一个放卤，一个不放卤。板鸭的制作大都在秋季，经过稻谷催肥的当年仔鸭，膘满体壮，经腌制、风干、焖、煮而成。因为适逢农历八九月丹桂飘香时，所以也称桂花鸭。芜湖的卤鸭，皮色乳白，肉质红润，肥而不腻，香嫩皆具，实际上也是盐水鸭的一种。芜湖最早是清真马义兴的鸭子最有名，风格上吸收了芜湖对江无为板鸭的特点。无为板鸭与南京板鸭不一样，是以新鲜鸭子卤制的，其称板鸭是不对的。

芜湖人把买鸭子叫"斩（读成第一声，"毡"音）鸭子"，家里没来得及做菜或是突然来了客人，就去摊子上排队"斩"点鸭子，有时"斩"一只鸭腿回家，纯粹是自斟自饮为了下酒。摊主在斩好鸭子后，会问你"要不要卤"。这卤不要太可惜了，无论是红鸭子卤还是白鸭子卤，用来烧冬瓜，眼下在芜湖很是流行。要是红鸭子配白卤，效果会更好。将冬瓜切片下卤汤先烧入味，再放进几块红鸭子，为了保持鸭肉香脆，煮一两滚即盛起，简单方便又好吃。

鸭身分前胯和后胯，大部分人喜欢买后胯，后胯肉多。也有人买回现成的卤鸭，晚上在夜市上分成一碗一碗的摆出来，放点粉丝，配以佐料，浇灌成汤水，再点缀几茎小青菜或者菠菜，就是俗称的"老鸭汤"，味道还真是好极了。

除了鸭颈是与身子搭了卖，其他的部件都是分开卖，鸭胗、鸭肝、鸭舌、鸭肠子、鸭膀爪、鸭头、鸭血，价钱各不相同。鸭胗最贵，鸭肠和鸭血最便宜。鸭头从中间一剖两半，专门有人买了，半边半边地啃吮。吮的是脑腔里精髓，啃的是鸭脸两边那种细碎而又筋筋绊绊的肉……但是鸭舌没有了，鸭舌早被捋下来，连着两边细长软骨另价卖的。夏天的小巷里，晚风正凉，常见有人赤膊坐在矮桌前，一手鸭头，一手生啤，悠悠然地享受着，掏一块肉，喝一口，撕一片肉，再喝一口。

　　前些年，有几家鸭子做得好的，弋江桥下面有个叫大仙的，他家的鸭子皮脆，肉滑，香甜可口。更早时，东郊路浴室门口有个鸭摊子，摊主好像是回族人，出的摊总是比别人迟，他的鸭子卖光了，别人的才能卖得动。他家特别注意把好原材料进货这一关，买不到好鸭子，宁愿不出摊。在我居住的靠江边的这个高档小区门外，有一个叫"花脸"的人卖鸭子，每天中午和晚上，摊子前都排着好长的队……享受他家的口福，没有耐心万万不行。无论是红鸭子还是白鸭子，都不像北京烤鸭那样价格贵得死人。芜湖的鸭子一点不高贵，不进大酒店，只在街头摊子上安身立命，永远那么亲和、自然。

　　就像吃全聚德必须是现场原汁原味制作，一旦真空包装之后，味道就大打折扣了。芜湖的鸭子也是现斩现吃味道好，时间摆长了就不行。估计这也是不容易做大的制约。北京烤鸭吃法多，皮和肉片下之后，鸭架子还能弄出许多花样来，芜湖的鸭子就只一种入口的路径，永远只能算小吃，不主流……但是，不主流或者难入大雅之堂，却并不妨碍芜湖的鸭子成为"世界上最好吃的鸭子"——注意，我指的是红皮鸭子！

谁家红袖凭江楼

冬天到了，我就要回家乡的小镇吃羊肉。小镇在青弋江边，就叫弋江镇。

既往岁月里，除了王维、李白、王昌龄、贾岛等一批超级大腕来此诗酒高会，更有杜牧曾在弋江赋闲多年，"九华山路云遮峤，青弋江村柳拂桥"，仅凭他这两句诗，后人就建造了一座真正意义的"柳拂桥"。当年两岸垂柳曼舞翩跹，不知多少往来桥上的士子佳人，见证了春光明媚好江南的动人景致……只是这"柳拂桥"到清代便式微了。清诗人刘开兆有《青弋江棹歌》四首，其中一首为："杜枚风流步屣遥，柳丝婀娜小蛮腰；而今憔悴江潭上，不见青青柳拂桥。"

在以操舟行船为至要运输的历史河流中，作为当时南陵县治所在地的弋江镇，扼中江要津，上通宣歙，下达芜湖、金陵，埠头舸版密泊，驿道上车来轿往，舞榭楼台，笙歌竟夜。当地民谣"青弋江水清又清，青弋江边姑娘嫂子分不清"，原是表达一种暧昧意味的，但也从侧面证实，由于青弋江水滋润，这里的年轻女子格外肤色细嫩，俏丽妩媚。"垆边人似月，皓腕凝霜雪；未老莫还乡，还乡须断肠。"传说，一贯风流俊爽的杜牧，出入青楼，诗酒饮宴，邂逅一个叫苏柳云的妙龄女郎，红袖添香，翠帘初卷，才子佳人风流缱绻，情入深处，才写出了那首《南陵道中》："南陵水面漫悠悠，风紧云轻欲变秋；正是客心孤迥处，谁家红袖凭江楼？"

镇上有美人，自然便少不了美食。邻家小妹，巧手厨娘，炭炉小火，亲切随性，食之有美味佳肴，听之有管弦之声。董桥说："厨艺如姿色，不可凋零……"中国的美食，从来都是和美人美色相关。以历史的眼光看，美食佳肴并非产自皇家内苑，而是起于诗酒饮宴的楼堂馆阁。文士诗酒风流，自有十指尖尖、香风细细的青楼女子亲为烹菜侍酒。比如有一种船菜，顾名思义，就是在船上摆出来伴着丝竹之音享用的美味佳肴。那时，是否常有载了美姬的小舟放棹青弋江上，不得而知。但在明朝末年的秦淮河上，你若上了一只花船，除了吹拉弹唱之外，便是吃饭喝酒……因此，在那样的社会背景下，整治出一桌好菜，是青楼的女人们拉客留客的基本手段。什么地方多美艳的女子，那里就一定有着良好的笙歌饮宴的美食环境。

诗酒也好，民谣也好，风流总被雨打风吹去。现今，弋江镇上最出名的美食竟然是羊肉，做法单一，但好吃。把羊肉切成块，洗净。锅里油热，放葱姜、辣椒、花椒、大香煸炒，等香味出来，倒入羊肉，放些料酒、酱油，以中火翻炒。等肉里的水分炒出来了，再搁盐。羊肉膻味大，非重料不能遮掩，故生姜、辣椒和花椒都应舍得多放。焖到肉烂，拣去调料，羊肉色泽红亮，具有香、酥、鲜三美合一特色，非常好吃。当然，这只是我悄悄看来的，内中肯定有一些至关重要的手段，那是轻易不向外人说破的。镇上有一种"三老太羊肉"，在芜湖设有多家分号，其烹饪秘诀，传男不传女，是众人皆知的。

美食是一种情致，也是对精致生活的追求。要寻情趣和情致，就在下雪天里叫上朋友开了车去弋江镇吃羊肉。两只咕嘟嘟响着的红泥小火炉，被有着杨柳腰肢桃花颜色的店家女儿端上来，一锅羊肉，一锅杂碎，加上一堆活色生鲜水灵别致的配烫菜，炭星飞迸，红光流溢，雾气升腾……酒过数巡，话说亢奋。那便是进入了难得的人生妙境。

几年前，某作家曾在《新民晚报》上发表文章，写早年间镇上斗茶的逸事。当地人晨起洗漱后，第一件事便是泡一宜兴小壶酽茶，纳于袖间，出门走动。遇者皆为同好，出袖中物相与啜饮，比试香茗高下。镇上人有"两泡"习惯是出了名的，即早上泡茶馆，晚间泡澡堂子。晨泡谓之"皮包水"，晚泡谓之"水包皮"。茶馆和澡堂子，都是谈生意、交流信息、联络感情或者解决纠纷处理事端的场所，有的是香茗、糕点，以及社会上的各色人物，也时有拉胡琴的老者领着拖一条大辫的卖唱的女孩混迹其间，讨几个养生钱。

听一些年纪大的老人说，当年商业最繁盛时期，镇上有十多家餐馆。主要是徽菜馆子，其中，醉香楼和笋香居档次最高，登楼可见疏柳沙洲，竹林村舍，江水青青，白帆远去。有本地文人为醉春楼作下酬景对联："醉看流水当窗去，春暖飞花隔岸来。"客人入座后，盖碗香茶，美味干丝，双双牙筷，立即送上桌面。还有扬州馆子，最大的一家叫富贵春，位于繁华的镇中心，极是豪华，有中厅、后厅、后院，楼上雅室设有坐床和靠椅，供有盆景花卉，装饰华丽，典雅幽静，明窗净几，画联满壁。这样的名馆，却在日本人占领时期几近关门歇业。日本人投降，生意再度兴隆，曾专门请名绅易次九撰写对联："烽烟曾漫秋浦月，胜利重开富贵春"；"举杯邀月群贤乐，击鼓传花众宾欢"，其内容和书法皆令人欣赏称羡。还有沙毅书写的条幅，黄叶村画的风竹、篱菊，亦誉满江南。

在过去的年代里，交通的不便，极大阻碍了美食的对外延伸。但是，无论是徽菜还是淮扬菜，却是一再突破地域的制约，频频向外辐射。徽菜的特点，是选料精致，讲究火功，重油重色，味道醇厚，保持原汁原味，"沙地马蹄鳖，雪天牛尾狸"便是经典。徽州馆子承办婚宴寿宴，以"十碗八"最为著名。所谓"十碗八"本是民间的一种套餐，由十只冷碟、八道大菜组成。冷碟有醋排骨、卤猪肝、卤口条、桂花肉、干笋丝、腌蕨菜，大菜则有石耳炖鸡、糖醋鳜鱼、笋片沙鳖、枣耳甜羹、红焖蹄膀、葛粉圆子等。若是时菜时价，鱼翅、海参亦可上阵。

扬州馆子用的多是扬州师傅或淮安师傅。有些老人至今还能报出一些冷盘菜，像妙玉素什锦，又称十样菜；姜汁肴肉，皮白、肉红、板实，为淮扬经典小菜；特别是一种酸梅花生，吃口有韧劲，酸甜生津，富有鲜明的江南风味。当年，有那些附庸风雅的士绅，携上美眷，专在满月的晚上从富贵春叫了厨师，带着炉火来到船上，或者就把桌椅摆在月色溶溶的沙滩上，等到渔人捕来翘嘴白，立即在炉火上做成最新鲜的豉油白鱼，肉质细嫩如酪，味极鲜美……还有水氽鳜鱼和醉虾，喝酒、品鲜、赏月、唱曲子，风月之间，盘空杯尽，酣畅淋漓，真是人生之极乐也！

去年春深时，和几个朋友开车去青弋江上游的泾县城。当地的朋友把我们领入一家菜馆，店内古朴整洁，恍如清末民初之酒楼茶馆。迎客堂倌，殷情恭敬。点的几样菜，剁椒臭豆腐为徽州臭豆腐加以剁椒蒸制而成，吃口咸鲜，辣味适中。小吃四小件，乃是糖醋排骨、黄豆烧鸭拐、花生仁烧猪尾、肉汁萝卜。还有一个金牌扣肉，肉切成很薄的片，味道醇厚，口感滋润，垫在肉片下面的笋干，浸透肉油，香得要命。另外专门烧了一个豆豉白鱼，也算青弋江特产，味道浓鲜别具一格。

吃喝之间，忽然见包厢的墙上有玻璃镜装框的两行飘逸草书，辨识之下，乃是"因红袖之当前，忆绿窗之人远"……咦，好雅逸，心下不觉一动。

梅雨落苏栀子肥

从上海到苏州，到我们家门口，江南吴地一带称茄子为落苏。

清代有个叫叶申芗的人，专门替落苏写过一首《踏莎行》："昆味称奇，落苏名俏，五茄久著珍蔬号。自从题做紫膨哼，食单品减知多少。作脯原佳，将糟亦妙，老饕所嗜从吾好。忆并自觅话清操，自惭肉食非同调。"

"紫膨哼"的茄子，何以被叫作落苏？大凡上点年纪的人，都能给你讲一个掌故：吴王阖闾有个瘸腿的儿子，因"茄"与"瘸"同音，为避免听着刺耳，吴王改称茄子为落苏。落苏落苏，垂落下来的流苏，吴王当时正好看到王妃的帽子上两个流苏垂挂，很像要落下来的茄子，就随口说出这个名字。但现在，落苏成了上年纪人口中的孤岛名词，青年人一律称茄子。茄子与人们的生活实在是太密切相关了，以致人们在照集体相按快门前，为了求得表情一致，便齐口同喊"茄——子——"！

如果说冬天的菜园是一篇语词沉稳的散文，那么夏天的菜园就是一首跌宕延跃充满激情的抒情诗。夏天菜园里的茄子辣椒，要比冬天的萝卜白菜高大得多。冬天的菜几乎通体都能吃，夏天的菜往往都有个衍生过渡，比如豇豆架子黄瓜藤子茄子辣椒秸，这些母体是不能吃的，能吃的只是它们结出的果实和果实的包裹体。但就是这些茄子辣椒，几乎成为夏季所有蔬菜的代名词，成为一种清平生活的具体外化……而它们也确实没有辜负人们的期望。"夏雨早丛底，垂垂紫实圆"，在所有蔬菜里，要数茄子能耐最大，蒸炒炸熘，无所不能，甚至还可以煲汤，做法太多了。

茄子好性情，和谁都能处得来，但如果没有其他香味的提携，茄子总是过于清淡了。茄子在下锅之前先用蒜头腌制入味，以弥补茄肉清淡的不足。如果还嫌不够味的话，混着蒜末的白醋早已经在一边伺候着了，最后再淋上一点点麻油，立刻提拔了味蕾的高度。炒茄子丝，最好适当放点酱，加些花椒或蒜片炸香，倒入茄子不断翻动，在快熟时放盐和蒜调味，再加入少量白醋或番茄丁，味道浓香可口。有一种茄夹，大约是抄袭了藕夹的版本，两片油煎过的茄子，中夹肉糜，或炸或煮，皆脆爽滑嫩。

大大小小的餐馆里，菜单上都有"鱼香茄子"。茄子与鱼不知道究竟有什么渊源，被牵扯在一起，不知道是茄子沾了鱼香的光，还是鱼多亏了茄子的衬托。总之是，鱼肉的鲜美在茄子淡淡的清香中，表露无遗。吃鱼香茄子这道菜，一定要趁热，否则不免辜负了香脆的初衷。

烹调茄子，首先要能挑选到仿佛是刚刚采摘下来还留有清新泥土气息的嫩茄子。嫩茄子容颜令人心动，紫中发乌，皮薄肉松，子嫩味甜，子肉不易分离。老茄子颜色收敛，皮厚而紧，切时子易落下，子黄硬，味苦。还有，茄子萼片罩着的那个地方，有一圈嫩白色环带，越宽越明显，就说明茄子正快速生长，妙龄当时；如果环带不明显，说明茄子已经韶华老去，停止生长了。在乡村，嫩茄子的蒂柄和萼片也能做菜，蒂柄剥去里面木心，切成丝和青辣椒丝一同炒了吃，生脆可口，味道很是清新宜人。

茄子有一毛病，在烧煮中会变黑，若是添些凉水，就更加糟糕，等到把茄子盛起来，早已是黑乎乎一盘了。如果事先放入热油锅中稍炸，再与其他的材料同炒，便能保住本色。茄子在切的过程中，几乎碰着刀就变色，应边切边放入油锅炸，中间不耽搁，这样既能避免变黑，炖煮时又容易入味。我通常在一旁放盆水，茄子从刀下切出就落入水中浸泡起来，待做菜时再捞起滤干，烧好后，茄肉淡黄或淡绿，口感也格外柔嫩滋润。

人们常说，"茄子吃油"，在酒店里吃到的美味茄子，像锅塌茄子、油焖茄丁、炸茄盒等，难免油脂过多。如果要吃低热量的，最好是在自家厨房里弄出蒸茄子。把茄子从中间剖开，没有屉笼，就在锅里架几根筷子隔水蒸，只是火要大，小火就弄僵了，到时怎么也拌不开。在乡村，茄子都是直接放在涨了锅后的米饭上蒸，饭好了，茄子也紫色褪尽，软塌稀烂了。锅铲把子的一头倒过来将老蒜子在碗里捣成泥，再搁上盐和淋点熟菜籽油，一碗蒸茄子就拌得落落大方丝丝入味了。

将茄子切成棒状，然后与鸡丝、咸肉、冬菇一起在瓦罐中用小火慢攻，称作浓汤煨茄。《红楼梦》里有此做法。所谓的秘制，采用的不是清水或普通骨头汤，而是老母鸡在微红的炭火上吊出的高汤。如此精煲，委实感人，不待揭开盖子，浓香味已经迫不及待地钻入鼻孔。待定睛细瞧，茄子虽然软嫩，可形还在，精神没有塌，原本的微微甜味里，吸收了鸡汤的鲜美，入口嫩滑……绕齿醇香让人几不自持。至于已经贡献出精华的鸡肉，此刻退在一边，只能是闲坐说玄宗的白头宫女了。

茄子最奢华的吃法出现在大观园里。《红楼梦》第四十一回写刘姥姥二度来做客，用餐时，贾母叫凤姐"把茄鲞夹些喂他"。已被一干人寻过开心的刘姥姥食后笑道："别哄我了，茄子跑出这个味儿来了！我们也不用种粮食，只种茄子了。"原来这个情商和智商都不低的刘姥姥吃这道菜时，只吃到"一点茄子香，只是还不像茄子"……于是，凤姐逮住这机会不厌其烦地显摆起来："这也不难：你把才下来的茄子，把皮刨了，只要净肉，切成碎钉子，用鸡油炸了，再用鸡肉脯子合香菌、新笋、蘑菇、五香豆腐干子、各色干果子，都切成钉儿，拿鸡汤煨干了，拿香油一收，外加糟油一拌，盛在瓷罐子里，封严了；要吃的时候儿，拿出来，用炒的鸡瓜子一拌，就是了。"凤姐说得轻巧，只是让那个乡下老婆婆不住"摇头吐舌"："我的佛祖！倒得多少鸡配他，怪道这个味儿！"这么多有身份的东西缠绵纠结在一起，不好吃都难……别说是刘姥姥，我看了也抵不住地嘴馋啊。

若以为茄子好吃就餐餐吃，恐怕无人能受得了。《笑林广记》上有一记：一位塾馆先生，东家一日三餐供他老咸菜，而无视园中众多长得又肥又嫩的茄子。日复一日，一边是舌上委实腻透了，一边是眼里馋出绿火，忍到不可忍时，终于题诗示意，曰"东家茄子满园烂，不予先生供一餐"。东家自然是心里有数，从此以后，天天顿顿以茄子享之，大"供"特"供"，直把这位先生吃得满口冒绿水，却又有苦说不出，只好续诗告饶："不料一茄茄到底，惹茄容易退茄难。"可见，任何事都有个度，过犹不及。

再说到称呼上来。茄子这称谓，全国通行，分不清天南地北；但若说起落苏，语调中出来就是绝对的吴地江南味。

沿江一带的人只知农历七月三十是地藏王生日，善男信女顶礼膜拜，大烧高香。其实，往苏锡常那边去，这一天还是一个民俗节日"落苏节"。落苏节点落苏灯，就是在落苏当中挖一个洞，里面插上一根小蜡烛，便成了一盏落苏灯。孩童们啸聚一起，人手一灯，比谁的落苏大，比谁的灯芯亮，追逐嬉闹，走家串户，雀跃欢叫。又因是地藏王生日，众香客必往庙宇敬拜，有人便在祭拜时，将落苏周身插满棒香排在庙宇屋檐下。能挖洞放蜡烛或插满香火，想必要那种圆圆胖胖的落苏才能承受得住。

　　事实上，七月三十是落苏最后的嘉年华，过了这个日子，所有的韵事都快落幕收场了。落苏最美丽惊艳的青春年华，是在小蝶新蝉的梅雨初夏。黄梅天里，菜园里落苏长得最旺，赤马吴船，叶底光圆。被雨水淋过的落苏，紫格英英，黛痕浓抹，许配芳鲜的味道真是好极了，难怪民间有"六月落苏，好过猪肚"之说。

　　农历五月底六月初，菜园的一角，一树栀子湿漉漉地开了，一朵一朵，雨中显得格外肥白……

那些糖啊　甜到了忧伤

　　在秦淮河边，南京人将秦淮八艳做成了酥糖，包装盒的画面上，八位古装女子巧笑倩兮，衣香人影，隔着岁月的风尘，似犹能闻到窸窸窣窣声。于是我买下了一盒，我知道这糖还有个名字，叫董糖。

　　董糖当然是跟美貌才情的董小宛有关了。据说，碧柳春风的当年，如皋才子冒辟疆途经苏州，慕名亲访董小宛数次，皆未遇。待董小宛知道后，深为感动，特以芝麻、炒面、饴糖、松子、桃仁和麻油等物当然还少不了清芬宜人的糖桂花，制成一种酥糖，从秦淮托人转带至如皋。后来，董小宛得以委身为妾，因感于冒辟疆喜食她做的酥糖，遂常年制作，并以之飨客。因为此糖酥松香甜，入口即化，食后留香，人皆以董糖名之。但是，别说董糖香软，董糖亦有壮怀激烈……一次，史可法路过如皋，拜会冒辟疆，相谈时，座中当然少不了待客糕点董糖。史可法一尝之下，连声称赞。问此糖为何用红纸包裹，董小宛素仰史可法高尚情怀，遂妙言答之：以示史大人一颗赤诚之心。临别，董小宛已备好数箱酥糖，请携往扬州，犒劳将士，以壮军心。史可法大为感动，连声称谢。曰：此去扬州，一定将此糖遍飨全军！后来，清兵围攻扬州，据说史可法壮烈殉难时，衣袋里还藏有两块董糖，没顾得上吃。

　　色艺双绝的董小宛本是风尘女子，也是个深隽有味的女子，诗词歌赋食谱茶道人情礼义无所不精，这样的冰雪聪明，若是向着人间烟火，就能把琐碎的日子过得有情有义、浪漫而美丽。面粉、芝麻粉、挂浆糖稀这些寻常之物，经她巧手一弄，不仅入口香甜酥软，而且能激起将士满腔热血，奋勇杀敌。可惜这位薄命佳人只活了27岁，倒是冒辟疆很是活了一大把年纪。董小宛要是能活到今天，当是娴秀依旧，脸上隐约的沧桑平添几分恬淡，韵味更浓吧……但于董糖呢，是否还能继续做得下去？她还能熬出那些分寸拿捏到恰好的饴糖吗？要知道饴糖太浓则黏性差，无处可依，太稀则易于融化，难以成型。

有个朋友在文章里说，过去她一直不知道有姓董的糖，而以为那是冬天才有的糖，故应该叫"冬糖"才对。确实，几乎所有的民间甜食只有冬天到了才会有。除了民风民俗的界定外，也只有冬天的寒冷才能让那些糖稀挂得住，犹如那些能挂得住的世间情分。还因为冷的日子，人对甜蜜感的需求特别迫切，所以那朋友才说，董糖是让人觉得暖和的食物。

我们这些童年时代时遗留在江南深处的人，有谁没有在风口里把一包董糖吃得魂飞魄散呢？我小时，董糖就是最爱，过年过节，盼望的就是能吃到董糖。去长辈家拜年，荷包里总是被塞满糖果、花生米，一双眼犹自勾勾地投向八仙桌上的糕点盘……能得到一两包董糖，那就是喜出望外了。不过那时只有上年纪的人才叫董糖，我们都称酥糖。

每每得来董糖，吃前，总是小心翼翼地一层一层剥开外面桃红纸包，八块麻将大小的被模子压出的糖块，格格正正地躺在略有油渍的竹青纸上。糖块之间似断非断，似连非连。一手拈起，另一只手在下面接了碎粉，仰脖送入口中……一会工夫，一包董糖就吃光了，只剩下些深灰色粉屑在手间和纸上。将它们撮拢到一起，或是折纸成漏斗，再仰脖送入口中，有时会弄得嘴角鼻翼全白，连胸前衣襟也沾满粉屑。

我的另一位叫陈国庆的铁路上朋友写过一篇文章，回忆自家后院子里糕饼坊做糖的情景。他说董糖分为两种，打酥和捏酥。"打酥简单……就是把豆粉糖粉装进一个木框里，木墩压实，糖刀划出麻将大小的块状后，撒上白砂糖、红绿丝、腌桂花，翻在一块木板上，用小铜铲铲四块放在竹簸一般的纸上，再用红绿黄白的色纸分层包好，就成了。捏酥麻烦……要在麦芽糖稀里装入豆糖粉，折来捏去，像折小刀面和捏花卷一样，翻来覆去地推拿挤按捏，折腾得糖稀骨薄如纸，还不能把糖稀捏破了漏出糖粉来。等捏成蛇形长条，再用快刀斩乱麻之势切成小指厚的薄片，骨牌大小，厚薄匀衬。切出的剖面呈乳白色，像个"回"字，一层环着一层，也撒上白糖红绿丝等。因而董糖又叫捏酥或折酥。"

这与我所见过的糕点坊里做董糖稍有不同，我印象中，他们是将挂浆的糖稀舀起放在撒好的面粉上，表面再撒一层面粉，用滚筒碾薄后，当中夹上面粉将糖稀拉起对折，再碾，再夹面粉……如是反复进行。最后将其卷成细长圆条，切成小块，码在竹青纸上，裹起，外面用桃花纸包好，颇有种"竹外桃花三两枝"的诗意。

不管是哪一种手法做出的董糖，现在都已很少能谋面了，即使在那种萧瑟的乡村小店或是街头挑担叫卖的箩筐里见到，也不再有谁叫它董糖，而称为酥糖。就算是端来了现在的扬州名点灌香董糖（也叫寸金董糖）、卷酥董糖（也叫芝麻酥糖）和如皋水明楼牌董糖，又会是怎样，或许尝上一块两块就要放弃，因为那味道也不过如此……何况，以时下的眼光看，太甜的东西我们身体伤不起。

红尘滚滚，香魂已没，如皋水绘园的艳月楼早已人去楼空，曾经是甜蜜精致的南方风味的董糖，只能在无声的感叹里一路低迷下去。那些不可追复的至味啊，永远只藏在有很多忧伤或缠绵的笔底纸间，满盘落索，难以被常人所体味。

猪尾巴舌尖上的舞者

　　猪尾巴黄豆煲，我说不清这是一道杭帮菜还是海派菜。曾在上海吃过，更在本市几家店里吃过，但烧得最好、最正宗，我以为是世贸滨江边那家全国连锁餐饮店"阿英煲"。说起这家店，我对其印象是好恶参半。新开张时第一次光顾，是几位文友请我的，她们见过世面，文字妖娆人也精致，颇会点菜，到现在我都记得那几个很对我口味的煲：小葱芋艿煲、萝卜排骨煲、猪尾巴黄豆煲，特别是酱汁排骨煲酱汁浓郁，排骨很入味，里面的豆干有嚼劲……几样蔬菜，哪怕是一个葱爆嫩蚕豆，也是那般青莹碧绿，活色生香。

　　此后我又去吃过几回，却再也没找到第一次那感觉了。去年冬天一个晚上，同我们家领导一起接受私人宴请，席上的菜很丰盛，全是够档次的，但因为等人拖延了，上的菜都冷了，有的甚至干缩发黯，粘结一起筷子难拨开，将"煲"的不足处暴露无遗。今年五一期间，我去那里参加一场婚宴，席间喝了几杯白酒后，要了一杯鲜榨汁。孰料鲜榨汁一进口，泛出一股明显的酸味。两位高校女教师和一位女医生等几人已各喝下一大杯到肚子里，一经提醒真是欲呕还迟。虽然后来店方赔礼道了歉，留下的印象已是十分恶劣了。

　　但这"阿英煲"毕竟有着"江南第一煲"的美称，其烹饪方法独特，不过油、不煎炸，用砂煲和富含营养的鱼骨汤慢火炖烧。据说每种煲都是经过慢火真功夫细煮、精炖，原汁原味地体现食材本味之鲜美，让食客们食罢难忘。而且店里的环境很不错，包厢宽敞，桌椅亮堂奢华，配着米色软座，欧式大吊灯，尽显潮流风尚。尤其是濒临大江，窗外扑进的空气都是湿润的，吃过饭出来，让江风一吹，微醺的酒意散去，脏腑经络间都是清爽。

正如我们常常感受的那样，有些餐馆是做菜的，有些餐馆做概念的，去哪家餐馆，全看你的个人喜好了。说起来也是，在"阿英煲"进进出出这么多回，不管有意无意，菜是轮转着换，但每次都少不了一个猪尾巴黄豆煲。我在南京花园路苏果超市旁那家"阿英煲"吃过一回，同样也是有猪尾巴黄豆煲。这说明在许多食客的心目中，猪尾巴黄豆煲已成了"阿英煲"不可分割的一部分。你不得不承认猪尾巴黄豆煲烧得好，猪尾巴斩成圆滚滚的一节一节的，炖得外酥内韧，用筷子夹了抵在嘴唇，上下牙一叩，舌头再托着一转，外面那一圈皮就下来了，剩下来是附在错综不平的细骨上酥肉，既好啃又够你啃……黄豆是那种嗲嗲的甜软，可以使勺子舀入口中，味道真的是相当赞！

我是比较喜欢吃炖黄豆的，黄豆和谁都能成为最佳搭档，咸鸭炖黄豆、鸭掌炖黄豆、猪手炖黄豆，黄豆的优点是善于从别人那里吸取精华，将别人的掌风吸过来化为自己的绵软内力。猪尾巴是"皮包骨"和"皮打皮"，卤菜摊子上则唤作"节节香"，这是猪身上很独特、很有潜质的一个部位，猪一辈子都不停地摇它，因而也就显得分外活力非凡……我曾总结出猪身上三处最引人入胜：猪拱嘴子、猪尾巴，还有一处，就是猪脚蹄子最底下那个软笃笃的肉垫子，简直和熊掌就是一个档次的。

现在你明白了，猪尾巴黄豆煲为什么能让所有人赞不绝口。除了熬汤外,我想没有人吃过寡烧的猪尾巴。其实这里面还有一点小诀窍,不知你可注意过,那种黄豆都是很小的颗粒?这是一种"土"黄豆,或可称作"本"黄豆,其特点就是口感香糯微甜,炖到一定工夫,看上去颗粒饱满秀气,一咬却很酥烂,比入口即化的程度"多一分嚼劲"……衬着红艳油亮的"节节香",整体菜色看上去光泽诱人,出神入化。

以家厨的手艺做一道黄豆焖猪尾,也不是有多难的事。小黄豆或是那种大青豆泡胀,最好煮至半熟待用;猪尾刮洗干净,斩成寸段,下沸水煮两分钟除去腥气;油锅里爆香葱姜蒜,放入猪尾翻炒,加料酒、老抽和糖,溅几滴酒,翻炒至上色均匀,倒入混合好的酱和南乳、腐乳汁,盖锅焖烧出香;倒入黄豆,加水浸没,大火烧开后转小火炆约半小时,最后留下少量汤汁,撒上点青蒜苗叶,就装盘了。在家中当然是以吃饭为主,那汤汁拌米饭,吃起来超级的棒,稍不留神就撑大了肚皮!

好多年前,我的堂婶不知通过什么关系从食品公司买到了半篮子猪尾巴,全部腌成了腊味。后来那些腊猪尾常常被安排炖黄豆,给我堂叔做下酒菜。我那时已在师专上学了,有时馋得熬不住,就在星期天乘上5路公交车到市里来打牙祭。堂婶每次总是先把黄豆放锅里炒香,再同猪尾一起兑满水放煤炉上炖,有时则在里面放入几小块咸鸭子,其他什么作料都免了。炒过的黄豆炖出来的那味道就是不同,特别香酥,入口绵烂无渣,猪尾咸鲜,鸭肉香韧……就连边嚼边吮吸着的骨头,都透鲜得让人打哆嗦!

后来,我们寝室的人知道了我常有猪尾巴吃,就一起嘲笑我吃猪尾巴是为了治磨牙的毛病——其实,我夜里睡觉警觉得很,根本就不磨牙。

别让麻雀们散了伙

20 世纪 70 年代早中期，我读高中时，每年的暑假里，都去粮食收购点做协助员，帮助征收公粮，司磅、看样、开菲子和带仓，两个月做下来，能得到约 50 元的津贴费。收购点一般都是或靠河流水道或临公路，收购来的稻谷，就堆放在那些略微改善了通风条件的庙宇和祠堂之类的老屋里面，特别容易招引老鼠和麻雀。老鼠好办，蛇和黄鼬（黄鼠狼）可对付，麻雀在天上飞，只要有窗户洞就飞进来。成百上千只，呼啦啦飞落在这边稻谷堆上，呼啦啦又歇落到那边稻堆上，见到人来，"轰"的一声就飞走了，带起一阵疾风，你拿它们一点办法也没有。

收购点要执行防潮防霉、防鼠害、防雀害的规章制度，就动员我们这些协助员抓麻雀。男女小青年们有的是力气和兴头，起初用强光手电筒晚上照捕，树枝间，墙洞里，一抓一个准，但效率还是太低了。后来有人想出一个办法，端架梯子将仓库墙头所有的窗户洞用稻草塞起来，仅留下的一两个洞口，看似通着亮光，墙外面却都张着一个口袋形的鱼网……一切准备好之后，打开所有的大门，麻雀不知是计，飞入屋子里尽情啄食稻谷。突然之间一声呼哨大门给关上，我们在屋子里举着扫帚驱赶吆喝，惊慌失措的麻雀们尽数往有亮光的那两窗洞里扑去，结果一起落进鱼网里扑拉，后面的麻雀仍自投罗网飞着往里面挤，直把两个鱼网口袋都塞满了。拎着沉甸甸的鱼网扔进水中，将麻雀溺死，大家一起动手，褪了毛投油锅里炸酥了，蘸着酱油吃，连着吃了好多天。

那时没什么东西吃，餐餐就是茄子、辣椒和冬瓜，偶有一星两点的肉片，也是被埋藏在众多的豇豆里，或是烧上两条不到一尺长的鲢子鱼，就算是难得的荤腥了。所以，当炸麻雀鲜美的滋味被我们辘辘滚动着的年轻肠胃尽情吸收着时，感觉特别滋润。有的男孩舍不得吃下自己的那份，就偷偷用纸包了，到了晚上约出心仪的女孩，将油腻腻的纸包掏出来往人家面前一递……几个状若骷髅一样的油炸麻雀，竟然也能成就那个纯真年代里的爱情。

到了 20 世纪 80 年代初期，安徽省文联的一个会议在巢湖召开，会议期间，我们去和县采风。县里自然是高规格接待，酒宴上除鳗鱼老鳖和乌鸡之外，还上了一样颇特别的菜：油炸麻雀。麻雀本来就小，除去头脚经油一炸缩头更大，看起来干瘪瘪的，却是加过作料烹炸得外酥里嫩，味道极佳，且是越嚼越香，比我们当年收购点里的炸麻雀好吃多了。

披着军大衣的县委书记特意作了介绍，我记得他说：和县出什么，和县出麻雀，和县的麻雀比全国哪里都多，油炸麻雀是和县的一道名菜。"麻雀成万，一起一落一石"，这是和县人常讲的俗话，说明鱼米之乡的和州稻子多，稻子是养人的，不是养麻雀的，所以稻子成熟时，是网捕麻雀的好时机……和县的麻雀多得吃不了，我们就输出到香港市场，香港人就认和县的油炸麻雀。书记还给我们讲了一个故事，传说当年明朝开国皇帝朱元璋带兵攻打太平府路过和县时，麻雀成群飞来，叫声一片，朱元璋听得心烦，便命士兵射杀麻雀。士兵们将射死的麻雀收拾干净以热油炸酥食用，鲜香可口。朱元璋尝后大加赞赏，以后就经常命令士兵捕杀麻雀来吃。于是，油炸麻雀名声大噪，成为著名野味之一。

那时候"市场经济"这个词汇还没有出现，但那位书记显然已经在往这条路上想了。因为他对我们说，县里已制定了专门的政策，要打好麻雀这张牌，扩大对香港的输出，要让全世界人民都知道和县的油炸麻雀好吃。书记压根不会想到若干年后会出现"环保"这个词，会出现动物保护政策，并把麻雀列为国家二级保护动物。

近年来，我在和县又接连吃了两次炸麻雀，都是开会时吃的，一次在和县城里，一次是在和县地界的香泉谷，可见和县至今仍在打麻雀这张牌，拿麻雀做文章。麻雀吃在嘴里又酥又香，所以大家睁一眼闭一眼都不提动物保护的事。据说，现在已经有人工养殖的食用麻雀了，这倒是个好消息——既能满足人们的口欲之需，又保护了野生麻雀。

不管怎么说，你得承认，这和县的油炸麻雀确实好吃，成菜色泽酱红油亮，肉质干香爽脆，滋味鲜美，配合特制的卤汁，是非常好的下酒菜。麻雀是怎么烹调出来的，我没有亲眼见过，但我见过烧烤摊点上鹌鹑是怎么炸的……就是炸前弄一些作料腌入味，炸好后再抹一些孜然粉之类的东西提香。或是先炸成半熟，再回锅加姜、八角、丁香、桂皮、酱油、白糖、盐和水，焖至收汁入味。不过倒是听当地人透露，和县油炸麻雀之所以好吃，关键诀窍，是烹制好后还要放入麻油中浸泡一两天。

由麻雀想到一种禾花雀，禾花雀也是被明令禁止食用的野生动物之一，任何商家和个人都不准非法捕食。但在广东，食禾花雀之风却颇烈,前几年每至秋高气爽时都要举办禾花雀节。我曾在北京看到被竹扦子穿起的炸禾花雀,公开摆在街头叫卖。问这真是禾花雀吗?摊主答道:如假包换!广州名小吃啊,秋冬进补最好了。禾花雀同麻雀一般大小,听说在广东那边卖到十多元钱一只,所以有人说,北京街头卖的两元一只的禾花雀肯定是假的,是以麻雀替代的。

麻雀作为美食,出现在文人的笔记中,据我所知,较早的记载在宋朝就有了。有点类似《笑林广记》,说苏东坡的一个朋友请大家喝酒,先端上一盘红烧麻雀,一共才四只。同桌的某客馋不过,没等大家动手,就一连吃了三只,然后把剩下的一只让给苏东坡吃。苏学士笑着说:还是你吃了吧,全部吃进你一人肚子里,也免得麻雀们散了伙。

不怪老苏说话损……只怪那麻雀的香味太诱人了!

与蛇之欢 玩不转的口舌

　　别以为只有广东人才吃蛇，其实，江南一带也有人吃蛇，且是风俗。立夏过后，有的人家就张罗着去弄条蛇来炖汤给孩子喝。"立夏喝碗水蛇汤，不长疖子不长疮。"人们相信蛇有清热、解毒的食疗效果，这是把蛇当药吃，与口味无关。

　　过去年代里，人们对蛇还是相当尊敬的。在那些阴暗潮湿的老屋里，经常有手腕粗的乌黑大蛇出没，喊作"乌蟒梢子"，这是家蛇，家里的守护神，决不敢捉来吃的……要是在屋外看到了，还得赶紧撒把白米，恭敬地对它作揖，请它沿着撒下的米线回家去。有时在墙缝里掏出蛇蜕下的皮，拉开来轻飘飘的比人还长，就是这种蛇皮也不可唐突，要收起来塞进茅房的墙头上。用来炖汤给小孩子喝的，仅限于稻田水塘里常见的那种水蛇。

　　水蛇在水面游动时，一扭一扭的，极有女性柔媚曼妙的风姿，所以才有"水蛇腰"这个形容词。虽然水蛇只比大拇指粗不了多少，但吞食青蛙时却一点不含糊，要是你在田边塘湾突然听到一阵青蛙的惨叫声传来，那只倒霉的青蛙尽管翻扭起白肚皮在拼命挣扎着，但基本上是无法改变命运了。而水蛇好像除了只捕获青蛙，再没有别的什么会被它们视作美食的了。水蛇的天敌是人和水鸟，比它长一倍的火赤链蛇除了捕食青蛙外有时也捕食水蛇。火赤链蛇虽然也是无毒蛇，但身上红一圈黑一圈的，看着怕人。水蛇没人怕，"水蛇咬一口，活到九十九"，水蛇常被我们拎住尾巴悠几圈，然后猛一发力，像扔链球那般一下子远远扔到看不见的地方去了。

我有过不多的几次吃蛇的经历。第一次吃蛇，是我们在野外捉鱼烧了吃，遇上一条水蛇把青蛙衔在口中，救蛙而打死了蛇。剥下蛇皮后见蛇肉白嫩光滑，于是也像烧泥巴鱼一样用黄泥包了起来，埋入火堆里烤至焦煳，蘸着盐粒，几人分而食之。少年无知亦无畏，只是想从吃蛇中获得一种刺激。

真正将蛇当成一道美味吃，是我刚进报社时，一个姓程的做着农业银行行长的朋友，把我接到他辖下一个山区小镇吃野味。到了那里后，我才知道野味就是蛇。时值盛夏，一乡民送上新捕大蛇，放在一个带布罩的竹篓里，朋友验收过后叫拿到厨间剥杀。那是一条身着菱形文彩的"过山风"，也就是五步蛇，一种很猛、很危险的剧毒蛇，有四斤多重。我看着厨师用铁钳夹出蛇，踩在脚下，一刀斩下蛇头，拎起蛇身在颈下一划，便轻松剥下蛇皮。爬行动物神经反射级别低，头给砍掉、皮给剥下，身子尚在扭动……我不惧蛇，曾有同事拍下过我在宣州抓扬子鳄和在婺源捉眼镜蛇的照片，然见此惨状，心下难免不有悚然。

蛇肉最肥美一段，做成椒盐蛇段，炸得外焦里嫩，香酥绵长，剩余部位同蛇皮一起煲了汤。蛇汤是最后才炖好送上席的，掀开砂锅的盖，是一锅清水一样的汤，几乎一清到底，也无一丝油花，唯有一股异香扑鼻，不闻丝毫腥膻之气。据称，蛇汤是所有汤中最鲜美的。在我们刚坐上席时，蛇血、蛇胆就被分置于两个精致的小玻璃杯中送上来，红绿相间，触目难忘。我接了一杯在手，不敢下咽，不是怕血腥气，而是我做过医生，知道蛙蛇的身上常有一些很厉害的寄生虫……盛情难却之下，终是一咬牙将那杯狭路相逢的蛇胆酒喝了下去。

其实，蛇是体育明星，身上无多余赘肉，蛇能钻洞，能上树，逢山过山，遇水涉水。蛇肉薄而精，少之又少，两条大蛇加起来也不如一个鸡胯子。无论是椒盐蛇还是煲汤的蛇，除了脊背两边的肋槽里有点肉，其他地方实在啃不下什么东西。而且那肉都很粗老，吃不出半点丰润腴嫩的感觉。蛇汤里看不到一星油花就是证明，凡入口的腥荤之物，如果没有一点油水晃眼，就很难说有什么鲜味。倒是我在广州吃的蛇肉粥，因是把肉剔出来并配以海鲜熬成，感觉很是味美，吃的时候能分辨出一点细细的蛇肉蛇骨。

后来我才晓得，能把蛇吃出许多奇巧门道的，原来不是广东人而是广西人。我在广西梧州被人请进赫赫有名的"蛇园"吃过一回蛇，算是开了眼界。什么"全蛇宴""炖蛇羹""炒蛇片""三蛇（眼镜蛇、金环蛇、银环蛇）炖乳鸽""三蛇炖蛤蚧"，等等，应有尽有，不胜枚举。有一道菜"凉拌龙衣"，是将蒸熟的蛇皮切成精细的小丝，用清净的素油精盐拌了，吃在嘴里滑哒滑哒的带声响。那地方人像挑鸡挑鸭一样挑出一条或一对蛇。上秤一称，三斤五斤，食客点一点头，伙计便拎了蛇直趋后堂。一个时辰后，一大盘或是一砂锅的蛇菜就上桌了，吱吱地冒着热气。食客们举箸和持勺而啖，没有一个不是气定神闲的派头。

读了一本叫作《考吃》的书才得知，原来吃蛇是有承传的，并不是现代人才得下的馋痨病。古人赴蛇宴，店家当众展示活蛇，剖腹取胆，然后就是喝酒前要先喝蛇胆汁……程序一如当下。只是彼时更有讲究，蛇胆盛在银钵中，以银针刺破，再用银夹子挤胆汁入酒杯，依次滴胆汁于杯中，丝丝缕缕洇开，酒色碧莹，伴有浓烈苦香味飘出。

至于那位大文豪苏东坡，那更是蛇、蛙、蛤一并好之，且看他留下的诗句："平生嗜羊炙，况味肯轻饱。烹蛇啖蛙蛤，颇讶能稍稍。"是说自己太喜欢吃羊肉了，而蛇肉和蛙肉吃起来竟然也有点羊肉的意思。有八卦记述，说他的那位叫朝云的美姜，就是在不知情时把蛇羹当海鲜吃了，以致恶心而病殁。

李时珍说："蛇以春夏为昼，秋冬为夜……"这本是优美之极的诗歌的语言，但说到后面却变成满嘴跑火车了，他说蛇交配时雄蛇钻入雌蛇的腹内，其仇敌是龟鳖，让一本正经变成笑料。不过，在野外确实常能看到两条像搓麻绳一样绞扭一起的蛇，同进同退，恩爱非常。所以《诗经类考》说"淫莫如蛇"，蛇鞭就被想当然弄成壮阳药。黄山脚下的休宁县，那里有个很出名的蛇园，挂着国家级的"蛇类研究所"的牌子，凡参观者，都被领去看蛇鞭和劝买蛇鞭及蛇药。

我的家乡南陵县有一个戴镇，二十年前就有半条街的人跑去广州专做蛇生意。正是这些人带回了吃蛇的风气，什么时候吃蛇，在他们眼里那是很有讲究的。一说五月之蛇最好。因为端午前后蛇尚未交配，精华未泄，是最有活力的时候，这时候的肉最鲜美。另一说是中秋左右之蛇最好，所谓"秋风起，三蛇肥"，这时候蛇已经拼命进食一个夏天为冬眠储存能量，最肥美可口……

信矣乎？

沙地马蹄鳖　雪天牛尾狸

　　在一个下雪天里，宋高宗赵构闲得无聊，遂召了一班大臣讨论天下美食。问到徽州有什么好吃的，曾在歙地为官的大学士汪藻顺口说出两句对仗工整的诗来："沙地马蹄鳖，雪天牛尾狸。"高宗皇帝心为所动，即刻命人做出，品味之下，果然妙绝。

　　鳖须出自清水河滩的细沙中，且只有马蹄大小，以文火清炖，肉嫩胶浓，才是味美。"牛尾狸"即果子狸，下雪天里弄个炭炉煮了，很合古人的意境。"沙地马蹄鳖，雪天牛尾狸"，原创者是同朝一个叫梅圣俞的人，但经汪大学士在皇帝面前一宣扬，立刻走红全国，从此也成了徽菜的经典广告词。

　　段祺瑞是合肥人，民国初年曾六次主政。权力顶峰人物也会经常思念家乡口味，凡宴请安徽籍政要宾客，酒席上必备一道火腿炖甲鱼，这是传统的徽菜。皖南所产甲鱼腹色清白，食之无泥腥味，实为佳肴。而在民间，自古就有四大美味食补之谓，乃是"斤鸡马蹄鳖，六狗牛尾狸"。斤把重的小公鸡，多用于孩子进补长身子；马蹄大小的嫩鳖，清炖了最能滋阴；"六狗"，六斤左右的仔狗，冬天炖食，作暖又提精神；"牛尾狸"红烧出来，则被认为是天底下最鲜美的食物。

　　考虑到有人仍对非典心存余悸，况且还有一柄野生动物保护法的剑悬在那里，故按下"牛尾狸"不说，单提"沙地马蹄鳖"。事实也是这样，我两年前那次在广东吃的红焖果子狸，主人将我们一车子开进一处幽静的园林院落，且是专门请了厨师过来做的，直到菜上了桌，才告诉真相。

鳖者，惯于河塘湖沼中讨生活，喜食小鱼虾及螺蚌，广东和北方那边称"甲鱼""团鱼""水鱼"或是"王八"，皖江一带习惯尊之以"老"，呼为"老鳖"，也有喊"沙鳖"的。我经常在徽州行走，知道徽州山区的马蹄鳖早在明初就被朱元璋钦定为贡品。老鳖本非稀罕物，缘何只有马蹄鳖能步入徽菜的"名人堂"？盖因徽州地面山高背阴，溪水清澈，浅底皆沙，所产之鳖，虽是长到死也就马蹄子那么大，但品质却是出奇的优秀。当地民谣描述："水清见沙底，腹白无淤泥。肉厚背隆起，大小似马蹄。"其实，我们家乡也有一句食谚，叫"秤杆子黄鳝马蹄子鳖"，犹如说吃猪要挑壮的宰，吃柿子要拣软的捏，吃黄鳝就要吃像秤杆子那般粗壮的——过去的老式大秤杆，一手握不下；而仅比茶杯盖大一点的马蹄子鳖，都是没长成的少年鳖，肉嫩好吃。只有皖南山区的鳖才长不大，别的地方的鳖，最大能长到洗脸盆那般大，太大的鳖难免皮粗肉老。徽州马蹄鳖好认，一看它是不是罗锅背，不拱不驼的不是；二看肚子白不白，不白的不是。

烹调马蹄鳖的必杀技，是采用火腿佐味，冰糖提鲜，炭火风炉小火细炖。一位徽州老厨师传授我具体步骤：鳖盖壳环圈削下，其肉剁成寸块，入沸水焯过，捞出沥水；肥瘦相间的火腿切块，火腿骨一根洗净；将鳖肉整齐地码在砂锅中，把拍裂的姜块、葱结、火腿和火腿骨埋于其间，加入盐、黄酒和一大碗高汤，以旺火烧煮；

烧开后撇去浮沫，放进冰糖，再用微火慢炖，渐入佳境，一小时左右即大功告成。拣出葱姜和火腿骨，淋上熟猪油，撒入胡椒粉，上桌后香气缭绕，绕鼻不去。吃肉喝汤，汤醇胶浓，原汁原味，肉质酥烂，裙边滑润。老厨师还传授两诀窍：一是清洗老鳖的时候，肚子里的油脂一定要摘尽，因为鳖油非常腥，如不除尽，会坏了一锅汤。第二，炖汤时切记要一次性把水加足。如果在炖的过程中，怕汤水少了又揭开锅盖再续添水，就是犯了炖鳖之大忌。

鳖平时潜栖在水底泥沙上，头颈后缩于甲内，双目炯炯窥视水底世界，当鱼虾游过身边时，则突然闪电般伸颈出击，一口咬住不放。鳖有四足，故在我们家乡又赢得一个"脚鱼"的称号。我们那里有个叫双九的人，人称"脚鱼阎王"，其独门绝技就是戳老鳖。使的一柄叉，祖上所传，精钢打制，十多根叉齿紧密团结一起，类似竹篾细扎的洗锅刷把，乌溜抹黑，柄把不过一人加一招长短，由一把起去内簧的竹篾紧紧扎成，提在手里笃悠笃悠的。俗话说虾有虾路鳖有鳖路，双九往塘埂上一站，逮眼就知水下多少成色，大小肥瘦，公母配对，是饱肚子还是饿肚子，放什么信子行什么路数，多长时辰出水换气……一目了然。叉入水中，如同瞎子使杖探路，这头点点，那头捣捣，猛往一处插下，晃一晃，提起来时，便有一只伸头曲颈、四脚乱扒的脚鱼钉在上面，少有落空。

双九有时还"扎洞"捉脚鱼，先找到洞口，将一根铁棍深扎洞内，根据铁棍在洞内发出的声响，判断里面有没有货，然后伸手到洞内，一只一只往外掏。凡是洞里一半有水一半无水，里面有泥沙，而且有后洞眼——即出气眼或逃眼，附近有脚鱼细碎的爪痕，一般都可以捉到。且脚鱼上午比下午好捉，它的特点是前爪离水，后爪浸水。双九捉脚鱼总结出许多心得体会，如"冬捉深潭夏捉边""大滩捉梢，水滩捉腰，深水莫瞄""在家半边月，出门月团圆"，等等。

双九捉脚鱼还有一绝招，就是在活水的上游宰杀一只鸡，让鸡血慢慢凝住往下游流淌。下游的脚鱼见到这些血丝块，会边吃边溯流而上，成群结队来到杀鸡的地方，正好自投罗网。

鳖很凶，民间说鳖咬到人不打雷不松口。但这家伙却也有一大"软肋"，怕蚊子的叮咬。蚊子叮咬后不仅奇痒，所叮部位溃烂难愈，甚至疼痛至死！皮糙肉厚、忍力无边的老鳖，竟也有如此脆弱的一面……但谁又能想到，在徽州，人们习惯把吃过的鳖骨存留起来，洗净晒干，到了夏天，点燃熏蚊，效果奇佳。真是令人匪夷所思。

伊人如莲水一方

　　江南的荷塘特别多，不须留意，随处都有清凉荷蕖伴随你。就像以赏荷闻名的水韵陶辛，一个有着特殊情怀的地方，到了夏天，"青荷盖绿水，芙蓉披红鲜"，各色的荷花与绿色的荷叶搭配得天衣无缝，好似天作之合，形成独特的景观效果。其香湖岛上，更是林木葱茏，绿草成茵，鸟语花香。岛上是荷，绕水的也是荷，在一些嫩荷尖上，栖立着夜宿的红蜻蜓，它们让露水濡湿了的翅膀还未被早晨的太阳晒干。

　　如果找一种可以诠释夏天的植物，那么非荷莫属。当别的地方荷花才刚刚开放，那天走在中山桥上，却见有人已推着小车卖莲蓬，翠绿的梗，水灵灵的蓬，蓬上还有留着些许水露。一问，果然是从水韵陶辛来的。数日一过，在菜场、大街小巷、繁华地段都能见到挑着担子或提着篮子卖莲蓬的，都是一大早从乡下挑进城，虽然价格不低，但很讨人喜欢。青青的莲蓬，一颗颗莲子就像乖宝宝一样住在里面，让人想起《西洲曲》中的"低头弄莲子，莲子清如水"……那些莲蓬的颜色特别嫩，嫩得能掐出水来，剥出来的米仁，白净饱满，水灵灵的，吃起来津甜，有一股清雅的荷香，带给人的，是碧荷红花之中袅袅飘来的清凉之气。

　　日前，有儿时伙伴从故乡来，带给我一袋子故乡的莲蓬。抚摸着这一粒粒饱满圆润的莲子，似乎就是回到了故乡那些水塘田田莲叶间，许多往事翻涌上来……盛夏或被称为"秋老虎"的初秋，坐在一只小小的腰子盆里划入藕花深处，采莲。累了，就后仰着躺倒身，将两腿又出盆外，剥开手边那依然长在茎上的嫩嫩的莲蓬，衔入口中，那真的是舌下生津，满心清凉啊。而在贴水的荷叶上面，匍匐着无数鼓腹而歌的小青蛙，见有人到来，却并不怎样惊惧。

更多的时候，是我们脱了衣裤直接跳下塘，踩着水往莲荷深处去采撷。荷叶梗子上有锯齿一样的细刺，常把身上剐出一道道血痕，但采来的莲蓬却个个充实硕大。大家乐此不疲，在我们看来，既可以洗澡又能吃到莲蓬的好事，何乐而不为呢？采回莲蓬坐到塘埂上剥吃，屁股下面垫一张荷叶，从蓬座里抠出的莲子，颗粒胖大圆润，剥掉外面绿色的壳，就是一颗乳白色的莲子。它的外面还裹有一层薄衫般的皮，再将这层皮揭掉，就露出了光洁无比的莲子肉，因为嫩，里面的莲心便一点不必管。剥净来的籽仁，放到面前另一张摊开的荷叶上，聚成一小堆才吃，吃得那么有味，那么满嘴香甜与开心……辛弃疾的词中有"最喜小儿无赖，溪头卧剥莲蓬"，写的就是这情景吧！

要是没有木盆，又不想下水，就找一根竹竿，远远地看见荷叶底有一个莲蓬就挥竿打过去，有时候用力小了，一下子没有把莲蓬打落，便来第二次第三次，直到把一枝莲蓬弄到手，可谓不折不挠。因为是挥舞着竹竿，动静较大，弄得耳边全是扑通扑通的青蛙跳水声，溅起水花一片，还有些水鸟给吓得乱钻乱串，惊啼着飞向荷塘深处。

那一年夏天，报社几个文字和摄影记者去陶辛采访，镇上一位姓贾的女书记陪同我们乘船上了香湖岛。清风阵阵，眼前浮现的就是盛夏最经典的场景，圆挺的荷叶，头挨着头，肩碰着肩，高低涌伏，参差重叠，一层层，一片片……荷花浓艳多姿，开得铺天盖地，肆无忌惮。花间叶下，莲蓬极多，且都是伸手可即，主人让我们自己动手采几个，亲身感受一下采摘的意趣。几个人只有我最老到，采下的莲蓬饱满充实，甜嫩多汁，其他人拿捏不准，采下的不是老了咬不动，就是太嫩了苦口涩嘴。

那时岛上的大餐厅还未建成，我们中午吃的饭就是在员工食堂里烧的，菜肴有刚打鸣的小公鸡和新鲜的大鲫鱼、黄鳝，米虾炒青椒和肉烧菱角米，还有一大锅肉丸子汤汆莲子。莲子都是现剥出来的，女书记陪我们在外面大树浓荫下打牌的时候，就见两位大嫂坐在近旁剥莲蓬，空气中弥漫着莲蓬被撕裂和从断梗处散发出来的特有的汁液味。正打着牌，有人从荷塘里上来，提着满满一篮子莲蓬，倒在我们面前，让我们尽情剥食。莲子脆嫩多汁，含在嘴里好像都能融化一般，轻轻一咬，清甜的口感，令人精神一振。到了吃饭时，就搬了些凳椅凉床摆在树荫下，清风入怀，满襟的荷香，真是喝啤酒的好情境啊。

下午我们归回时，女书记叫人用黑塑料袋给我们每人装了一袋子莲蓬，带回家后放进冰箱保鲜。我用那些莲子汆过一回鱼片汤，还炒过一回虾仁。那是我第一次试着用莲子做菜。

前一天是农历七月初七乞巧日，中午一人在家，儿时朋友送来的莲蓬，冰箱里正好剩有两个，就做了莲子鱼片汤。这两者都娇嫩，锅里水沸顶开，先下鱼片，盯着鱼片半沉半浮时即下入莲子，水再沸鱼片漂起就关火。要的就是满口鲜嫩的效果，鱼片入口就化，莲子更是滑嫩清甜，无形胜有形，说不尽的芳鲜与柔情！晚上，有人买了一条三四斤重的鲲子鱼，还有黄鳝，打电话邀我掌厨。我赶了过去，系上围裙做了漂鱼、滑炒鱼片和鱼片汤等五六个鱼菜。举箸畅饮时，正好同席间一文友讲到了莲子做菜，可惜手边没了莲子，我就和盘托出自己的经验，并答应有合适的机会一定为她进行现场教学。

闻出了一品锅里的经典味

那年深秋，和同事老汤从牯牛降下来，途经祁门，老汤的几个在那里搞房地产开发的朋友请我们吃一品锅。

一品锅，早闻其名而一直未得朝里面下箸。等菜的时候，他们打牌，我照例往后堂看做菜。一位上了点年纪的师傅在案板上切肉，那煮得半熟的肉看上去瘦多肥少，皮薄而富有弹性，切成大片之后，下锅添加酱油、黄酒、姜和八角红烧，烧得香气扑鼻。灶上的几口钢精锅里，分别盛放着冬笋片、水发香菇、蛋饺、肉圆子、豆腐果还有鸡块、火腿、肚片等。另一个年轻的师傅将这些材料分别一层层码在一只生铁耳锅内，铺上一层粉丝和菠菜、金针菜，再盖上刚切出的肉片，注入高汤，然后架在一只木炭风炉上煨。

那个有点年纪的厨师告诉我，一品锅讲究器物和烟火，关键环节就是煨。菜码入锅里后，首先要旺火把气顶上来，一小时后慢慢减弱火势。锅内要保持水量，加水时不要揭开大盖，可从锅壁上流入，锅盖四周若有漏气，要用湿毛巾堵死，使其煨出浓香。经两小时汤火攻煮，即可端出来食用。一品锅里肉酥汤浓，原汁原味，看上去都是膏腴之物，因配有干果蔬菜，故而油气不重，丰厚、润泽、香醇，过目难忘。

我们显然等不及那么长，一个多小时后，一品锅连带着下面的炭火炉子端上了桌，边煨边吃，有点类似火锅。五花八门、各举旗号的菜肴分铺成若干层，底层配料称为"垫锅"，一层菜一个花样，谓之一层楼，有"五层楼""七层楼"，楼数越多，层次越高越好。锅里的菜，油而不腻，不老不嫩，熟度适中，使口味一触即发。单那五花肉，便烧得近似东坡肉，入口能化；筷子夹至唇边，吹吹烫，一口咬下去，还没玩味，已经下咽……只要你不怕像陈佩斯演的小品那样烫了嘴和食道。几个人筷起筷落，吃一层，露一层，露一层，吃一层，翻不完的好奇，夹不完的新颖。

当地一位作陪的领导见我们吃得高兴，就即兴讲起了一品锅的由来。当年，祁门这里曾是曾国藩几番殊死血战的地方，一次粮道被切断，曾国藩以为"万难支持"，写下遗书，准备营破之时即自裁。还有一回，李秀成部攻至祁门，却误认为城内有重兵把守，绕道而过，使曾国藩又一次死里逃生。当时的清朝江北、江南大营均被太平军端了锅，全靠湘军苦守皖浙之地勉力支撑。曾国藩在祁门时，粮饷困难，命令手下将士就地取材，搜罗到什么吃什么。有时偶得一只鸡或一挂猪肉，便同山笋、干豆角、豆腐、挂面等等一锅搅熟了，端上来大家同食。曾国藩剿灭太平军后，一次偶同几位都是官居一品的下属们聊起在祁门的艰难处境，遂将当年大家一同下筷搅捞的"一锅熟"改名为"一品锅"。

说起一品锅，还有一个重要人物不能不提，那就是那位一身戴过十多顶博士帽、骨子缝里都透着优雅气息的胡适。胡适任北大校长时，常在家中设宴，当家菜必是一品锅。他用一品锅招待过绩溪的女婿梁实秋，还以一品锅宴请过自己的恩师杜威，赢得举座赞誉，成为美谈。每当一品锅端上了桌，这位文化大佬口中便念念有词：

"此菜是家乡名肴，务请诸君赏光，品尝一下，地道的家乡味。"若是对着外国客人，他会说得更加诚恳："这个菜是地地道道的中国菜、徽州菜、绩溪菜、家乡菜，大家不要客气，务必要尝尝……"如今，在梁实秋的文集中仍可找到如下的描述文字："一只大铁锅，口径差不多二尺，热腾腾地端上来，里面还在滚沸，一层鸡、一层鸭、一层肉、一层油豆腐，点缀着一些蛋饺，紧底下是萝卜、青菜，味道好极。"据胡适自己在日记中透露，每逢工作压力过大，或感觉情绪压抑之时，便会到厨房去，烹制这道家乡名菜。所以现在的绩溪一品锅，又名"胡适一品锅"，特别是在上庄，凡进馆店，撞头撞脸的皆是一品锅，且无不宣称自己就是一品锅的宗源。"胡适一品锅"是绩溪一品锅的一种演绎版，胡适为推介徽菜走向世界做出了重要贡献。据说，胡适夫人江冬秀也是一位制作绩溪一品锅的高手。

为什么一品锅能在徽州大行其盛？从社会学和地缘学角度来看，徽州地多险阻，关山难越。如有远方来客，莫不欢欣鼓舞，招待有加，倾其所有上好野味家珍，集成一锅，大家围炉而坐，边吃边聊。举筷之间，山上的风光，四野的美气一样样从牙床上滚过……正所谓菜千层，人一圈，料有别，味无穷，出神入化杯杯酒，惬意温馨融融乐。从此，一锅徽菜就扬名立万。

由此看来，这一品锅也就是大杂烩的代名词。只是后来的徽厨对此进行了集大成的整理加工，使口味的远足和悠游成了举筷之劳的事。可叹的是，在一些店堂里，随便弄几样荤素菜放在一只铁锅里，架上炭炉给你端上桌，堂而皇之地自命是"一品锅"。去年冬天，一个朋友请吃饭，是在商业街上一家门面有点气象的店里，点了一品锅，端上桌来，竟然就是在锅底铺了一层黄芽白和千张疙瘩，上面盖了薄薄的几片白切肉和一些时过境迁的鸡块。

面对这样一品锅，我不由得又想起在祁门见识过的那情景：一眼望去，黄色的是蛋饺、金针菜，红色的是火腿片、鲜虾，绿色的是菠菜，棕色的是肉圆、香菇，白色的是鸽蛋、肚片、冬笋片，五颜六色，不一而足，齐聚在一个咕嘟嘟冒着热气的有耳的铁锅里……这样的一品锅，哪怕是盖着盖子，只要稍稍吸动一下鼻子，就能闻出一片经典味！

石斑鱼　一个美丽的误会

　　最早是在杭州吃的石斑鱼。2008年初夏又跑到千岛湖边的淳安吃了一回石斑鱼，石斑鱼养在水箱里，指哪条抓哪条，现称现做，每斤七十元，一口价。石斑鱼长得像鳜鱼又像鲈鱼，有一排细尖牙齿的下唇朝前伸出，一看就不是吃素的，一副凶残相。我在一旁看着厨师将石斑鱼在砧板上拍晕，放热水中略烫，打清鱼鳞，于肛门处开一刀，将鳃根割断，拿根筷子从口里往下一插，再一搅，将鱼鳃和内脏一起拉出，洗净鱼身用盐抹匀。再取长盘一个，横架上竹筷两根，将鱼放上，撒上姜丝，淋一大勺油，搁入蒸笼旺火蒸熟，撒上葱花，淋上熟油和豉油即给我们端上桌。看那鱼，两颗灰白的眼珠暴出眶外，阔嘴长吻，犹自狰狞……一直以来，我以为"黄山三石"之一的石斑鱼就是这样子。

　　约是六七年前，我在天柱山还误导过诗人沈天鸿一回。山庄的晚宴上上了一盘清蒸鱼，大家先是说这么高的海拔弄鱼来吃，有点偏了题，接着一帮文人七嘴八舌就说起鱼来。我说这是白鱼，在沪上身价不菲。沈天鸿说不对，这叫翘嘴餐。我说翘嘴餐就是白鱼，一回事。我们这两个渔民出身的家伙就有点抬杠了。后来又上了一盘小杂鱼……我说这叫小麻条，以水磨大椒加农家酱板辣烧出来才是王道。沈天鸿是正规的长江渔民，捕的都是大风大浪里鱼，这小杂鱼从不在他视野之内，是他的盲点，于是也就附和我说，这样的小麻条鱼都是喂猫吃的。

还有一次，是在牯牛降开省副刊会，一连好多天的餐桌上都有一大盘小杂鱼，稍经油炸过再红烧出来，辣椒放得也是够多，酥脆有味，一般的鱼无法与其匹敌。别的人可能看不上眼这小鱼，筷子很少朝这光顾，我也乐得不足向外人道也。后来我一人在深山沟里溜达，抓了好多条这样的小鱼，我一直当是小麻条，还煞有介事地写了一篇《小麻条也有春天》……

直到去年的初夏，我顺着新安江跑了一趟，才搞清楚了，原来我在天柱山上和牯牛降吃的那些小杂鱼，就是大名鼎鼎的石斑鱼！这问题又来了，除了常在报上看到黄海或是东海渔民捕得一条三四百公斤的石斑鱼的报道不说，光是我在淳安吃的那条正好有盘子长的清蒸石斑鱼又作何解释？但有一点可以确定，南方山涧溪水里的石斑鱼，除黄山以外，尚有天柱山、庐山，甚至张家界和井冈山的所有石斑鱼，都是一个阵营里的阶级兄弟，只是稍有身长身短、色深色浅不同。说来难以置信，不论山有多高，涧有多陡，只要有流水的地方，就有石斑鱼的身影。我甚至在雁荡山溪间的石板缝里，见到过一种身披独特黑色条斑、腹部呈红色的石斑鱼。

千帆阅尽，美味的背后总是传奇。在离三潭枇杷不远的新安江边一个古味缈缈的小镇，风吹杨柳，拂动着绕镇而流的一条清澈见底的溪水，景致迷人。举目细看，水底下有一群群、一阵阵、无所事事慢悠悠游弋的小鱼，时聚时分，各自觅食和逗乐。甚至还有两只水瓶塞大的小螃蟹也跟在一边凑热闹……问别人，告知那些小鱼即是石斑鱼。为什么没有人捕哩？原来是这里已订下了乡规民约保护石斑鱼，过去只捕不养护，加上环境恶化，石斑鱼越来越少，几近绝迹。两年前，有人牵头，专门成立了保护石斑鱼的一个什么委员会。

以鱼护水，水清鱼欢。现在，溪两旁垃圾不见了，石斑鱼在清澈见底的溪水里成群出没。美丽的溪流吸引了许多游客来观光休闲，镇上相继开起了十多家农家乐，石斑鱼成了招待游客的招牌菜。

出了镇子往上走，山路抬高，溪流落差渐大。溪水湍急，犹如乱石击珠，水声哗然。绝大多数水域看不清游鱼，只有少数几个水潭可以观赏到石斑鱼。潭的四周，也分布着几家农家乐，还有单层别墅套房。再往前走，水流又平缓了，溪水深浅不一，溪底布满大小不一的鹅卵石。游鱼成群，优哉游哉地游弋，或相互追逐嬉戏，或钻在石缝里觅食……千姿百态，煞是动人。突然，一大群石斑鱼在一处聚成了一个大鱼团，一会儿全散了，一会儿又聚成一团，聚聚散散，太神奇太有趣了！

后来，我在店堂里吃饭时看到了洗净待烧的石斑鱼，它们或深青或棕褐色，腹部较浅，体侧两边有一道道漂亮的条纹花斑，鳍色黄大而有力。据介绍，石斑鱼生长奇慢，5 年也长不到一两。这里的石斑鱼，比别处个头小、体瘦，但健壮有力，善逆激流而上，正是这一特性成就了其独特的美味。犹如顽童一般的幼鱼常常无所顾忌地在浅滩里戏水，稍长后就躲在山涧的深潭里不肯示人。石斑鱼喜食荤腥，用细嫩的米虾或红头白颈的蚯蚓垂钓，很容易上钩。

石斑鱼整天在湍急的山溪中穿行，练就了一副发达体魄。其肉紧紧的，刺不多，像一块块小小的蒜瓣，无论是红烧还是清蒸，都难以掩饰它的鲜美。我在农家乐吃的是清蒸，看他们蒸前在鱼身上抹一点盐和油，腹内塞一根小葱和数根姜丝去腥，就知道这比红烧要简单得多了。随着温度的升高，一股浓浓的鱼香已经弥漫了整个厨房。

石斑鱼还有一种好吃的做法就是油炸，拌上一层薄薄的米粉，用本地山茶油炸得金黄，外酥里嫩，咬一口唇齿留香！石斑鱼很娇贵，出水即死，山民由水中捕上来后，通常挖肠剖肚，洗净后或用盐码了，或直接放在低温处储存。即便如此，烹饪出来仍不失鲜味，实在难得。听当地人说，早先山上树多，水贮得多，鱼也多，捕捞的石斑鱼一次吃不完，就放到锅里用炭火焙干，客人登门，取一把鱼干或炒酸菜或炒青椒，又好吃又方便。

由此再想起我在杭州和淳安吃到的那种鳜形石斑鱼，那是淡水鱼无疑，大约是引进的外地品种的由网箱养殖出来的吧？而山区的这些指头粗细的小鱼，却也能与其共有一个姓名，不亦怪哉……

到底谁为真身呢？姑且留待日后弄个明白吧。

石耳既有精彩也有忽悠

山珍野味"三石"，南方山区的许多旅游点都打这张牌。"三石"是指石鸡、石耳、石斑鱼，原是徽菜中的经典食材。

其中石鸡，即是石蛙。那年我在绩溪开会见过山民们出售的活体，不过当地人称作"石拐"，生长于深山流水边的洞穴中，只有晚上打着手电筒才能抓到。烹成"干锅石鸡""翡翠石鸡"，浓香四溢，肉质细嫩鲜美，极是引人入胜，我已有专文写过。石斑鱼身着斑纹，生于山溪清流中和深潭底部，只有指头粗细，素以味美著称。

这里主要说一说石耳。我早先写过一篇《地苔皮的前世今生》，地苔皮又叫地拉子，它同石耳都属地衣类，如果说地苔皮是长在地上的苔衣，那么石耳就是长在岩石上的苔衣。石耳亦不像木耳那样有耳的形态，石耳平坦，呈叶状，腹中有一块像肚脐一样的突出物，石耳就靠它吸附在岩石壁上，并借此吸收营养，繁殖生长。故石耳也被称作岩耳。我们平常所见都是干品石耳，真的无法叫人看上眼，就像从年长日久的老屋墙上刮下来的苔藓皮，更像是一堆涂了浆糊晒干后反卷的黑碎布。

我第一次吃石耳，差不多是二十年前，回南陵老家时，恰逢一个亲戚从他承包的黟县工地回来，带回了一些山珍。于是那晚的餐桌上，我便尝到了闻名已久的黟山石耳。那黑乎乎的薄毡片一样的东西，是半卷半展地一片片沉浸在琥珀色的炖老鸭汤中……我用筷子夹了一片放在眼前细细观看，正面光滑深黑，朝里半卷的背面则显灰褐而遍布浅浅的棘梭，比海带还薄，纳入口中，有点脆，比木耳、地衣嫩软，细嚼有余香。

据说，以往的石耳都是只有药农才能采到。石耳附生在悬崖绝壁阴湿处石缝里，得天风云雾滋润，一般要六七年才能长成。每年夏秋之季，药农们选择有石耳踪迹的崖顶，以绳系腰下到深谷里去采摘。采完一处，再摆悠绳索像荡秋千一样，飞身到对面另一处崖隙间觅采，颇似南海之采摘燕窝情景，唯更惊险刺激。因为黔山多劈地摩天、猴猿难攀，云生雾起处，但见采耳的药农在悬崖间飞来荡去，可以想象其身手矫捷之非比寻常！传闻亦有悬系性命的绳索被岩石或树枝挂卡而上下不得的事发生……此时，要么全凭自己以惊人的胆量和高超的技艺自救脱险，要么就是精力耗尽而最终坠落深渊。旧时黔山，确实每年都有药农摔死的惨剧发生。

据我那亲戚说，那时已有人工培植石耳了。但他带回的确确实实是山养石育的野生珍品，因此硬要送了一小包给我。"真东西往后是越来越少了。"他说。

七八年前，我们一行人从庐山下来，又折往鄱阳湖边的共青城看胡耀邦墓，当晚宿在酒店，拧开电视，正好当地台播放一个庐山采石耳的专题片。耳农们长裤过膝，一身短打装扮，腰间吊一个特制的竹篓。新鲜石耳都是附生石壁上，小者朵朵如花，大者成片，如苔藓苍碧，望之如烟。耳农全凭腰间一根绳索悬于云雾峡谷的陡崖峭壁间，攀爬荡悠进行采耳……看得人心头怦怦地跳。在张家界，传统采岩耳技艺，就被演绎成为一种地方艺术的舞蹈形式，在景区内表演传播，惊险神奇。庐山和张家界的"三石"也是闻名已久，唯其石鱼是一种生长在溪水中长不盈寸的极小的鱼，专以茶油炸了吃。

说来惭愧，我吃的味道最好的黟山石耳，不是在徽州，而是黄浦江边。两年前的夏天，在上海宝山区双城路徽宴楼，席间，一人上了一小盅野生石耳汤，味道特别鲜。看到里面有细细的肉块，问过服务员，始知是石鸡，汤则是老母鸡吊出来的，怪不得吃到嘴里完全不一样，绵软醇鲜，过口难忘。

2000年的初夏，在婺源县招待所食堂吃的"石耳炖老鸡汤"，汤味之鲜美，至今也是记忆犹深。那时婺源的旅游还不是太开放，我们去的是一个新闻采访团，故当地招待规格颇高，现在再去，不可能有那福气了。在任何地方，我吃了好东西，总是想方设法掏点秘诀的。食堂大师傅架不住我两根香烟贿赂，据他传授，母鸡宰杀后，放炭火上烤至略香，再用刀背均匀捶砸鸡身，然后斩块，入盐、姜、葱、料酒、胡椒粉腌片刻，加少许生粉拌匀，在盆内反复摔打，直至感觉黏稠、鸡肉入味。炒锅里倒入高汤，大火烧开，下鸡块烧沸，转小火煲制15~20分钟后，下入泡发好的石耳，调入盐味，加入枸杞、大枣，再小火煲制约5分钟后，淋入少许明油，即可装盆起锅。那次只记得老母鸡肉质细嫩，非同寻常，至于石耳，并不是主角。

近几年，人工培植的石耳实在太多了，连去井冈山红色旅游回来的人，都会带一两袋子石耳，以致收到别人馈赠的野生石耳，你只能一笑而已，哪会有这么多野生的啊。这些高级包装的石耳，都有一个让人头痛之处，难洗。包装袋上都注明是已处理过，或写着用淘米水洗，但是温水浸泡了好长时间，也用淘米水洗了半天，吃的时候还是有沙子碜牙。特别是要一片一片掐去蒂柄，那真是考验耐心……掐到最后，简真要让人抓狂。

如果手头有石耳，我经常是在炖好鸡汤快要出锅前放进去一些，或者是配其他的汤羹。还有，只要记住少沾油、少加热、多放点姜，它就忽悠不到你。

酒 · 风

我的徽州　我的馃

在网络上批评人或攻击人叫拍砖，或者拍板砖，徽州有一种面饼就是靠拍砖头拍出来的。这饼在油煎的过程中，要拿起一块黑圆的板砖拍在上面，拍成薄薄的一层，露在砖外的一圈"吱吱"冒着气泡，香气四溢……这就是有名的徽州石头馃。石头馃是徽州风味小吃。刚出锅的石头馃，色泽深黄，外焦里嫩，馅儿鲜味浓，集香、黄、酥、脆为一体，很是可口。要说它是珍馐食品有点过，若说是徽州的传统美味，确实一点也不为过。胡适曾说过，他最爱的食品就是馃。

许多年前的一个早晨，在歙县，我第一次走过古徽州府衙旧址，穿过阳和门、八脚石牌坊，漫步古城的街巷，忽然闻到一股馋人的异香。别人告诉我，这便是油煎石头馃时散发出来的。抬眼搜寻，便看到街头食摊上的平底锅里正煎着的扁平面饼，上面压着一块油光滑亮的黑砖头，面饼"吱吱"响着直冒油，香气随风散开。

到过徽州的人，都听说过"徽州风情八大怪"：第一怪是豆腐长毛上等菜，第二怪是石头缝里松成材，第三怪是烙饼石头压起来——这"烙饼"就是俗称的"徽州果子"。外地来的游客见了此种饼子，往往驻足摊头，于围观中等候品尝其味。

那天，虽是肚子里已塞进早餐，但我走到渔梁街边时，仍于一个摊位前寻了个位子坐下，等候出锅的石头馃。掌锅的大婶面相和善，基本上能问什么答什么，只是当地话的口音听起来稍有点障碍。我问她装在钵子里的馅儿心是什么，怎么做出来的。她告诉我，馅儿心是用猪肉丁和炒黄豆粉拌出来的。先将黄豆炒熟磨碎，再将纯肥肉切成丁熬到半油润状，将豆粉倒入锅内，加入适量细盐拌匀就成了。我看她揪下一坨面团，以手掌压平，包上馅，收口捏紧，用小擀面棰擀成圆饼状，两面再沾上少许炒熟的黑芝麻，放在平锅中用文火炕烙，再用抹布包了一块烧热的砖头啪地压在馃上。压砖头的目的是为了均匀地传热，使馅儿心熟透。那些因天长日久饱浸油脂而显得无比深奥的黑圆砖头，看上去，每一块都是经历过无数的往事……大婶边炕边按动砖头，促使油脂"吱吱"响着往外渗出。熟透的石头馃，外皮焦脆，馅心油润，咬开后满舌留香，确实好吃。

大婶还告诉我，除此以外，还有竹笋馅儿、雪里蕻馅儿、豇豆馅儿、鸡蛋韭菜馅儿各种口味的石头馃。尤其值得一提的是苞芦（玉米）馃，徽州多山，山多苞芦。将苞芦磨成粉，用开水烫后揉成面团，加猪板油加鲜菜和腌雪里蕻为馅儿，馃被烙得两面金黄，吃了最耐饥。山里人冬天就唱："手捧苞芦馃，脚踩一炉火，除了神仙就数我……"

石头馃产在徽州，但在扬州在江浙一带也有很大名气，这都赖于徽商的传布。徽商的行旅，把家乡的风味带到了四面八方。从前徽州人出门往外地做生意，行囊里都背着这种"果子"，途中吃上个十天半月的，不馊不干。后来他们在外乡做大事业，对于这种当年曾伴随他们上路、印证着创业记忆的故乡食物，更是充满感情。时至今日，徽商早已退出历史舞台，而石头馃却以不同的称呼出现在外乡的街头巷尾，散发着历久弥香的气味。

相传，乾隆皇帝下江南时，从渔梁坝上岸来到凉亭歇息，见亭中有个卖馃摊子，便买了一个吃，觉得又香又脆，很有味道，连声称赞好吃。他付了加倍的钱以后，又赠送卖馃人一枚"福"字小印，叫他盖在馃上做记号，以便下次来吃……并告诉摊主以后遇到什么难事，可凭这颗"福"字小印去找官府。所以，你在那些摊子上看到拍馃的砖头上呈现字印，就是这来历。

今年春节期间，我在北京看龙潭庙会时，亦曾见到类似的制作。好像是山西或是陕西的一种风味食物，先烧热石块，然后将和好的白面或豆面直接倒在上面炕熟。还有石头鸡蛋饼，则是把小石头倒入砂鳌里烤得滚烫，往上面涂抹油，把擀好的面饼装进鸡蛋馅儿后，摊在石头上，上面再盖一层石头……这就不是拍砖头而是拍石头了，面饼被石头上下两面夹击，烤熟后，留有许多凹凸不平的小坑坑。那些小石头也不知用了多少年头，被磨得乌黑锃亮。烤黄的石头饼，熟而不焦，看着诱人，我忍不住买了一个尝尝，却有点失望，根本没有一星半点徽州石头馃的影子，吃起来竟有点像锅巴，脆而不酥，干巴巴的，仅有的一点点鸡蛋情分也串有一丝烟火气。

还有一种拓馃，出在绩溪。绩溪过去一直是徽州治下，现在却隶属宣城。胡适是绩溪上庄人，胡适最爱吃的，当然就是拓馃了。

绩溪这里，几乎家家户户都会做拓馃。"拓"在绩溪话里发成"踏"音，有时听上去又像一种"落"音。他们把面和好后，揪成一个个面坨，再用手或用拓馃棰把面坨拓开，填入馅儿，很轻柔地将馃馅儿外的面皮提起来旋成一个小褶，最后收拢成一个小圆点，乍看去，仿佛就是一个微笑的女人的酒涡……馃做好后，放进锅里慢慢烤。现在拓馃的馅儿品种繁多，风生水起，有香椿肉丝、鲜萝卜丝、冬笋茶干等。在绩溪的山村里，常见一群女子聚在一起，一边拉家常一边飞舞着手中拓馃锤，三弄两弄就把一个厚薄均匀的拓馃轻松搞定。拓馃像模子印出来一样，肌肤如脂，玲珑剔透，皮薄得能看见里面的馅儿。街头的摊子上，和做徽州石头馃一样，一个馃做好后，马上放进平底锅中现烤现卖。要是在冬天，考究点的摊点，会把烤好的带有肥肉馅儿的拓馃再放在炭炉子上焙，直焙得馅儿里面的吱吱油汁驾着菜香四散而出……一些早餐摊子上，许多人就着一两个拓馃喝着一碗稀饭或一杯豆浆，在简单而又繁复的滋味里，把寻常的日子过得了无牵挂。

口舌对"中和汤"的围观

我们常挂于口中的一句雅词，叫"无梦到徽州"。那是因为徽州太美，美得叫你魂梦常萦常绕……这怎么是"无梦"哩？然而，眼底所见的美，还要逊色于舌尖上品尝到的美，徽州的风味美食，在你品味之后，就成了美不胜收的回忆，绝对令你终身难忘！

六七年前，和我们报社广告部的人一同去宏村，那是第一次去。宏村的旅游那时就已做得很不错了，特别是表现在地方美食的推广上，除了声名赫赫的石鸡、马蹄鳖之外，小吃更是多种多样，比较有特色的当属毛豆腐、腊八豆腐、臭桂鱼等，小吃店随处都能见到，街上的小贩卖烧饼的很多，腊肉烧饼、糯米芝麻饼，还有一种宏村御饼，另外像蒸汽糕、野艾果、木心果，味道也都还不错。有一种当地烤肉，外脆内松，特别香。巴掌大小的一块肉用竹扦子穿好，抹上调料，放在刚燃烧过的糠灰上烤，烤出来的油一滴一滴地掉落到灰里，腾起的不是油烟，而是扑鼻的肉的焦香。基本上在宏村可以走到哪里吃到哪里，不用刻意去找什么店面来品尝。

返回时心情很好，在黟县城里吃的晚饭。有一道菜最先端上桌，汤汤水水的一大碗，里面有着许多豆粒大小的东西，白白的，不知是何物，用筷子捞了一下，竟然是豆腐，豆腐切成如此的小块，也是头一回见到。汤里另有冬笋、香菇、瘦肉等碎块，一些勾着身子的小河虾散落其间。稍带乳色的汤面还漂着青葱绿蒜苗，使勺子舀了入口，汤鲜味醇，内中的杂碎，尤是耐嚼耐品……周旋于舌间的那味道，犹如变化的文笔，时而灵透俏皮，时而淋漓尽致，时而又是含情脉脉、绵延不绝，又仿佛是给琴弦拨动的心扉，有一片无法触摸的意境。

回家后，我向一位徽州籍画家说起在黟县城里吃过的那碗汤。画家朋友听完了我的描述，笑着说那就是有名的祁门菜"中和汤"，不过是落户在黟县罢了。并且告诉我，祁门的传统徽菜里，"中和汤"算得上是主打菜。这道菜的发明，源自于南宋时祁门籍诗人方岳。当时，方岳在江西做官，他每次回祁门老家探亲，都要乘船经过一条中河。一次，方岳等人在河中捞了许多的虾放在船上晒干。傍晚时，遂将船上带的豆腐、猪肉、冬笋、香菇切成丁，与河虾一起放水炖出来，发觉味道竟然大好。随从们问叫什么菜，方岳信口答是"中河汤"。自此，"中河汤"流传开，凡祁门人几乎家家都会做，在红白喜事和逢年过节的宴席上更是不可少了这道美味佳肴……发展到后来，其配料也越来越多，味道也就越来越好吃。人们将"中河汤"改称为"中和汤"，一是其口味实在和美，和美得叫人百吃不厌；二是"和"与"河"音相谐，一字之改妙不可言。

顺带插一个小笑话，我小学时有一个长得胖乎乎、上课老犯迷糊的同学，姓汤，取名中和，却老被人颠倒喊成"中和汤"，还说是按外国人的规矩名在前姓氏在后叫的。我们那时都不明就里，现在想起来了，我们的班主任老师和体育老师是徽州人，恶搞了这位同学姓名的，肯定是他们俩中间的一位，只有他俩才晓得"中和汤"是什么。

其实，"中和汤"也是中医里有名的方剂，内有神曲、黄芩、半夏、茯苓等，专治时痢身热。我学中医时，可是下真功夫背过的，就像背"保和汤"、"四物汤"和"归脾饮"一样。而中医本身实乃中和之医，中医处方都可称为广义上的中和之剂。有人说，中国传统文化之核心精髓就是中和，其他如和平、美丽、舒适等，无不是既中且和，并达到了某种程度上的中和之美境。

清新夏日，风生水起。近来忽然对一些汤菜有了兴趣，除了经常上网查找资料外，在店里吃饭时一有机会总是要剽学一点。据说，淮扬菜大煮干丝，就是剽学了"中和汤"才发展起来的。我就是想自己动手做碗"中和汤"，这道菜的困难指数不应有太大，而鲜嫩不腻的口味却没有错的。

我从菜场买来豆腐、虾米和少量五花肉，家里有现成的宣威火腿心，香菇用水发了。豆腐切成豆大的方块，入沸水里焯去豆腥味，清水漂洗后沥干水分；再把虾米去头壳并剪掉尾翼，胡萝卜、香菇及火腿均切成豆大细丁；然后把豆腐和虾米还有一小把切碎的五花肉倒入砂锅，加入温水（或鸡汤）调匀，用旺火烧开后撇去浮沫，放入盐、姜丝、胡萝卜丁还有香菇、火腿和一勺熟猪油，用文火煮半小时至一小时，撒上胡椒粉和葱花即可上桌。嘬口吹开腾腾热气，汤面漾出一个水涡，就如迷人的微笑……

其实，我要是再进一步说白了，保不准大家都要拍脑袋发一声"哦"——你大煮干丝怎么做，"中和汤"就怎么做，只把其中的干丝换成豆腐、鸡丝换成五花肉细丁就行了，照着葫芦画瓢不会有失手的。干丝用水焯过，豆腐同样的要经沸水滚一遍，把虾米换成开洋和鲜虾仁，也不会走样。要是来点小创意，在汤里点缀几片绿菜，活色生香，那就是一种心情了。

　　须提醒的是，豆腐要老一点才好，这样方能经受得住水深火热的考验，否则，要是换了那弱不禁风的琼脂豆腐，沸水上下一翻滚闹腾，还不全冲成豆腐花了，汤中哪能见到豆腐的踪影。此外，肉必须带上点肥膘，这样成汤后才有乳白的色调。还有，就是最好能适时用上新鲜香菇和冬笋，夏秋季可用水发香菇和茶笋切成丁代替新鲜香菇和冬笋。烧煮时要用文火炖，切记不能往汤里放酱油，因为只有乳色汤水中，才能绰约可见白色的豆腐丁、粉红色的火腿丁、金黄色的胡萝卜丁、绿色的葱花等，否则，掩没了成色，如锦衣夜行岂不太可惜了！斜阳烟柳，多情最是姿容好。要知道，"中和汤"正因为多姿多彩，且是稍带上那么一点风尘气，方能勾人馋涎，吊人食欲。

昨夜灯火昨夜风

　　江南街头的小吃，总是能叫人怡情的，就像那些清清浅浅、有滋有味的心灵文字。小发糕、小馄饨、小笼汤包、煮干丝、乌米饭、渣肉蒸饭、铜锅藕稀饭，还有赤豆糊、桂花酒酿元宵，当我们数着这些历久弥香的名字，心头会一一滑过许多温暖馨宁的感觉。仿佛又回到了从前，在某一个灯火朦胧夜晚，坐在街头烧着煤饼的铁锅前，吃着香香的臭干子和炸得黄黄的腰子饼；忽然有一阵轻风扑面吹来，眼前的那些人影仿佛也都飘移浮动了起来……在我们无数次不期而遇的口舌的经历中，正是因为有了那些单纯的信任和向往，让味蕾很轻易地就找到了目标。

　　早先的街头，常可以看见有人在巷子口和路边支个小炉子，架个油锅，炸臭干子和腰子饼。臭干子闻起来臭吃起来香，特别是经油一炸，外面起了一层焦壳，里面仍是白嫩白嫩的。要吃臭干子有一样东西少不了，就是水磨的红大椒。臭干子原来蓝汪汪的，油锅里一炸，表面就起泡变成黑色的了，拈起插在罐头瓶子里的小勺子，舀一勺红艳艳的水磨大椒浇上，一口咬下去，水磨大椒的辣味、油炸的香味、臭干子的臭味，还有那个烫劲……一起袭来，真是爽口极了！常看到有骑车的人停在炸臭干子的摊子前，人也不下车，一只脚撑着地，叫上一声，递出一两元钱，那里顺手就接过一个装了几块炸臭干子的小食品袋，收起撑在地上的脚，一拧车龙头，就骑着远去了。

腰子饼，顾名思义就是形如腰子（肾）那般的一种饼，但又不是通常意义上的那种烙饼，而更像是一种炸糕。一般是把白的和红的萝卜切成丝，搅在稀稠的面糊里，再用小勺舀入一个腰子状的铁皮模子里——业内也喊"饼端子"，抓着"饼端子"的长柄放进油锅里炸成了形，翻转手腕将"饼端子"在锅沿上轻轻一磕，里面的腰子饼就掉落锅里，"吱吱"冒着泡。再炸一会儿就夹起来，放在锅沿一边的铁丝兜里沥干油。炸好的腰子饼是金黄色的，一股熟萝卜的香味随风飘散开来。腰子饼一定要趁热吃，吃到嘴里烫乎乎的，外面是脆的，里面却是松软的，有一点点蔬菜的清甜的味道，在清甜的味道当中，又透出诱人的浓香。

若干年前，我住二街时，常在夏夜里跑到邮政局旁边那条巷子里吃腰子饼。路灯下，一个中年妇人操持着营生，除了炸腰子饼的火炉和装着面糊的小桶，旁边放着一张小桌和几只凳。我在等候的间隙里，看着她用一个小勺往那个腰子状"饼端子"里舀满面糊，放进锅里炸，有无数的小油泡在翻腾着。一会儿，饼便成了淡金黄色，表面并不光洁，凸凹不平，显出一点丝、一点白、一点泡壳……炸好了，沥了一会子油就夹过来给我。咬一口，烫烫的，软软的，微咸，还有点回味甜。

我有时便和炸腰子饼的大嫂聊一些话。听她说，腰子饼好吃不好吃，就看面糊拌得好不好，最关键的是萝卜丝一定要新鲜，不能走了辛辣气味。若是早上出锅炸，夜里三四点钟就要起来擦萝卜丝，若是头天晚上擦，擦早了会变味。晚上炸，萝卜丝就在下午擦，擦好后加一些盐，用力搓揉，挤出表层的水分，清洗后，留下的便是内部的水分……之后，加入葱、盐、味精等调料。这样炸出的腰子饼才会水分适中，不会因水多而无味。其实，芜湖的腰子饼里，除了萝卜丝，也经常放入藕丝，而且用藕丝作拌料炸出来，味道更胜一筹。因为藕丝富含淀粉，吃起来，浓香甜脆，又有充斥满口的黏稠感觉。

若是了却俗事的羁绊，打着赤膊坐在悠悠夜凉的风里，一心等着吃炸好的腰子饼，清香，平凡，真是难得的人生的闲适啊。

我的一个熟人，从北京回芜湖，曾满大街找敲白铁皮的师傅，他要买一把炸腰子饼的专用工具——铁皮的"饼端子"，就是那种勺把很长、直竖着、呈腰子形状的大勺子。他说自己打小就爱吃腰子饼，但在北京却只能凭空怀想，刚好一年前父母也过去了，父母就让他从芜湖带回一把"饼端子"，在家里自己做，反正北京的藕和萝卜多得是。

其实，北京本地也是有腰子饼的，我在南方的泉州也见识过腰子饼，那完全是另外一种风格。北京那边是将猪肉末加作料拌成馅儿，白萝卜擦成细丝，略腌后挤去水分；从面团上揪下小面剂逐个搓成条，刷上油，再擀成长方形，放上萝卜丝和肉馅儿，卷起成腰子形，用手稍按，放饼铛内，烙至两面金黄。而泉州人则是将面粉、白糖、小苏打一起拌匀，打两个鸡蛋加进去，揉成酥面团，搓成长条后再揪成剂子，做成一个个腰子形状的饼坯，入烤炉中烤酥。杭州的腰子饼，与泉州的大致相同。

今年春节时，我同那个买了"饼端子"带回北京的朋友通了一次电话，我问他如今是否常能吃上自家做的腰子饼？他连说常吃、常吃，并告诉我真正想吃腰子饼的是他的父母……还说，腰子饼好做，做过以后你才发现，原来幸福的感觉离自己是如此之近！

本来我想问他，没有家乡的水磨红大椒蘸着吃，那还叫腰子饼吗？但见他兴致那么高，我就什么也没说了。是啊，就算是千帆阅尽，口味却永远没有机会重叠……有句老话怎么说的，叫"吃不如喝，喝不如闻"，只有坐在朦胧灯火下的铁锅边，吃着炸得黄黄的腰子饼，闻着那香香的臭干子味……才像是又回到了从前。

相约"腊八豆腐"不见不散

    江南的豆干体态轻盈，性格随和，善解人意，可以佐茶，可以做菜，虽是自身亦有不错的味道，却又能于最深的红尘里附依并顺从别人。所以江南人都有一种豆干情结。儿子也是自小爱吃豆腐干子，只要有一碗炒干丝或是干子杂酱，就能把一顿饭吃得十分香美。现在我去北京，一般什么都不带，只带点豆腐干子。尽管超市里那些真空包装的豆腐干应有皆有，但总是不如我们这里现做现卖的新鲜豆腐干那么出色。

    儿子在家上学时，最爱吃我烧的豆干杂酱，因为有这动力，我研磨出了几种烧法。最常做的一种，是把半斤肥瘦相间的猪肋条肉切成小方丁，先烧成走油肉的楷模，放入两勺麦酱，让肉里的油把麦酱炸出香味，再放入花椒、八角、辣椒和小半勺糖，倒进切好的豆干丁，搁水淹没，大火烧上热气，抄一下底后，改小火细焖慢烩。水烧干了盛起，巴蜀的麻辣和淮扬的清甜，就会相拥在一只青花瓷盘中。另一种做法，是走的小炒肉的路子。将带皮的猪前腿肉切丁，加盐、糖、老抽和水淀粉先捏一下，有时加点咖喱粉也行，肥肉丁另作别用；油锅里投入切碎的姜、葱、蒜先煸，再放进一大勺麦酱炸出浓香，放豆干丁翻炒片刻盛起；锅洗净抹干，倒点色拉油烧热，投进肥肉丁炸出油，撇去肉渣，下水淀粉捏过的肉丁急炒至断生，再倒入炸过的麦酱。有高汤舀入两勺最好，无高汤即以水代，猛火翻炒几下，撒点芫荽或青葱就好了。与前面那种款式的豆干酱相比，后者味咸带甜，更腴嫩鲜香。

还有一种只有在夏天才能做出，因为夏秋之交时，嫩花生上市了，买回带壳的，一粒粒剥出来。嫩花生仁胖嘟嘟的顶紧外壳，不太好剥，要有一定的耐心才行。嫩花生仁穿着水红的内衣，肌肤似雪，清香馥郁；与之联手搭档的，最好是那种内质蓬松而多孔隙的蒲包干子。除了肉丁外，还有香菇丁和少量一点火腿丁，都是煸过以后再焖烩，只是汤水要多加点，出锅前勾点芡。花生仁脆甜香糯，豆干丁刚比豆腐老到一点，因孔隙多而饱吸肉酱的浓鲜，入口温软，回味绵绵，有一种古朴、幽婉的意境……

豆干若是切成细丝，炒芦蒿，炒香芹，炒水芹，炒嫩蕨，炒辣椒丝，炒韭菜花，或是出手配合凉拌马兰头、凉拌香椿头、凉拌芫荽菜……那就是走的小家碧玉的清纯路子，彼此回首，皆有莫名的喜悦。我们这里有一种出了名的水阳干子，常被随手撕成不规则形状摆在小盘子里，旁边放一勺艳红的水磨大椒，亮汪汪地浇上点小磨麻油，算是一道凉菜，既可佐茶下酒，也可酒足后上主食时同米饭一同端上桌作下饭菜。不成文的"手撕干子"，还会与同样无厘头的"手撕包菜"混搭，在炉子锅里"笃"出极美妙的味道来。有一种比铜钱大不了多少的五香茶干，手折不断，特别醇香耐嚼，和带筋的牛肉、油炸过的鹌鹑蛋一同配套做成火锅，我是百吃不厌。

有一种豆干火锅，砂锅吸热保温，即使不在火上也是咕嘟咕嘟地冒着腾腾热气。砂锅里汤色红润，提味的小红椒拖着长长的尾巴如小鱼般在满锅漂浮的豆干间浮上钻下。入锅的豆干，有的经油煎过，外黄内嫩，入口松柔，有的则是滚油炸过的臭豆干。砂锅里豆干，无论是香的还是臭的，只要是夹入口中，麻辣咸烫俱从中来……直吃得你满头大汗，唏嘘不已。

在我的乡村岁月时代，豆干曾陪我走过一段艰难路程。那年"双抢"的暑天，和我同住一屋的小吴吃不下来那苦，回芜湖了。剩我一人留在队里，每天早上从大队豆腐店花一毛钱买回五块干子，然后从地里摘几个或青或红的辣椒切碎，再看中太阳下哪一家村民晒的板酱，打个招呼舀上一勺，连同豆干丁和辣椒片加大半碗水一起搅拌煮了，就是一天三餐的菜肴。这东西辣呵呵的特别能下饭，只嫌那些豆干太小了，三两筷一拨就没有了，禁不住想要是每块都有饼子大就好了……有时淘着漉着吃着，又会突然担忧起来，担忧把粮食吃过了头，后面的日子不好对付。

上周末，被朋友拉到商业街一家店里小聚，发觉环境菜色皆不错，花雕鸡、白汁鱼、鱼香茄子都有特色。特别是一道干子煲很能吊人胃口，里面有一些肉片，肉皮很厚，据称是野猪肉，豆干油亮亮的，极耐咀嚼，香、甜、酸、辣、咸五味俱全，颇让人称奇。临走前，特意去厨房操作间问了一下，被告知那不是普通的豆腐干子，而是"腊八豆腐"做出来的。

"腊八豆腐"是徽州民间风味特产。若是春节前夕的腊月你在西递、宏村或是南屏那些地方旅游，会看到许多人家赶大晴天晒制豆腐，而且多是选在腊月初八这一天，是以民间称作"腊八豆腐"。"腊八豆腐"做成菜，色泽黄润如玉，入口既硬朗有弹性，又香鲜细软，很是耐人寻味。在往昔的岁月深处，徽州男人大都在外闯荡或长年出门求学。到了腊月初八，家里的女人们就往小小的布袋里装满豆腐花，然后，勒紧袋口用手使劲揉啊揉，仿佛要揉出徽州女人一年年的相思情，一年年的辛酸泪……豆腐定型了，就天天放到太阳下晒，直到最后晒成一个圆鼓鼓、油亮亮中间有一个小窝洞的豆腐团。这种豆腐可以雕花刻字，其中的小圆窝，既是便于晒制时放入调味品，更让男人来年出门时好从圆窝中穿绳系上带走。一大团既柔韧又硬朗的"腊八豆腐"，实际上已经是另类的豆腐干了，直接食用简便，也能切丁、切丝、切片、切块，可炒、可煲、可煎、可焖烩、可腌卤，个中滋味肯定妙不可言。听人说，徽州名菜腊八双豆蒸酱肉，就是猪肉先蒸后酱，加霉豆豉和腊八豆腐蒸食，猪肉腴软，腊八豆腐酥润，加上豉香浓郁，那真是满口盈香。

如此说来，哪天再去徽州，一定要弄回一团这种犹如大块文章的豆腐干。我会切成丁，再把青红辣椒切成剁椒一样的片，放一勺爆香的麦酱，放点火腿丁和海米，加水搅拌蒸出来……这可是饼子大的豆腐干呵，它能补偿我乡村岁月时的缺憾吗？

"鞭"的是娱乐精神

　　老陈早先是光华玻璃厂食堂的大师傅，下岗后在二街推着车卖五香牛鞭，后来生意做大卖的鞭种多了，就在中江桥旁辟了门面经营。记得在桥南时，他曾将一面写有斗大"鞭"字的杏黄旗斜挑出来，让工商部门给取缔了，原因不明，好像并不在于很黄很暴力。

　　牛鞭是公牛的外生殖器。自古以来，人们就有"吃什么补什么"的观念，相信吃下动物的阳具可以壮阳，补气血。老陈人很风趣，在新闻界有几个朋友，我就曾被同事们拉去他店里见识过炖鞭、红烧鞭、五香鞭大比拼的场面。正是从他嘴里，我才知道了清宫满汉全席，牛鞭被列为第十二道菜肴。他弄的那些鞭，斜着切成片，有点透明的样子，中间有管道，切口的位置向外翻出，送到嘴里，感觉很胶质，爽滑，弹牙，有嚼劲。特别是红烧牛鞭，加以红枣、枸杞、龙眼肉、阿胶等烹饪出来，色泽深红，牛鞭软烂，味道醇香，确实很过瘾。煲汤的牛鞭，用清水加料酒煮透，搁姜、葱小火煨至烂透，汤汁乳白，浓稠粘唇，细细品之，说不清是什么滋味，但好喝。俗名"起阳草"的韭菜苔也被认为是助阳之物，经常用来配鞭菜；绿的苔、红的椒和白的蒜，三色融合，倒是十分叫人心动。

　　店里墙上贴满花花绿绿的纸头，有一种民俗的喜剧气氛。见有不少女性食客，倒是很叫人诧异。以我早年积累的一点有限中医理论而言，动物鞭属纯阳类食物，主要针对阴盛阳虚者，女性一般为阴，往往容易阴虚阳不盛，适当地吃一些也不是没有好处的……主要是心理上有一个含羞带涩的承受幅度。特别是年轻的女人，敢于迈进这个人人侧目、容易带来丰富联想的店堂，于大庭广众之下坐下来啖食牛鞭，是要一定勇气的。

大约是在前年斜阳烟柳的暮春，在市郊一家饭店，我又"被"吃了一回牛鞭。因是让人裹挟而至，食前并不知道背景，初以为吃到嘴里的是牛蹄筋哩。不过只在嘴中稍一嚼还是品出来了，绵软韧滑，不仅是比较醇厚味重，而且主人的眼神也透露了一种特别的意味。那牛鞭从中间剖开成两半，顶刀切成薄片，秀润剔透，鲜嫩饱满，另有水发玉兰片、火腿肉也都是切成小象眼片……所谓驴钱肉、牛鞭花，似这种刀法，不是弄的牛鞭是什么呢？

"以形补形""吃什么补什么"，这样的民间俗谚很多人都知道，但是效果到底如何……也许没有几人能够讲得清楚。尽管国内的中医界对牛鞭的壮阳功效表示认可，但西洋医学却不认可动物的鞭与壮阳有任何关系，不管牛鞭、驴鞭还是虎鞭，一旦与身体分离，所剩的只不过是一堆海绵体样的肉，并不含激素，营养价值甚至还不上几只鸡蛋。真要是能"吃什么补什么"，吃了猪蹄，就会像能跑的猪一样有脚力，那么吃了猪脑子是否也和猪一样思考问题？一个女人舌头本来就长，吃了猪舌后，怕不是更要到处搬弄是非？

有意思的是，明代有个叫刘若愚阉人写有一本《酌中志》，云：内臣又好食牛驴不典之物，曰"挽口"者，则牝具也；曰"挽手"者，牡具也。又羊白腰者，则外肾卵也。至于白马之卵，尤为珍奇，曰"龙卵"焉。仅云好食，未言其食后效果，要亦如近代之补药，所谓以形补形，以意为之而已。根据这位刘公公所记，当时的那些闷骚的内臣们，不仅好食雄性牛驴的阳具，雌性牛驴的生殖器官更一并食之，连羊和马的睾丸也巧立名目弄进口里。至于是否能"以形补形"，这位公公心里倒是比所有人都透明：以意为之而已。就是说，纯粹只是想当然罢了。

好多年前，我还在乡村时，生产队里有一头骚牯牛，正是血气方刚雄性荷尔蒙分泌最旺盛的年龄，免不了到处弄出事端来。队里不得不对其采取制裁，割掉吊在那家伙后胯间惹是生非的两肉团。于是在一个初夏的午后，几个同样年轻的后生将其捆绑到树上，由一个剃头佬执刀施行了手术。没有麻药，没有消毒，割下睾丸，只以麻丝将空瘪了的皮囊的刀口处一扎，赶下水塘止血。那牯牛大约痛得太狠了，刚下到水塘又跳了起来，不料却撞倒岸边一根电线杆，拉断的电线落到了身上，生生给电死了。当晚给剥了皮，肉也分掉了，只剩一条半人长的粉红牛鞭没人要。最后，我们几个知青嘻嘻哈哈拿了回来，由我动手，用菜刀从中剖开，刮净有尿骚气的白膜，放锅里胡乱抓了点盐煮出来，还是有股冲鼻子的浓膻味，不能进口，只好倒给隔壁人家的猪吃了。只可惜那是一只阉猪，要不然，倒是要看看会有什么情绪方面的变化发生。

据说，店家进货，牛鞭都是以根计价，很少以重量计价。眼下作为商品形态的牛鞭，分为两种，一种是牦牛鞭，一种是黄牛鞭，水牛鞭很少。一般人都喜欢吃牦牛鞭，认为雪域的牛鞭功效最好……不知这是否也能算得上是对青藏高原的一种情结？

那天在一家火锅店，我们邻桌是几个潮男潮女，嬉笑着在涮一堆荤荤素素的菜。忽然听到一个清脆的嗓音在喊：服务员，我们这牛鞭怎么咬不动，太硬了，你店里还有什么鞭啊……闻声，边上几桌人都"停下"咀嚼，一齐转过头朝那个女孩子望去……片刻之后，哄一下笑出声，有人把眼泪都笑出来了。

　　从蓬座里抠出的莲子，颗粒胖大圆润，剥掉外面绿色的壳，就是一颗乳白色的莲子。它的外面还裹有一层薄衫般的皮，再将这层皮揭掉，就露出了光洁无比的莲子肉。剥净来的籽仁，放到面前另一张摊开的荷叶上，聚成一小堆才吃，吃得那么有味，那么满嘴香甜与开心……

　　臭干子原来蓝汪汪的，油锅里一炸，表面就起泡变成黑色的了，拈起插在罐头瓶子里的小勺子，舀一勺红艳艳的水磨大椒浇上，一口咬下去，水磨大椒的辣味、油炸的香味、臭干子的臭味，还有那个烫劲……一起袭来，真是爽口极了！

这蛹不是那幺蛾子

南浔、木渎、乌镇等地为江浙丝绸之乡，人皆喜吃蚕蛹。在那些地方旅游行走，坐在大排档上，见他们把一大盘摇头摆尾蠕动扭曲着的蚕蛹投入油锅内，炸成焦黄，再投点葱段爆炒一下端到桌上。初次照面这样的饮食，身上难免不起鸡皮疙瘩，想到一条条白白胖胖的蚕，想到那些化蛹而出的灰白的扑棱蛾子，心里就有什么要往上顶。别人一再怂恿我，说就当是鲜虾仁，说蚕蛹是人类的一种新营养源，是卫生部批准的食品新资源名单中唯一的昆虫类食品。尝了一回，倒是又香又脆，鲜咸入味，口感颇不错。

记得第一次吃炸蝎子，得益于报社同市一中举行的一次围棋比赛，我们在酒店招待那些老师，席间上了一盘油炸蝎子。对着那举螯钩尾仿佛外星生物的模样，虽然有点头皮麻麻的，但作为主人，我带头举筷，舌尖齿缝捕捉的感觉，是脆咸微辣……后来放心地咀嚼开来，是满口香酥。大家都说不错。在我的带领下，除了几个女人始终没敢动筷，一盘蝎子很快吃完了。

蚕蛹为蚕蛾的蛹，由缫丝后的蚕茧中取出。吴中民间有"七个蚕蛹一个蛋"的说法，相信蚕蛹很补身体，是全营养保健食品。我看过当地人缫丝和剥茧，她们取出蛹，从头部剪开一个小口，然后沿蛹身一侧转圈剪开，这样就会避免蚕蛹的汁肉迸裂流失。这些蚕蛹，在油炸之前，也会像对待普通荤肉那样用酱油、绍酒、花椒、葱、姜、蒜等腌过，再下锅炸成金黄或褐黄色，装盘待客。

初食蚕蛹，有肥肉香，但跳荡的味觉里，掩饰不了还有一丝淡淡的臭鳜鱼那样的气味。我吃过炸蜂蛹，蜂蛹没那味，也可能是心理作用吧。一个朋友到萧山出差，带回一袋子蚕蛹，炸得微黄，很嫩，一口咬进去，会有像牛奶似的浆汁从壳里流出来，既鲜醇，也辣得够呛……辣过之后，舌间有一股细腻回味的甘甜，而无丝毫异味，很让味蕾乐于承受。丝绸之乡，蚕蛹来源充足，于是，除了制成真空包装的小吃和干燥的蚕蛹粉外，还用发酵方法加工成蚕蛹豆酱、蚕蛹面包等。人生若只如初见，要是你没看清包装袋子上的说明，一不小心着了道儿，也大可不必作反胃状。

蝉蛹也是可食的。夏天，在有些地方街头小吃摊点上，一元钱能买到两个油炸的蝉蛹解馋，菜市场里能买到活的蝉蛹，约在50元一斤。蝉就是知了，在我老家那里被称作"吱哩子"，盖因其鸣声"吱——哩，吱——哩"而拟音呼之。蝉的幼体，长年生活于黑暗的地下，只有快羽化时，才打出一个通往地面的洞，头朝上藏在洞里，被喊做"吱哩猴子"。夏天的早晨，在树下找到一个指甲盖大的小洞眼，折根树枝掘下去，就会掘出一只褐色的"吱哩猴子"。带回家放在盒子里，夜间就会上演一出"金蝉脱壳"的好戏。刚脱下壳，它的翅膀折叠着，身子是浅绿色的。等到折叠的翅翼慢慢打开，天亮了，太阳出来，一只黑色乌亮的新蝉就会从门窗中飞了出去，飞向热烈精彩的外面的世界。太阳升高了，一声接一声的蝉鸣，滑过空气，在树梢间久久回荡。

雨后的夜晚，打着手电走进林子里，你会很容易在树干上逮到刚爬上来的"吱哩猴子"。我们小时抓这东西，是要它脱下的壳，叫蝉蜕，卖到中药店里能换回买冰棒的钱，对蝉本身并无伤害。现在有人专将它抓来送到饭店里，洗净身上泥沙，投到油锅里炸了供人满足口腹之需。我至今都没吃过蝉蛹，但亲耳听一个吃过油炸蝉蛹的朋友津津乐道：真不骗你，哎呀，太好吃了……真是不尝不知道，一尝忘不掉！我问是怎样一个"忘不掉"？他说就是一个香，肉香啊，外面酥脆，里面鲜香，如果蘸上孜然粉、辣椒粉吃，风味真真绝佳！

我中学时的生物老师，是一个很有点子和个见的人，用别人的话说是"一肚子幺蛾子"，他倒的确是一个食蛾子的积极宣扬者，蚱蜢、蟋蟀、土狗子，什么虫都敢吃。有一次他将抓来的十多只蝉剪去翅翼，用开水烫死后，放进煤油炉子上的小钢精锅里炸着吃，细嚼慢咽一副很享受的样子，当场将两个女生吓得双目紧闭，花枝乱颤。我们那位可爱的老师这样为自己辩解：昆虫是会飞的虾，虾是会游泳的虫子，油爆虫和油爆虾是没有区别的。假如一个小孩子从小到大，别人将吃虫和吃虾颠倒过来给他灌输，说虫怎样怎样好吃而虾怎样怎样可怕，你想会是什么一个结果……所以鲁迅先生才会称赞第一个吃螃蟹的人是勇士。他还让我们记住他的预言：人类未来的动物蛋白的重要来源，不再是猪或牛羊，而是昆虫，到那一天，人人都要满口满口地吃虫子……把我们说得一耸一耸的。

确实，虫和虾，都是一种具体的生物形态，从蛋白质的角度来看，它们之间不会有多大的差别。在世界地理的电视片中，看非洲人在雨林里抓来那些肉嘟嘟的虫子拿到摊点上出售，要是找到一窝蚂蚁蛋就迫不及待地捧食起来，你不能说非洲人就是未开化。吃不吃昆虫，至多是同某种文化相关，却不关文明的事。

　　像我当年的那位生物老师，能够体味常人难以体味的东西，倒是个很前卫时尚的范儿。假若某一天，见几个人坐到大排档上，开口就喊：老板，来一碗蚱蜢汤……再来一盘油爆青虫！你听到了，可千万不要大眼瞪小眼啊。

青藤缠树的那些纠葛事

世人都知道长江以南一带产葛粉，品质最好要数皖南山区的。据说，当年东晋道学、医学、养生界的有名大佬葛洪，领着弟子云游采风兼带炼丹来到长江边。哪知弟子修行不深，毒火攻心，病倒不起。有人向葛洪建议：山上有青藤可医。一试，果然有神效。自此，青藤便姓了葛，叫葛藤。葛藤有根，根中贮粉，这粉自然也姓葛，叫葛粉，是美食。

我在皖南事变发生地泾县茂林吃过葛粉圆子，是将猪肥膘、白糖等做成圆球状馅儿心，外滚一层葛粉，如是者三四次，然后上笼，蒸至外皮发亮并现出小泡即成。茂林有一句流行语："十碗大菜九碗粉，搛块肥肉捞捞本。"确实，你在茂林吃酒席，除了雾粉外，葛粉、山芋粉、荠子粉、栗子粉，常能撞个满怀。葛粉算身价较高的，一般人家的红白喜事都靠它撑面子了。葛粉又是"大众情人"，跟哪道菜都合得来。葛粉在锅里打好，切成细条块垫在碗底，上面码了鸡鸭鱼肉，就算被筷子勘破情面，也不觉有什么窘迫难堪。葛粉扣肉名头最响，两块褐色的走油五花肉，中间夹一层颤颤的葛粉，就像朱古力夹心饼干。烧三鲜，也只是在葛粉块上盖上一点肉片、金针菜、香菇罢了。

那次我们吃的是当地"十八碗"高规格的宴席，十七碗菜全部上完，最后上的是身世清白、跟谁也不搅和的葛粉圆子……圆子圆席，意味着菜已圆满。那些葛粉圆子，外皮呈酱褐色发亮，个头略大，表面还有许多疙瘩小泡，很粗糙，像是家里过年时炸的圆子，滑溜溜的很难夹住。要是将筷子插进圆心，轻易就弄进嘴里，牙齿咬下去，感觉质地柔韧有劲，裹着一种奇特肉香味，越嚼越清甜滑爽……那就是葛的味道。我对葛太熟悉了。

"山中只见藤缠树，世上哪见树缠藤。青藤若是不缠树，枉过一春又一春。"过去，葛藤只在山区像刘三姐飙歌那样互相缠绕搅扭……现在不管山区还是圩区，村子边缘和林子里都长满葛藤，它们有的是自生自长的野葛，有的则是种植葛。春夏时，葛藤攀上树梢，攀到电线杆上，抓住什么就缠绕什么，在最茂盛处开出一嘟噜一嘟噜紫艳艳的豆科植物的蛱蝶形花。据农业资料显示，20世纪70年代，葛藤作为入侵物种，曾占领了美国佐治亚、密西西比、亚拉巴马等州的数万顷土地，无法无天，狂野不羁。

父母菜园的篱笆外也爬过来不少葛藤，时常要清理，否则它们越界侵入，眨眼工夫就把南瓜、丝瓜都覆盖掉了，但它们的根却在黑子表侄家那片竹林里。冬天的草枯了，树叶落了，葛的原来那些巴掌大的叶子都脱尽，只剩下许多绞扭在一起的藤茎从树头上披挂下来。那次我回家，正好碰上黑子表侄"起"葛。我没事，就拿起地上一把二齿锄跑过去给他帮忙。

葛根是长在地下的根茎植物，像树根，但又与树根不一样，一镢头砍到根上，便有富含淀粉的白色的汁渗出。"起"葛，纯粹就是顺藤摸瓜，把叶子理顺找到它的藤，再顺着藤去找它地面上的根部。我找到了一处，感觉下面有货。谁知黑子表侄伸头朝这边看了看后，却说是岔葛，不靠谱的。我有点不太甘心，砍掉葛根周围的缠绕在一起的藤藤蔓蔓，照着葛蔸往下挖。土太硬，使了九牛二虎之力，掏开乱七八糟的树根、竹根，挖到小腿深的地方时，应该是出货了，但眼前的葛根却露出了很多岔头，根部分成了好几股……嘿，真的是没戏了。

黑子表侄那边已挖出了一兜，由于是垂直往下长的，扎得太深，再往下挖太费事，只有用绳子把它吊起来。绳子拴紧了上面部分，用竹杠穿了，竹杠一头斜撑在地，另一头放肩上，慢慢用力往上抬，下面的葛蔸就会给拔着"起"了上来。这要讲究点巧劲，不能让它滑掉、断掉，周围的土一定要松好。要是运气好，能碰上飘葛。飘葛很照顾人，它根部不是垂直朝下长，而是顺着地势飘着长。这种葛特好挖，只要找到葛蔸，挖上几锄，再根据它的飘向，刨去外表的泥土，就能顺势把它掰下来。

其实，早先我是挖过葛的。那是在粮食匮乏、缺吃也少烧的年代，每到冬天，就有人带上干粮和水，结伴拉了板车去山里砍柴带挖葛。砍柴本就是苦事，挖葛更是苦上加苦。由于山陡、坡险，被山上滚下来的石头砸破脑袋，造成终身残疾的都有。要清理山上碍事的灌木丛，只能用镰刀砍。在山区挖葛，石头多，挖锄不怎么管用，就砍截粗树枝当作简易工具，来掏取石块，撬松葛根周围的土。有的葛生长了很多年，手臂粗的藤缠在树上，就像条蟒蛇一样，下面的葛根"起"上来，粗壮肥厚，外皮灰黄色，像犁弓一样，一兜就有好几十斤重。

去年冬，我陪市电视台的两位记者去南陵弋江镇，街上有好多卖葛的，是烀熟后砍成一截截的卖。两位记者不识为何物，我要帮他们找点感觉，掏十元钱买了几小段，抓手里站大街上大嚼特嚼，全然不顾风度。这样的葛嚼在口中，筋筋拽拽的，但在那些筋络间却黏附了极多的淀粉，带着一股天然的药香，甜津津的十分糯口。

一般来说，葛"起"出后，洗成葛粉才是最终目的。洗葛粉的方法各地不同，山区多是在水碾子里将新鲜葛碾碎，我们老家那里没有水碾子，就把葛洗净用刀切碎了放石臼里舂烂，再像滤豆浆那样放在布兜里反复地淘洗，最后沉淀在水池子底的就是纯白的葛粉。晴朗的冬日，许多人家垫单上晒的是粉，竹匾里晾的是粉。有人将粉从缸里盆里倒出，弄成十多斤甚或几十斤的整块粉坨，风干存在家里。有大粉坨镇着，日子也仿佛踏实了许多。

野葛洗出来的粉，自有不同凡常的秉赋。把葛粉放碗里细细碾碎，以一点点冷水和开，再冲入沸水，边冲边朝一个方向搅拌，直把粉羹从原始的白色液体冲得逐渐变成透明的膏体，像玉和琥珀一样，干净、安静得如同秋天的澄蓝天空，不掺一丝一缕的云彩。这就是冲好了，我们叫冲熟了。若是里面掺了山芋粉之类的假葛粉，这种明显的色差变化很难出现，顶多就是冲成了白色带点透明的液体。纯野葛粉冲好后，会有一些透明的小疙瘩，将这些疙瘩用勺子和开，不影响口味。葛粉本身没有味道，加点白糖、蜂蜜或是酸梅粉、糖桂花什么的，看上去晶莹剔透，吃在口里既黏稠又滑爽。也有人掺上酒酿、水子或赤豆糊，冬天吃热的，夏天吃冰的，别有风味。葛粉特别能解酒那可不是假的，《医林纂要》说它"除烦、解热、醒酒"，故有人称葛粉羹为"千杯不醉"。

新鲜的葛粉一般为白色，如果没洗干净则为白色略带灰色，很像生石灰。越是有一把年纪的老葛，洗出来的粉越白，品质越好。

市场上卖的葛粉，很贵的，纯不纯还要打上问号。据一些有经验的人说，凡颜色发灰，多是掺了山芋粉的假粉。如果再用手捏一捏，真粉会有粗糙感，而假粉的感觉，就是跟面粉奶粉一样的细滑，而且真正的好葛粉靠手是不容易碾细的。还有就是把手插进葛粉里，如果感觉一股凉意，说明粉很纯，因为野葛长在山里为凉性的，纯度越高的粉，它的内部的温度就越低，这种感觉夏天更明显。

葛根也是常用中药，在老中医的处方上，写作"甘葛"或"粉甘葛"，显得很有情感。葛根切片，既可以泡茶也可煲汤。炎炎夏日在办公室泡一杯野生葛根茶，祛暑下火，加两三粒冰糖，味道错不了。也有人于祁门红茶里添上几片干葛，功效更是妙。1976 年，我在下放的那个地方生了一场大病，内耳眩晕症，又称梅尼尔氏病，辗转治疗了半年，最后医生嘱咐要长期服食葛根。我就把葛根切碎晒干，泡水喝，一直喝了多年。

把夏天煲在粥里

炎炎夏日，要消暑的话，可用莲子加银耳、冰糖做一锅银耳莲子羹，搁几颗红枣点缀。煮好后放凉了，再入冰箱镇一下，吃起来凉润润的。街头常有挑着筐卖鲜莲子的，若是直接选用稍老一点的鲜莲子煮粥，加进点薏米或是枸杞，盖一张鲜荷叶以小火慢煲出来……一碗溢满荷叶清香的莲子粥，不仅可以慰帖你的肠胃，也能让你心情倍感舒爽。

我的一个同学的母亲，江南世家出身，有温婉遗风，每年夏天都会做西瓜皮粥，我吃过好几次。她老人家将西瓜皮刮尽残瓤，刨去最外层硬皮，冲洗干净后切成细丁，以盐稍腌。取紫砂锅放入清水、大米、西瓜皮丁，先用旺火煮沸，再改用小火煨上半天，或以冰糖或蜂蜜调味，或配上一小碟极嫩的子芽姜进食。此粥煮得极溶，米粒全部化开，西瓜皮丁吃到嘴里滑润无形，消热解暑，生津止渴。我的同学说，他每天下班后喝上一碗母亲煲的西瓜皮粥，或是龙眼杏仁粥，一天的劳累和燥热也就消失得无影无踪。

精致文人很少在文章里炫示美酒豪宴，却爱说粥食，以俭朴致久远，而且笔端每见情趣。喜欢就着咸菜喝粥的随园老人袁枚，则借着他的家厨王小余之口感叹"一芹一菹皆珍怪"，菹，即是咸菜。当代的知堂老人周作人尤念念不忘："在暑伏中吃白粥配以臭菜霉豆腐，乃是极妙的消暑法也。"读来真觉憨朴自在，宛如目前。

白米粥养胃，绿豆粥去火，红豆粥补血，这些都是我们平日里耳熟能详的。现代社会生活节奏快，煲粥却需要性情平和，慢工出细活，心态浮躁的人是不可能煲出一碗好粥的。更重要的，无论煲粥还是食粥，都是一种生活态度，它让生活洗尽铅华归于本真，让日子简单纯粹，多少寄寓着某种人格品藻。我们这些忙忙碌碌的现代人，若能抽空为自己调制一锅心仪的靓粥，岂不快哉！

所以，在这个夏季里，我总是尽力推掉一些应酬，晚上下班回到家里，喝上自己熬的粥，有时是豆粥，有时是山芋粥，有时是荷叶莲子芦根粥，就着茶干子拌香芹，或是清炒鸡头梗子，加上一碗新剥的花生米与豆干丁、肉丁熬的酱，真的好开心。可是，我却未能拒绝另一种版本的时尚粥。

不久前一晚，朋友开车将我带入一家品位不俗的"粥品轩"，说是喝粥消暑气。店堂外面有"清凉一夏"几个闪烁的霓虹字，走进去，里面冷气开得很足。看桌卡，有皮蛋瘦肉粥、滑鸡粥、靓汤粥、鲜奶粥……还有正宗粤式的艇仔粥，都是极能勾起人味蕾的美味佳粥。说是消暑，朋友点的却是粥火锅，是将鱼肉虾鳝和金针菇，还有一种据说是用榔棒细敲出来的很有咬劲的肉圆，以及生菜时鲜，放入滚粥内搅烫，再往豉油味碟中蘸取鲜香，入口真是感觉非凡。想不到一锅在过去年代里为聊补数米而炊的粥，今天竟能做弄出如许的花头来，且是打着消暑的旗号。

就食粥的本质意义来说，是很容易让人联想到处世之清苦俭朴。"魂清骨冷不成眠，彻晓跏趺听粥鼓"——其实，在我们的漫长农业文明史上，由于生产力极度低下，加上灾祸连年，一般普通人能有一碗清粥捧食，当是非常幸运的。"民以食为天"，却是"食"难果腹。世道艰辛，民不聊生。我父亲的老家，在芜湖对江的无为县，是历史上著名的水灾频发之乡，有一句古老的民谣，叫"江北无为州，十年九不收"。一般人日常生活里最大愿望，就是能保住一家老小都有一碗粥喝。

我开始记事的儿时，1960年前大饥荒的阴影已快要过去。我家在祖母掌管下，一天起码有两餐吃粥，除了菜帮子粥、萝卜缨子粥，还有一种叫黄花菜的野菜粥，黑乎乎的，吃在嘴里又苦又涩。要是哪一个冬天的早晨，揭开锅盖，粥锅里没有杂菜，而是纯白的米粥，或是星星点点的熬开的豆粒悠悠地浮在粥汤间，那可真是喜出望外了。刚出锅的纯米粥，很烫，泛着白气，虽一点也不稠浓，清汤寡水的，但顺碗边吸溜一口，糯软的米粒在嘴里散发着动人的芳香，真是沁人心脾，让你忍不住嘴里发出吧嗒声。从学生时代起就投身新四军的父亲，那时受错误处分被发黜回家自谋职业，在一个民办教学点当老师，熬心劳神从早到晚地讲课，也算出力气活，肚子里自然不能太落空，祖母有时就单独用饭瓯蒸一点干的给父亲一人吃。

祖母每次用一个深红发亮的米升量好米后，总要抓回一把半把，用她常唠叨的话是"不能有柴一餐，有米一顿"；"要常将有时思无时，莫待无时想有时"……祖母熬粥，总是提前将米泡发，说是能多涨锅，撑肚皮。我们偶尔也能吃到干饭，那须是逢年过节或来了客人时，所以我们就盼望过年过节和家里来客。特别是过大年，能凭票购买一点蛋、肉和豆制品，分量虽是极少，却也够叫人兴奋不已。

那时我们兄弟姐妹几个都是长身体的时候，肚里没一点油星，就特别能吃，拿祖母的话说"都是从饿牢里放出来的"。最难熬的是冬日，身上穿不暖，更易消耗热量，祖母就将我们早早赶上床孵被窝。一般情况下，祖母不允许我们蹦蹦跳跳或打打闹闹，说那是又磨鞋子又磨衣还会多消耗肚里食物。

1973年，我下放到江南圩区的一个生产队，哪知还是脱不开吃粥的命。那地方不但缺吃也缺烧。贫下中农家里从来不烧开水，除了农忙季节，一日三餐都吃稀粥，没见谁会口干得要奢侈到专门烧开水喝。那煮粥的方法比我们江北人还要节俭，每次烧好饭锅后，就把事先放好米和水的一个砂吊子埋入灶膛的余烬中，到下一餐取出时基本成了烂饭，兑上水放入菜或山芋干什么的搁锅里再煮匀，一家人各盛上两碗呼呼喝下。只是，无论是水是饭，入口皆有一股串喉咙的烟火气。

到了初夏，新麦登场，就能喝上一种大麦糁子粥。先把少量米在锅中煮开，再放入磨研掉最外一层皮壳的麦糁子。粥煮好后，并不急于吃，而是舀到一个大瓦钵里凉透，直凉到粥薄如水，清亮得能够照见人的脸。喝时，米粒融和而麦糁子硬朗，两种风格融入一碗，倒也成了暑天里的清凉享受。有时，踩着朦胧的暮色走近一家人晚餐的竹榻边，隔着一处墙角，就能听到一片"哧溜哧溜"的喝粥之声……

我是直到1977年秋恢复高考进了大学后才彻底与那种纯粹是填肚皮的稀粥告别。

如今，炎夏的傍晚，在家中或在某店堂里再端起一碗由老母鸡丝、筒子骨、山参、虫草慢火细煲的香米粥——或者哪怕什么都不是，仅为普普通通的白粥，就着摆放在玲珑清爽的青花碟子中的小菜和几瓣咸鸭蛋细吸慢咽，那也是体现着闲适和品位的一种精致生活了。只是……每每心底的凉意绵延至口舌间，便有些许的触痛。

香榧　个性张扬的范儿

　　20 世纪 70 年代中期，我在公社卫生院当中医学徒，兼带管理中药房，说白了就是给人拿药、包中药包子。那时农村卫生条件差，小孩普遍患有寄生虫病，脸上长蛔虫斑，眼白上也有黑色斑点，四肢细瘦肚子奇大，要是弄成肠梗阻或是胆道蛔虫（乡民们叫"蛔虫钻胆"），就痛得在地上打滚。我们卫生院一个姓伍的老中医给这些病孩开的药里，除了使君子外，还常有榧子。在我们的《赤脚医生教材》上，也写明榧子可用于治疗多种肠道寄生虫病，如小儿蛔虫、蛲虫、钩虫等。伍老中医暗下对我传授过，说榧子杀虫效果与使君子相当，并且具有杀虫而不伤人体正气的优点。他有时在处方上写下：炒榧子日服五颗，连服半月。

　　在我管理的中药柜的某一格抽屉里，就有榧子。榧子果实有壳包裹，大小如枣，核如橄榄，两头尖，呈椭圆形。其果壳褐色，果仁黄白色，有一种特殊的浓烈气味，冲头脑子，有人说是臭，有人说是香。作药用，必须将外壳砸开。那时，我并不知道榧子还是日后的一种美食。事实上榧子里有香榧，还有臭榧、大炮榧，一个赛一个凭意恣睢，个性张扬。

　　没想到有一次却出了意外。那一回伍老中医开的驱虫处方中照例有榧子，当我拉开中药柜抽屉时，里面却空空如也，怪了，上次进药前我查过，抽屉里明明还有不少存货，怎么说没就没了？我只得赶紧到县药材公司进货补救。但在开单子时被告知榧子是紧缺药材，我们医院的计划配给已用完，超量进药要打报告审批。好话说了一大堆，一个小头目才恩准批了一斤。那时塑料袋子刚新鲜出炉，也是紧俏得很，怕有人贪污，我们进药都是规定先要交上旧塑料袋，才能拿到新袋子装的药材。那一回事急我没带旧袋子，结果一斤榧子只好倒进两个荷包里骑车回到医院。两个月后，医院搬家，收拾药房时，发现了一个超大鼠洞，拓开来，里面有淮山药、枸杞、薏米，榧子当然也在里面，简直能开个小中药店了……为此我吃了院长狠狠一顿批。但这能怪我吗，医院里本来养了猫，猫不尽职，只能怨"用猫不当"，幸亏我将那些津甜的党参、熟地、佛手全部放在石灰缸里防潮，要是让老鼠偷搬了这些贵重药材，那我真无法交代了。我不知道老鼠为什么要偷榧子，气味那么重，好吃吗？

直到20世纪初，春节时有一次在人家做客，主人泡上香茗之外，又抓出一碟干果。我先没太在意，吃了一颗，感觉有一种似曾相识的特殊的香气，意犹未尽，剥食第二颗时，下意识地多看了一下：淡黄色饱满的果仁，形状像杏仁，表面却有细密凹凸，很不光滑……突然，我的脑中仿佛有一道光闪过，差点叫起来——榧子！没错，是榧子！主人也笑着点头予以证实。也真巧，没过两天，我的一个在皖赣铁路工作的学生来看我，送了一袋干果，褐色。那袋子上就印着两个大大的美术体字：香榧。我那学生说，这叫"黟县香榧"，是山野干果特产名品，周恩来总理当年就曾选中它用来款待外宾，客人品尝后誉之为"黄山神秘果"而赞不绝口。呵，亏我还干过中医，对榧子却是如此孤陋寡闻。

　　我剥开一颗，它的紫褐的硬壳上有一层薄薄的椒盐花，吃在嘴里，我不知道如何去说出那滋味，只觉得那是一种始终无法让人近身的奇怪香味，有点像松子，却比松子更浓烈，嚼过之后，回味倒是醇而绵长。

　　为了表明这茶叶的不凡，他总是要撩拨我，掂几片茶叶叫我细看，指点叶片如何薄如纸，两叶抱一芽，如何压得扁扁的，绿色几近透明……

眼前这些榧子，不再是我印象里当年驱虫的中药材，而是一种风味零食，它们粒粒饱满，呈细长的枣核形，用拇指和食指抵住两头，稍稍使劲一捏，会有一点愉悦的疼痛。我剥开一颗，它的紫褐的硬壳上有一层薄薄的椒盐花，吃在嘴里，我不知道如何去说出那滋味，只觉得那是一种始终无法让人近身的奇怪香味，有点像松子，却比松子更浓烈，嚼过之后，回味倒是醇而绵长。真的，它以滋味的方式让我深深记取，这还是头一回。我的学生现场给我示范，说正宗的"黟县香榧"，炒之得当，对着两只榧眼，嗒，就像这样，一捏就开……捻掉了果仁黑膜，放入口中，其一是香，二是脆，三是后味怡人……

　　将那一袋子香榧吃完，我已彻底倾倒，再难忘记它留在口中的那股异香，只觉得那种香是其他干果不可媲美的。按说，像小核桃、大榛子，还有巴旦木和碧根果，塞进嘴里已满口留香了，但还是不及香榧子……它的香怎么说呢，无须舌头说出，已成了舌间的眷恋。两年前那次去淳安，街上有卖香榧的，很贵，好像七八十元一斤，犹豫了一下，还是买了一斤。回到宾馆，坐在沙发上，泡一杯香茗在旁，一边开了灯看书，一边取两颗香榧同置于掌中，握拳一用力，喀嚓一声，其外壳就已破裂，黑衣自脱，香味伴着脆响声散出，扑鼻钻心，迫不及待纳入口中，嚼完，再去呷一口茶，翻一页书。如此这般靠在沙发上边读边食，还没等到返回家就吃完了，直后悔当初该多买点。眼下说起香榧，嘴里正冒出那种油乎乎的清香味，馋虫也一下被勾出来，要是再在哪儿遇上，说什么也要多买点喔。

　　问过别人对香榧的感觉如何，一位女写手说：它被我如此深深地记取，却又只可自认自领而难以言传……只觉得有一股强大的诱感力，在牵引着自己一颗接一颗地进食，越食越觉得唇齿生香，越食越觉得它有一种别样风情……它太有个性了！

上网百度了一下"黟县香榧"，其主要产地在紧靠黄山的际联、洪星与泗溪等山乡野岭，以及休宁县靠近黟县的里仁村等山村。上品当属花生榧、和尚榧、叶里笑和羊角榧等四大品牌，黟县人称之为"四大名旦"，大概是缘于它们"金玉其内、黑衣其外、硬壳护卫、藏在深闺"的品性风格吧。由于香榧树的果实"三年才能成熟"——即集采摘（今年的成熟果）、结果（明年才成熟的果）和开花的所谓"三代果"于一树，这种植物里极为罕见的周期特点，使得它们产量有限，更显物稀为贵。香榧树向有"长寿树"之别称，至今在榧乡山野间，仍能见到千年榧树叶茂果繁的奇景。

蒸饭包油条年代

　　早先，每年农历四月初八，从我们这里到南京，许多人家都吃乌米饭，据说此饭有驱魔、避邪的作用。此事起源，牵涉到那个目莲和尚，目莲母因犯罪被阎王打入地狱，目莲常去给母亲送饭，都被小鬼抢吃了。后来目莲就到山上采了乌饭叶，泡成黑水，煮了饭送去……小鬼见饭乌漆抹黑的，不敢吃，母亲这才吃饱肚子。后来，人们为了纪念目莲这个出家不忘家的孝子，把四月初八这一天定为"乌饭节"，吃乌饭就成为习俗流传下来了。

　　打我记事时起，无论是在县城还是那些紧傍着一条河流的小镇上，早上卖蒸饭包油条的，都是一道风景。准确地说，蒸饭包油条在我们这里叫"粢米饭"，上年纪人都这样称呼，好像上海、苏州那边也是称作"粢饭"。词书里对"粢"释义，就是蒸饭包油条。

　　那个年代，仿佛就是纯真的大众文本，总是有着一种平实而安乐的抒情味。热气腾腾的摊点上，饭是在蒸笼里现蒸的，有白米的也有黑米的，白米稍软黑米稍硬，一粒粒的饱满莹亮，香糯有嚼劲；堆在一旁的油条也是他们自己家现炸的，都是炸成恰到好处的金黄色，不仅色感好，而且味道特别焦香。你只要往摊子旁一站，摊主——一个瘦瘦的中年人或是一位稍有点驼背的老爷子，不，有时也可能是位慈祥的大婶，就会问你"要黑的还是白的"，然后再问你

"要白糖还是咸菜"。咸菜里有榨菜和雪里蕻可供选择，油条也有老油条和嫩油条之区分。接下来就从蒸笼里挖出些蒸饭，平铺在一块湿润的白布上，饭上再放一根拦腰折了的油条，中间撒上咸菜或白糖，也时还有芝麻，然后将细白布包卷起来，两头抓了一拧，一个两头尖中间圆、虚实相间的纺锤形饭团就出手了。这种饭也被喊成"手拧焐饭"，可以拿着边走边吃。

常有一个辫发乌黑的姑娘，手臂弯了挽个上面搭着布的提桶，用唱歌一样的腔调喊着"卖——乌饭——啦——"，她通常只在河埠码头旁卖紫米的乌饭团而没有油条包。要是冬天，提桶外面会覆以棉被似的厚盖头保温。姑娘手里有个竹帘子样东西，饭舀在上面，把竹帘一卷就成了一个团。

有经验的人都知道，糯米饭蒸的比煮的好吃，尤其是那种蒸得粒粒分明的糯米饭，黏糯之外带着硬挺，裹挟在舌间，那感觉就是四个字：好吃，爽口。在矫饰太多的时候，我们往往更爱真实。我不太喜欢日本的寿司，就是嫌那糯米饭软不啦唧的，又是包在木棒外绕来绕去地卷过，更是显得不阴不阳，而且新鲜度也颇值得怀疑。哪有我们包油条的蒸饭这般磊磊落落，神清气定，加上油条的酥脆焦香，那真是让你倾心热爱得"一塌糊涂"了！

我在美食节上尝过韩国蒸糯米饭，而不是那种冠以朝鲜名字的打糕，是球状饭团里面包着浅黄的糖粉和碎花生，味道还说得过去。好像我们的云贵苗区也有这种吃法的糯米饭。我在电视上看过，海南岛和越南那边弄出的糯米饭也是乌紫的，是用一种芋头那样肥厚的叶子煮了水泡出来的，但他们把大肥肉搅拌在里面一起蒸，未免太油腻了。我个人认为，蒸饭包油条实在是一种聪明的绝配，有脆的有黏的，有香的有糯的，有虚的有实的……米的清香，油炸面食的可口，二者之间既有对比，又相互映衬。

蒸饭配粉蒸肉，更是一种花好月圆的完美结合。一个个巴掌大的袖珍蒸笼，码成一摞，热气腾腾。打开来，上面是一层带八角茴香味的粉蒸肉，肉下铺一层千张皮，用筷子揭开，下面的蒸饭似从睡梦中被惊醒，饱吸了油脂粒粒晶莹，益发光彩照人。肉块肥瘦相间，糯米饭板板的黏黏的，又很有点弹牙，饭香肉酥，油而不腻，筷子往口里扒拉时，尤要提醒自己适可而止。你看街头的那些摊子前，常是围满了等候的食客。但却从来不见有卖乌米蒸饭配粉蒸肉的，是乌米蒸饭处理起来要多费不少手脚吧？不是。主要因为暗红的粉蒸肉被莹白的米饭衬托，首先就有了一种视觉上的享受，而粉蒸肉若是同乌米饭共处一笼，色差上拉不开距离，就没那效果了。

乌米饭一般都是让糯米在浸泡时饱吸了乌饭叶乌黑汁水蒸出来的，菜场里有时能碰上卖乌饭叶的。乌饭树我见过，这本是小灌木，我们老家那里却喊作乌饭草。乌饭树长得跟我们常栽培的观赏植物南天竹非常相像，也就有齐膝盖那么高，只不过南天竹结果如珠，鲜红莹亮，而乌饭树果呈紫黑色，味甜，我们小时常钻到山上采食。

有了乌饭叶，在自己家里也可蒸出乌饭。选取那种颗粒饱满的上等糯米淘洗干净，放在乌饭叶揉出的水中浸泡半日，上屉笼蒸之前，中间用筷子把糯米扒散，以使其蒸出来后软硬均匀，黑亮且清香。糯米有长粒糯与圆粒糯之分，前者适合煨粥，后者蒸饭最好。还有一种质量上乘的乌壳糯，米粒却是洁白晶亮。糯米饭不要蒸得太软，以稍稍硬一点为好，香糯有嚼劲。

但我到底在宣城这边吃过一回乌米饭蒸肉。据当地的朋友介绍，那是将肥瘦相间的猪肋条肉切成两寸长的长条，用八角、花椒、桂皮、盐、酱油腌渍数日，拿出来稍稍晾干，于热油锅中炸至半熟，再放到乌米饭上蒸出来……这让我想到了老家的糯米饭蒸咸鸭。

清淡素雅提升味蕾的新高度

米汤和鱼，看似八竿子打不着的两样东西，但四五年前的深秋，在商业街的一家店里却让我领教了个中玄妙。

那回因为要招待两位贵客，我翻检了自己的美食档案，本想去江边找家鱼馆吃新鲜的江鱼，但时间不容许，人家傍晚才到，在宾馆住一晚第二天一早就走，说得很清楚，只想在附近吃个稍素雅一点的简餐，顺便聊聊就行。凭着先前吃过一回的印象，我到商业街那家店找到了老板，掏出名片介绍了自己身份，然后告诉他，客人是从北京来的，世界各地满处跑，属于嘴大吃四方的……所以我想弄几个既简明素雅且不失地方特色的菜肴。那老板听了，略沉思片刻，一口答应下来，说你放心好了，我亲自给你做，保准让客人满意。

晚上6时，我和老婆陪着两位客人进了店。两位客人，一个是我儿子，另一位是儿子的顶头上司他们单位的老总。店堂上下两层，错落有致，装潢虽不华丽，但黑漆木的走廊和扶梯，却也是尽显江南屋舍的风韵。来此用餐的客人不多，很是安静，整个就餐环境，明快整洁，简约而不失时尚。我们四个人四方而坐，拉上窗帘，有轻快的音乐声响起。

菜上来了，先是几个凉碟：桂花山药，雪白的山药切成片状，搭上醇香的桂花，极富江南气息；泡椒小木耳，木耳是用泡椒浸入味的，鲜爽别致；杭式笋干素鸡卷，笋干韧脆，素鸡微甜而清香。接着，端上来四个带锅子的亮晃晃的小酒精炉，一人面前放了一个。锅里煮的是米汤，浓稠雪白，香郁扑鼻。两条码在盘中的鳜鱼也被送上来，鱼的头和尾已给切下放在一边；鱼肉是沿脊椎割下，片成蝴蝶片码在盘中——就是那种第一刀不切透，第二刀才切透的切法。鱼很新鲜，每一片都如铜钱那般厚薄，挑起来呈半透明状，足见刀功了得。

汤水开始翻腾，但这不同于粥火锅，看不到白色的米粒在汁水间上下翻涌。我们按服务员指点的，先把鱼头、鱼尾还有鱼脊夹进汤中。等米汤再度沸腾，就开始夹起鱼片在汤中涮了。薄薄的鱼片，只须在咕嘟咕嘟沸腾的乳白色米汤中轻轻一拖，就硬挺微卷了，颜色从粉红变为纯白，送入口里，感觉就是一个鲜和嫩，既脆，又入口即化……米汤的清香气息，衬托了鱼片的淡淡肉香，二者相得益彰，味道真是堪称一绝！我经常做鱼片，知道两种鱼质地最好，一是黑鱼，一是鳜鱼，它们的肉，既结实又柔韧有弹性，且无细刺，切出来不散不塌，无论是滑炒还是做汤，皆能保持完美形态。看来，老板没说错，用米汤涮鳜鱼片，确实是上佳搭配。

另外几个配菜也送了上来。一盘芡实虾仁，芡实又叫鸡头米，每年夏秋成熟，正是应季的时鲜，虾仁是现剥的，二鲜合一，自有别的菜难以企及的鲜香滋味。一盘鲜炒黄花菜，斑斓的色彩，凉润的花香，应时应景恰到好处。一盘极青嫩的小菠菜，里面放了点碎皮蛋，看上去很是养眼。另一个盘子里放了十来个小山芋，都是差不多大小的个头，紫色的外观，排列整齐，掰开来，里面却是粉白色的，原来并不是紫薯。

老板走了过来，一一打过招呼，笑问味道如何。我们自是一致赞扬不错。老板兴致颇高地向我们介绍，米汤乃是泰国香米熬出的，泰国香米最大的特点，是越熬越浓稠，越熬香气越十足。另外汤中还加进了雀巢炼奶，以及盐、糖、鸡粉、加饭酒、胡椒粉、葱丝、姜丝等。据他说，如果米汤里加进碧绿的菠菜汁，就有了个好听的名字叫"翡翠米汤"。今天的香米汤涮鳜鱼，不用蘸碟，算得上是清淡派的代表作。特点是鱼片新鲜，无须上浆，原汁原味，直接入锅中涮了，吃口清香，鲜美嫩滑，有益气、养阴、清火的功效……因为是直接涮了入口，不须依赖蘸碟里的调料来唤醒味蕾，吃后不上火，不但肚子不胀，口里还有阵阵香气不断扩散哩。

至今，我还记得那家店叫"徽杭菜馆"，老板叫赵军，四十来岁，个子高高的。但去年底我想再去回味一下米汤鳜鱼的鲜美时，却是怎么也找不到那个店了……

米面应犹在　疑是故人来

　　米线、面皮、米粉，还有个河粉，都是大米打成浆（面皮是由小麦洗成淀粉浆）再蒸出来的，虽说有圆有扁，有条状有片状，但都是白生生的样子，相互间差别不是太大。若能将它们邀请到一个屋子里坐而论道，开个研讨会，犹如时下小圈子里常见的那般相互吹捧一下，场面大约还是很有点意思的。但不要忘了，还有个米面，当也在邀请之列，米面很乡土很传统，米面没有 E-mail，电子邮件收不到，若是寄发邀请函，收件人地址应清楚写明两个字：江南。

　　云南的米线早已誉满天下，风光无限，山西汉子与关中婆姨们钟爱的米皮与讲大舌头粤语的河粉，各自的势力圈当亦不可小觑，至于米粉，那可是在桂林旅游时如魅影相随的一种美食……唯江南之米面，却至今未能取得相应名分，仿佛这是人生，真是又无奈，又温存。日前，因为朱卫国先生在一篇关于我的评论文章中提到了米面，让我突然想起有好多年未同米面打过照面了，心底竟涌上来一阵怅惘。在昆明吃米线，在桂林在南宁吃米粉，总是下意识地把那当作故乡的米面，吸溜吸溜地吸而啜之。一边是超美超热闹的景致，一边是一幕渐行渐远的人生记忆……仿佛就是在剧中，仿佛就是唱到红罗凄绝处，苏娘错认是前身！

　　说到早年的口腹之欢，一碗老母鸡汤下出的米面，那份香喷喷、滑溜溜的鲜美，可谓刻骨铭心！双手捧起碗，浓郁的肉香带着米面独有的米香味一起钻入了鼻孔，你再也无法抵挡这诱惑，赶紧喝上一口汤，一种异常鲜美的滋味，马上以闪电般的速度由舌尖向心尖上滑去……下在鸡汤里的米面，又香又滑韧又清爽，用筷子去夹，会拉得很长，放到光线下照映，闪动着水晶一般的光亮。吹一吹，放进嘴里，那米线滑如绵丝，并富有弹性，从舌尖一下滑到嗓门口，要是来得及用牙齿轻轻一咬，从中剪断的米面会顺势回弹，砸在你的味蕾上，有筋道有嚼头，别提有多完美了。米面吃完，汤也跟着喝完，再是意犹未尽，也是暗自叹息。若是鸡汤米面下面再埋一只鸡胯子，那可是待客的最高礼遇。客人承受不住这一番浓情，往往就把米面往锅里回拨，或是把鸡腿搛往主人家孩子的碗里，必得经一阵拉扯方才带着无限歉意吃下去。

米线有卤、炒、煮、小锅、大锅、过桥、豆花等几十种眼花缭乱的吃法，米粉也是五花八门，什么马肉粉、牛腩粉、贡丸粉、鱼丸粉、叉烧粉、辣子鸡干拌粉、酸辣笋尖干拌粉……林林总总，不一而足，米面只认准一条路，就是下到鸡汤或者是筒子骨汤中。从口感上来说，米线、米粉比较柔软，是因为它们在制作时添加了淀粉，而显得特别糯口；稍硬的米面则更韧滑弹牙一些，也就是更为筋道和爽口。就仿佛米粉本身淡而无味，做成美味关键在卤水，米面也属于"清淡的鲜美"，需要有鲜汤护持。因为是鲜汤而非卤水，米面吃在口中有点微甜，能牵扯出淡淡发酵的米浆味。

犹记得乡村每到冬腊时，几家凑在一起做米面的情景。大米按籼七糯三配比，经一两夜浸泡，用手一捻就碎，便耐心地一勺一勺填到磨眼里磨成洁白米浆。然后就开始"淌面"，在一口沸水翻滚的大锅前，把已经有点发酵的米浆舀进一个长方形平底铁皮盒里——乡民唤作"饭盒子"——我以为应是写作"范盒子"才对，分量只是一勺，刚刚将盒底沾满，就放进沸水锅里蒸几分钟，待不粘手即可出笼。用一根削成了薄片的筷子沿铁盒四周快速一划，提住一角，这层白白嫩嫩有点薄的年轻面皮就被揭起来了。乱不成形的边角裁下来，趁着还冒热气，塞给在一边已望眼欲穿的孩子。厨房里热气腾腾，氤氲着浓浓的米香，人进人出，舀米浆的，把铁皮饭盒子的，划皮子的，专门揭皮子的，乃至灶下烧火的……众人各司其职，一切皆进行得有条不紊，气氛热烈而又昂扬。

将从"饭盒子"里揭下来的的半成品搭在竹篙上晾得干软，即可叠起来卷成筒状用刀切成晶莹透亮的细条，放太阳下晒得干卷，这才是成品米面。在乡村里，米面除了招待客人，还有，就是过年过节时，下在鸡汤、鹅汤或是排骨汤里，一家老少围坐一起，各捧一碗吸溜得喷喷香……但更多是留给妇女分娩后坐月子时吃，加上红糖，据说很是滋补身体。

三十多年前，我参加了"文革"后恢复的第一届高考，拿到了入学通知书。在离开南陵县石铺公社那个叫杨村的知青点的前一天，我刚下来时住过的房东杨妈家的女儿大妹赶回来了，带着一只老母鸡和一把米面，为我饯行。当初我住到她家，吃的第一顿饭，就是她做的鸡汤米面。后来我生了一场内耳眩晕症，发作时天旋地转，只能整天躺在床上，好多日子里都是大妹在照料我。大妹是在我走前的那年腊月嫁到山里去的，应她的请求，我作为娘家哥同一干人踩着厚厚的积雪将她送到婆家。那回，大妹下出的米面，在我看来，特别洁白光亮，细滑，柔韧，筋力好，鸡肉酥烂，汤味浓醇……是我吃过的最味美的米面。

今年五一后在北京，为了寻得一份慰藉，我在王府井那家颇负盛名的云南店又吃了一回米线。在没有米面的日子里，我只能在北国的店堂里怀想南方的天空下那些流水一样逝去的人和事……

乡野上的甜润

"梦果子"

我不知道是谁将它叫成"梦果子",这名字取得真好哇,像梦一样的果子——可不是嘛,你看它隐在绿叶丛中红扑扑水灵灵、娇艳欲滴的模样,就跟珊瑚宝石一样,闪着梦一般迷幻的光芒。

"梦果子"还有个名字叫"栽秧果",顾名思义就是栽秧时成熟的野果。每年初夏,特别是麦黄插秧的时候,田埂和坡地边草丛里,总是藏着星星点点的小红果,像惹人怜爱的小精灵。小心地摘下来捧在手心里,红色的汁水似要溢出来,吃到嘴里,甜津津的。"梦果子"有点像草莓,没有熟透时,是酸味重于甜味,熟透了饱含汁水,仿佛一口咬下去,酸酸甜甜的味儿就会流进心底……放学后,就去田埂上摘,摘多了,掐一根小草给穿到一起提在手里,边走边吃。

"梦果子"喜欢生长在向阳的山坡、路边、林边及灌木丛中,叶子背面有灰白色柔毛,清明前后开洁白清雅的小花,花为五瓣。它的小名还多哩,"麦黄果""蓬蓬果""酸巴留",隔了一个村子就有不同的称呼,但都特具乡土气息……它的学名则是覆盆子,一说出来,许多人都有在哪儿见过的感觉,哦,那是在鲁迅先生的文章里,题目是《从百草园到三味书屋》。

小时候,嘴特别馋,田埂边的"梦果子"被采完后,就可开始盯着蛇果了。蛇果长得和"梦果子"很相似,但却不能吃,大人说吃了肚子里会长小蛇的。蛇果，学名是蛇莓，又称鸡冠果，也属于蔷薇科。顺便提一下，田埂边、水塘边的很多小野果子，大都属于蔷薇科。

癞葡萄

夏天雨后的时候，许多植物的叶尖上都挂着晶莹的水珠，蜘蛛网上也因为挂着细碎的水珠而斜斜地下坠。走在村外安静的小路上，旁边有一条纤瘦的不长的灌溉渠，尽头是一片菜地。有两棵小树立在那里，它的枝头爬满藤蔓，次第连绵地开着喇叭小黄花，有十多个青的和黄的长条形小吊瓜悬挂着。吊瓜和苦瓜长得很像，表皮上却是疙疙瘩瘩结满癞点，癞点上缀着水珠……原来这就是癞葡萄。

癞葡萄大多只有半截黄瓜那样大小，中间鼓胀，两头尖细一点，很多人应该都吃过的。癞葡萄长得疙疙瘩瘩，说它是癞，一点都不夸张。但是里面果肉是鲜艳的血红色，包裹在籽壳外面，有蚕豆那么大，一粒一粒地堆在一起……你若第一次见到那种血红的颜色，真是有点猝不及防。熟透的癞葡萄，外皮金黄，腹部胀得特别大，真有点像癞蛤蟆。只须用两个指头拈着那肚皮轻轻一捏，就裂开了，将里面的血红的果粒掏出撂进嘴中，舌头一抿，吐掉籽核，留下果肉，甜润绵软，蛮好吃的。那籽核也好玩，淡黄色，仔细看有点像小蛤蟆。吃过癞葡萄之后不能吐唾沫，因为唾沫里有丝丝缕缕的血红色果肉渣，别人乍见之下，会吓一跳。

癞葡萄还有一个动人的名字：红姑娘。古人很有意思，称它为"红绫鞋"或"金口红睡"。癞葡萄特别容易诱惑小孩子和馋嘴的小媳妇。它和苦瓜都属于葫芦科的。

甜　梯

　　许多年以前，也是这样的九月的黄昏，秋天的风，羽毛似的，轻轻抚过原野和村庄，抚过脚边这些细碎的野花和变得浅黄的草丛，以及远处那些安静地散发着湿润气息的清澈河流……这岁月静好的某一处岸边，长着一大丛一两人高的植物，它们又长又大的叶片，在风里发出轻微而愉悦的哗哗声。

　　这就是甜梯。甜梯长得介于甘蔗和芦苇之间，见识过北方高粱的人，会说甜梯长得更像高粱。甜梯的茎秆上也是一节一节的，像梯子档，估计这便是它的名字的由来。早先，在我们老家，菜地里一角总是要种上一丛两丛芦粟子，有结子的和不结子的。结子的秋天打下籽粒，剩下的芦粟头用来扎扫把；而那种不结子的，等长成后，专门给小孩子当甘蔗啃了吃。"我要吃甜梯……我要吃甜梯!"经常看到邻家小孩这样哭闹，大人就提了刀去菜地里砍回一茎甜梯。我们那时夏天的中午都是不午睡的，不是到河里洗澡就是去人家菜地里折甜梯吃。甜梯吃得太多了，舌头上给剐出许多伤口，有时连嘴唇也拉出裂口，一吃饭就痛。

　　去年秋天，我们去阳澄湖边的沙家浜，在停车场里，有一大圈卖旅游产品和各色瓜果的，其中就有人专卖甜梯。削好了的，一小捆一小捆地摆那里，还有真空袋装的甜梯和甜梯汁卖。我们中有人买了一小捆，扔给了我几截。不大好啃，主要是皮太硬，有点干巴，远没有记忆里的那么甜润。

甜梯学名叫甜芦粟，和水稻、高粱一样属于禾本科。在江浙沪一带分布很广。

野荸子

野荸子长在脚背深的浅水里，自生自灭。夏天里，野荸禾子疯狂地长。几天一过，就是密密麻麻的一片，整块荒滩和沼泽一片葱绿，远远望去，好似一块绿毯。种过荸荠的水田再改种稻子，一连数年总断不了长野荸禾子，这种野荸禾子越长越细，长到最后就跟小葱差不多了。耘田休息时，坐在田埂上用这东西编蓑衣，披在身上很是凉爽且意兴盎然。要是编成戏台人物的胡子挂在耳朵上，就能让孩子们胡乱嬉闹一气。

到了深秋，天空优雅而肃穆。荒滩上的水落下去了，野荸禾子都已残败，泥土仍是潮湿，凉冰冰的。用铁锹小心地将泥土翻开，露出一只只圆形的螺蛳一样的东西和一些铁锈色的网络状的痕印，那便是野荸子和它的根茎。野荸子一个一个嵌在泥土块上，露出的是它连着根茎的肚脐底部，我们叫它"荸子屁股"。这些铁锈色的根茎，正是给野荸子输送养分的脐带一类的东西。它们在生长的时候是嫩白色的，而当野荸子成熟之后，就变得空洞了，如一条空心的朽烂的鞋带。

这些只有指甲盖大的野荸子，是家荸荠的流浪后人，它们与奢华无染，与世道无关。北方人也许一辈子都没见过这种斜着鸟嘴状顶芽、扁扁的小陀螺一样的东西，不识其为何物。洗净泥的野荸子乌紫发亮，剥去外皮，则是玲珑剔透的纯白。虽然浆水不是很足，但入口甜润，带着清新的泥土香，那是一股很重的如知堂老人周作人所谓的"土膏露气"。

我少年时帮人放鸭子，就喜欢把鸭子赶到有野荸子的水塘里。鸭子们搜索螺蚌鱼虾，我则在滩涂上用鸭锹挖掘野荸子，我们各取所需。

拐　枣

拐枣的学名叫枳椇，这个词太文绉绉了，乡下人不接这茬，只管它叫拐枣。这东西长得怪怪的，形似卐字，拐来拐去的和枣根本扯不上，黑乎乎的倒是有点像鸡爪子，而且大小粗细都很相近，所以有俗名就叫鸡爪梨、鸡脚爪子、鸡嘎嘎果。

一般果实的食用部分，不外乎是外面的肉和内里的核仁，但拐枣却是果子的柄，漂亮的果子反而弃之不食，这很怪吧。拐枣长在一种大树的枝桠上，采摘不易。这些果柄从开花时就长出来了，成熟时黄褐色或棕褐、紫红色，膨大呈肉质状，有许多曲里拐弯、纠缠不清的分枝。其味甜而涩，经霜之后，涩味尽去，咀嚼之下尤觉甘美。所以拐枣一定要让它在树上挂着，到下霜后再用竹竿打下，拾起来用手捏一捏，软软的那个才叫好吃。

秋天，在沙家浜，在苏浙的一些风景区，都有卖拐枣的，一小堆一小堆地摆那里。初见之下，不免诧异：这种我们小时候并不正经吃的东西也能拿来卖钱？我特意留心了一下，还真有那些时尚男女买了……却有人不知如何对付，或是下了口也仅是胡乱嚼一通。曾在商场见到拐枣汁易拉罐，我不知道有没有人买。那里面寂寞地封存着拐枣弯弯曲曲的心思，是什么风也吹不去的记忆。

桃金娘

最早见到桃金娘这名字，是在外国小说里，那时觉得这名字好美丽好温婉动人……总爱把她想象成一个周身散发着水果香甜气息、光洁的额头饱满如月的年轻女人。

上小学那阵子，我们常在初秋的天气里走五六里路，到东南面那些黄土岗样的小山包上采摘乌肚子吃。紫黑紫黑的乌肚子，一串一串地挂在只有膝头高的枝上，像一个个小石榴，又像缩小版的酒杯。咬开那小酒杯，中间有个果心，很像一条虫子，果心外簇聚着籽粒，味道异常酸甜。

乌肚子初夏开出蔷薇一样的小花，粉红粉红的，挺好看。花落后，青豆一般的小果子在烈日下一天天成长起来，初始是红色的，越熟颜色就越乌黑。软软甜甜的乌肚子吃多了，舌头牙齿也会被染成紫黑色，要是把汁水弄到衣服上，就洗不掉，肯定要讨大人责骂。无人采摘，乌果肚子就自己掉下来，也有挂在枝头被风干的。也有人专门带了口袋摘乌肚子回家酿酒。

摘乌肚子要特别小心一种狗屎蜂。狗屎蜂比蜜蜂大，喜欢在灌木丛里做窝，要是不小心触犯了这些家伙，那就惨了，你跑慢一步，就会给螫得眼眶同鼻梁一般高。那时候，学校门口也有山里来的人卖乌肚子，一分钱一竹筒，比我们自己采摘的肥黑乌紫，偶然杂有一两个红色的，是没熟透的果子，味道就差多了。

那年在杭州植物园，看到有一小丛灌木，介绍牌上写着"桃金娘"，留神一看，上面还稀稀朗朗挂着几个瘦瘦的小黑果……嘿，这不就是乌肚子吗？当时还惊奇了半天。原来乌肚子就是哈里·波特那里的桃金娘……

菱　角

时近中秋，乡村的每一口水塘里都挤满了菱菜，像是铺了绿毯子一样，许多鼓着眼睛的小绿蛙和不知名的水鸟就在这些绿毯上面跳来走去。早上，太阳还未升起，菱塘开满星星点点细小的白花，每花必成双，授粉后的花柄，即以一种庄严沉默的方式垂入叶腋下的水中结实。菱角对生，抓起菱盘，摘下一菱，不要看就知对应一边一定还有一个或两个。

菱角一般都是任人采摘的。你若是在乡下行走，渴了或饿了，卷起裤管走下菱塘，主人即使看到了也不会说什么的。一塘的菱菜，差不多都是根茎相连的，你只要挪来了一棵，就能将一大块菱菜缓悠悠地拖到面前来。要是碰到了一塘好品种的水红菱，你尽管吃个够。

江南的水泽特别能滋润万物。水红菱颜色深红鲜亮，菱壳极好剥，抓住两个腰角一掰，莹白的元宝形菱肉就出来了，一层薄薄的内衣上犹自洇出一抹飘逸的轻红，在嘴里稍一嚼，真是渣子全无，唯有满口水灵灵的甜浆合着袅袅清芬，在心头缓缓释放。

采菱的姑娘坐在窄窄的腰子盆里，边采边唱："姐姐家在菱塘旁，满塘菱角放清香；菱角本是姐家种，任哥摘来任哥尝……"这歌声也是水灵灵、脆生生、甜丝丝的。

黄心菜 PK "春不老"

冬天的菜园里,大蒜、莴笋刚刚长起来,萝卜早已舒展开宽大的羽衣,菠菜、茼蒿和芫荽菜从先前紧贴的地皮上撑开了身子,水灵灵的一片油绿。最好看的还是黄心菜,像一朵朵开放的黄花,齐崭崭地排列在地里。那些地头和人家屋宅边的菜地,总是让人看不够。

傍晚时候,和几个同事好友坐在城郊的一家路边饭店里,对着刚端上桌的几盘菜蔬,指指画画说到往事,很容易便勾起了对故乡、对家园的眷恋。饭店的窗户外面那片菜地,在暮色里朦胧地绿着……唯有一畦畦的黄心菜像花儿一样展示着,我甚至能清楚数出它们的数量,并清晰地想起它们的模样。它们确实是一朵一朵的大花,黄的花蕊,墨绿的花瓣,盛开在冬天的菜地里。

黄心菜个子不高,外叶绿色塌地,心叶黄灿灿的,叶尖向外翻卷。美丽朴实,秀润饱满,一如江南乡村妹子的清纯模样,委实可爱。黄心菜在我们老家那里还有一个名字,叫"菊花心"。如果是冬天晴朗的日子里,黄心菜会把自己嫩绿的身子和灿黄的心思晒在阳光下。

"小白菜,心里黄,二三岁上没了娘……"早年听人唱的民谣,凄凄惨惨如怨如诉,说的就是黄心菜。但是直到现在,我也没有弄明白，黄心菜不是在地里长得很滋润吗，这跟没了娘有啥关系？看过汪曾祺的书，知道古人将白菜统称为"菘"。而黄心菜正是由一种"乌塌菘"变化而来，在江南地区有千年的历史了，古人早有"拨雪挑来塌地菘，味似蜜藕更肥浓"的诗句。在我老家，黄心菜一定是要留待下雪天吃，飘雪天气里，黄心菜味道最正。从雪地里扒出来的黄心菜，稍炒即烂，吃在嘴里，芳甜，鲜润……别有一种平和恬淡的滋味，犹如冬日午后的阳光，娓娓道来，令人全无争世之慨。

黄心菜圆形叶片上，有无数的麻窝，显得分外肥厚细嫩。黄心菜烧豆腐，是绝佳的搭配。把黄心菜洗净切碎，先在大锅里炒至半熟，盛起来。豆腐用刀划块，在锅里用姜水氽一下。然后将菜先倒一点进小炉子锅里垫底，上面放上豆腐，豆腐上面盖满菜，撒上盐，搁点猪油，盖上锅，大火烧开，拿掉锅盖改小火笃几滚就行了。豆腐耐煮，越煮越有味，但黄心菜不可久煮，所以最好是吃多少往炉子锅里划拨多少，始终保持吃口新鲜。有菜叶在下面垫着，豆腐再煮也不会焦底。若是事先在锅底放几片咸肉和香菇，一同烧出来，那就是豪华版的青菜豆腐了。

南方的青菜，除了"过冬白"外，就是黄心菜和"春不老"了。"过冬白"通体泛绿，连菜梗都带着一种淡青的颜色，棵高、细、吃口清脆。"春不老"又叫"乌冬青"，也是冬天里的应时蔬菜。"春不老"长到一定的高度，便不再长高，它的菜帮极矮而肥，半椭圆的勺状叶片凑得很紧，表面可以看到筋络。叶片绿得发亮，像是打了蜡一样，即使放上几日，整棵菜也是不塌不萎。"春不老"处处拿得起，放得下，清爽如邻家新妇。

"春不老"最优秀之处，就是柄短叶厚，炒出来，一盘青翠欲滴的颜色，煞是好看，味道尤佳。这一点比黄心菜强。炒一盘黄心菜，绿叶的成分并不多，多的是白而厚的叶柄；如果炒的时间短，叶柄吃起来有些硬生。而"春不老"的绿叶的成分多，虽然也有些叶柄，但是极柔软，吃在嘴里，带些微微的甜润，几乎不留渣滓。

"春不老"还有一个长处，能烧汤。洗净，嚓嚓切几下即丢下锅，只需油、盐两样，煸至菜帮有些瘪了，再加入足量的水——当然，有高汤更好。盖锅煮两滚，放点鸡精和麻油，就成了。无论吃菜还是喝汤，皆别有一番清朗意味。要是将先豆腐煮入味，再加进炒得半熟的"春不老"，放水烧汤，顺便在汤里撒一些切得极细的生姜米……绿的身影和白的身影就会在汤里卿卿我我，成为平和生活里的一种温润美丽的景致。

眼前，我们在这个路边饭店里面对的菜肴，主菜就是一炉子锅黄心菜笃豆腐。几个配菜，分别是萝卜烧肉、腊肉蒸千张、豆瓣鲫鱼、猪蹄子炖黄豆、臭干子炒蒜苗，还有一盘深青浓绿的香菇炒"春不老"。都是一些低调子的菜，犹如我们几人各自的人生，闲适，清静，虽是小聚，也别有情趣。

识得此中幽兰香

新茶上来的时候，别人送了我两黑方听2两装的特级太平猴魁。虽还算不上极品茶，但两小听也要值六七百元。听说普京访华的时候，国家领导人送了也是2两装的太平猴魁，那一斤价值19.5万元。而我对茶却不是太讲究，好茶次茶在我看来都是一片碧绿，都挺好看的，喝着没什么区别，于是两听茶就给老父亲喝去了。父亲是喝惯毛峰的，一开始对这种大片茶也没有太大兴趣，但在泡过一杯饮下之后，顿时转变了态度……水刚入杯，就有一股云生雾长的幽幽兰花香散发开来，父亲啜饮了几口，用了"满袭清香"四个字来表述。我笑了，父亲是作格律诗的，喜欢咬嚼字义。

其实，我对猴魁还是有所了解的。我的朋友隆高算得是高段位的茶客，这些年来，他只认此茶，别的茶一律不喝。每年谷雨至立夏期间，他都要专程去产地买茶，回来时定要送我一二斤。为了表明这茶叶的不凡，他总是要撩拨我，掂几片茶叶叫我细看，指点叶片如何薄如纸，两叶抱一芽，如何压得扁扁的，绿色几近透明……说着，就理顺茶叶的头尾，叶尖朝上放进高玻璃杯，80℃的水缓缓注入。目注之下，平展而优雅的旗枪们徐徐化身为春天的旗帜，轻灵地在水中拂动着，招摇着，飘飘荡荡，真可谓摇曳生姿，撩人心魄。隆高甚至给我吟诵起："深山有佳人，绝世而独立；一顾倾人城，再顾倾人国……"他说，别看猴魁叶子虽大，却仍然是早春的嫩芽。不信吗，你泡开了，噙一片茶叶在口，用舌头轻抵叶心，那种香滑软润的触感，唯有佳人的芳唇堪比！

承他不断启发和诱导，我也识得一些深浅。比如，隆高教我的看干茶的口诀，"猴魁两头尖，不散不翘不卷边，绿叶红丝线"，就是说这茶是尖形茶，大叶，越宽大饱满越好，这和龙井以小为美相反。猴魁的叶色苍绿匀润，叶脉绿中隐红，俗称"红丝线"。其茶汤清绿，香气高爽，味醇爽口，单是一个醇，在早春茶里，端的是少见。

按隆高说的，在太平，只有猴坑一处做出的好尖茶才能叫猴魁，而其他的只能叫作魁尖。但在整个过去太平府的地界，所有茶都可以称作极品。开了春，满街都是猴魁……而真正的猴魁有清雅的兰香，越明显就越是好茶，特别是喝到后来，好茶可以泡五六次，兰香犹在，喝完了杯冷了，一缕冷香却常驻不散。兰香是非常好辨认的，只要认准这一点，基本可以挑到不错的茶。

没想到初夏的熏风撩人的时节，我却有幸来到太平湖，朋友的朋友开车往里面去买茶，顺便叫上了我。我们是从泾县茂林这边过去的，在太平湖边弃车乘船，到了三合村。从三合村去猴坑，还要走十多里崎岖不平的陡坡山路，路上满是大小石块，有三轮车碾出的两条深深印沟。两边是层层梯田般的茶园，路上不时有青蛙、蜥蜴、松鼠、野兔等小动物跑过。我们走到汗流浃背时，终于在哗哗溪流声中，到达青松翠竹掩映的目的地——猴坑。猴坑不大，十几户人家的房子在山沟里错落排布，比较拥挤，虽然茶季已过，但村里头仍能见到背包的闲散游客，有些人是专门赶来买茶的。

猴坑人家，户户业茶积累了财富，在山下原来太平县城（现黄山区）都有自己的商品房，只是到了采茶季节才回山居住。那天，我们只是到猴坑来看看，有合适的茶就出手买点，结果却什么也没买到，原因是当地的茶一般不散卖，全由公司订购了，即使有少量的散货，太高的价格也成了无法越过的阻碍。我们离开了猴坑，由原路回到车中。几经周折，去了一个叫仙源的地方，在那里各人买了几斤猴魁——这里同属黄山脚下的太平地界，自然也都打的猴魁的旗号，而茶叶的质量确实不输多少。猴魁风格明显，比龙井好挑。做工好的泡着更有美感，但买回去自己喝不用太严格。松散点翘点边，都是常见，哪能都像样板茶那样一条一条手工理出来呢？

吃晚饭时，在太平湖边选了一家农庄。那地方的风景迷人，青山云雾缭绕，一座座白墙青瓦的民宅和连绵的茶园，倒映在湖面上，十分好看。斜阳的余光柔和地洒在我们身上，幽深的林子里各种鸟儿在啼鸣，有很多不知名的野花在风中摇曳着，霭烟水雾、绿树青山阻断了都市的喧嚣，感觉如同入了仙境。这真是一个好地方啊，我心中不禁幻想：要是能在岸边建座小木屋或是搭个草棚，住在这里朝夕与碧水青山相伴那该多好啊。

小店很干净，木质的门框和花纹斑驳的窗棂泛着岁月摩挲过的陈旧光泽，散发着一种类似沉香木的气息。我们点的几个菜，有鱼有土鸡，还有一个笋干煲野猪肉，加上两个蔬菜。如果就此长驻而不是吃完赶路，这真是闲适生命里的安乐茶饭。我最先吃完，趁着上洗手间时悄悄把账结了，五菜一汤加上几瓶啤酒和米饭，一共才140元。

收费的是个小姑娘，大约是店主家的女儿，身着鹅黄春装，扎马尾辫，眉眼娴雅，模样很是清纯秀润。一问，是正在上高二的学生。收银台上摊着一本书，我翻过封面，竟然是《瓦尔登湖》，嗬，和这里的环境真是太契合了！一百六十多年前，一个叫梭罗的美国人在瓦尔登湖畔度过了三年时光，独自一人建造了小屋，渔猎，耕耘，沉思，写作，最后诞生了一部伟大的散文集。我问小姑娘知道这本书的意义吗？小姑娘腼腆地摇了摇头。我告诉她：阅读这些经历，能在平凡与简单中真切感受生活的意义与趣味，也更能感受寂静之美……一切顺其自然，最崇高的心灵，最能怡然自得。

我们开车上路时，正是暮色四合的时分，湖水、山影、村林一切皆消融于朦胧之中。

洗过锅澡再开宴

我的一个学生家新，住在宣城敬亭山旁，虽说当年未能考出去，学了木匠手艺后招亲来这边，一直务农兼带搞一些小副业，但日子过得还算不错。去年过年前，家新叫儿子开了车接我过去吃"杀猪饭"。

两小时不到的车程，上午 10 时就到了。车停一幢三层小洋楼的院子里，主人接着，一番寒暄，端茶上点心自是不在话下。聊了一会，我说出去转转，家新陪着，刚出了门，就见屋外树下围了一圈人，在看杀年猪。杀年猪热闹喜庆，如同提前过年。

猪刚被杀倒，正放在烫猪桶里刮毛。家新说那杀的就是他家的猪，这猪颇有些讲究哩。我问有哪些讲究。家新就问我知不知道有一种江南圩猪。江南圩猪我当然知道，1989 年我曾辞职办过养猪场，那时就想找几只江南圩猪养了，为提纯复壮做点前期工作，但困于资金不足，不敢有丝毫闪失，结果全部养了长白猪。但于江南圩猪一直心存系念，每见有这方面讯息，总是格外留神。其实，说白了江南圩猪就是本地种黑猪，大耳，短嘴，塌背，大肚子，由于生长慢，被外来白种猪淘汰几近绝迹了。家新说现在生活上来了，嘴也刁了，特别是城里人嫌白猪骚味重，又想到从前的黑猪了。他去年从一个亲戚家好不容易要来两只猪秧子，喂米糠喂山芋养了一年半，今天杀了一只，那一只早在半月前就让一家大酒店收购去了，一斤黑猪肉要抵两斤白猪肉的价，算算还是蛮划得来的。我说那你多搞一些小猪来养啊，干脆办个猪场，我当年干过兽医，又搞过养殖业，来给你帮忙，技术方面应该是没问题的……家新就说，老师你说笑话了，我哪能请你干这个事。不过你说的这些我不是没有考虑，这几天我正在跟儿子们商量哩。

等我们转了一座小山回来，那黑猪早已变成白猪，挂到梯子档上开膛剖肚了，心、肝、肺、肠等内脏一一给掏了出来，一只猪尿脬被割下，立刻就被一群孩子抢了去，吹足气当球踢。看那猪头的一张脸，满是曲曲折折深沟一样皱纹，像是活尽了沧桑岁月一般，我就知道这猪肉烧出来肯定好吃。

家新见我刚才爬山出了一点汗，就说老师你还没洗过锅澡吧？我喊人烧个火，你马上泡一把，泡完后正好吃饭。哦，洗锅澡好啊，早闻其名，市文联秘书长王永祥先生就跟我聊过他当年下放时洗锅澡的情景……那情景很有点叫人向往哩。嘿，今天就来过把瘾。我这里一点头，那边便开始忙活起来了。

家新打开一间小屋的门，有人抱柴火，有人忙着烧水。不一会儿，家新喊我从另一边门进了屋。里面有一个大灶台，烧火的灶洞口在墙那边，这边灶台上只有一口直径一米左右的超大铁锅。在锅里洗澡，是这里农家代代相传的习俗。当我脱了衣服准备下到锅里时，还是有点不放心，怕自己这一百五六十斤的身子把锅给压坏或是踩通了底，更担心被下面烧着的热水余了汤……家新在一旁笑着叫我放心，说他在这口锅里洗了几十年澡，从没有出过半点事。灶台不高，为方便洗澡还修了几级台阶，我顺着台阶上去走两步就小心翼翼下到锅里了……站进锅里，才知道刚才纯属杞人忧天，这种特制的生铁大锅非常浑厚结实，别说我坐进去没问题，就是站里面蹦恐怕也奈何不了这个铁家伙。锅底有一个小凳，可以坐在上面洗。水快淹到脖子，蒸汽在头顶弥漫，屋里热乎乎的。能听到锅底下发出噼里啪啦的烧柴声，我感到全身透骨的舒爽，浑身的疲劳一扫而光，原来洗锅澡是这么惬意的一件事呀！

洗好澡出来，客厅一张大桌子上已摆满了菜肴，旁边坐了人，两位杀猪师傅也都洗净手入了座，连酒都斟好，单等我入席。

大块肥瘦相当的猪肉和淡黄的油炸豆腐在一起，除了盐和酱，几乎没放别的作料，柴火烧出来，无论是猪肉还是炸豆腐，都是鲜香之极。猪肉特别细嫩，质感紧密，越嚼越醇浓，江南圩猪的优秀品质于此间得到了充分展示。白萝卜炖猪心肺我还是第一次吃，猪心肺本是有点腥，给白萝卜的味道一镇，变得无比滋润，吃到嘴里又绵软又滑弹，让舌头裹来裹去，每一个味蕾细胞都尽情享受着一种欢悦。一大盆粉蒸肉做法有点特别，据说是把肉炖好之后，再用文火慢慢地煨，直至熟到足够烂的时候，将磨制好的米粉下到锅里同肉一起搅拌，撒上葱蒜，再焖上一会儿，色泽鲜艳不说，香味也是异常浓郁。还有一盆肉烧粉丝，粉丝吸饱了油脂，亮汪汪地闪着动人光彩。

桌上唱主角的，是盛在一个足有洗脸盆大的砂钵里的烧血晃（川菜里写作烧血旺），血晃就是猪血凝固之后切成的块状，放上油、姜、葱、蒜、辣椒等调料爆炒，待五六成熟时加上青菜烧熟，鲜嫩滑爽，香艳四溢。当然，荤菜也并非只独有猪肉、猪血，除了刚从塘里起来的鱼，还有农村特有的黄心菜煮豆腐、千张蒸咸鸭、大蒜苗炒干子……琳琅满目，原汁原味，没有丝毫的附丽和矫揉造作，相当质朴。而餐桌上用来盛菜的器皿也是一概不讲究，有盘子，有砂钵，有大碗，有小锅，器皿的大小和形状五花八门，不一而足，配合着吃"杀猪饭"的欢乐气氛，让人感叹质朴与热闹原来如此接近。

　　吾爱真理，吾更爱口腹之欢。那一餐饭吃了两个多小时，桌上欢笑哗然，人人喜气洋洋，本来不大喝酒的我也破例多喝了好几杯。